Tanja Bern

Das GEHEIMNIS der schwedischen BRIEFE

Roman

W0199865

be HEARTBEAT

beHEARTBEAT

Vollständige ePub-to-Print-Ausgabe des in der Bastei Lübbe AG erschienenen eBooks »Das Geheimnis der schwedischen Briefe« von Tanja Bern

beHEARTBEAT in der Bastei Lübbe AG
Copyright © 2019 by Bastei Lübbe AG, Köln
Textredaktion: Dr. Ulrike Brandt-Schwarze
Lektorat/Projektmanagement: Anne Pias
Covergestaltung: Nicole Meyer, designrevolte.de
unter Verwendung von Motiven von
© Bildagentur Zoonar GmbH / shutterstock, © NoonBuSin / shutterstock, © DieterMeyrl/ istock und © DavidMSchrader/ iStockphoto
Satz: 3w+p GmbH, Rimpar
Druck: Books on Demand GmbH, Norderstedt

ISBN 978-3-7413-0176-6

www.be-ebooks.de

www.lesejury.de

MIX
Papier aus verantwortungsvollen Quellen
Paper from responsible sources
FSC® C105338
FSC
www.fsc.org

Für Oma Hilla, die mich zu diesem Buch inspiriert hat. Sie musste 1945 aus Schönlanke in Pommern flüchten. Durch die Gespräche mit ihr begannen meine Ideen für die Geschichte erst richtig zu leben.

Vielen, vielen Dank, Oma!

1

Berlin, August 2018

Emilia trat in das Patientenzimmer, grüßte lächelnd und wandte sich an die junge Frau, die unbeirrt weiter etwas in ihr Netbook tippte. Emilia prüfte die Infusion und schüttelte leicht den Kopf.

»Frau Larien, Sie müssen bitte die Hand ruhig halten, solange der Tropf noch nicht durchgelaufen ist. Sonst stockt es immer.«

Genervt blickte die Patientin Emilia an. »Ich kann das hier nicht stundenlang liegen lassen, das muss bis morgen fertig werden.«

»Okay, aber Sie möchten gesund werden, oder?«

»So schnell wie möglich!«

»Gut, dann lassen Sie die Infusion durchlaufen.«

Mit einem wütenden Schnauben klappte Frau Larien das Gerät zu und starrte auf den stummen TV-Bildschirm. Ihre Mitpatientin verfolgte mit Kopfhörern die Seifenoper, die gerade ausgestrahlt wurde.

Oft ließen die Patienten ihre Wut und Hilflosigkeit an den Schwestern aus. Meist prallte das an Emilia ab, da sie wusste, wie schlecht es einigen von ihnen ging.

Sie huschte ins Schwesternzimmer, nahm rasch einen Schluck ihres kalten Kaffees und ging zum anderen Ende des Flurs. Landschaftsgemälde schmückten die weiß gestrichenen Wände. Emilia schaute sich im Vorbeigehen gern die harmonischen Ansichten der Seen und Wälder an. Für einen Augenblick blitzte dann der Gedanke an Urlaub auf. Aber dieser stand ja in absehbarer Zeit bevor.

Als Emilia die Tür zum nächsten Patientenzimmer öffnete, verharrte sie kurz und verzog leicht das Gesicht. Die Luft war abgestanden und viel zu warm. Sie überlegte, ob es besser wäre, die Fenster zu öffnen oder sie wegen der Augusthitze geschlossen zu halten. Auf jeden Fall musste frische Luft in den Raum. Also stellte sie die Fenster auf Kipp und ließ die Tür zum Flur vorerst offen. Frau Schneider schlief mit offenem Mund, und Emilia fühlte kurz ihren Puls. Sie sorgte sich um diese Patientin, die wegen einer Beinthrombose aus dem Altenheim eingeliefert worden war. Die Frau erwachte immer nur kurz und schien manchmal schon in andere Sphären abzutauchen.

»Schwester Emilia, haben Sie Durchzug gemacht?«, fragte die andere Patientin und versuchte sich aufzurichten. Emilia legte ihr beruhigend eine Hand auf die Schulter und stellte ihr Kopfteil höher.

»Ich lüfte nur einen Moment. Hier ist es ziemlich stickig.«

»Mir macht ein bisschen Sauerstoffmangel im Zimmer doch nichts aus.« Frau Krutter zeigte auf den flexiblen Kunststoffschlauch an ihrer Nase.

Mit einem leisen Lachen wies Emilia auf Frau Schneider. »Aber sie hat keine Sauerstoffbrille. Ich mache beim Rausgehen die Tür wieder zu, lasse aber die Fenster noch offen, in Ordnung?«

»Wenn's sein muss«, murmelte Frau Krutter augenzwinkernd.

»Haben Sie Angst, dass Sie sich verkühlen?«, fragte Emilia schmunzelnd.

»Nein, aber der Wind könnte mich …« Frau Krutter stockte und räusperte sich. »… aus dem Bett wehen, so dünn, wie ich bin«, fuhr sie dann heiser fort.

»Klingeln Sie, wenn ein Wirbelsturm durch die Fensterspalten hereinweht, dann komme ich sofort und rette Sie.«

»Dann ist es ja gut.« Sie lachte fast lautlos und hustete unterdrückt.

Auf dem Flur atmete Emilia erleichtert auf. Hier war die Luft wesentlich angenehmer.

Emilia mochte ihren Beruf. In der Klinik fühlte sie sich in ihrem Element und genoss den Umgang mit den Menschen. Bevor sie ein Zimmer betrat, schaute sie kurz in die Patientenakte. Der junge Mann auf Zimmer 303 musste einen Ultraschall bekommen, und sie hoffte, dass er sich mittlerweile ein wenig auskannte, um allein in die Abteilung zu finden. Sie hatte gleich Feierabend.

Emilia öffnete die Tür und grüßte die beiden Männer in den Betten. Sie steuerte den Fensterplatz an, wo Herr Lehmann lag.

»Wo muss ich denn dieses Mal hin?«, fragte er mit einem schelmischen Lächeln.

»Heute ist endlich der Ultraschall dran. Gestern hat es ja nicht mehr geklappt, wofür ich mich noch einmal entschuldigen möchte.«

»Nun ja, Notfälle gehen eben vor.«

»Wissen Sie noch, wie Sie in die Abteilung kommen?«

»Ich denke schon.«

Herr Lehmann stand auf, richtete seinen Jogginganzug, und nahm die Unterlagen von Emilia entgegen. Er wuschelte sich durch das braune Haar und ging in Richtung Tür. Emilia folgte ihm.

»Schwester?«

Sie hielt inne, wandte sich dem anderen Patienten zu.

»Ich wollte nur Bescheid sagen, dass meine Infusion schon seit einer halben Stunde durchgelaufen ist«, bemerkte er.

»Ich kümmere mich sofort darum. Einen Moment bitte, ich bin gleich wieder bei Ihnen.«

Tim, einer der Krankenpfleger, schaute ins Zimmer hinein und begegnete Emilias Blick. »Da bist du ja, ich hab dich schon gesucht. Du sollst zur Pflegeleitung kommen.«

Sie schaute ihn verdutzt an. »Dann müsstest du hier bitte die Infusion abstöpseln.«

»Ich übernehme das. Melde dich direkt bei Thea.«

Emilia überließ Tim den Patienten und begab sich zu den Fahrstühlen. Mit einem unguten Gefühl in der Magengegend fuhr sie zwei Stockwerke tiefer.

Ob es Probleme mit ihrem Urlaub gab? Sie hatte ihn schon vor Wochen eingereicht. Müsste sie ihn wieder einmal verschieben? Während sie die Tür öffnete, schrieb sie den Gedanken an eine Last-Minute-Buchung innerlich ab.

Thea blickte auf. Sie saß hinter ihrem Schreibtisch und ordnete einen Stapel Papiere. Mit einer raschen Geste strich sie sich das kurz geschnittene Haar nach hinten.

Emilia setzte sich ihr gegenüber und seufzte. »Sag schon, mein Urlaub ist gestrichen.«

Thea blinzelte, sah sie an und senkte dann den Kopf über ihre Unterlagen. »Darum geht's nicht.«

»Oh, muss ich wo aushelfen?«

»Hör auf zu raten, ja?« Thea holte tief Luft und sah Emilia mit ernster Miene an. »Dein befristeter Vertrag läuft Ende August aus und kann leider nicht verlängert werden.«

Es wurde so still, dass Emilia einen unangenehmen Druck in den Ohren verspürte. Ihr Herz pochte heftig gegen ihren Brustkorb.

»Tut mir leid, Emilia. Ich hab es auch erst vor ein paar Tagen erfahren. Es hat nichts mit dir oder deinen Fähigkeiten zu tun. Das versichere ich dir. Aber von oberster Stelle kam die Order, dass einige der befristeten Verträge auslaufen müssen.«

»Bisher wurden die Verträge doch immer verlängert«, entgegnete Emilia und fühlte sich wie in einem Albtraum.

»Es ist wegen der Fusion mit der Franziskus-Klinik. Der Zusammenschluss der Kliniken mag nicht sofort zustande kommen, aber wir werden dann nicht das Personal von zwei Häusern halten können.«

»Und ihr beginnt jetzt schon mit dem Stellenabbau«, sagte Emilia mehr zu sich selbst und versuchte, ihre aufwallenden Gefühle unter Kontrolle zu halten.

»Ja. Und weil dir noch Urlaub zusteht, wollte ich dich fragen, ob du ihn jetzt schon nehmen möchtest.«

Theas mildes Lächeln gefror, als sie Emilias Gesichtsausdruck sah.

In Emilias Kopf drehte sich alles. Dieses Krankenhaus war zu ihrem Lebensinhalt geworden. Sie arbeitete gern hier, hatte sich nie über die oft viel zu langen Arbeitszeiten und das recht niedrige Gehalt beschwert. Sie hatte fast all ihre Hobbys aufgegeben, Partnerschaften waren gescheitert, weil sie in diesem Job ihre Berufung gefunden hatte. Emilia fühlte sich, als wäre ihr der Boden unter den Füßen weggerissen worden.

Sie rutschte mit dem Stuhl nach hinten, sodass es ein kratzendes Geräusch gab, und stand auf.

»Gibt es noch Formalitäten?«, fragte sie tonlos.

»Eigentlich nicht. Was ist mit dem Urlaub?«

»Ich nehme ihn«, sagte Emilia leise und ging zur Tür. Sie kämpfte mit den Tränen.

»Nun warte doch mal«, rief ihr Thea hinterher.

Emilia schüttelte den Kopf und eilte zu den Aufzügen. Eine der Fahrstuhltüren öffnete sich. Rasch trat sie hinein und betätigte den Knopf für das Türenschließen, um Thea zu entkommen. Den verdutzten Patienten im Rollstuhl ignorierte sie.

Ein Kälteschauer überlief sie, obwohl es auch im Aufzug viel zu warm war. Noch immer raste ihr Herz, und ihr war ein bisschen übel.

Ungeduldig schaute sie auf die Anzeige der Stockwerke. Ihr Blick fiel auf die verspiegelte Wand. Ihre dunkelblauen Augen wirkten fast schwarz, ihre Sicht verschwamm vor Tränen.

Der Mann im Aufzug beäugte sie. Kurzerhand zog sie das Band von ihrem Zopf und schüttelte das Haar auf, um sich hinter ihren karamellfarbenen Locken zu verstecken. Ihre Hand fuhr in die Tasche ihres Krankenhauskittels und fand einen Kugelschreiber mit dem Emblem der Klinik. Sie starrte wie betäubt darauf.

Als der Fahrstuhl ruckend anhielt und sich die Türen öffneten, stieg sie ohne einen Gruß aus. Den Kuli legte sie auf einen Sims.

Ob die Kollegen es gewusst hatten? Nein, ihre Freundin Miriam hätte sie gewarnt.

Bewusst ging sie jedem aus dem Weg. In Windeseile klaubte sie ihre persönlichen Sachen zusammen und flüchtete durch einen Hinterausgang des Krankenhauses. In der Nähe befand sich die Einfahrt der Rettungswagen, und Emilia nahm einen Trampelpfad über die Wiese vor dem Gebäude.

Vor ihr lag eine Allee mit parkenden Autos. Die Straße war still an diesem Nachmittag. Trotz des schönen Wetters waren keine Bewohner auf den Balkonen der Reihenhäuser zu sehen. Emilia stolperte über einen Ast, fing sich und lief zu einer kleinen Grünanlage. Eine alte Weide bot ihr Schutz vor der Sonne, und sie ließ sich am Stamm hinuntergleiten.

Wie gelähmt starrte sie auf das Krankenhausgebäude, das aus einem Alt- und einem Neubau bestand. Beide existierten in symbiotischer Weise miteinander. Emilia hatte sich in diesem Bild wiedergefunden. Sie fühlte sich der Klinik eng verbunden. Hier wurde sie gebraucht. Ihre Person gewann eine gewisse Bedeutung, weil die meisten Patienten sie sehr mochten und für ihre Fürsorge echte Dankbarkeit zeigten. Nach der Trennung von Lucas, ihrem letzten Partner, hatte sie drei Jahre all ihre Energie in diese Arbeitsstelle gesteckt.

Verloren, dachte sie mit aufkeimender Verzweiflung. *Das alles ist jetzt verloren.*

Sie musste hier weg. Jetzt sofort.

Abrupt raffte sie sich auf und lief eilig die Allee hinunter; ihr Auto würde sie später vom Parkplatz holen. Die Bäume spendeten Schatten, ein leichter Wind rauschte durch das Laub. An einer Kreuzung zögerte sie kurz, dann wandte sie sich Richtung Süden. Sie nahm ihren Weg kaum wahr, aber der Fußmarsch tat ihr gut, beruhigte sie.

Der Duft von gebratenem Fisch lag in der Luft und ließ ihren Magen knurren. Doch Emilia ignorierte das Gefühl. Sie presste ihre Tasche an sich und schaute sich um. Menschen liefen plaudernd am Teltowkanal entlang, schlenderten über die Promenade des Tempelhofer Hafens oder gingen ins Einkaufszentrum shoppen. Emilias Blick schweifte über die Jachten, die sacht auf den Wellen schaukelten. Ohne lange zu überlegen, stieg sie zu einem der Stege hinunter und lief an den Schiffen vorbei, weiter zum Hafenbecken. Kein Boot lag am Ende der Anlegestelle, und so konnte sie sich an den Rand setzen.

Dieser Platz war schon früher einer ihrer Zufluchtsorte gewesen. Plötzlich wurde ihr bewusst, dass sie ihn ewig nicht mehr aufgesucht hatte. Die Arbeit im Krankenhaus hatte sie völlig vereinnahmt, ihr kaum mehr Freizeit gelassen.

»Aber ich hab es ja selbst so gewollt«, sagte sie leise.

Emilia zog die Knie an und schlang die Arme darum. Wind kam auf, kräuselte das Wasser des Kanals. Sie sehnte sich nach Schatten, weil die Nachmittagssonne auf sie niederbrannte, doch etwas in ihr weigerte sich, diesen Platz zu verlassen. Rechts von ihr grollte entfernter Donner, und sie schaute hinauf zu den Wolken. Eine Gewitterfront näherte sich.

Emilia blickte auf die Oberfläche des Kanals. Böen trieben das Wasser vor sich her. Vereinzelte Regentropfen fielen vom Himmel.

Dennoch schien die Sonne auf die Hafenpromenade, zu der sich Emilia nun umdrehte. Die meisten Passanten suchten eilig Schutz vor dem heraufziehenden Unwetter.

Ein Blitz zuckte über den Himmel. Emilia zählte im Stillen: einundzwanzig, zweiundzwanzig, dreiundzwanzig, um abschätzen zu können, wie nah das Gewitter war. Der Donner folgte erst bei sechsundzwanzig, deshalb blieb sie sitzen.

Ihre Gedanken kreisten nur um ein einziges Thema. *Ich habe mich aufgeopfert, und sie lassen mich fallen wie eine heiße Kartoffel.*

»Emilia?«

Die unerwartete Stimme ließ Emilia zusammenzucken. Sie spürte an einem leichten Beben des Stegs, dass sich jemand näherte, und wandte sich um. Miriam hatte ebenfalls Feierabend, weil sie wie Emilia Frühschicht gehabt hatte.

»Ich hab mir gedacht, dass ich dich hier finde.«

»Hast du es gewusst?«, fragte Emilia tonlos.

»Nein, Thea hat es mir gerade gesagt.«

»Aber *du* darfst doch bleiben, oder?«, fragte Emilia besorgt. »Du hast doch einen unbefristeten Vertrag.«

Sie wusste, wie sehr ihre Freundin auf den Job angewiesen war. Ohne das Gehalt würde sie ihre Mietwohnung in Berlin nicht halten können, geschweige denn ihren kleinen Schrebergarten, den sie beide liebten.

»Ich kann zum Glück bleiben. Sonst müsste ich zurück nach Paderborn zu meinen Eltern.«

»Du arbeitest ja auch schon länger in der Klinik.«

»Emilia, es tut mir so leid!«

Der Regen wurde heftiger. Miriam verzog das Gesicht. Sie spannte einen Schirm auf. »Komm, wir holen uns ein Eis, okay?«

Emilia stand auf, und Miriam nahm sie unter ihren Schirm. Das Gewitter grollte nun viel näher. Sie hasteten über den Steg und liefen in das Einkaufszentrum hinein.

Vor ihnen breitete sich die hohe Halle aus, in der sich elegante Geschäfte aneinanderreihten, alles besaß einen sehr edlen Touch.

Miriam schleifte Emilia bis zur Eisdiele Artista und spendierte ihr ein Schokoeis. Sie setzten sich auf die hellen Stühle und genossen schweigend die kühle Erfrischung.

»Kann ich dir irgendwie helfen, Lia?«

Emilia mochte den vertrauten Kosenamen und seufzte leise. »Ich hab keine Ahnung. Das kommt alles so … so plötzlich und … ich muss erst mal einen klaren Kopf bekommen.«

»Wie lange bist du noch da?«

»Bis einschließlich Freitag. Dann beginnt mein Resturlaub. Den hat Thea mir noch bewilligt.«

Emilia musste sich verabschieden. Von den Patienten, den Kollegen, dem Ort an sich …

Ihr kam ein erschreckender Gedanke. »Ich weiß nicht mal, ob ich hier wohnen bleiben kann.«

»Was? Wieso denn? Du hast doch deine kleine Eigentumswohnung.«

»Ja, aber ob ich hier in Berlin so schnell eine unbefristete Stelle finde?« Miriam wollte protestieren, aber Emilia hielt sie mit einer Geste auf. »Ich weiß, was du sagen willst. Aber will ich wirklich immer wieder das Krankenhaus wechseln? Nie länger an einem Ort arbeiten?«

»Vielleicht …« Miriam hielt inne und winkte ab. »Ja, verdammt, du hast recht. In den letzten Jahren ist es schwer geworden.« Sie griff nach Emilias Hand. »Ach, Lia … vielleicht ist das auch ein Neuanfang für dich.«

»Den ich mir nicht ausgesucht habe«, gab sie zurück.

*

Emilia schloss ihre Wohnung auf und legte den Schlüssel auf die Kommode. Wie gelähmt blieb sie im Flur stehen. Was sollte sie jetzt bloß tun?

Draußen fuhr ein Lastwagen am Haus vorbei. Ihre Fenster besaßen einen guten Schallschutz, jedoch spürte sie das große Fahrzeug, weil der Boden vibrierte und die Gläser in der Vitrine leise klirrten.

Eigentlich waren die Straßen in ihrer Siedlung nicht stark befahren. Erst seitdem unweit von ihr der Asphalt aufgerissen wurde, fuhren die Baufahrzeuge ein und aus. Die Geräusche weckten sie aus ihrer Starre. Sie trat hinaus auf ihren kleinen Balkon, sah hinunter auf die ausgeschachtete Grube und fühlte genauso ein Loch in ihrem Innersten. Langsam ließ sie sich auf den türkisen Klappstuhl sinken.

Emilia beobachtete die sich wiegenden Äste der Esche, die ihr oft Schatten spendete. Der Baulärm verebbte, sie hörte, wie die Bauarbeiter leise diskutierten. Es verschwamm zu einem monotonen Geräusch, das sich mit dem Wind mischte.

Es hieß, wenn sich eine Tür im Leben schloss, öffnete sich immer eine andere …

In diesem Moment konnte Emilia diesen neuen Zugang nicht erkennen. Nervös knetete sie ihre Finger, versuchte, ihrer Gefühle Herr zu werden.

Es ist doch nur ein Job!

Nein. Aus ihr unerfindlichen Gründen fühlte es sich nach viel mehr an. Das aufkommende Schluchzen konnte sie unterdrücken, die Tränen nicht. Sie liefen über ihre Wangen, tropften auf ihr Shirt. Unwirsch fuhr sie sich durch das Gesicht, um die verräterischen Spuren zu beseitigen.

Ihr Smartphone meldete einen Anruf. Wahrscheinlich ihre Mutter. Dumpf hallte der Klingelton durch den Flur, da sich das Telefon noch in der Tasche befand. Emilia ignorierte es. Sie wollte mit niemandem sprechen.

Als die Bauarbeiten wieder einsetzten, stieg Wut in ihr auf.

»Kann man denn keine Minute einfach mal Ruhe haben?«, schimpfte sie leise. Sie ging zurück in die Wohnung, schloss die Balkontür und sperrte jeglichen Lärm aus. Spontan und um weitere Gefühlswallungen zu unterdrücken, holte sie den Honigwein aus dem Kühlschrank, der noch von ihrem siebenundzwanzigsten Geburtstag übrig war.

Mit einem flauen Gefühl im Magen ließ sie sich auf die Couch im Wohnzimmer fallen und nahm einen Schluck von dem süßen Getränk. Ihre Gedanken flatterten wie ein gefangener Vogel hin und her. Plötzlich war sie befreit von all den Überlegungen, die sich hauptsächlich um ihre Patienten drehten. Vielmehr strömte nun alles Mögliche auf sie ein, als wäre der Jobverlust ein Auslöser.

Erneut nippte sie an dem Weinglas und starrte dann die goldene Flüssigkeit darin an.

Was tat sie denn da? Sonst griff sie doch auch nicht zum Alkohol!

Abrupt stellte sie das Glas ab, das mit einem Klirren auf dem Tisch landete.

Emilia raufte sich die Haare. Tief in ihrem Innern hörte sie die Stimme ihres verstorbenen Vaters: *Schatz, du bist ein Meister im Verdrängen. Du siehst den kleinsten Kratzer des anderen und willst helfen, ohne zu merken, dass dir eine ganze Hand fehlt.*

Wie oft hatte er Ähnliches zu ihr gesagt und ihr anschließend mit einem warmherzigen Lachen einen Kuss auf die Stirn gedrückt. Wieder ließen sich die Tränen nicht zurückhalten, diesmal ließ Emilia sie einfach fließen.

Früher, da hatte sie doch noch Träume gehabt. Hoffnung hatte sie in so vieler Hinsicht beseelt. Jetzt fühlte sie … nichts. Nur eine ungewisse Furcht. Aber wovor?

Sie erkannte, dass es keine Existenzangst war. Emilia wusste, dass sie zurechtkommen würde und rasch eine neue Stelle in ihrem Bereich bekommen könnte, zumindest befristet. Warum also klopfte ihr Herz so wild? Wieso grub sich ein flaues Gefühl in ihren Magen?

Sie fühlte sich entblößt. Ihr Leben lag in Scherben vor ihr, und sie war nicht fähig, sie aufzusammeln.

Eine erschreckende Erkenntnis überkam sie. Lief sie womöglich schon lange auf diesen Splittern herum, ohne es zu bemerken? Hatte sie alles mit ihrem Job entschuldigt?

Vielleicht hatte Miriam ja recht, und sie brauchte tatsächlich einen Neuanfang.

2

Vogelgezwitscher weckte Emilia. Sie blinzelte ins Sonnenlicht, da sie vergessen hatte, die Rollläden herunterzulassen. Mit einem Seufzen drehte sie sich auf die andere Seite.

Es war ihr erster freier Tag. Gestern hatte sie sich von allen im Krankenhaus verabschiedet. Bei dem Gedanken daran fuhr ihr ein kleiner Stich ins Herz, doch er bohrte sich nicht mehr so tief wie noch vor ein paar Tagen. Sie hatte sich mit der Situation abgefunden. Was blieb ihr auch anderes übrig?

An Schlaf war nicht mehr zu denken. Sie legte sich auf den Rücken, schob die Bettdecke zur Seite und beobachtete das Licht-und-Schatten-Spiel der Bäume an der Wand. Manchmal fühlte sie sich in ihrer Siedlung wie in einer kleinen Oase mitten in Berlin.

»Und heute mal kein Baulärm«, murmelte sie.

Unruhe überkam sie. Emilia konnte noch nicht ganz fassen, dass sie freihatte. Immer wieder überkam sie das Gefühl, sie müsste zur Arbeit oder für jemanden einspringen.

Als es an der Wohnungstür schellte, setzte sie sich erschrocken auf. Rasch sprang sie aus dem Bett und kämpfte kurz mit dunklen Punkten vor ihrem Sichtfeld. Ihr Kreislauf war wohl noch nicht wach. Sie schnappte sich ihren leichten Seidenmorgenmantel. Vielleicht war es ja der Paketbote. Ihre Nachbarn bestellten recht viel aus dem Internet und waren dann nie zu Hause. Also nahm sie häufig ihre Päckchen an.

Sie betätigte den Türöffner und wollte in den Hausflur treten, als sie entgeistert innehielt. Vor ihr stand einer der Bauarbeiter. Sein Unterhemd war verschwitzt, den Helm hatte er noch auf.

»Bitte entschuldigen Se die Störung, Frau Arndt, aber wir müssen det Wasser abstellen.«

»Ach verflixt! Das hättet ihr auch gestern schon sagen können.«

»Det ging nich.«

»Warum denn nicht?«

»Uns issn Missgeschick mit dem Bagger passiert, also vorhin, nich' gestern.«

»Ihr habt die Wasserleitung getroffen?«

»Also, icke wars nich«, sagte er grinsend.

»Sie sind nur der arme Tropf, der den Leuten am Samstag früh so eine gute Nachricht verkünden darf?«

»Ick sollte auch det Hemd ausziehen, so wie in de Werbung, aber … na ja …« Er zuckte mit den Schultern und lachte leise.

Emilia schmunzelte. Attraktiv war er wirklich!

»Na ja?«

»Verführen will ick ja keenen.« Er tippte sich an den Helm. »Ick werd dann mal den andern Bewohnern Bescheid sagen.«

Emilia beobachtete, wie er die Stufen hochhechtete. »Möchtet ihr da unten vielleicht Kaffee?«, rief sie ihm nach.

Auf halber Treppe hielt er inne, sah zu ihr hinunter und grinste wieder. »Den ham wir. Trotzdem danke!«

Emilia ging zurück in die Wohnung. Duschen konnte sie ja einfach auf der Arbeit und …

Nein, konnte sie nicht!

Ihr Gefühlsbarometer sank abrupt.

Rasch füllte sie alle möglichen Gefäße und Eimer mit Leitungswasser, bis es nur noch aus dem Hahn tropfte.

Sie seufzte tief auf und bereitete sich einen Kaffee zu. Während das dunkle Gebräu durchlief, aß sie ein Knuspermüsli mit ein paar Weintrauben, die sich noch in ihrem Obstkorb gefunden hatten. Als die Maschine gluckerte, Emilia endlich ihren Kaffee in Händen hielt, umfasste sie die Tasse und genoss den tröstlichen Duft.

Mit dem Getränk setzte sie sich an ihren PC. Sie sollte irgendetwas Aufmunterndes tun. Stattdessen durchforstete sie das Internet nach Stellenanzeigen in und um Berlin.

Ein Pop-up öffnete sich. Emilia warf einen Blick darauf. Einer ihrer Facebook-Kontakte hatte sie auf eine Veranstaltung eingeladen. Emilia blinzelte. Sternschnuppennacht-Party? Verwundert öffnete sie den Link.

Ein besonderes Naturschauspiel!

Wenn die Erde die Umlaufbahn des Kometen Swift-Tuttle und den Meteorschauer der Perseiden streift, wird es Tausende von Sternschnuppen regnen. Wir werden das feiern! Komm zum Schillerpark, um zusammen mit uns die Sternschnuppen fallen zu sehen.

Die Einladung kam von Miriam.

»Natürlich, du willst mich ablenken«, murmelte Emilia und lächelte. »Sternschnuppen also.«

Die wohl inoffizielle Party begann um zehn Uhr abends und würde bis in die Nacht dauern.

Emilia sah auf den Tab mit den Stellenanzeigen, der auf dem Bildschirm minimiert war. Vielleicht sollte sie heute Abend mal die Jobsuche minimieren. Spontan sagte sie zu.

Als hätte Miriam nur darauf gewartet, schrieb sie sofort zurück: *Ich freu mich, dass du kommst, Lia!*

Emilia antwortete nur mit einem Herz-Emoticon.

Der weitere Tag verlief schleppend. Emilia wusste nichts mit sich anzufangen. Als die Wasserleitungen gegen Mittag immer noch abgestellt waren, nahm sie einen Eimer Wasser und säuberte die Wohnung, bis sie verschwitzt und mit schmerzendem Rücken auf die Couch fiel. Aber der Putzmarathon hatte ihr den Kopf frei gemacht.

Sie schmierte sich ein Leberwurstbrot, ging hinaus auf den Balkon und schaute den Bauarbeitern zu. Sofort erkannte sie den jungen Mann von heute Morgen. Er gab dem Baggerführer Anweisungen.

Emilia setzte sich auf den Klappstuhl und dachte an die Sternschnuppen, die heute Nacht vom Himmel fallen würden. Es konnte bestimmt nicht schaden, sich etwas zu wünschen.

*

Es dämmerte bereits, als Emilia zum Schillerpark lief. Er befand sich im selben Viertel wie ihr Wohnort, dennoch war es ein etwa zwanzigminütiger Fußmarsch.

Es kühlte merklich ab, die Temperaturen sanken auf ein angenehmes Maß. Emilia näherte sich dem Park und sog den Geruch von frischem Laub ein. Feuchtigkeit lag in der Luft. Ein paar Schäfchenwolken hingen wie Wattebäusche am Himmel, und die untergehende Sonne ließ sie in einem zarten Rosa erstrahlen. Zu großen Teilen war der Himmel klar.

Sie bog in den ersten Waldweg ein und fand sich auf einem unebenen Pfad wieder, der von dicht stehenden Bäumen gesäumt war. In der näheren Beschreibung der Veranstaltung war die Schillerstatue als Ort angegeben.

Emilia horchte auf. Von Weitem erklang Gitarrenmusik, und ein Lachen hallte durch den Wald, der sich nun zu einer großen Wiese hin öffnete. Sie konnte die Terrassenanlage erkennen. Wie ein Festungswall umrahmte die Bastion das Herzstück des Parks – das aus Bronze gegossene Schillerdenkmal, das schon seit fast achtzig Jahren hier stand.

Emilia blieb kurz stehen und genoss die Atmosphäre. Ihr wurde bewusst, dass sie ohne die Kündigung heute nicht hier wäre.

Die hohe Mauer hinter der Statue war zwar mit Graffiti beschmiert, aber Emilia verspürte dennoch einen Funken Ehrfurcht.

»Lia, da bist du ja!«

Sie wandte sich um und fand sich in Miriams Armen wieder.

»Hallo, Miri! Bist du schon länger hier?«

»Seit 'ner Stunde oder so.«

Emilia sah sich um. Es befanden sich ungefähr zwanzig Leute auf der Anlage. Der Gitarrenspieler saß auf den Stufen der Bastion und zupfte gedankenverloren eine Melodie, andere standen zusammen, unterhielten sich und tranken Alcopops. Es herrschte eine fröhliche und entspannte Stimmung.

Miriam holte eine kleine Flasche aus einer Getränkekiste. »Hier, dein Begrüßungsschluck.«

Lächelnd nahm Emilia das Getränk und stieß mit ihrer Freundin an.

Der Abend hüllte nach und nach alles in feinen Nebel, sodass der Ort für eine Weile von geheimnisvollen Schleiern umgeben war. Miriam war schon leicht angetrunken und ging von einem zum anderen, um zu lachen und zu scherzen.

Später klarte die Nacht auf, aber bisher waren keine Sternschnuppen zu sehen gewesen. Nur eine Frau schaute unbeirrt in den Himmel, als könnte sie die fallenden Lichter heraufbeschwören. Neugierig ging Emilia zu ihr, stellte sich neben sie, tat es ihr nach und betrachtete die Sterne.

»Dein Wunsch muss groß sein, wenn du die Sternschnuppen so sehnsüchtig erwartest«, sagte Emilia und suchte den Blick der anderen.

Die Frau tauchte wie aus einem Traum auf, als hätte sie stumm mit dem Himmel Zwiesprache gehalten. Ihr Lächeln erschien Emilia so echt und freundlich, dass sie ihr die Hand reichte. »Ich heiße Emilia.«

Fast ein wenig überrascht nahm die Frau Emilias dargebotene Hand. »Ich bin Karina.«

»Wann es wohl anfängt?« Emilia zeigte hinauf zum Firmament.

»In der Zeitung stand, dass man es zwischen zwei und vier Uhr am besten sehen könne.«

Verstohlen sah Emilia auf die Uhr. Das waren noch fast zwei Stunden.

»Da!« Karina zeigte zum dunklen Himmel, und Emilias Blick folgte ihrer Hand.

Ein feiner Lichtstrahl blitzte hervor und schoss zwischen den übrigen Sternen Richtung Westen. Fast ehrfürchtig sah Karina hinauf.

Emilia lächelte. »Hast du dir was gewünscht?«

»Natürlich«, antwortete Karina. »Du nicht?«

Emilia seufzte und suchte den Himmel ab. »Das war deine Sternschnuppe.«

»Das … ist irgendwie ein schöner Gedanke«, sagte Karina leise wie zu sich selbst. »Jeder bekommt seine Sternschnuppe.«

Emilia atmete tief durch, hob erneut den Blick. Wie ein schwarzes Seidentuch spannte sich der Nachthimmel über den Park. Die Sterne glitzerten wie ein geheimes Versprechen. Sie sah die blinkenden Lichter der Flugzeuge und erkannte den hellen Polarstern.

»In so einer Nacht werden einige Wünsche auf einmal unwichtig«, flüsterte Karina.

Emilia riss sich von den Sternen los und betrachtete die Frau, deren Alter sie überhaupt nicht einschätzen konnte.

Still standen sie nebeneinander, das Lachen und die Gespräche der anderen verblassten. Sie fühlte sich, als befände sie sich mit Karina in einer Seifenblase, die sie von allem abschirmte. Wie lange sie fast bewegungslos neben ihr stand und nach oben blickte, konnte sie nicht sagen, aber als die nächste Sternschnuppe über den Himmel jagte, formte sich ein einziger Wunsch in ihr, der sie überraschte.

Ich möchte wieder glücklich sein.

War sie das überhaupt jemals gewesen?

Emilias Augen füllten sich mit Tränen. Wie zur Antwort verglühten mehrere Sternschnuppen in der Atmosphäre.

Miriam gesellte sich zu ihnen, griff nach Emilias Hand. Gemeinsam hielten sie nach dem Himmelsphänomen Ausschau.

*

Am Montagmorgen wurde Emilia von einer Nachricht auf ihrem Handy geweckt. Eigentlich war es nur ein gedämpfter Ton, den sie sonst nicht als störend empfand. Heute riss er sie aus dem Schlaf.

Sie griff nach dem Smartphone und blinzelte auf die Anzeige. Karina hatte ihr eine Freundschaftsanfrage bei Facebook geschickt. Emilia lächelte. Neue Kontakte waren sicher von Vorteil, wenn man sein Leben umkrempeln wollte.

Sie setzte sich auf.

»Will ich das wirklich? Mein Leben umkrempeln?«

Ja!, flüsterte es tief in ihr.

»Okay, okay, ich tu ja, was ich kann«, murmelte sie und schlurfte in die Küche, um sich einen Kaffee zu machen.

Den Baulärm hörte sie nur gedämpft. Heute war das Wetter für die Arbeiter allerdings sehr ungünstig. Es war bewölkt und sehr windig. Nieselregen wehte durch die Luft.

Emilia steckte eine Brotscheibe in den Toaster, goss sich eine Tasse Kaffee ein und schaltete den PC an. Das erste Mal seit einer gefühlten Ewigkeit öffnete sie ihren Facebook-Account, nahm Karinas Anfrage an, las die neusten Meldungen und kommentierte sogar einen Beitrag. Es mochte nur virtuell sein, trotzdem überkam Emilia das Gefühl, sich mit jemandem zu unterhalten.

Sie vermisste ihre Arbeitskollegen und die Patienten. Doch sie genoss auch die Ruhe beim Frühstück. Kein Stress, weil sie pünktlich sein musste. Keine Nervosität, weil sich der Verkehr staute und die Uhrzeit voranschritt.

Emilia lehnte sich zurück und nahm einen Schluck Kaffee. Sie dachte an früher, als sie oft bei ihrer Urgroßmutter gewesen war. Zu ihr hatte sie immer engen Kontakt gehalten, Johanna Arndt war einfach etwas Besonderes. Damals hatten sie im Tegeler Forst nach Kräutern und Pilzen gesucht. Emilia erinnerte sich noch gut an den selbst gemachten Tee, an die leckeren, in Butter geschmorten Steinpilze.

Das alles schien schon ein ganzes Leben her zu sein. Trotzdem roch Emilia plötzlich den Duft der getrockneten Pfefferminze. Sie lächelte versonnen. Diese Erinnerungen schienen ewig verschüttet gewesen zu sein.

Eine Bö peitschte die Zweige der Esche gegen die Scheiben. Emilia schrak auf. Sie stellte die Tasse ab und ging zum Fenster. Der Wind bog die Äste zur Seite, abgerissenes Laub flog durch die Luft. Zwischen den Regentropfen sah sie feinen Hagel. Die Bauarbeiten standen still, alle Männer hatten sich unter eine große Plane verzogen.

»Toll, und ich muss einkaufen gehen«, grummelte sie.

Emilia wartete fast eine Stunde, aber das Wetter besserte sich nicht. Also scherte sie sich nicht weiter darum, schlüpfte in ihren Regenparka und lief zum Supermarkt.

Emilia liebte ihren Stadtteil. Viele Künstler und Menschen unterschiedlicher Kulturen lebten hier zumeist friedlich zusammen und schenkten dem Berliner Wedding eine bunte, lebendige Mischung.

Als sie durch das Englische Viertel ging, begegnete ihr niemand, die Straßen waren menschenleer. Jeder verschanzte sich in seiner Wohnung. Sie kam sich vor wie in einem dieser Endzeitfilme. Als wollte der Regen seinen Teil dazu beitragen, ergoss er sich in Strömen auf den Asphalt und durchnässte Emilias Schuhe. Im Laufschritt eilte sie zum Lebensmittelmarkt und atmete auf, als sie ins Trockene kam.

Die Verkäuferin begrüßte sie und feilte weiter ihre Nägel. Emilia schien die einzige Kundin zu sein.

Wenig später stellte sie ihre Waren auf das Laufband und schaute skeptisch nach draußen. Es donnerte leise, und die dunkelgrauen Wolken verschluckten immer mehr das Tageslicht.

Die Kassiererin zog die Milchtüte über den Scanner. »Det Wetter is heute so scheiße, der Regen nistet sich noch den janzen Tach hier ein.«

»Ja …«, antwortete Emilia nur und seufzte, als draußen der erste Blitz zuckte. »Ich glaube, ich warte hier noch ein bisschen, bis das Schlimmste vorbei ist.«

»Is keen Problem«, antwortete die Kassiererin Kaugummi kauend und nannte Emilia den Preis für ihre Einkäufe.

Ein junger Mann stürmte in den Supermarkt und schüttelte sich wie ein Hund. Er nahm die Kapuze ab und sah sich um. Als er Emilia an der Kasse entdeckte, stahl sich ein Lächeln auf seine Lippen.

»Ach, kiek ma da, die Frau Arndt.«

Der charmante Bauarbeiter von gestern fuhr sich durch das feuchte Haar und kam auf sie zu.

»Tach, Benny«, rief die Verkäuferin.

»Tach, Lotte, wat haste denn fürn Wetter bestellt?«

»Icke? Komm du ma an meene Kasse. Ick bestell nur Sonne.«

Benny zwinkerte Lotte zu und blieb vor Emilia stehen. »Hat ’ne richtige Kodderschnauze, die Lotte«, flüsterte er ihr zu. »Magste ’nen Kaffee mit mir trinken?« Er nickte in Richtung Kaffeeautomat, der am Eingang stand.

»Gerne. Ich wollte sowieso das Gewitter abwarten.«

Es störte Emilia nicht, dass Benny das förmliche Sie hatte fallen lassen. Sie folgte ihm zur anderen Seite des Ladens und ließ sich einen Kaffee ausgeben.

»Du kommst nich’ von hier, oder?«

»Jein, ich bin vor ein paar Jahren nach Berlin gezogen. Meine Urgroßmutter lebt schon länger hier. Aber ich bin weiter nördlich aufgewachsen.«

»Dann zügle ich mal meine Berliner Schnauze«, sagte er verschmitzt. »Sonst verstehste mich hinterher nich.«

Emilia schmunzelte, und Benny zwinkerte ihr zu.

»Mittlerweile krieg ich es ganz gut hin, also euch zu verstehen.«

Benny schlürfte seinen heißen Kaffee und wollte etwas dazu sagen, als das Geräusch quietschender Bremsen ihn unterbrach.

Emilia sah auf die Straße, und ihr stockte das Herz. Ein silberner Mercedes verlor die Kontrolle, erwischte einen roten Kleinwagen und fuhr ungebremst gegen eine Laterne.

Metall knirschte. Lotte schrie erschrocken auf, als ein Fahrzeugteil mit Wucht gegen die Scheibe des Supermarktes flog. Das Fenster zerbrach an der Stelle, und die Scherben flogen bis zum Kassenbereich.

Ohne lange zu überlegen, stellte Emilia den Kaffee auf den runden Stehtisch und eilte hinaus in den Regen. Benny folgte ihr.

Eine Frau stieg aus dem roten Auto, sie schüttelte verwirrt den Kopf und hielt sich den Nacken. Der Mercedesfahrer rührte sich nicht. Sein Kopf lag auf dem Lenkrad.

»Sieh nach ihr, Benny! Und ruf einen Krankenwagen! Schnell!«

»Ick hab keen Handy! Wir dürfen auf der Arbeit ...«

Emilia kramte ihr Smartphone aus der Tasche. »Hier!«

Ein anderer Autofahrer war stehen geblieben, und Emilia wandte sich an ihn. »Könnten Sie bitte ein Warndreieck aufstellen?«

Er nickte nur und ging zu seinem Kofferraum.

Emilia eilte zu dem Mercedesfahrer und öffnete die Tür. Vorsichtig hob sie seinen Kopf vom Lenkrad und lehnte ihn wieder gegen den Sitz. Er hatte eine Platzwunde an der Stirn, seine Lider flatterten.

»Hallo, können Sie die Augen öffnen?«

Er stöhnte leise und kämpfte darum, sie anzusehen. »Ich ... ich glaub schon.«

Der Fremde, der das Warndreieck aufgestellt hatte, kam näher, bot Emilia seinen Autoverbandskasten an.

»Danke!«

»Bin ich ... gegen die scheiß Laterne gefahren?«, fragte der Verletzte und blinzelte.

»Ja, ziemlich heftig sogar.«

»Die Karre ist … einfach weggerutscht.«

Schweiß brach ihm aus, und er atmete nun schwerer.

»Ist alles gut, der Krankenwagen kommt gleich.«

»Krankenwagen? Muss das sein?«

»Besser ist es. Sie sind übel am Kopf verletzt.«

Verwirrt tastete er sich an die Stirn, zog die Finger mit einem Schmerzenslaut zurück und schaute verwundert auf das Blut an seinen Händen.

Während Emilia sich bemühte, den Mann zu beruhigen, suchte sie in dem Verbandskasten nach einer Kompresse für die Stirn. Sie packte das sterile Päckchen aus und verarztete seine blutende Wunde.

Immer noch prasselte der Regen herab, deshalb entschied sie sich dafür, den Mann im Auto zu lassen. Er begann zu zittern. Emilia wollte sich schon den Parka ausziehen, als Benny ihr zu Hilfe eilte, und ihr eine Decke reichte.

»Oh, wunderbar, wo hast du die denn jetzt her?«

»Ist 'ne Pferdedecke, von der Frau. Der geht's zum Glück gut, die hat sich nur 'n bisschen den Hals verrenkt.«

Der Krankenwagen näherte sich mit Sirenengeheul. Emilia atmete erleichtert auf. Sie überließ den Sanitätern alles Weitere und trat zurück, nachdem sie den beiden Männern einen kurzen Bericht gegeben hatte.

Sie stand im Regen und sah zu dem demolierten Mercedes.

»Hey, komm, wir gehen in den Laden.«

Nur vage drang Bennys Stimme zu ihr durch. Er setzte ihr die Kapuze auf das nasse Haar, nahm sie am Arm und zog sie ins Trockene. Zurück im Supermarkt, atmete Benny hörbar auf.

»Wie heißt du eigentlich?«

Sie riss den Blick vom Unfallort los und sah ihn an. »Emilia.«

»Ick heiß eigentlich Benjamin, aber so nennt mich echt keener.« Er wuschelte sich durch das kurze hellbraune Haar, schien ein wenig nervös zu sein. »Wow, du wusstest genau, was zu tun ist.«

»Ich bin Krankenschwester«, sagte Emilia. Sie verspürte einen ziehenden Schmerz im Herzen und senkte den Blick.

»Das erklärt einiges. Ach, hier«, sagte er und gab ihr das Handy zurück.

Emilia verstaute es in ihrer Tasche.

Sie konnte sich kaum von dem Unfall lösen, ein Gefühl stieg in ihr auf, das sie innerlich frieren ließ.

»Emilia?«

Sie begegnete Bennys Blick. Er hielt ihr den inzwischen wahrscheinlich kalten Kaffee hin.

»Den willste bestimmt nich' mehr, oder?«

Sie schüttelte den Kopf. Benny ließ den Becher in den Abfalleimer fallen. »Ick muss jetzt zurück zur Arbeit«, sagte er und schaute sie abwartend an.

Hoffte er, dass sie den Weg mit ihm gemeinsam zurückging? Sie sah ihn prüfend an. Ja, es schien so.

»Ich bleib noch einen Moment hier. Die Polizei braucht sicher eine Zeugenaussage.«

»Ach so, okay. Dann ... na ja ... bis später! Wir sehen uns bestimmt noch.«

»Ja.«

Benny hob in Lottes Richtung grüßend die Hand und verließ den Supermarkt.

Die Verkäuferin stand mit einem Besen neben der Kasse und schaute auf die Scherben im Eingangsbereich. »Meenste, ick kann det auffegen?«

»Ich denke schon«, antwortete Emilia.

»Mann, det wird der Chefin aber nich' jefallen«, schimpfte Lotte, während sie die Scherben beseitigte.

Wenig später kamen zwei Polizeibeamte und nahmen Emilias Aussage auf.

3

Am Abend saß Emilia auf der Couch und ließ den Tag Revue passieren. Vor allem grübelte sie über dieses seltsame Gefühl nach, das sie nach dem Unfall überkommen hatte. Die innere Kälte, die sie hatte frieren lassen.

Was bedeutete das?

Früher hatte sie nie die Zeit gehabt, über so etwas nachzudenken. Jetzt ließ es sie nicht mehr los.

Es kann so schnell vorbei sein, fuhr es ihr durch den Kopf. *Ein unachtsamer Moment …*

»… und man fährt gegen eine Laterne«, sagte sie leise.

Doch das war nicht das Entscheidende. Als sie hinterher im Laden gestanden hatte, war ihr bewusst geworden, dass genau dies ihre Aufgabe war: helfen, medizinisch betreuen, für jemanden da sein. Doch auf einmal fühlte sie wieder den Druck, der sie so lange beherrscht hatte. Und sie empfand ihn nun nicht mehr als positiv.

Mit einem tiefen Seufzer stand sie auf und holte aus dem Kühlschrank eine Tafel Schokolade. Sie brach zwei Riegel ab und genoss die schmelzende Süße.

Das Telefon klingelte. Emilia schaute verwundert auf die Uhr. Wer rief denn nach neun noch an?

Schon auf dem Display des Hörers sah sie den Anrufer. Ihre Urgroßmutter. Rasch nahm sie das Gespräch entgegen.

»Oma! Ist alles in Ordnung mit dir?«

»Lia? Ach bitte, kannst du herkommen?« Die Stimme ihrer Urgroßmutter klang brüchig. »Ich bin hingefallen und komme einfach nicht mehr hoch.«

Emilia fuhr der Schreck in die Glieder. »Ich komme!«

Sie legte auf, eilte in den Korridor und schlüpfte in die erstbesten Schuhe. Im Hausflur stolperte sie fast auf den glatten Stufen. Innerlich ermahnte sie sich zur Ruhe. Es nutzte ihrer Urgroßmutter nichts, wenn sie sich hier den Hals brach.

Es regnete noch immer, die Wolken spiegelten sich auf dem nassen Asphalt. Emilia stieg rasch in ihren kleinen Peugeot und fuhr in Richtung Stadtgrenze. Die Straßenlaternen blendeten sie, ihr Licht schien zu zerfasern. Sie griff in ihr Handschuhfach und holte ihre Brille hervor. Ihre Sicht wurde klarer, und sie atmete auf. Ihre Kurzsichtigkeit war nur gering, aber im Dunkeln bei schlechtem Wetter brauchte sie eine Sehhilfe, sonst fühlte sie sich unsicher.

Nach etwa zehn Minuten parkte sie vor dem Mehrfamilienhaus, in dem ihre Urgroßmutter wohnte, und hastete zur Haustür. Fahrig kramte sie in ihrer Tasche nach dem Schlüsselbund.

»Verdammt …«

Endlich bekam sie Metall zu fassen und zog die Schlüssel heraus. Im Laufschritt eilte sie die Treppe hinauf. Rasch schloss sie auf und betrat die Wohnung.

»Oma Hanna?«

Schon immer nannte Emilia sie bei ihrem Kosenamen.

»Hier, Lia. Im Wohnzimmer.«

Johanna Arndt war unglücklich zwischen Sofa und Tisch gefallen. Die Tischdecke hing halb herunter, eine Vase war zerbrochen, und die alte Frau hielt sich den Arm.

Emilia ließ ihre Tasche fallen und kniete sich neben sie.

»Tut dir was weh?«

»Ja, der Arm und die Hüfte. Ich komm einfach nicht mehr hoch.«

Behutsam half Emilia ihr auf. Sie spürte, dass Johanna völlig kraftlos war.

»Es tut mir leid, Lia.«

»Was soll dir denn leidtun, Oma? Ich bin nur froh, dass du noch ans Telefon gekommen bist.«

»Ja, das war wirklich ein glücklicher Zufall. Es ist vom Tisch gefallen, und so konnte ich es am Boden erreichen.«

Emilia strich ihr eine Strähne aus der Stirn. Das noch immer volle Haar war von einem silbrigen Weißton. Liebevoll fuhr sie über die weichen Wellen ihrer Urgroßmutter. Johanna liebte ihre Frisur, die sie seit den Fünfzigerjahren trug. Sie sah damit aus wie eine der Filmdiven jener Zeit. Ihre zierliche Gestalt und das gepflegte Gesicht unterstrichen diesen Eindruck. Dennoch war ihr mittlerweile das hohe Alter anzusehen, auch wenn Emilia das nie vor ihr zugeben würde.

»Den Kopf hast du dir aber nicht gestoßen, oder?«

»Nein. Aber mein Arm tut sehr weh.«

»Mir wäre es wirklich lieber, wenn wir ins Krankenhaus fahren würden. Meinst du, dass du bis zum Auto laufen kannst?«

»Ja, ja, das wird schon gehen.«

Sie benutzten den Fahrstuhl, und Emilia führte ihre Urgroßmutter zum Auto. Bewusst wählte sie ein anderes Krankenhaus als das, in dem sie gearbeitet hatte. Auch weil Johanna dort schon einmal behandelt worden war.

Leider war die Notaufnahme ziemlich voll.

»Setz dich hierher, Oma! Ich kläre das eben.«

Selbst auf dem Stuhl schwankte Johanna leicht. Emilia ging zur Aufnahme. Die Frau an der Anmeldung tippte seelenruhig etwas in ihren PC und grüßte nicht einmal. Ungeduldig wartete Emilia.

Endlich sah die Schwester auf. »Was kann ich für Sie tun?«

»Meine Urgroßmutter ist vorhin schwer gestürzt. Sie ist über neunzig und klagt über starke Schmerzen am Arm und auch an der Hüfte.«

»Haben Sie die Krankenkassenkarte dabei?«

Emilia reichte ihr das Gewünschte und sah zu, wie sich die Frau wieder in ihre PC-Arbeit vertiefte. Es kümmerte sie gar nicht, wie es den Patienten ging, zumindest kam es Emilia so vor.

»Wird hier nach Priorität behandelt?«, fragte sie die Frau.

Die schaute verdutzt auf. »Nach Priorität? Es wird der aufgerufen, der dran ist.«

»Dann möchte ich für meine Urgroßmutter bitte ein Bett haben, denn sie kann sich kaum aufrecht halten.«

»Ich kann Ihnen kein Bett auf den Flur stellen.«

»Dann nehmen Sie sie auf.«

»Wenn sie eine Einweisung haben, dann gerne.«

»Sie wissen, dass ich keine habe, weil ich Ihnen gerade gesagt habe, dass meine Urgroßmutter vorhin gefallen ist.«

»Das muss aber der Arzt entscheiden.«

»Wie lange ist die Wartezeit?«

»Zwei Stunden sicherlich.«

Emilia sah besorgt zu Johanna, die sich mit dem gesunden Arm an die Stuhllehne klammerte.

»In zwei Stunden liegt sie auf Ihrem polierten Linoleumboden.«

»Hören Sie, ich mache hier nicht die Regeln.«

»Das weiß ich. Aber ich arbeite auch als Krankenschwester, deshalb sage ich Ihnen, wie es um meine Urgroßmutter steht.«

»Warum haben Sie denn keinen Krankenwagen gerufen?«

»Weil ich das Auto vor der Tür hatte und …«

»Entschuldigen Sie?«

Emilia wandte sich alarmiert um. Eine Fremde stand vor ihr.

»Sie sind doch mit der alten Frau gekommen, oder?«

Emilia nickte.

»Es geht ihr überhaupt nicht gut, sie atmet sehr schwer.«

In Sekundenschnelle war Emilia bei ihr. Sofort erkannte sie, dass Johannas Kreislauf versagte.

»Bitte rücken Sie auf!«, bat sie die wartenden Patienten, die dem augenblicklich nachkamen.

Rasch schob Emilia einige Stühle nahe zusammen.

»Oma? Komm, leg dich hier auf die Stühle, ja?«

Schweiß stand auf Johannas Stirn. Sie war kreidebleich.

»Es tut mir so leid, Lia«, flüsterte sie kraftlos.

Emilia half ihr, sich auf die Stuhlreihe zu legen. »Ach, jetzt entschuldige dich doch nicht immerzu. Alles ist gut.«

Schritte näherten sich, und sie sah sich um. Ein Arzt kam zu ihnen. Emilia atmete erleichtert auf. Er hockte sich vor sie und lächelte. »Wenn das nicht meine Scarlett O'Hara ist.«

Johanna blinzelte und suchte seinen Blick. »Ach, Sie sind es wieder.« Sie schöpfte Atem, lächelte aber ein wenig.

»Was ist denn passiert?«

»Ich bin gestürzt, und jetzt ist mir ganz schwindelig.«

Ein leiser Schmerzenslaut ihrer Urgroßmutter ließ die Sorge in

Emilia wachsen. »Sie hat sich übel den Arm verletzt«, mischte sie sich ein. »Ich glaube, sie kann ihn nicht richtig bewegen.«

»Wir werden sie erst mal in ein Behandlungszimmer bringen.«

Der Arzt winkte einem Pfleger zu, der sofort verstand und einen Rollstuhl holte.

Sie halfen Johanna hinein.

»Nicole, welches Zimmer kann ich nehmen?«

Die Schwester an der Aufnahme verfolgte skeptisch die Aktion, schaute dann aber auf ihren Bildschirm. »Zimmer sieben.«

Der Arzt fuhr Johanna persönlich in den entsprechenden Raum und half ihr auf die Krankenliege. Während der Untersuchung hielt sich Emilia zurück, beobachtete den sympathischen Mediziner, der ihre Urgroßmutter zu kennen schien. Er nahm sich Zeit für sie und scherzte mit ihr. Recht schnell ordnete er eine Infusion an. Die Flüssigkeit, gepaart mit einem Schmerzmittel, weckte Johannas Lebensgeister, sodass sie sogar wieder lachen konnte.

Als eine Schwester sie zum Röntgen brachte, um einen Bruch am Unterarm auszuschließen, konnte Emilia ihre Neugierde nicht mehr zügeln.

»Kennen Sie meine Urgroßmutter?«, fragte sie den Arzt.

»Ja, ich erinnere mich gut an sie. Sie war doch vor einigen Wochen wegen der Blasenentzündung hier. In dieser Woche hatte ich Nachtschicht, und Frau Arndt konnte oft nicht schlafen. Sie wollte ihre Zimmernachbarin nicht stören und ist deshalb in den Aufenthaltsraum gegangen, um zu lesen. Dort habe ich sie oft angetroffen.« Er lächelte, und kleine Grübchen erschienen auf seinen Wangen. »Verraten Sie mich nicht, aber ich habe in diesen Nächten wirklich sehr interessante Gespräche geführt.«

»Und wieso Scarlett O'Hara?«

»Wissen Sie, meine eigene Großmutter liebte *Vom Winde verweht.* Sie ahnen nicht, wie oft ich den Film mit ihr anschauen musste.« Er lachte leise. »Und Ihre Urgroßmutter muss in jungen Jahren wirklich wunderschön gewesen sein. Das kann man noch immer erkennen. Ich denke, wäre es Vivien Leigh vergönnt gewesen, so alt zu werden, sie hätte sicher ähnlich ausgesehen.«

Emilia dachte an das alte Foto, das Johanna mit etwa dreißig

Jahren zeigte. Ja, er hatte tatsächlich recht. Eine gewisse Ähnlichkeit konnte man nicht leugnen.

»Sie ist etwas Besonderes«, sagte sie.

»Ich weiß.« Besorgnis malte sich auf seinen Zügen ab. »Ich würde sie gerne hierbehalten, zur Beobachtung. Es sei denn, sie könnten sie in der nächsten Zeit betreuen. Vorausgesetzt, der Arm nimmt uns die Entscheidung ab. Wenn er gebrochen ist …«

»Ich bin Krankenschwester und kann sie betreuen.«

»Ist das mit Ihrer Arbeit vereinbar?«

»Wenn ich denn eine hätte …«

»Oh, in Ordnung, dann wäre es vertretbar.«

Ein Lautsprecher ertönte: »Dr. Wiekhoff, bitte in Raum fünf.«

»Ich muss leider gehen. Nach dem Röntgen sehe ich noch einmal nach Ihrer Urgroßmutter. Mein Fachgebiet ist es aber nicht. Bei einem Bruch würde ein Kollege übernehmen.«

Er reichte ihr zum Abschied die Hand und verließ eilig den Behandlungsraum. Emilia folgte ihm, schlug aber den Weg zum Wartezimmer ein. Sie hoffte, dass sie Johanna wieder mit nach Hause nehmen konnte.

*

Die Zeit verging schleppend, und Emilia hatte das Gefühl, unzählige Zeitschriften durchzublättern.

»Frau Arndt?«

»Hier!« Rasch legte sie die Illustrierte zurück auf den Tisch und ging zu der Schwester.

»Kommen Sie bitte mit!«

Als Emilia das Zimmer betrat, wartete eine lächelnde Johanna auf sie.

»Lia, mein Liebling. Mein Arm ist nicht gebrochen. Ich darf nach Hause.«

»Das freut mich, Oma.« Emilia küsste sie auf die Wange.

Dr. Wiekhoff klärte sie noch über die weitere Behandlung beim Hausarzt auf und wies erneut darauf hin, dass eine Betreuung wichtig sei. Schließlich entließ er die beiden.

»Wir fahren eben bei mir zu Hause vorbei, und ich hole ein paar Sachen aus meiner Wohnung. Dann bleibe ich ein paar Tage bei dir, in Ordnung?«, sagte sie zu Johanna, als sie über den Krankenhausflur liefen.

»Aber, Kind, das kannst du doch nicht auf dich nehmen!«

»Du hast doch gehört, was der Arzt gesagt hat.«

»Ja, aber du musst doch arbeiten.«

»Im Moment nicht, Oma, ich habe Zeit für dich.«

Irritiert schaute Johanna sie an. »Hast du Urlaub?«

»Ach, lass uns ein anderes Mal darüber reden, okay?«

Ihre Urgroßmutter sah sie prüfend an. Emilia wich ihrem Blick aus.

*

Zurück in der Wohnung, half Emilia ihr erst einmal auf das Sofa. Sie fegte die Scherben der Vase weg und richtete die Tischdecke.

»Möchtest du ins Bett gehen, Oma?«

»Nein, ich fühle mich noch sehr überdreht.«

»Das kommt sicher von der Infusion.« Emilia musterte sie. Johannas linker Arm lag in einer Schlinge, damit er ruhiggestellt war und die Verstauchung heilen konnte. »Tut der Arm noch sehr weh?«

»Alles ist gut, Emilia. Willst du dich nicht zu mir setzen?«

»Ich räum noch eben auf.«

Nervosität flammte in ihr auf. Ihre Urgroßmutter durchschaute sie viel zu oft, deshalb wich sie einem Gespräch aus. Nachdem sie unzählige unwichtige Dinge hin und her geräumt hatte, blieb sie ratlos im Wohnzimmer stehen.

»Emilia, setz dich zu mir!«

Sie atmete tief durch und kam der Aufforderung nach.

»Du hast keinen Urlaub, oder?«

»Nein, ich … mir wurde … gekündigt.«

Stille herrschte in dem gemütlichen Wohnzimmer. Draußen rauschte der Regen. Verhaltene Schritte über ihnen sagten Emilia, dass Frau Rose um diese Uhrzeit noch mit ihren High Heels durch die Wohnung stöckelte.

»Warum, Liebes?«

»Wegen der Zusammenführung zweier Häuser. Sie bauen Stellen ab, deshalb haben sie meinen Vertrag nicht verlängert.« Sie sagte es gefasst, fast sachlich, obwohl tief in ihrem Innern ein Feuer brannte. »Aber jetzt kann ich hier bei dir sein. Und das ist doch gut.«

Johanna entgegnete nichts, sie hob nur die rechte Hand und legte sie auf Emilias. Diese sanfte, vertraute Geste ließ plötzlich alle Dämme in ihr brechen. Sie schluchzte auf, konnte sich nicht mehr zurückhalten. Johanna zog sie näher zu sich, und Emilia schmiegte sich an ihre zarte Schulter.

*

In der Nacht konnte Emilia nicht schlafen. Sie lag auf der Couch im Wohnzimmer, im TV flimmerte eine alberne Serie. Sie achtete nicht auf den Bildschirm, sondern sah in Richtung des gekippten Fensters. Die weiße Gardine bewegte sich sacht im Luftzug. Den Ton des alten Röhrenfernsehers hatte Emilia leise gestellt, die Stimmen bildeten ein monotones Hintergrundgeräusch.

Eine besondere Unruhe hatte sie erfasst.

Johanna mochte es augenscheinlich wieder gut gehen, aber Emilia sah sie mit anderen Augen. Ihre Urgroßmutter wirkte wie ein zerbrechlicher Vogel, der sich kaum auf den Beinen halten konnte. Auch wenn sie das bei jeder Gelegenheit herunterspielte oder es gar leugnete.

Sie ist über neunzig, sagte sie sich immer wieder.

Dieser Gedanke verschlimmerte ihre Angst nur, denn es bedeutete, dass Johannas Leben bald zu Ende sein würde.

Emilia seufzte leise und schaltete den Fernseher aus. Das Geflimmer machte sie noch nervöser.

Oft vermisste sie Waren, die ruhige Ortschaft in Mecklenburg-Vorpommern, in der sie aufgewachsen war. Sie sehnte sich nach den Seen und Feldern. Hier in Berlin fühlte sie sich wohl, aber sie dachte sehr oft an die einsamen Wege in den lichtdurchfluteten Wäldern.

»Wo bist du mit deinen Gedanken, Emilia?«

Sie schrak auf. Johanna stand im Türrahmen. Mit ihrem weißen Nachthemd wirkte sie wie ein Geist, so blass und zart.

»Oma Hanna, geht es dir gut? Hast du Schmerzen?«

Johanna hielt sich mit der rechten Hand den verletzten Arm, ging aber auf ihre Fragen nicht ein.

»Denkst du an zu Hause, Lia?«

»An meine Wohnung in der Cambridger Straße?«, fragte Emilia verwirrt.

»Nein …«

Johanna benahm sich seltsam. Als sie leicht schwankte, setzte sie sich mühsam auf das Sofa. Mit einer Geste lehnte sie Emilias Hilfe ab.

»Oma, was ist denn los? Kannst du nicht schlafen?«

»Kannst *du* denn schlafen?«

Emilia schüttelte den Kopf.

»Du hast Angst, weil ich bald gehe, nicht wahr?«

»Oma, sag doch so was nicht!«

Johanna kicherte leise. »Das ist doch nichts Schlimmes. Ich hatte so ein wunderbares, langes Leben.«

Emilias Augen füllten sich mit Tränen. Dieses Gespräch fühlte sich wie ein Abschied an.

»Weißt du, Lia. Meine kleine Schwester … Sie hatte einen schlimmen Tod. Curt konnte sie nicht retten.«

»Deine Schwester? Was ist denn mit ihr geschehen?«

»Ach, der Krieg hat sie mir genommen.«

»Und wer war Curt?«

Johanna schwieg. Sie sah durch die gläserne Balkontür in die Nacht hinaus. Emilia folgte ihrem Blick. Die Sichel des zunehmenden Mondes strahlte silbern zwischen den Häusern hervor.

»Oma?«

»Curt …«, flüsterte Johanna. »Es sind jetzt so viele Jahre her. Ich war achtzehn.«

»Im Krieg?«

»Ja.«

»War er dein …?« Emilia ließ die Frage unausgesprochen. Ihre Andeutung war klar.

»Ach, Lia, er war noch viel mehr. Wir haben uns damals gegenseitig gerettet.«

Endlich wandte sie den Kopf und schaute Emilia an. »Anton hat es manchmal geahnt, aber er wollte nie die Wahrheit wissen. Für ihn war mein Friedrich sein Papa, niemand sonst.«

Emilias Herz klopfte nun so rasch, dass sie durchatmen musste und sich aufrichtete.

»Willst du die Wahrheit wissen? Wenn ich nicht mehr da bin, nähme ich sie sonst mit ins Grab.«

»Oma, du wirst noch nicht sterben«, widersprach Emilia. »Aber … ich würde deine Geschichte sehr gerne hören.«

Auf einmal schienen Johannas hellbraune Augen in dem Dämmerlicht zu leuchten. Ein Strahlen ging von ihr aus, als sie gedanklich in die Vergangenheit abtauchte. Emilia konnte nicht einschätzen, ob sie im Ausdruck ihrer Urgroßmutter Schmerz oder Sehnsucht las.

»Wir lebten damals in Pommern, heute gehört es zu Polen. Vor dem Krieg war unser kleiner Hof wirklich idyllisch. Das blieb sogar eine Zeit lang so, bis die Rote Armee kam. Da veränderte sich alles …«

Emilia lehnte sich zurück in die weichen Polster, als Johanna ihre Erzählung begann und damit eine andere Zeit zum Leben erweckte.

4

Nahe Pyritz, Pommern, Ende Februar 1945
Eine sanfte Brise wehte über den Hof, und ich schob mir eine meiner haselnussbraunen Locken hinters Ohr. Das Wetter kam mir heute überraschend mild vor. Letzte Schneeverwehungen lagen in den Mulden auf dem Feld, sie tauten bereits. Es war still, selbst die Hühner schienen zu ruhen, ich hörte kein Gegacker aus dem Stall. Ich wusste, das würde sich ändern, sobald ich den Riegel der Tür zur Seite schob.

Der Wind drehte, führte entfernte Stimmen mit sich. Ich hielt inne und horchte. Ein dumpfer Ton brachte mein Herz zum Klopfen. Mein Blick glitt über den Himmel. Ich konnte das Flugzeug nicht ausmachen, aber das Motorgeräusch ließ Übelkeit in mir aufsteigen. Ich biss mir auf die Unterlippe, atmete tief durch und wartete.

Ein einzelner Donner, einem Gewitter ähnlich, hallte über unser Tal. Der Boden vibrierte leicht, ich hörte, wie die Hühner erschrocken aufflatterten. Ich musste meine aufkeimende Furcht herunterschlucken.

Die Stille kehrte zurück, als der Wind abflaute. Ich sah in Richtung Pyritz. Die Sirene schwieg. Die Stadt meldete keinen Fliegeralarm. Also war die Bombardierung weit genug entfernt.

Ich ging zum Hühnerstall. Die Tiere begrüßten mich, indem sie auf mich zuliefen. Herti entwischte mir nach draußen, aber sie würde hoffentlich zurückkommen, wenn sie merkte, dass es Futter gab. Um diese Jahreszeit hielten wir die Hühner lieber im Stall. Ich streute ihnen das Futter auf den Boden.

Herti stolzierte im Außengehege herum und ließ sich nicht mit dem Futter locken. Ich fing sie geschickt ein und erntete ein protestierendes Gackern.

»Du willst dich doch nicht erkälten, Herti. Außerdem traue ich den russischen Soldaten nicht. Sie haben letztens den Krügers eine Kuh geklaut. Also rein mit dir.«

Rasch schloss ich die Tür und verharrte vor dem Stall.

Ich wollte nicht an den Krieg denken, wollte mich nicht fürchten. Aber die Front rückte immer näher, und vereinzelte Russen streiften bereits durch die Dörfer, wahrscheinlich Späher.

»Johanna?«

Die Stimme meiner Mutter ertönte über den Hof.

»Ich bin hier, Mama.«

Erneut nahm ich den Motor eines Flugzeugs wahr, dieses Mal nicht so nah, trotzdem beängstigend.

»Sie bombardieren wohl wieder das Lager«, sagte meine Mutter leise und zog mich zum Haus.

»Hast du was erreichen können?«

Mama hatte erneut um eine Abreisebescheinigung gebeten.

Sie schüttelte resigniert den Kopf. »Sie wollen diesen Landstrich noch nicht aufgeben.«

»Was denken sie sich denn? Dass wir gerne Haus und Hof zurücklassen, um ins Nirgendwo zu flüchten?«, fauchte ich wütend und ballte meine Hände zu Fäusten.

Ohne diese Bescheinigung konnten wir uns keinem der Flüchtlingstrecks anschließen. Lebensmittel würden uns verwehrt werden. Wir konnten nur tatenlos zuschauen, wie andere Menschen von außerhalb vor dem Krieg flüchteten.

»Sie haben gesagt, nur noch ein paar Tage. Die wollen sie noch abwarten.«

»Bis die Rote Armee vor unserer Haustür steht. Hast du ihnen von den Spähern erzählt, die wir im Dorf gesehen haben?«

»Ja, hab ich. Sie wollen der Sache nachgehen.«

Ich schnaubte ärgerlich, aber es nützte nichts. Wir mussten tun, was die Wehrmacht von uns verlangte. Also blieben wir.

Schreie hallten aus dem Waldstück, das an unsere Wiese grenzte. Ich sah, wie Mama zusammenzuckte.

»Komm, gehen wir rein, Johanna.«

Sie ließ mich ins Haus, warf noch einen argwöhnischen Blick nach draußen und schloss die Tür.

Meine Schwester Gerda blickte auf. Sie schälte Kartoffeln und sah uns besorgt an. »Das war vorhin kein Gewitter, oder?«

Ich schüttelte nur den Kopf. Sie beruhigte sich oft selbst mit dem Gedanken, dass es bloß normaler Donner war.

»Und die Bescheinigung?«

»Noch nicht«, antwortete Mama nur.

Gerda hielt mitten in der Bewegung inne und presste die Lippen zusammen. »Aber die Russen werden doch kommen«, flüsterte sie ängstlich.

Ja, das wussten wir alle. Es war ein furchtbares Gefühl, festzusitzen, machtlos zu sein, obwohl die Gefahr immer näher rückte.

»Kinder, denkt einfach nicht mehr daran!«

Gerda schien dem sofort nachzukommen und vertiefte sich wieder in ihre Arbeit. Ich beobachtete sie. Das geflochtene Haar lag ihr als dunkler Zopf über der Schulter. Sie war wirklich wunderhübsch, hatte das Gesicht einer Porzellanpuppe. Ich sah ihr an, dass sie den Krieg längst wieder verdrängt hatte – zumindest bis zum nächsten Luftangriff. Es war für sie die einzige Möglichkeit, ihren Ängsten zu entkommen.

Mama und Gerda gingen ihren Arbeiten nach. Ich fühlte mich für den Moment wie gelähmt. Niemand von uns sprach, nur das Klappern des Geschirrs durchbrach hin und wieder die Stille. Mir war es auf einmal viel zu stickig in dem Raum, ich hatte das Gefühl, keine Luft zu bekommen. Ich atmete tief ein, aber es reichte einfach nicht.

»Bin gleich wieder da«, sagte ich atemlos und stürmte zur Tür.

»Johanna, geh nicht zu weit weg!«

»Ich bleib in Hofnähe.«

Mama ließ mich ziehen, weil sie wusste, dass sie mich nicht aufhalten konnte, wenn ich in dieser Stimmung war. Angst mischte sich mit Wut, Sorge mit Wehmut. Ich liebte unser Zuhause. Ob wir hierher zurückkehren konnten, wenn der Krieg endlich vorbei war? Die Kämpfe zogen sich nun schon jahrelang hin.

Anfangs hatte ich den Führer gemocht. Er war so leidenschaftlich, trat für seine Sache ein, brachte frischen Wind in die stumpfsinnige Politik. Meine damalige Sympathie für ihn erschreckte mich plötzlich. Hitler hatte sich als grausamer Mann entpuppt, der Menschen auf offener Straße erschießen ließ. Juden wurden einfach fortgeschafft, und ich mochte nicht darüber nachdenken, was mit ihnen geschah. Niemand hörte mehr etwas von ihnen. Sie verschwanden spurlos in diesen Arbeitslagern, die sonst niemand betreten durfte. In der Stadt munkelten sie, dass die SS viele einfach getötet hatte.

Ich dachte an meine jüdische Brieffreundin Rahel, die in Stettin lebte. Sie antwortete mir schon lange nicht mehr.

Aber all das hatten wir anfangs doch nicht gewusst! Hitler war uns wie eine Rettung vorgekommen. Nun riss er uns in den Untergang, und niemand wagte aufzubegehren … oder wurde erschossen.

Ich schüttelte diese Gedanken ab. Vorsichtig ging ich bis zur Grenze unseres Hofes und sah in Richtung Wald. Langsam brach die Dämmerung herein. Weiter hinten auf den Wiesen stieg feiner Nebel auf. Entfernt hörte ich Schüsse, dann wieder gedämpfte Schreie. Doch niemand näherte sich unserem Land.

Ein Zittern erfasste mich, und ich zog mein Schultertuch fester um mich.

Wo rückte die Front wohl hin? Entfernte sie sich, oder würden sie womöglich in ein paar Tagen drüben auf der alten Weide kämpfen?

Ich schüttelte meine Furcht ab und zwang mich, hier zu verharren, denn die Dämmerung beruhigte mich. Ich liebte das Halbdunkel und den Abenddunst, der alles einhüllte, als wollte er ein geheimes Portal in eine andere Welt verbergen.

Ein Rascheln ließ mich erschrocken zusammenfahren.

Auf leisen Sohlen schlich ich rückwärts, um die Richtung, aus der das Geräusch gekommen war, beobachten zu können. Verbarg sich dort jemand? Oder war es nur der Fuchs?

Ein unterdrücktes Stöhnen ließ mich innehalten.

»Hallo? Ist da jemand?«, rief ich mit gedämpfter Stimme.

Ich war fluchtbereit, gespannt wie eine Bogensehne, konnte mich dennoch nicht abwenden, weil mich eine Ahnung regelrecht an Ort und Stelle festhielt.

Sehr leise vernahm ich einen schwachen Hilferuf.

Ich zögerte. Für einen Augenblick schoss mir der Gedanke durch den Kopf, dass dies eine Falle war, um mich anzulocken. Junge Frauen waren bei den Russen heiß begehrt.

»Bitte … ist da jemand?«, hörte ich nun deutlicher.

Kein russischer Akzent, definitiv ein Deutscher.

Mein Herzschlag fühlte sich an wie eine Trommel. Ich trat ein paar Schritte vor. Sehen konnte ich den Mann nicht.

»Wer bist du? Und was machst du hier, so weit weg von der Front?«

Zuerst hörte ich nur ein leises Stöhnen, dann ein Knacken wie von Ästen, auf die man tritt. Erschrocken wich ich zurück, aber niemand näherte sich.

»Ich heiße Curt Ehlert, bin Soldat … der Wehrmacht. Man hat … mich angeschossen.« Ich hörte ein schmerzvolles Aufkeuchen. »Und die Front ist zerstreut. Sie sind … überall in den Wäldern.«

Er musste sich mühsam aufrichten, ich erkannte das an den Geräuschen. Obwohl ich vor Angst bebte, blieb ich stehen.

Curt Ehlert kam vom Waldrand aus einem Gebüsch. Der Nebel waberte auseinander und gab eine gekrümmte Gestalt frei. Der Soldat war sicher einen Kopf größer als ich und hielt sich krampfhaft die Schulter. Wie ein Untoter kam er auf mich zugehumpelt. Eine Ausrüstung hatte er nicht bei sich, nicht einmal einen Helm.

»Bitte … hilf … mir …«

Er taumelte, sackte in sich zusammen.

Ich stieß einen erschrockenen Laut aus. Er kauerte nun am Boden und schaute flehend zu mir auf. Endlich fasste ich mir ein Herz und ging zu ihm hin. Sein Tuchmantel war geöffnet, die Uniform darunter an der rechten Schulter blutdurchtränkt.

»Kannst du laufen?«

»Ich … ich weiß nicht.«

»Du musst. Tragen kann ich dich nicht.«

Er richtete sich mit meiner Hilfe auf. Ich stützte ihn, hielt ihn aufrecht, wenn er schwankte, und brachte ihn so zu unserem Hof. Als ich die Tür aufriss und mit ihm in die Stube kam, ließ Gerda vor Schreck einen Teller fallen, der am Boden zerbarst. Mama zischte und starrte mich ungläubig an.

»Was, um Gottes willen …!«, setzte sie an, aber ich unterbrach sie unwirsch.

»Es ist einer von uns! Ich habe ihn an der Wiese gefunden.«

»Dann muss er in ein Lazarett.«

Ich half Curt auf einen der Küchenstühle.

Er räusperte sich. »Ich weiß nicht, wo hier … ein richtiges Lazarett ist.« Er rang kurz um Atem. »Wir behandeln die Verletzten … vor Ort. Aber … ich habe meine … Einheit verloren.«

»Mama, er sagt, sie kämpfen verstreut im Wald.«

»Dann sind sie viel näher, als ich gedacht hatte«, murmelte sie und stützte sich auf die Spüle. »Gerda, nun steh nicht herum und starre unseren Gast an, sondern feg die Scherben weg!«

Meine Schwester blinzelte, dann fing sie sich und tat, was Mama ihr aufgetragen hatte.

Ich half Curt aus der Jacke. Sein Hemd war geöffnet, und ich sah, dass die Wunde bereits notdürftig versorgt war. Das Blut sickerte durch den provisorischen Verband.

Mama packte mich am Schlafittchen und zog mich von dem jungen Mann fort.

»Es mögen ja Kriegszeiten sein, aber du wirst mir hier keinen halb nackten Mann verarzten!«, fuhr sie mich an. »Hol Verbandszeug und Alkohol!«

Murrend ging ich in unser kleines Badezimmer, nahm oben aus dem weißen Schränkchen einige Mullbinden und eilte zurück. Im Türrahmen blieb ich erschrocken stehen. Mama hatte Curt aus dem Hemd geholfen und den schmutzigen Verband entfernt. Die Kugel hatte eine tiefe Spur vorn an der Schulter hinterlassen. Blut quoll aus der Fleischwunde, die regelrecht auseinanderklaffte. Es wirkte wie ein Streifschuss aus unmittelbarer Nähe. Sein Oberkörper war übersät mit Prellungen.

»Kind! Alkohol!«, befahl meine Mutter unwirsch.

Ich riss mich von dem Anblick los und holte Vaters hochprozentigen Schnaps aus der Vitrine. Mama nahm die Flasche entgegen und schüttete die klare Flüssigkeit auf ein Tuch. Gerda eilte derweil die Holzstufen zu unserem Zimmer hinauf, sie flüchtete vor der Situation. Ich wollte helfen, aber Mama sah mich drohend an.

»Geh, Johanna!«

Ich zögerte, gehorchte aber und ging hinaus.

Curt schrie erstickt auf. Ich zuckte zusammen, blieb wie erstarrt an der Haustür stehen und wartete. Eisiger Wind kam auf. Ich spürte, dass die Temperaturen fielen, und schlang fröstelnd die Arme um mich.

Warum war ich auch nicht hinauf zu Gerda gegangen?

Ich musste einfach in der Nähe bleiben, falls Mama Hilfe brauchte. Zitternd stand ich vor der Tür und beobachtete die Umgebung. Mondschein beleuchtete die Wiese. Den Wald nahm ich nur als schwarze Wand wahr, die sich vom Sternenhimmel abhob. Aus dem Osten näherten sich Wolken, die jegliche Lichter verschluckten. Ob es noch einmal Schnee gäbe?

Die Tür öffnete sich von innen, und Mama schaute mich irritiert an. »Kind, was stehst du hier draußen in der Kälte?«

Ich zuckte nur mit den Schultern. »Ich glaube, es wird wieder schneien.«

Mama trat zwei Schritte vor und sog die Luft ein. »Es wird kälter«, murmelte sie nur.

Plötzlich sah ich weiter hinten auf unserem Feld einige dunkle Schemen. Jemand trieb sich in der Nähe des Hofes herum! Durch meinen Körper ging ein Ruck. Mein Herz schlug wie wild.

Mama zerrte mich ins Haus. »Lösch alle Lichter!«

Zusammen drehten wir die Öllaternen herunter. Strom hatten wir noch nicht, dafür wohnten wir zu weit außerhalb.

»Was ist denn?«, fragte Curt leise und wollte sich aufrichten. Mama hatte ihm etwas zu essen und zu trinken gegeben. Er schien nun kräftiger zu sein. Seine Pistole lag auf dem Tisch, und er griff mit der linken Hand danach.

Meine Mutter zeigte an, dass er sitzen bleiben solle. Der junge Mann rührte sich nicht. Mein Blick traf den seinen, und er runzelte die Stirn, als sähe er meine Sorge. Mama ging nach oben, um Gerda Bescheid zu sagen, damit auch sie ihr Licht löschte.

Ich stellte mich neben das Fenster, schob die Gardine ein Stück zur Seite. Hinter mir knisterte das Feuer im Kohleofen.

Drei Fremde liefen über die Wiese, hielten sich aber vom Haus fern. Sie verschwanden im nahen Wald. Eine Ahnung ließ mich verharren.

Leise Schritte näherten sich. Ich spürte, dass Curt hinter mich trat. Obwohl ich seine ungewaschene Kleidung und das Blut deutlich roch, war mir seine Nähe nicht unangenehm.

»Wer ist da draußen?«, raunte er. Sein Atem streifte meine Wange, weil er sich vorbeugte, um ebenfalls hinauszuschauen.

»Ich weiß nicht. Sie sind zu dritt, und ich bin mir sicher, es sind Männer.«

»Kipp das Fenster«, sagte er leise.

»Warum?«

Er antwortete nicht, und da auch ich mich nicht von der Dunkelheit losreißen konnte, tat ich es.

Wir horchten.

Eine Bö rauschte in den Tannen unweit des Hauses. In der Ferne hallten zwei Schüsse. Dann umfing uns eine beklemmende Stille. Wir warteten.

Hinter mir hörte ich, wie meine Mutter die Treppe herunterkam. Ich schaute kurz zu ihr. Sie hielt inne, beobachtete unser Tun.

Eine Weile blieb es draußen ruhig. Ich dachte schon, die Fremden wären wirklich fort. Da hallte ein leises Männerlachen durch die Nacht.

»Vielleicht ist es meine Einheit, die mich sucht«, flüsterte er.

»Willst du denn gefunden werden?«

Er sah mich an, schaute wieder hinaus. Curt gab einen leisen Unmutslaut von sich. »Sie mussten mich zurücklassen, es war ein Befehl.«

Stimmen drangen zu uns durch, und mir rann es eiskalt den Rücken hinunter. Sie sprachen Russisch.

»Schließt die Fensterläden!«, zischte Curt.

Mama und ich reagierten sofort und öffneten die Fenster, um die Holzläden von außen zuzuklappen. Curt griff nach einem Stuhl und hob ihn mit dem gesunden Arm an. Ich holte den Schlüssel vom Haken und verschloss die Haustür. Den Stuhl stellten wir gekippt mit der Lehne gegen die Klinke, um eine Barrikade zu haben.

»Oben auch!«, raunte er. »Ich habe gesehen, wie sie an unebenen Wänden hochklettern und von oben durch die Fenster kommen.«

Als ich nach oben hetzte, war Gerda in heller Panik. Sie schloss bereits die Läden, schluchzte aber unkontrolliert und zitterte am ganzen Leib.

»Alles gut, kleine Schwester. Ich glaube, sie kommen gar nicht zu uns. Das ist nur …«

Jemand hämmerte gegen die Haustür.

Gerda klammerte sich an meinen Arm. Wir blieben beide stocksteif an der Treppe stehen. Curt nahm seine Waffe an sich und stand schwankend da. Wir hörten, wie sie ums Haus gingen. Unsere Hühner begannen aufgeregt zu gackern.

»Sie nehmen uns die Hühner weg«, jammerte Gerda. Tränen liefen ihr über die Wangen.

»Still«, wisperte ich. »Reiß dich zusammen! Besser die Hühner als wir.«

Sie schniefte und wischte sich mit dem Ärmel übers Gesicht.

Die Russen schlugen ein paarmal gegen die Fensterläden. Sie unterhielten sich eine Weile an der Westseite des Hauses. Wir lauschten und verhielten uns ruhig, bis kaum mehr ein Laut zu uns durchdrang.

Niemand wagte, sich zu rühren.

Irgendwann öffnete Mama erneut ein Fenster, um besser in die Nacht horchen zu können. Auf Zehenspitzen schlich ich die Treppe hinunter, Gerda blieb zurück. Curt taumelte, und ich beeilte mich, ihm zu Hilfe zu kommen. Ich stützte ihn, und wir starrten auf die Holzläden, die noch einen letzten Schutz boten.

Draußen hörte man den Wind in den Tannen rauschen, ein Huhn gab ängstliche Laute von sich. Stimmfetzen wehten zu uns herüber, aber sie verklangen immer mehr und verstummten schließlich.

»Sie sind weg«, sagte meine Mutter mit einem seltsamen Unterton. Sie wandte sich um, tauschte einen Blick mit mir. Ich verstand. Wir mussten vorsichtig sein, denn sie würden wiederkommen.

Curt unterdrückte ein Stöhnen. Sein neuer Verband war blutdurchtränkt, und ich ließ ihn behutsam zu Boden gleiten, da er kreidebleich war.

»Mama, die Wunde muss genäht werden. Er verliert zu viel Blut.«

»Wäre dein Vater hier, er könnte es, aber …«

»Ich kann es auch«, sagte ich bestimmt.

Sie sah mich skeptisch an, runzelte die Stirn.

Dr. Feldkamp, der langjährige Freund meines Vaters, war Arzt und arbeitete nun in einem der großen Stadt-Lazarette. Er hatte Papa vor dem Krieg gezeigt, wie man Wunden behandelte.

»Als sich Benno die Flanke an dem Stacheldraht aufgerissen hat, musste es auch genäht werden. Ich durfte dabeibleiben und zusehen.«

»Der Hund ist schon seit fünf Jahren tot. Außerdem kannst du das doch nicht mit unserer Situation vergleichen!«

»Haben wir denn eine Wahl? Er verblutet noch.«

Mama schaute den jungen Soldaten auf unserem Küchenboden nachdenklich an. Ich näherte mich ihr, sah sie scharf an.

»Jetzt ist nicht der Zeitpunkt für Benimmregeln, Mama.«

Gerda kam unschlüssig zu uns. Sie strich sich eine Haarsträhne aus dem Gesicht. »Kann ich was helfen?«

»Ja. Bitte dreh die Öllampen wieder auf, und hol mir eine Nähnadel!« Ich wandte mich an meine Mutter. »Ist noch was von Papas Angelschnur da?«

Sie nickte und verschwand aus dem Zimmer.

Ich hockte mich vor Curt. »Das wird wehtun. Du kannst was von Papas Schnaps haben.«

Er nickte nur. Als ich mich aufrichten wollte, hielt er meine Hand fest. »Du hast das doch schon mal gemacht, oder?«

»Ja, an einer abgetrennten Schweinepfote.«

Ich ließ ihn sprachlos zurück und kochte Wasser in einem Kessel auf. Das Laternenlicht erhellte wieder unsere Stube. Gerda legte eine Nadel vor mich hin. Curt erhob sich mühsam und setzte sich auf unsere Couch. Auf dem Tisch davor stand noch Vaters Schnaps, und ich gab Gerda mit einem Wink zu verstehen, dass sie ihm ein Glas davon geben sollte.

Mama kehrte mit einer Handvoll Schnur zurück. Ich legte alles, was ich brauchte, in das heiße Wasser. Als ich wartete, schlich sich die Unsicherheit wie eine kleine Schlange in meine Gedanken. Ich fürchtete mich plötzlich vor meiner eigenen Courage. Aufgewühlt stellte ich fest, dass meine rechte Hand zitterte.

Ich hauchte einen Fluch und atmete tief durch.

Meine Mutter kam zu mir, legte kurz ihre Hand auf meine Schulter. »Ich werde mal die übrigen Hühner wieder einfangen.«

Ich nickte, riss mich zusammen und ging zu Curt. Er sah mich mit glasigem Blick an, sein Wasserglas war leer. Spontan nahm ich selbst zwei große Schlucke aus der Flasche und schloss die Augen, als der Schnaps brennend durch meine Kehle rann und sich wie reine Wärme in meinem Magen ausbreitete.

»Ich sehe schon, das wird interessant werden«, lallte Curt.

Wenn ich zögerte, verließ mich womöglich der Mut, also blendete ich den jungen Soldaten als Person aus und dachte an die Schweinepfote, an der ich damals geübt hatte. Die Wundränder waren ziemlich glatt, und Mama hatte die Wunde gut gereinigt. Die Nadel ging ganz leicht durch das Fleisch. Ich hörte nur ein ersticktes Stöhnen, das ich zu ignorieren versuchte, und konzentrierte mich auf die Knoten, mit denen ich jeden Faden befestigte.

Fünf Stiche benötigte ich, um die Wunde so zu verschließen, dass sie nicht mehr so stark blutete. Curt hatte sich tapfer gehalten, lag nun aber schwer atmend auf dem Sofa und kämpfte darum, sich nicht zu übergeben.

»Schlaf«, raunte ich ihm zu und ging hinaus zu meiner Mutter, die noch im Hühnerstall war.

Ich zählte unsere Tiere. Drei fehlten. Herti kam aufgeregt angelaufen. Ich hockte mich zu meinem Lieblingshuhn und kraulte es.

Wir schlachteten die Tiere nur im Notfall, sie waren unsere lebensnotwendigen Eierlieferanten. Wir tauschten die Eier gegen Milch und Brot oder verkauften sie. Jeder Verlust schmerzte, denn es erschwerte unsere Situation noch mehr.

»Wenn wir endlich die Genehmigung haben und uns den Flüchtlingstrecks anschließen. Ob wir sie da mitnehmen können? Es sind ja nicht mehr so viele.«

Meine Mutter schaute mich ausdruckslos an. »Ja, ich nehme sie als Fleischvorrat mit. Bei den Temperaturen verdirbt es wenigstens nicht.«

»Mama!«

»Was denn, Johanna? Glaubst du, ich schleppe mich mit Käfigen ab wie die Wegners?«

Ich nahm Herti auf den Arm. Dieses Huhn liebte mich. Wieso, konnte ich nicht sagen, aber auch mir war es ans Herz gewachsen. »Was nutzt uns so viel Fleisch? Wenn wir das kleine Gehege auf den Wagen laden, legen sie vielleicht weiter Eier und …«

»Den Wagen brauchen wir für unsere Habseligkeiten. Oder willst du die auf dem Buckel tragen?« Sie beobachtete mich mitleidig. »Herti kannst du von mir aus lebendig mitnehmen.«

»Danke«, hauchte ich.

5

Als ich im Morgengrauen aus einem schrecklichen Traum aufschreckte, fühlte ich mich wie zerschlagen. Die halbe Nacht hatte ich mich schlaflos hin und her gewälzt. Ich zog mir schnell etwas über und tappte die knarrenden Holzstufen hinunter. Gerda saß bereits am Tisch und flickte ein Loch in ihrem Rock.

»Wo ist Mama?«

»Sie ist sehr früh aufgebrochen, um den Vorfall von gestern Abend zu melden. Sie hofft, dass wir nun die Genehmigung bekommen.«

Ich schaute mich um. »Und Curt?«

Meine Schwester sah mich mit einem seltsamen Ausdruck an. Vielleicht, weil ich ihn so vertraulich beim Vornamen nannte.

Sie neigte den Kopf in Richtung Hintertür, die auch zu unserem Abort führte. Ich lugte durch den Ausgang. Curt stand an der Wasserpumpe und rauchte. Er bemerkte mich sofort.

Das erste Mal gestattete ich mir, ihn nicht nur als verletzten Soldaten, sondern auch als Mann wahrzunehmen. Sein hellblondes Haar, hinten und an den Seiten irgendwann einmal kurz geschoren, war zerzaust und schmutzig. Das längere Deckhaar fiel zur Seite, aber einen Kamm hatte es schon lange nicht mehr gesehen. Er stand mit nacktem Oberkörper da, weil er sich wohl mit einem Arm nicht richtig anziehen konnte. Ich musste ihn einfach betrachten.

Ich sah ihm an, dass er eine harte Zeit hinter sich hatte. Curt war mehr als schlank, und im Morgenlicht stachen einige Prellungen auf der blassen Haut hervor. Dennoch wirkte er auf mich unglaublich anziehend.

Er zog an seiner Zigarette und nickte mir zur Begrüßung zu. Ich ließ mir meine Gedanken nicht anmerken und stellte mich ungeniert neben ihn.

»Darf ich auch mal ziehen?«

Ein kaum merkliches Lächeln huschte über seine Züge, und er reichte mir seine Zigarette. Ich nahm sie, inhalierte mit geschlossenen Augen den Rauch und gab sie ihm zurück. Wir rauchten abwechselnd und beäugten uns von Zeit zu Zeit. Ihn fröstelte, aber er schien die Kälte zu ignorieren. Ich dagegen fror nicht, da durch die offene Hintertür die Ofenwärme herausströmte.

Die vom Frost überzogenen Felder und Wiesen glitzerten im Sonnenlicht. Alles wirkte friedlich. Eine Wolkenwand näherte sich, es sah nach Schnee aus.

Wenig später schaute Curt nachdenklich auf den Zigarettenstummel. »Es war meine letzte.«

Ich überging seinen Kommentar und stellte mich vor ihn. »Warum hat dich deine Einheit zurückgelassen?«

Er vermied es, mir in die Augen zu sehen, und senkte den Blick. »Ich war schon verletzt und für die anderen nur noch ein Klotz am Bein, als wir angegriffen wurden.«

Ich spürte, dass dies nicht die ganze Geschichte war, beließ es aber dabei.

»Wenn du hierbleiben willst, dann musst du dich waschen … und rasieren.«

Er lachte leise. »Das habe ich versucht, aber die Pumpe ist eingefroren.«

»Das hatte ich befürchtet.«

Ich ging ins Haus und setzte den Kessel mit Wasser auf. Es dauerte einen Moment, dann brodelte es, und ich ging mit dem heißen Wasser nach draußen zur Pumpe. »Mach mal den Deckel oben auf.«

Curt öffnete die Klappe an der Schwengelpumpe, und ich goss das heiße Wasser langsam ein. Das musste ich dreimal wiederholen. Endlich funktionierte die Pumpe wieder, und ich holte ein Stück Seife.

»Kannst du mir mit den Haaren helfen?«, fragte Curt.

Ich betrachtete kurz den Arm in der Schlinge und beschloss, seiner Bitte nachzukommen. Wieder ging ich ins Haus und kehrte mit angewärmtem Wasser zurück. Curt beugte sich vor, obwohl ihm diese Stellung offensichtlich Schmerzen bereitete, denn er keuchte einmal erstickt auf und hielt sich die verletzte Schulter. Langsam schüttete ich mit einer Gießkanne Wasser über sein Haar und wusch es mit der Seife.

Es fühlte sich seltsam an, ihn auf diese Weise zu berühren. Es wäre besser, wenn Mama das verborgen bliebe.

Ich gab ihm ein Handtuch und wollte ihn allein lassen, als Gerda in der Küche einen spitzen Schrei ausstieß, der durch das ganze Haus hallte. Ich hörte ein fremdes Lachen.

Ich wollte hineinstürmen, denn meine Schwester klang sehr verzweifelt.

»Warte!«, zischte Curt mir zu.

Er hielt mich unerbittlich am Arm fest. »Johanna, wir müssen erst …«

Ich riss mich los. Mir war gleich, wer es war oder wie viele es waren. Gerda wurde angegriffen!

Es waren zwei russische Soldaten. Einer presste meine Schwester grob zu Boden, ihr Kleid war zerrissen, und der andere beugte sich bereits mit heruntergelassener Hose über sie. Sie schrie und wehrte sich, aber sie hatte den Männern nichts entgegenzusetzen. Für eine Sekunde war ich wie gelähmt, dann hastete ich zum Ofen und griff nach dem Schürhaken.

Drohend näherte ich mich. »Lasst sie los!«, schrie ich.

Der eine schaute verdutzt zu mir auf, dann grinste er. Ich wich zurück.

»Schlag zu, Johanna!« Curts Stimme drang wie durch Watte zu mir durch.

Der halb nackte Russe kniff argwöhnisch die Augen zusammen, als er Curt gewahrte. Ich hob den Schürhaken, aber ich brachte es einfach nicht über mich, wirklich zuzuschlagen. Der Mann packte mich am Handgelenk, und ich versuchte, von ihm loszukommen. Er sagte etwas auf Russisch, woraufhin der andere von Gerda abließ, sich die Hose richtete und auf Curt zukam. Ich wehrte mich gegen den Griff, aber er zog mich nah zu sich heran.

Aus dem Augenwinkel sah ich, wie sich Curt nach etwas Brauchbarem umsah, etwas, womit er kämpfen konnte. Seine Uniform mit der Waffe lag außerhalb seiner Reichweite. Der russische Soldat zwang mich, den Schürhaken loszulassen, und schob meinen

Rock hoch. Ich beschimpfte ihn, schaute mich Hilfe suchend nach Curt um, der mit dem gesunden Arm darum rang, dem anderen die Waffe abzunehmen. Der fremde Soldat lachte nur. Curt gelang es, ihn von sich zu stoßen. Aus dem Augenwinkel sah ich, wie Gerda durch den Raum eilte, nach etwas griff.

Völlig unerwartet hallte ein Schuss. Einen Moment war ich wie taub. Es war plötzlich totenstill. Dann sackte der Mann, der Curt angegriffen hatte, ohne einen Laut zu Boden. Sein Gewehr rutschte in meine Richtung. Verwirrt sah ich auf meine Schwester, die zitternd dastand und Curts Waffe in der Hand hielt. Der zweite Russe war für den Augenblick so verstört, dass Curt nach dem Schüreisen greifen konnte. Er zögerte nicht. Als der Soldat nach dem Gewehr griff, schlug er ihm mit voller Wucht gegen den Kopf. Blut spritzte durch die Küche, traf mich an der Wange. Ich stand da wie erstarrt, konnte mich nicht bewegen. Ich zuckte erschrocken zusammen, als der Haken mit einem lauten Klirren auf die Fliesen fiel.

Gerda sank laut schluchzend zu Boden. Mit einer fahrigen Bewegung raffte sie ihr zerrissenes Kleid zusammen.

»Gerda«, flüsterte ich.

Sie weinte haltlos, und ich nahm sie fest in den Arm. Ich fragte nicht, aber ich glaubte und hoffte, dass das Schlimmste noch nicht geschehen war.

Ein Röcheln ließ mich alarmiert aufsehen. Curt stand vor dem angeschossenen Soldaten, der noch lebte. Ich nahm Gerda die Pistole aus der Hand und gab sie Curt. Der hob sie an, um den Russen zu exekutieren. Doch er ließ die Waffe sinken und suchte meinen Blick.

»Ich glaube, sie hat seine Lunge getroffen.«

Der Mann rang verzweifelt nach Luft, er war dabei, qualvoll zu ersticken.

»Dann … dann musst du ihn …« Ich beendete den Satz nicht.

Er nickte, und nun zitterte auch seine Hand. Aus seinem Verband sickerte wieder Blut. Ob der Russe ihn dagegengeboxt hatte?

Ich verstand sein Dilemma. Jemanden im Kampf zu töten, war seine Aufgabe als Soldat. Aber einen wehrlosen, verletzten Mann auf diese Art umzubringen, war furchtbar.

Ich trat hinter Curt, hielt seine bebende Hand fest. »Tun wir es gemeinsam«, flüsterte ich.

Der Abzug klickte nur.

»Das Magazin ist leer«, sagte Curt tonlos.

»Hast du noch Munition?«

Er schüttelte den Kopf. »Hab sie mit der Ausrüstung verloren.«

Sein Blick glitt zu dem russischen Gewehr, aber ich legte ihm eine Hand auf den Arm.

»Noch mehr Schüsse wären vielleicht auch nicht gut, Curt. Das würde womöglich Aufmerksamkeit erregen.«

»Falls noch mehr Russen in der Nähe sind«, stimmte er leise zu.

Ich nickte, konnte aber die Qual des Soldaten nicht mehr ertragen. Aus dem Küchenschrank holte ich ein Messer, kniete mich vor den Mann hin, der mich flehend ansah. Seine Augen sagten: *Mach, dass es endet!*

Ich krempelte ihm den Ärmel auf und schnitt ihm mit zitternder Hand längs die Pulsadern auf. Das Blut quoll in Strömen hervor, floss über den Boden, benetzte mein Kleid. Der Soldat versuchte, noch zweimal Atem zu schöpfen, dann sank sein Kopf zur Seite. Die Bewusstlosigkeit hatte ihn schnell ergriffen.

Niemand rührte sich oder konnte den Blick von dem Sterbenden lösen. In der Küche war es totenstill.

Erst nach einiger Zeit, als der Mann längst nicht mehr lebte, richtete ich mich auf. Wir sahen uns an. Gerda wirkte verzweifelt, Curt betroffen. Wie mein Gesicht im Spiegel aussehen würde, wollte ich nicht wissen.

»Wir müssen sie wegbringen, bevor noch andere kommen und entdecken, dass sie tot sind«, sagte Curt ruhig.

»Wir müssen fliehen, endlich weg von hier!«, rief Gerda mit brüchiger Stimme und wollte nach oben flüchten.

»Gerda!« Sie wirbelte herum, zerrte die Reste ihres Kleides zusammen. »Zieh dich bitte um und komm wieder runter. Wir brauchen deine Hilfe.«

Mit einem Schluchzen rannte sie die Treppe hinauf. Ich drehte mich zu Curt um, der leicht taumelte. Ich dirigierte ihn auf einen

Stuhl und sah nach seiner Verletzung. Es war zwar etwas Blut hervorgequollen, aber die Naht hielt.

»Was tun wir mit ihnen?«, fragte ich heiser.

»Wir bringen sie in den Wald. Dort liegen schließlich noch andere Leichen.«

Mit einem tiefen Atemzug stimmte ich zu. Ich verband ihn neu und half ihm, sich wieder anzuziehen.

Gerda kam mit frischer Kleidung zu uns herunter. Ihr Gesicht war wie versteinert, sie sagte kein Wort. Ich holte den Karren aus der Scheune, und zusammen hievten wir die Männer mühsam auf den Holzwagen.

Mama kam in dem Moment, als wir gerade losgehen wollten. Völlig schockiert sah sie uns an. Jedoch fragte sie nichts, sondern warf einen Blick ins Haus und holte einen Eimer Wasser aus der Pumpe. Wir standen da und schauten ihr dabei zu.

»Schafft sie hier weg!«, befahl sie, und wir gehorchten.

*

Ich erlaubte Curt nicht, den Karren zu ziehen, sosehr er auch darauf beharrte. Seine Verletzung schmerzte, ich sah es ihm an, und der Kampf mit den russischen Soldaten hatte die Sache nicht besser gemacht. Also lief er mit grimmigem Gesicht neben uns her. Sein ganzer Körper stand unter Anspannung. Seine Hand ruhte auf dem russischen Gewehr, das er an sich genommen hatte, obwohl er es mit einem Arm wahrscheinlich kaum bedienen konnte.

Unser Wäldchen kam mir verändert vor. Die friedliche Atmosphäre gab es nicht mehr. Von überallher schienen entfernte Stimmen zu kommen. Ein seltsamer Nebel, der auch Rauch sein könnte, wehte zwischen den Bäumen hindurch. Es roch verbrannt. Immer wieder fielen weit entfernte Schüsse.

»Die Front hat sich wieder etwas entfernt«, flüsterte Curt.

»Aber die Rote Armee rückt weiter vor«, murmelte ich und hielt kurz an, um meine Hände zu reiben, die mir vom Ziehen an dem Karrengriff wehtaten.

Curt fixierte mich. »Johanna, ihr könnt hier nicht bleiben. Wir können sie nicht aufhalten. Niemand will es zugeben, aber sie drängen uns immer weiter zurück, und wir haben nicht den Hauch einer Chance.«

»So schlimm ist es?«

Sein Schweigen war mir Antwort genug. Ich schaute auf meine Schwester, die Curt mit schreckensbleichem Gesicht anstarrte.

»Wir versuchen schon seit Wochen, eine Abreisebescheinigung zu bekommen, aber sie geben dieses Gebiet nicht frei«, erklärte ich.

»Dann flieht eben ohne die Genehmigung!«

Ein Schuss hallte durch den Wald, viel näher als zuvor.

»Kommt, wir müssen uns beeilen«, sagte Curt und langte nach dem Karrengriff. »Hier ist es noch zu nah an eurem Hof.«

Ich gab es auf, ihn daran hindern zu wollen, und half ihm stattdessen, das klapprige Gefährt über die Unebenheiten zu ziehen.

»Ohne die Genehmigung bekommen wir keine Lebensmittelkarten«, gab ich zu bedenken, als wir weiter in den Wald eindrangen.

»In ein paar Tagen fragt keiner mehr danach.«

Diese Andeutung flößte mir nun wahrhaftig Angst ein, denn es bedeutete, dass es um Tod oder Leben ging.

Plötzlich bemerkte ich, dass Gerda zurückblieb. »Warte!«

Meine Schwester stand stocksteif da und starrte wie gelähmt auf eine Lichtung weiter westlich. Ich folgte ihrem Blick.

Kälte breitete sich in meiner Brust aus. Obwohl mein Herz nicht schneller schlug, spürte ich das Pochen fast schmerzhaft in meiner Brust.

Curt drehte den Karren und lief auf die Lichtung zu. Mit drei Schritten war ich bei ihm, hielt ihn am Ärmel fest.

Er wandte sich mir zu. »Bleib hier, Johanna!«

»Was …?«

In seinen Augen stand plötzlich purer Schmerz, der mich verstummen ließ.

Wir schreckten auf, als sich Geräusche näherten. Für einen Augenblick konnte ich auch in seinem Ausdruck die Furcht erkennen. Curt ließ den Karren mit den toten russischen Soldaten vor der Lichtung stehen, packte mich am Arm und zerrte mich in Richtung meiner Schwester.

»Schnell!«, zischte er.

»Aber der Karren!«

»Schh!«

Er drängte uns hinter einen großen Strauch, wo wir uns hinknieten. Schweiß stand auf seiner Stirn, er lauschte angestrengt. Ich fühlte mich seltsam abgeschottet. Sollte ich nicht bebend wie Gerda dasitzen? Stattdessen beobachtete ich Curt und fühlte mich wie in Watte gepackt.

Vier Soldaten näherten sich. Sie stellten sich rauchend vor die Lichtung und betrachteten ihre toten Kameraden auf dem Karren. Was sie sagten, verstand ich nicht. Es war Russisch.

Ich begann zu frieren und schlang die Arme um mich. Der Boden war teils gefroren, die Kälte drang durch meine Wollstrümpfe. Ich warf Gerda einen Blick zu. Am ganzen Körper bebend saß sie da, Tränen rannen unaufhörlich über ihre Wangen. Doch sie gab keinen Ton von sich. Ich rutschte näher zu ihr hin und ergriff ihre Hand. Sie fühlte sich sehr kalt an.

Mir schliefen die Beine ein, aber diese verfluchten Russen gingen einfach nicht fort. Durch eine Lücke im Gebüsch konnte ich sie beobachten.

Mein Blick stahl sich auf die Lichtung. Dort waren Leichen, sehr viele Leichen. Deutsche Soldaten, die man wie Müll aufeinandergeworfen hatte. Die Temperaturen verhinderten, dass sie verwesten, und so bildeten sie ein Mahnmal dieses Krieges.

Schließlich stahlen die beiden russischen Soldaten unseren Karren und nahmen ihre Landsleute mit.

»Wo sind *unsere* Soldaten?«, fragte ich Curt.

»Auf der anderen Seite des Waldes … denke ich.«

»Und welche Städte sind schon besetzt?«, fragte ich und richtete mich mit schmerzenden Gliedern auf. Alles kribbelte, und ich konnte zuerst kaum laufen. Gerda erging es ähnlich. Nur Curt musste eine Hockstellung für sich gefunden haben, die sofort ein rasches Weitergehen zuließ.

»Curt, warte!«

Er blieb ungeduldig stehen, sah sich nach allen Seiten um.

»Welche Städte? Pyritz? Greifenhagen?«

»Ich weiß es nicht. Ich war mit meiner Einheit weiter westlich stationiert, und wir sollten zu Hilfe kommen. Aber wir wurden ständig angegriffen. Die Städte haben wir gemieden.«

Curt wollte sich nach rechts wenden, aber ich hielt ihn auf. »Da ist es sehr modrig, und du würdest dich verirren. Komm hier lang!«

Gerda kannte sich in diesem Wald noch besser aus, aber sie trottete nur stumm hinter uns her. Einmal war ich selbst unsicher und sah meine Schwester fragend an. Da hob sie die Hand und wies uns die Richtung.

Als wir das Feld in der Nähe unseres Hofes erreichten, atmete ich erleichtert auf. Gerda sprintete mit einem Schluchzen los und rannte zum Haus. Aber ich würde Curt nicht zurücklassen. Er taumelte wieder, hielt sich verkrampft die Schulter. Als er stolperte, griff ich rasch nach seinem gesunden Arm und fing ihn auf.

An unserer Haustür blieb ich stehen. Curt ging ins Warme und wandte sich verwundert um, als ich ihm nicht folgte. Die Hitze des Ofens strömte mir entgegen, lockte mich, weil ich so sehr fror. Doch ein Gefühl hielt mich davon ab hineinzugehen. Ich schüttelte den Kopf, schloss die Tür und lehnte mich dagegen.

Allein.

Nur der Wind berührte meine Wangen und kühlte sie noch mehr aus. Es fühlte sich an, als ob … Verwirrt hob ich die rechte Hand und wischte mir über die Haut. *Feucht*, dachte ich.

Weinte ich?

Verstört flüchtete ich in den Hühnerstall. Die Tiere erkannten mich rasch und blieben ruhig. Mama musste sie während unserer Abwesenheit gefüttert haben.

Ich ließ mich zu Boden gleiten und starrte auf die Holzwand. Irgendwann wagte ich, meinen Rock zu betrachten. So viel Blut …

Ich wollte es weit von mir schieben, aber wieder und wieder sah ich das Gesicht des russischen Soldaten vor mir, dem ich die Pulsadern aufgeschnitten hatte.

Erstickt schrie ich auf und schlug die Hände vors Gesicht. Meine Kehle war wie zugeschnürt. Ich bekam auf einmal kaum noch Luft und rang keuchend nach Atem.

Etwas stupste mich an. Herti. Das Huhn setzte sich neben mich und schien mit mir zu wachen.

Es brach aus mir hervor. Es war, als stürzte eine Mauer in mir ein. Die Steine bröckelten, meine Schutzwand fiel in sich zusammen. Ich krampfte meine Hand um den blutigen Stoff meines Rockes und weinte schluchzend.

*

Wie viel Zeit verging, konnte ich nicht sagen. Ich spürte meine Hände und Füße kaum noch, fühlte mich gefangen in meinem Schmerz. Im Hühnerstall verblasste die ältere, starke Schwester, die auf jede Frage eine Antwort wusste. Hier war ich einfach nur Johanna.

Draußen hörte ich Schritte. Angst durchflutete mich. Wieder russische Soldaten?

»Johanna?«

Meine Mutter!

»Ich bin hier«, antwortete ich und versuchte mich zu beruhigen. Das Herz schlug mir bis zum Hals. Die Tür des Hühnerstalls öffnete sich mit einem Knarren, und Mama kam zu mir herein.

»Komm doch ins Haus, Kind! Es wird immer kälter, teilweise ist der Boden schon gefroren.«

Zuerst brachte ich kein Wort hervor. Unwillig wischte ich mir über die Augen und versuchte mich zusammenzureißen.

»Ich … ich habe ihn … umgebracht«, sagte ich mit tränenerstickter Stimme.

Sie sah mich mit einem harten Ausdruck im Gesicht an. »Es ist Krieg.« Mehr sagte sie nicht, und ihre Teilnahmslosigkeit versetzte mir einen Stich in die Brust. »Nun komm, sonst wirst du noch krank.«

Sie ließ mich wieder allein.

Die Hühner scharrten im Stroh, ihr leises Gackern beruhigte mich sonst, doch heute besänftigte es nicht meinen inneren Aufruhr. Mamas Auftauchen hatte mich daran erinnert, dass jederzeit jemand auf den Hof kommen konnte. Und hier war ich nahezu ungeschützt.

Mühsam rappelte ich mich auf, strebte zum Ausgang und schob die Tür auf. Eisige Luft schlug mir entgegen. Rasch verschloss ich den Stall, damit die Tiere bei der Kälte nicht hinausliefen. Draußen lehnte ich mich gegen die Holzwand.

Über den Wiesen lag der Frost. Eine Bö wehte die letzten Herbstblätter am Boden über den Hof. Stille umgab mich. Ich schloss die Augen, wollte für einen Moment den Krieg verdrängen.

Ein Geräusch zwang sich mir auf. Zuerst beachtete ich es kaum, da es weit entfernt schien. Es wurde lauter, und ich schaute alarmiert in den bedeckten Himmel. Das Dröhnen kam näher. Sofort eilte ich zum Haus. Gerade als ich die Eingangstür öffnen wollte, durchbrachen zwei Bomber die Wolkendecke. Aus einiger Entfernung ertönte der Fliegeralarm einer nahen Stadt. Erschrocken starrte ich die Flugzeuge an, die mit lautem Grollen direkt über unseren Hof hinwegflogen. Ich glaubte, es wären russische Flieger, war mir aber nicht sicher. Die Haustür hinter mir wurde aufgerissen. Mama und Curt stürzten heraus und schauten ebenso fassungslos wie ich auf das Szenario. Ich sah, wie die Bomben hinter die Waldschneise fielen. Der Knall war selbst auf die Entfernung markerschütternd, und ich hielt mir die Ohren zu. Rauch quoll auf, zog mit dem Wind über die Baumwipfel nach Westen. Menschenschreie hallten uns wie aus einem Traum entgegen.

Curt näherte sich. Sein Oberarm berührte sachte meine Schulter. Es begann zu schneien.

Der Februar war recht ruhig gewesen, die Kämpfe schienen weit entfernt, pausierten oft. Aber nun …

»Es fängt wieder an, oder?«

»Es hat nie aufgehört, Johanna«, raunte er.

»Aber jetzt …«

»Müsst ihr fort.«

Schüsse fielen, es raschelte überall in den Wäldern. Auf einmal stoben Soldaten aus dem Dickicht. Ich konnte zuerst nicht erkennen, ob es Deutsche oder Russen waren, aber sie rannten über unsere Wiese. Und sie kamen … in Richtung Hof!

»Es sind unsere Männer«, flüsterte Curt.

»Und sie werden gejagt«, sagte Mama mit einem seltsamen Unterton.

»In den Keller!« Curts Befehl dröhnte mir in den Ohren, und ich ließ mich von ihm ins Haus ziehen.

»Gerda!«, schrie Mama.

Ich verriegelte beide Außentüren, löschte die Öllampe in der Küche. Meine Schwester kam aus ihrem Zimmer gestürmt, als sie den Ruf hörte. Sie folgte uns in den alten Kohlenkeller. Mama zog die Falltür zu.

Es war dunkel, bis auf einen Lichtstrahl, der von außen durch den Schacht einfiel, wo wir die Kohle durchrutschen ließen. Staub rieselte zu uns herunter. Ich hielt inne, streckte die Hand aus und hielt sie in die Helligkeit. Nein, kein Staub. Es war Schnee.

Wir gaben keinen Ton von uns. Nur leises Rascheln und unser Atmen verriet, dass wir uns hier verbargen.

Draußen brach die Hölle los. Schreie, Schüsse, nahe Schritte. Jemand hämmerte gegen die Tür, rief um Hilfe. Am liebsten wäre ich aufgesprungen, aber Mama hielt mich zurück. Ein Schuss, die Stimme verstummte. Männer riefen sich auf Russisch etwas zu. Jemand lachte, ein anderer stöhnte. Wieder wurde gegen unsere Haustür geschlagen. Glas zersplitterte. Ein Fenster?

»Ich sollte bei ihnen sein«, flüsterte Curt tonlos.

»Um dich auch niedermetzeln zu lassen?«, gab ich genauso leise zurück. »Du bist verletzt.«

Curt verbarg das Gesicht in der linken Hand und drehte sich von mir weg, sodass er im Dunkeln verborgen war.

Fast zwei Stunden saßen wir zwischen den Kohlen. Erst als es draußen absolut still blieb, wagten wir uns zurück ins Haus. Niemand war eingedrungen. Aber im Holz der Haustür befand sich in der Mitte ein Riss, und die Splitter der zerborstenen Scheibe lagen im Wohnzimmer verstreut.

Mama öffnete das zerstörte Fenster und zog die Läden zu, schloss es wieder. Ohne ein Wort holte sie Besen und Kehrschaufel und begann die Scherben wegzufegen. Gerda lief weinend in ihr Zimmer hinauf. Ich beneidete sie um die Schwäche, die sie zeigen durfte.

Mir schmerzte der Magen, er verkrampfte sich regelrecht. Ich öffnete zaghaft die Tür zum Hof. Mein erster Blick schweifte zum Hühnerhaus, niemand hatte es angerührt. Daneben lag ein toter Soldat. Wenige Meter davor ein weiterer. Ich spürte Curts Anwesenheit, obwohl er mich nicht berührte und keinen Ton von sich gab. Ebenso fühlte ich, wie er sich entfernte, und mir war, als würde es überall etwas kälter werden.

Langsam folgte ich ihm. Schneeflocken rieselten wie Staub vom Himmel.

Sechs weitere Leichen lagen auf unserem Feld verstreut, das wir so gerne im Frühjahr wieder bestellt hätten. Curt sah sich jeden Soldaten an, kniete vor einem nieder. Ich ging langsam zu ihm.

»Ich kannte ihn, er war erst achtzehn, hat sich freiwillig gemeldet.«

»War er in deiner Einheit?« Ich sah Curt an, vermied jede Sicht auf den Toten.

Er schüttelte den Kopf. »Wir haben seine Einheit weiter westlich getroffen. Wir mussten alle zu einem Sammelpunkt.« Er schluckte. »Den ich nie erreicht habe.«

»Du bist hier und lebst. Du hilfst uns.«

»Ja … Trotzdem frage ich mich, ob es nicht meine Aufgabe gewesen wäre, mit ihnen zu sterben.«

»Nein! Das ist Humbug. Hör auf, so etwas zu denken!«

»Johanna, ihr müsst fliehen.«

»Ich weiß. Ich werde es mit meiner Mutter bereden.« Ich fixierte ihn. »Und du kommst mit. Wir bringen dich zu einem Lazarett.«

»Ich komme mit, aber ich werde bei euch bleiben, um euch zu beschützen.«

Mir entschlüpfte ein Seufzen.

Er richtete sich auf. Seine linke Hand fuhr zu seinem Oberarm, den er festhielt, als wollte er seine verletzte Schulter stützen.

»Wir müssen die Männer durchsuchen. Die Waffen werden sie mitgenommen haben, aber vielleicht finden wir noch Munition.« Er sah mich an und neigte den Kopf zu den gefallenen Soldaten.

»In Ordnung«, sagte ich und atmete tief durch.

6

Am Nachmittag beobachteten wir, wie sich mehrere Familien davonstahlen. Niemanden kümmerte es mehr, ob die Behörden eine Flucht erlaubten.

Ich stand mit Mama am Fenster. Sie haderte mit der Situation, hätte sich lieber einem offiziellen Flüchtlingstreck angeschlossen.

»Vielleicht ist das ja trotzdem noch möglich«, sagte ich.

»Hm«, machte sie nur und wandte sich ab. »Wir brauchen einen neuen Karren.«

»Ich werde mich umsehen. Es kann sein, dass jemand ein Gefährt hiergelassen hat.«

Sie schüttelte den Kopf. »Du kannst nicht allein gehen.«

»Aber Gerda ist …«

»Deine Schwester kann dir sowieso nicht helfen, wenn du angegriffen wirst.«

Gerda hatte sich in ihrem Zimmer eingesperrt. Unser Blick glitt zeitgleich zu Curt, der erschöpft auf dem Sofa eingeschlafen war.

»Mama, er muss sich ausruhen. Er hat Schmerzen.«

»Der Krieg lässt nicht zu, dass wir ruhen und zimperlich sind. Ich gebe ihm eine Stunde, dann weckst du ihn, und ihr sucht einen Karren. Ich schreibe in der Zwischenzeit auf, welche Sachen wir mitnehmen.«

Ich holte tief Luft, widersprach aber nicht.

Die Stunde verging schleppend. Draußen regte sich nichts mehr. Als wären wir im Auge eines Sturms. Wahrscheinlich war dieser Vergleich äußerst treffend. Curt hatte angedeutet, dass die Rote Armee immer näher rückte. Die Front verschob sich, und wir würden in der Falle sitzen, wenn wir hierblieben.

Wieder schaute ich aus dem Fenster. Der Schnee fiel nun stärker und bedeckte alles mit reinem Weiß. In kurzer Zeit erkannte man die Gefallenen nur noch als Unebenheit in der Landschaft. Ich vergaß dennoch nicht, wo sie lagen. Es hatte sich in mir eingebrannt.

Ich spürte eine Hand auf meiner Schulter. »Es ist so weit, Johanna. Du kannst nicht warten, sonst kommt ihr im Schnee nicht vorwärts.«

Ich nickte ergeben, ging hinüber zu Curt und hockte mich vor ihn. Vorsichtig berührte ich ihn an der unverletzten Schulter. Er schrak hoch und richtete sich hastig auf, als hätte ich einen Alarm geläutet.

»Alles ist gut, Curt. Ich brauche nur deine Hilfe.«

Er fragte nicht weiter nach, sondern rieb sich über das Gesicht und erhob sich. Ich half ihm in Uniformjacke und Mantel und setzte ihm eine von Vaters Mützen auf. Wir gingen hinaus, und er sah besorgt auf all den Schnee.

»Das ist nicht gut«, murmelte er.

»Ja, deshalb müssen wir einen neuen Karren besorgen. Sonst können wir kaum etwas mitnehmen.«

Ich knöpfte meinen eigenen Mantel zu und stapfte voran. Die Familie Wegner war schon vor einiger Zeit ohne Erlaubnis geflüchtet. Der Hof musste verlassen sein. Ich hoffte darauf, dass wir dort ein brauchbares Gefährt finden würden. Auf einer Anhöhe, die wir überqueren mussten, blieb Curt bei meinem raschen Schritt zurück, und ich wartete auf ihn. Schwer atmend schloss er auf. Oben am Abhang starrte ich erschrocken auf die Ebene unterhalb von uns, die die Rote Armee längst eingenommen hatte.

»Oh Gott, sie sind so nah!«

Curt zog mich zurück, sodass wir verborgen blieben.

»Gibt es auf unserer Seite noch ein Dorf oder einen Hof?«

»Nur die Krügers, aber ich weiß nicht, ob sie schon weg sind.«

»Lass uns nachsehen.«

Etwa eine halbe Stunde später standen wir vor dem verlassenen Bauernhof der Krügers. Vor der Scheune lagen die blutigen Reste einer Kuh, die Krügers hatten nicht einmal die Eingangstür verschlossen.

Curt zog seine Waffe, die nun zumindest drei Patronen geladen hatte. »Bleib hier, Johanna!«

»Nein!«

Er sah mich verdutzt an. »Du bist wirklich das sturste und mutigste Mädchen, dem ich je begegnet bin.«

Ich grinste ihn unverhohlen an, und er schüttelte lächelnd den Kopf.

Wir schlichen zum Eingang. Mir stockte der Atem, als ich ins Hausinnere sah. Ich schlug die Hand vor den Mund und trat einen Schritt zurück. In mir schrie alles, ich fühlte mich wie in meinen schwärzesten Albträumen.

Ich hatte früher mit Frieda gespielt. Nun lag sie mit aufgeschlitzter Kehle auf dem Küchenfußboden. Curt ging hin und zog ihren Rock wieder herunter. Ihre Mutter lehnte erschossen an der Wand.

Ein Zittern überwältigte mich, ich konnte es nicht unter Kontrolle halten. Ein Schluchzen brach aus mir hervor.

»Wir können sie nicht begraben, dafür ist keine Zeit, und der Boden ist gefroren. Möchtest du sie vielleicht … wenigstens nebeneinanderlegen und zudecken?«

Ich nickte, brachte keinen Ton heraus.

Zusammen schleiften wir Frau Krüger zu ihrer Tochter, wir legten ihre Hände ineinander. Ich holte aus dem geräumigen Wohnzimmer eine Decke und verbarg ihre geschundenen Körper.

»Lebten sie allein?«

»Herr Krüger und seine zwei Söhne kämpfen an der Front. Aber oh Gott! Lieschen! Wo ist sie?«

»Wie alt ist sie?«

»Nicht mal zehn!«

»Vielleicht haben die Russen sie mitgenommen«, sagte Curt leise.

Geschockt sah ich ihn an. »Das will ich nicht glauben!«

Die Schneewinde wehten ungehindert ins Haus. Innen an den Fensterscheiben hatten sich bereits Eiskristalle gebildet. Vielleicht hatte sich Lieschen versteckt und war … erfroren? Tränen verschleierten mir die Sicht, und ich blinzelte. Aufgeben kam für mich noch nicht infrage, und Curt ließ mich nicht allein. Ich ging in jedes Zimmer, sah mich um, rief ihren Namen.

»Nach oben«, entschied ich und eilte im Laufschritt die Stufen hinauf. Auf halber Treppe hörte ich etwas. Abrupt blieb ich stehen. Auch Curt hielt inne.

»Da singt jemand«, flüsterte er.

Wir folgten der schwachen Stimme, und mir lief ein Schauder über den Rücken, als ich das Lied erkannte.

»Maikäfer, flieg. Der Vater ist im Krieg. Die Mutter ist in Pommerland, Pommerland ist abgebrannt. Maikäfer, flieg. – Maikäfer, flieg. Der Vater ist im Krieg …«

Lieschen wiederholte den Vers immer wieder, in einem tonlosen Singsang. Ihre Stimme hörte sich gedämpft an, wir konnten zuerst nicht einordnen, aus welcher Richtung sie kam.

»Sie versteckt sich irgendwo. Lieschen!«

Sie antwortete nicht, nur ihr Lied erklang, als hörten wir einen Geist.

Wir öffneten jeden Schrank und jede Kiste, schauten unter den Betten, doch Lieschen blieb unauffindbar. Ihr Gesang machte mich schier wahnsinnig.

»Ich hab sie«, sagte Curt plötzlich. Er stand vor einer Kleiderkiste und hatte in der Hand einen Rock, den er achtlos fallen ließ. Lieschen verstummte. Ich eilte zu ihnen und fand das Kind eingezwängt zwischen Stoffen und Socken.

»Lieschen«, flüsterte ich und half ihr heraus.

Sie sang nicht mehr, sah mich nur mit schreckgeweiteten Augen an. Sie brauchte einen Augenblick, um mich zu erkennen, dann schlang sie ihre Arme um mich. »Frieda hat ganz doll geschrien«, flüsterte sie mir ins Ohr.

»Ich weiß, Schätzchen. Mach die Augen zu, ich trag dich raus, ja?«

»Aber Mama hat gesagt, ich muss meine Jacke mitnehmen, wenn jemand mich rausholt.«

»Wo ist die Jacke?«

Lieschen zeigte auf die große Kiste. Curt durchforstete mit der linken Hand den Inhalt und brachte eine gefütterte Winterjacke und eine Mütze zum Vorschein.

»Hat deine Mama noch was gesagt?«

»Sie hat gesagt, wenn ich die Leute, die kommen, nicht versteh, dann soll ich ruhig sein und mich nicht rühren. Aber wenn jemand meinen Namen kennt, oder was auf Deutsch ruft, dann dürfte ich singen.«

»Das hast du sehr gut gemacht, Lieschen. Jetzt komm auf meinen Arm, und mach die Augen zu, bis wir im Schnee sind.«

Sie nickte, schien zu ahnen, dass sie nun eine Waise war, denn sie fragte nicht nach ihrer Familie. Was mochte Frau Krüger ihr erzählt haben?

Draußen fegte uns der Schnee entgegen. Es stürmte, und die Flocken fühlten sich wie sehr feine Splitter an.

»Lieschen, deine Mama hatte doch immer so einen Wagen, mit dem sie die Milch zum Markt gebracht hat. Weißt du, wo er ist?«

»Der ist dahinten in der Scheune.«

Noch immer presste die Kleine die Lider zusammen, aber ich musste sie absetzen, sie war einfach zu groß und zu schwer, um herumgetragen zu werden. Ich stellte sie in den Schnee und nahm ihre Hand. »Komm, Lieschen!«

Curt ging vor, spähte in die Scheune, und nickte mir zu.

Dort musste ich mich erst an das Dämmerlicht gewöhnen. Curt schien damit keine Probleme zu haben, er durchsuchte bereits die Dinge, die die Russen zurückgelassen hatten. Meist waren es unbrauchbare oder schadhafte Arbeitsutensilien.

»Hier!« Curt zog mühsam mit einer Hand eine Plane ab. Darunter förderte er einen großen Milchkarren zutage, der von Mensch oder Vieh gezogen werden konnte. Ich half ihm, das Gefährt nach draußen zu schaffen. Es war schwer! So schwer, dass ich mich fragte, wie wir ihn beladen durch die Gegend ziehen sollten.

»Wir müssen auf dem Weg nach einem der Kriegspferde Ausschau halten«, sagte Curt und ließ draußen den Griff in den Schnee fallen. »Manche rennen im Gefecht panisch davon. Wir könnten eins einfangen.«

»Mit Pferden kenne ich mich gar nicht aus«, gab ich zu bedenken.

»Ich schon.« Er wandte sich Lieschen zu. »Habt ihr noch Heu?«

Das Mädchen zeigte hoch in den Heuschober. Bevor Curt auf

die Idee kam, mit seiner verletzten Schulter die Leiter hochzuklettern, stellte ich sie an die richtige Stelle und huschte hinauf.

Für Heu schienen sich die Russen nicht interessiert zu haben, denn hier war noch genug aufgeschichtet, wohl ursprünglich für die Kühe. Ich warf große Haufen hinunter und stockte. Unter dem Heu befand sich etwas Metallisches. Ich schob das Raufutter beiseite und starrte auf einige Konservendosen. Ich sah Suppen, einige Fleischkonserven, sogar Obst.

»Curt, hier sind Nahrungsmittel!«

Er schaute ungläubig zu mir hinauf.

»Konserven, vierzehn Stück.«

»Wirf alles runter!«

Ich warf die Dosen in das weiche Heu und stieg die Leiter hinunter.

»Sie müssen sie für die Flucht aufbewahrt haben«, sagte ich leise.

»Jetzt werden sie uns vielleicht das Leben retten.«

Wir verstauten alles auf dem Karren und zogen ihn mühsam zu unserem Hof.

Ich sah, dass Mama am Fenster nach uns Ausschau hielt. Sie stürzte hinaus zu uns. Bei Lieschens Anblick runzelte sie die Stirn, beim Heu noch mehr, nur die Konserven nahm sie andächtig in die Hände.

»Woher habt ihr die? Nirgendwo gibt es mehr welche zu kaufen.«

»Die Krügers hatten sie oben im Schober.«

Meine Mutter betrachtete erst mich, dann das Mädchen. Ich brauchte nichts weiter zu erklären, sie verstand.

»Was wollt ihr mit dem Heu?«

»Pferdefutter«, antwortete ich mit einem Schulterzucken.

Sie schnaubte. »Wo wir ja auch so viele Pferde haben.«

»Ich werde eins suchen«, erwiderte Curt und hielt sich am Karren fest, als könnte er kaum noch stehen.

*

»Du kannst nicht allein gehen! Sieh dich doch an, du kannst vor

Schmerzen kaum aufrecht stehen und willst ein panisches Pferd einfangen?«

»Erst mal müssen wir eins finden«, murmelte Curt.

Wir standen nun seit geraumer Zeit draußen in der Kälte und stritten. Meine Füße waren nur noch Eisklötze, und ich versuchte, mein Zittern vor ihm zu verbergen. Ihm schienen die frostigen Temperaturen nichts auszumachen. Als mir das bewusst wurde, flackerte eine Ahnung in mir auf, die alles erschweren würde.

»Sag mal, hast du Fieber?«

Ich wollte seine Stirn fühlen, aber er wich einen Schritt zurück. »Kann sein. Es ist nichts.«

»Curt!«

»Es ist nicht die Wunde, sie ist nicht gerötet, und sie tut nicht mehr weh als gestern. Ich glaube, ich hab mir eine Erkältung oder so eingefangen. Mehr ist es nicht.«

»Mehr ist es nicht«, zischte ich und trat in den Schnee, sodass noch mehr Flocken aufgewirbelt wurden. Ich fluchte leise.

»Wir brauchen ein Pferd, Johanna. Wir können den beladenen Karren nicht kilometerweit ziehen. Früher oder später müssten wir die Sachen zurücklassen.«

»Und das wäre im Winter unser Tod.« Ich sah ihm direkt in die Augen. »Genau deshalb komme ich mit.«

»Hast du je ein verlassenes Schlachtfeld gesehen?«

»Nein, aber das werde ich wohl bald.«

»Das ist kein Ort für eine …«

»Was? Für eine Frau? Mensch, Curt! Das ist ein Ort, den niemand sehen sollte, keine Frau und kein Mann. Also komm mir nicht mit so was.«

»So … so meinte ich es nicht.«

Ich reagierte nicht weiter darauf und zog ihn zum Haus, hinein in die Wärme, denn ich fror mittlerweile erbärmlich. Gerda saß mit Lieschen im Wohnzimmer. Die Kleine schluchzte unkontrolliert, langsam begriff sie, was geschehen war. Meine Schwester versuchte sie zu trösten.

Mama saß am Küchentisch und schrieb etwas auf einen Zettel. Sie sah kurz auf, verharrte mit einem unergründlichen Ausdruck und senkte den Blick wieder auf ihre Schreibarbeit. Ich wusste, dass es ihr nicht gefiel, wie vertraut ich mit Curt umging. Aber das war mir in dieser Situation egal. Ich ging zu ihr, legte meine Hand auf ihre Schulter. Sie versuchte zu sondieren, was wir mitnehmen konnten und was wir hierlassen würden. Immer wieder strich sie Dinge durch, schrieb etwas Neues auf, um dann doch wieder das Vorige auf die Liste zu setzen.

»Gerda, nimm Lieschen mit. Rupft die geschlachteten Hühner, damit wir sie als Fleischvorrat nutzen können.«

Mir fuhr ein Schreck in die Glieder. Sie hatte die Tiere getötet, als wir auf der Suche nach dem Karren waren? Sprachlos starrte ich sie an.

Mama hielt im Schreiben inne. »Herti und eine ihrer Schwestern sind übrigens schon hinten in einem Käfig, natürlich lebend. Denn du hast recht, Johanna. Wir brauchen ihre Eier. Wir müssen den Käfig nur gut gegen die Kälte schützen, damit sie uns nicht erfrieren. Kümmere dich später darum.«

Ich nickte nur und ging zum Ofen, um mich zu wärmen. Curt gesellte sich zu mir, obwohl sein Gesicht gerötet war. Besorgt betrachtete ich ihn.

»Mach dir keine Sorgen«, sagte er leise. »Das ist nicht die erste Erkältung, die ich auf einem Marsch habe.«

Ich betete, dass es wirklich nur ein harmloser Infekt und nicht doch womöglich Wundbrand war.

»Wo müssen wir hin?«

Er seufzte. »Ich sage dir gleich, es ist, wie eine Nadel im Heuhaufen zu finden, denn Pferde sind kostbar. Die meisten sind so erschöpft, dass man sie zurückgelassen hat. Sie irren dann umher, bis sie aufgeben und sterben, weil sie im Winter kein Futter finden.«

»Aber wir haben Futter.«

»Und das ist unsere Chance.«

*

Eine gespenstische Stille lag über den Wäldern. Kein Schuss war zu hören, kein Geschrei. Wir entfernten uns von der Front, folgten aber dem Weg, den sie nahm. Auf erschreckende Weise war das einfacher als gedacht. Uns bot sich eine Spur der Verwüstung. Die Luftangriffe hatten ganze Baumkronen zerstört, überall in den Rinden fanden sich Einschusslöcher. Curt und ich hielten uns nur im Wald auf, mieden die Dörfer und Lichtungen, denn wir wollten unsichtbar bleiben.

Ich versuchte, meinen Blick nicht auf die Toten zu richten, die mit geronnenem Blut am Boden lagen. Der Schnee deckte sie langsam zu, als wollte er ihnen ein besonderes Leichentuch gewähren. Zweimal fanden wir ein totes Pferd.

Nach über einer Stunde schwankte Curt, musste sich an einem Buchenstamm festhalten. Ich fror so sehr, dass meine Zähne klapperten.

Wie sollten wir bei dieser Witterung nur unbeschadet ein sicheres Gebiet erreichen? Und gab es das überhaupt noch?

Schwer atmend wischte sich Curt mit dem Ärmel über die Nase und sah sich um. Ich lehnte mich ebenfalls gegen den Baum und ließ den Heusack sinken.

»Nur eine kurze Pause«, sagte Curt leise. Er glühte förmlich.

»Habt ihr oft verlorene Pferde gefunden?«

»Ja, schon, immer mal wieder. Nach einer Schlacht haben wir regelmäßig gezielt danach Ausschau gehalten. Es gehen so viele verloren.«

»Die Tiere tun mir leid, sie werden nur benutzt.«

In Curts Augen flackerte ein Schmerz auf. »Wir werden alle nur benutzt. Und manchen Menschen geht es schlimmer als den Pferden.«

»Die Lager?«, flüsterte ich.

Er schüttelte mit dem Kopf. »Sprechen wir nicht davon. Ich weiß auch nur, was man sich erzählt.«

»Ich hatte eine jüdische Brieffreundin in Stettin.« Mir fuhr ein feiner Nadelstich ins Herz. »Aber Rahel antwortet nicht mehr.«

Curt sank zu Boden und atmete tief durch. »Mein Freund Aaron … Ich bin mit ihm aufgewachsen. Er wurde mit seiner Familie abgeholt. Sie haben sie in einen Zug gesetzt und fortgebracht.«

Ich konnte die Bitterkeit in seiner Stimme hören. »Du kämpfst für Hitlers Sache, scheinst aber nicht mit seinem Tun einverstanden«, sagte ich verwundert.

Überrascht sah er mich mit seinen hellblauen Augen an. »Und du glaubst, ich hatte eine Wahl?«

»Wohl nicht«, murmelte ich bedrückt.

»Ich wünschte nur, irgendjemand hätte was dagegen unternommen. Ich wünschte …« Er schluckte schwer. »… ich hätte es verhindern können. Aber ich war erst siebzehn.«

»Meinst du, Aaron und Rahel leben noch?«

Er nahm sich die Mütze ab, fuhr sich durch das blonde Haar. »Ich glaube nicht.«

Frierend schlang ich die Arme um mich und beobachtete die Gegend.

»Lass uns nach Hause gehen, Johanna. Wir halten unterwegs weiter Ausschau.«

Mama wollte diese Nacht noch bleiben und in der Frühe den Flüchtlingstreck suchen. Man erzählte sich, er sei westlich von uns unterwegs.

Mir widerstrebte es aufzugeben, aber ich sah, dass es Curt wirklich schlecht ging. Er hustete verhalten und setzte sich die Mütze wieder auf.

»Dann komm, bevor du dir hier auf dem Boden noch den Tod holst.«

Ich half ihm auf und musste ihn die ersten Schritte stützen. Den Heusack wieder fest in der Hand, stapfte ich den schmalen Pfad zurück durch den Wald. Curt stolperte mir mehr oder weniger hinterher, da er sich weigerte, weitere Hilfe von mir anzunehmen.

Ein Schuss hallte plötzlich in der Ferne. Noch ein zweiter, dann ein dritter. Wir verharrten.

»Kleine Scharmützel«, sagte Curt nur.

»Weit genug weg, oder?«

»Ich hoffe, ja.«

Plötzlich vernahm ich zwischen weiteren Schüssen ein anderes Geräusch.

»Curt, horch!«

Er sah mich an, sein Gesicht hellte sich auf. Das entfernte Wiehern mobilisierte seine Kräfte für den Moment, und er zog mich in die Richtung, die wir vermuteten.

Wieder hörten wir das Tier wiehern. Es war ein klagender Laut, wie ich ihn so noch nie von einem Pferd gehört hatte.

»Hoffentlich ist es nicht verletzt!«

»Es trauert um jemanden«, erwiderte Curt schwer atmend.

Wir kamen an eine Lichtung, und mir blutete das Herz. Eine fuchsfarbene Stute stand mit gesenktem Kopf inmitten von Toten. Weiße Flocken hatten sich auf ihrem Fell gesammelt, und sie rührte sich nicht, stieß nur von Zeit zu Zeit dieses jammervolle Wiehern aus. Vor ihr, fast gänzlich von Schnee bedeckt, lag ein totes Pferd, das noch an einem zerstörten Fuhrwerk hing.

Ich öffnete den Sack, raschelte mit dem Heu, sprach die Fuchsstute leise an. Zuerst reagierte sie nicht, doch als ich näher kam, wandte sie uns den Kopf zu. Niemals habe ich den Blick dieses Tieres vergessen, er hat sich in mein Herz eingebrannt, in meine Erinnerung.

Wieder raschelte ich mit dem Heu, hielt es dem Pferd hin. »Komm zu uns … Na komm …«, säuselte ich.

Langsam setzte es sich in Bewegung, näherte sich mit unsicheren Tritten. Es beachtete uns zunächst gar nicht, sah nur das Heu und nahm es von meiner Hand.

»Lass sie erst mal fressen«, sagte Curt leise.

Ich breitete den Sack etwas aus und legte das Futter vor das Pferd. Curt streichelte über seinen Hals, über die Flanke, untersuchte die Stute.

Sie war viel zu dünn und schien tief erschöpft zu sein. Wer vermochte schon zu sagen, wie lange sie bereits hier in der Kälte allein ausharrte. Sie trug noch ein Geschirr mit abgerissenen Fahrleinen.

»Ich nenne dich Elli«, flüsterte ich ihr ins Ohr.

Curt und ich wechselten einen Blick, und ich wusste, ich sollte auf sie achtgeben. Er stieg über die Toten, ging zu dem Pferdeleichnam und kämpfte darum, die noch intakten Zügel abzunehmen. Einmal fiel er hintenüber und landete in einem Schneehaufen. Ich wollte ihm helfen, aber mit einer Geste hielt er mich davon ab.

Schließlich musste er das Geschirr öffnen und zerrte die Lederleinen darunter hervor.

Der Schneefall ließ nach, und es dämmerte bereits.

»Wir müssen zurück, Curt.«

Er nickte nur, wickelte die Zügel zusammen und nahm Elli an den abgerissenen Fahrleinen. Sie folgte ihm widerstandslos.

Ich schaute noch ein letztes Mal auf die geschundene Lichtung im Wald und dachte an Lieschens Kinderlied.

Ja, Pommernland ist abgebrannt, dachte ich mit aufsteigender Traurigkeit.

Wir brachten Elli zum Hof und nahmen sie mit ins Haus, obwohl sie sich zuerst wehrte, durch den für sie engen Eingang zu laufen. Die Wärme, Wasser und weiteres Heu stimmten sie am Ende gnädig. In unserer Gesellschaft entspannte sie sich schließlich. Mit halb geschlossenen Augen stand sie nun da und döste.

»Warum ist denn das Pferd im Haus?«, wollte Gerda erstaunt wissen, als sie ins Zimmer trat.

Mama schaute sie an, als wäre sie nicht ganz richtig im Kopf. »Dieses Tier ist gerade unser wertvollster Besitz, Kind.«

7

In dieser Nacht konnte ich nicht schlafen. Meine Gedanken überschlugen sich. Angst, Trauer, Hoffnung … All das spukte abwechselnd in meinem Kopf herum, wenn ich an die bevorstehende Flucht dachte. Ich konnte mir ein Leben ohne den Hof gar nicht vorstellen.

Nachdem ich mich mehrmals von einer Seite zur anderen gedreht hatte, richtete ich mich auf. Ich kletterte über Lieschen, die mit in meinem Bett schlief, und stand auf. Gerda war ebenfalls wach. Sie starrte an die Decke, der Mond beleuchtete ihr blasses Gesicht.

»Ist alles in Ordnung mit dir?«, flüsterte ich ihr zu.

Sie nickte nur, gab keinen Ton von sich. Im silbernen Schein der Nacht sah ich Tränen auf ihren Wangen. Rasch wandte ich mich ab, ging hinunter. Unter meinen Tritten knarrte das alte Holz der Stufen. Eine raunende Stimme ließ mich innehalten. Curt schlief also auch nicht. Ich schlich weiter und hielt am Treppenabsatz inne.

Er stand neben dem Pferd, hatte mir den Rücken zugewandt. Langsam strich er dem Tier über die Flanke, redete leise mit ihm. Die Stute ließ es sich gern gefallen und kaute genüsslich an ihrem Heu.

Er wandte sich um, als spürte er mich. Sein Blick huschte über meine nur mit dem Nachtgewand bekleidete Gestalt. Sein Ausdruck wandelte sich. Plötzlich spiegelte sich Sehnsucht in seinen Augen. Er senkte rasch den Blick und murmelte eine Entschuldigung.

»Wie geht es ihr?«, fragte ich.

»Sie war sehr erschöpft, die Ruhe tut ihr gut.«

»Wird sie es schaffen?«

»Ich glaube, sie hat schon Schlimmeres durchgestanden.«

Gleichzeitig hoben wir die Hand, um Ellis Hals zu streicheln. Seine Rechte legte sich ungewollt auf meine, ich spürte die Wärme, die er ausstrahlte. Einen Augenblick verharrten wir so, sahen uns verwundert an, dann zog er die Hand zurück.

Er ging zum Küchentisch und setzte sich, schien an etwas zu denken, das ihm nicht behagte.

»Soll ich dich rasieren, bevor wir fahren? Manchmal habe ich das bei meinem Vater gemacht. Und, na ja, mit links ist es nicht so einfach, nicht wahr?«

Curt sah überrascht auf. »Das ... wäre wirklich nett.«

Auf leisen Sohlen, damit ich meine Mutter nicht weckte, holte ich das Rasierzeug meines Vaters aus dem Badezimmer. Trotz unserer Situation konnte ich kaum erwarten, was hinter Curts zotteligem Bart zutage kommen würde. Diese Gedanken verwirrten mich und hinterließen ein seltsames Gefühl in mir. Ich verdrängte die Empfindung und ging zurück in die Küche.

Sorgsam rührte ich mit Pinsel und Seife den Schaum an, trug ihn Curt auf. Meine Hände zitterten ein wenig. Es war doch etwas anderes, als dies bei meinem Vater zu tun.

Curt schien meine plötzliche Unsicherheit zu bemerken. Er schloss die Augen und zeigte mir damit sein Vertrauen. Ich fühlte mich nicht mehr beobachtet und begann ihn vorsichtig zu rasieren. Die längeren Haare waren schwieriger zu rasieren als reine Bartstoppeln, deshalb brauchte ich eine ganze Weile.

»Ich dachte immer, die Wehrmacht sieht Bärte nicht so gern, zumindest hab ich das mal gehört.« Ein letztes Mal fuhr ich über seine Haut. »So, fertig.«

»Manchmal ist dafür einfach keine Zeit«, sagte er mit einem leisen Seufzen. »Wenn man unter Beschuss steht, denkt man an andere Dinge.«

Ich reichte ihm einen feuchten Waschlappen.

»Danke!«

Er rieb sich mit dem Tuch über Wangen und Kinn, begegnete dann scheu meinem forschenden Blick. Seine hellblauen Augen leuchteten in der Flamme der Öllaterne, als wir einander ansahen. Mein Herz klopfte auf einmal viel rascher. Er sah wirklich sehr gut aus, das konnte ich nicht leugnen.

Rasch senkte ich den Kopf, griff nach der Kehrschaufel und entfernte die Pferdeäpfel vom Boden.

»Ich bring eben den Pferdemist hinaus«, sagte ich und öffnete die Haustür.

Dunkelheit umfing mich, meine Augen brauchten einen Moment, um sich an das fahle Mondlicht zu gewöhnen. Dann erkannte ich mehrere Schatten, hörte das Rumpeln von Rädern. Mir fiel vor Schreck die volle Schaufel aus der Hand. Ich wollte sofort wieder ins Haus, als mich eine Stimme zurückhielt.

»Johanna?«

Das war Magda, die Bäckerin aus dem Dorf! Ich ging kurz ins Haus, schlüpfte in meine Fellstiefel und riss meinen Mantel vom Haken. Curt folgte mir verwirrt, als ich zu Magda hinausrannte. Die Gemeinschaft bestand aus mehreren Wagen, entweder von Ochse oder Ackergaul gezogen. Der Rest lief zu Fuß, schob alte Kinderwagen oder zog Handkarren mit den letzten Habseligkeiten. Das halbe Dorf schien sich versammelt zu haben.

»Ihr seid noch hier?«, rief sie aufgeregt. »Ich dachte, ihr wärt längst fort!«

»Wir wollen in der Früh los«, antwortete ich.

»Wartet nicht!«, mahnte Magda. »Sie haben das Dorf überrannt, alles hinter uns ist bereits in russischer Hand. Wir wollten rauf zu den Krügers, sie abholen.«

Bei der Erwähnung von Lieschens Familie, rang ich um Fassung. Magda schien an meinem Gesichtsausdruck zu erkennen, dass etwas nicht stimmte.

»Was ist mit Martha und Frieda?«, fragte sie heiser.

Ich schluckte, konnte nicht verhindern, dass mein Blick vor Tränen verschwamm. »Sie sind tot«, flüsterte ich. »Lieschen haben wir in der Kleiderkiste gefunden.«

Ein leiser Aufschrei ertönte, und jemand nahm mich am Arm, zog mich herum.

»Was sagst du da?«

Es war Waltraud, Marthas Schwester.

»Es tut mir leid, wir haben sie schon so vorgefunden. Curt und ich haben sie zugedeckt.«

»Wer ist Curt?« Ihre Stimme war kaum zu hören. Sie realisierte, dass ein deutscher Soldat bei mir war. An seiner Uniform war er nicht zu verkennen.

»Er ist verletzt, hat mir geholfen, einen neuen Karren zu holen.«

Sie wandte sich ab, für eine Weile bewegte sie sich nicht, nur der eisige Wind fegte über den Hof, ließ die Planen der Fuhrwerke flattern. Dann schluchzte sie auf.

»Bitte hole Lieschen! Ich möchte sie mit mir nehmen.«

Ich nickte und lief ins Haus. Doch bevor ich die Kleine weckte, ging ich zu meiner Mutter. Schon als ich in das kleine Schlafzimmer meiner Eltern kam, schreckte sie durch das leise Knarren der Tür auf.

»Was ist passiert, Johanna?«

»Vor dem Hof sind viele aus dem Dorf. Die Rote Armee ist ganz nah, schon im Dorf! Waltraud ist hier, sie will Lieschen mitnehmen.«

Mama sprang hastig aus dem Bett. »Wir müssen noch einiges packen, aber das machen wir jetzt schnell. Weck Lieschen und bring sie zu Waltraud. Und sag Gerda, dass sie sich fertig machen und runterkommen soll. Ich rede mit Waltraud und den anderen.«

»Wir werden mit ihnen reisen?«

»Auf jeden Fall.«

Ich tat, wie mir befohlen, brachte als Erstes Lieschen nach unten. Gerda war längst wach und schaute mich aufgewühlt an.

Die Angst saß uns im Nacken. Wir hatten so eilig unsere Sachen gepackt, dass mir fast schwindelig war, als wir dick eingepackt mit dem Milchkarren draußen standen und auf Curt warteten, der das Pferd aus dem Haus führte.

Mein Blick schweifte über unseren Besitz. Wir hatten nur das absolut Wichtigste auf den Karren geladen.

Zwei Hühner, die Käfige in dicke Tücher gepackt, um sie vor der Kälte zu schützen. Das Futter für sie und Heu für das Pferd. Das mittlerweile gefrorene Fleisch von den geschlachteten Hühnern, Winterkleidung, Felle, eine Seife, Ersatzschuhe, Decken, die Konserven, weitere Lebensmittel und allerlei brauchbares Kleinzeug. Ich dachte an das kostbare Foto von meinem Vater, das meine Mutter sicher verstaut hatte.

»Gerda, hast du deinem Vater die Nachricht geschrieben?«

Meine Schwester nickte nur, sagte nichts.

Unser aller Gedanken drehten sich in diesem Augenblick um ihn. Er sollte uns finden, wenn er heimkehrte. Einen anderen Gedanken ließ ich nicht zu.

Curt legte Elli das Geschirr um und spannte sie vor unseren Karren.

Die anderen Flüchtenden warteten auf uns, sahen sich aber immer wieder ängstlich in Richtung Dorf um.

Die Dämmerung setzte ein. Der Himmel hellte sich auf, färbte den Osten in ein zartes Rosa. Meine Augen hatten sich mittlerweile an die Lichtverhältnisse gewöhnt, und ich konnte recht gut sehen.

Ich nahm die Zügel und ließ Elli ein Stück vorlaufen. Gerda stellte sich neben Mama, und Curt trat neben mich. Ein letztes Mal sah ich zu meinem Zuhause, versuchte, mir jedes Detail genau einzuprägen.

Ich wollte nie diesen Frieden vergessen, den unser Hof stets ausgestrahlt hatte, wollte jede Erinnerung in mir festhalten. Als ich die stillen Tränen nicht mehr aufhalten konnte, wandte ich mich ab, sah nicht mehr zurück, konzentrierte mich auf den unebenen Weg vor mir.

*

Zu Anfang verlief der Marsch in gespenstischer Stille. Nur wenige entfernte Schüsse hallten zu uns herüber, keine Flugzeuge flogen über uns hinweg. Der Morgen schritt weiter voran, während wir durch dichten Nebel liefen und durch teils tiefen Schnee stapften. Elli war ein Segen. Kein Geräusch brachte sie aus der Fassung, sie zog brav den Wagen und schien zufrieden zu sein. Für die Tiere machten wir regelmäßig Pausen, denn niemand konnte riskieren, dass sich Pferd oder Ochse erschöpften. Ich wiederum war froh um jede Bewegung, denn in den kurzen Pausen fror ich erbärmlich.

Curt und ich lehnten an dem Karren und aßen jeder eine dicke Brotscheibe.

»Wie geht es dir?«, fragte ich ihn.

»Ich glaube, etwas besser, die Kälte hier draußen tut mir gut.« Er schniefte leise.

Meine Mutter gab uns einen Wink, anscheinend wollte die Mehrzahl der Leute weitergehen. Ich überprüfte die Plane, die unsere Habseligkeiten vor Feuchtigkeit schützen sollte und gab den beiden Hühnern ein paar Körner. Curt schaute mich abwartend an, ich nickte ihm zu. Er nahm Elli an den Zügeln, der Wagen ruckte an, und wir liefen weiter gemächlich durch den Schnee. Bisher war es einfach gewesen. Wir waren von einem Waldstück zum anderen gegangen. Der Schnee lag hier nur auf den Lichtungen oder in den Verwehungen. Jetzt waren wir am Rand der Bäume angekommen und schauten auf ein weites Tal. Dort befanden sich Hunderte von Flüchtenden. Der Strom trieb nach Westen und hinterließ eine Schneise in dem hohen Schnee.

Curt blickte mit versteinertem Gesicht zu ihnen hinab. »Dann ist Arnswalde gefallen«, sagte er mit heiserer Stimme, aber absoluter Gewissheit.

Ich fragte nicht, woher er es wusste, vielleicht schloss er es aus der Vielzahl der Menschen, aber ich hinterfragte es auch nicht. Ich nahm es hin, denn er hatte recht, sie alle strömten aus Richtung Arnswalde nach Westen zur Oder.

Viele sahen zuerst alarmiert aus, als wir die Anhöhe herunterkamen. Sie erkannten jedoch schnell, dass wir in der gleichen Situation waren wie sie, und beachteten uns nicht weiter, als wir uns dem Treck anschlossen.

»Hier wird es uns besser gehen«, sagte Mama mit einem erzwungenen Lächeln.

Ich wartete, bis sie sich zu Waltraud und Lieschen gesellt hatte, und wandte mich Curt zu.

»Mir gefällt das gar nicht«, flüsterte ich. »Wir sind ein riesiges Angriffsziel.«

»Vor allem für die Bomber«, stimmte Curt mir zu.

Mir fiel auf, dass er beim Laufen seinen Arm festhielt, wohl um die verletzte Schulter zu schonen.

Unsere Bäckerin schluchzte unerwartet auf. Magda unterhielt sich mit einem alten Mann, der mühsam versuchte, Schritt zu halten.

»Da hat wohl keiner mehr 'ne Chance von unsern Soldaten«, krächzte er. »Die Russen werden se bestimmt alle erschießen.«

Ich meinte mich zu erinnern, dass Magdas Sohn hier in der Nähe kämpfte, und presste die Lippen aufeinander.

Curt gab mir die Zügel von Elli und ging zu dem Alten. »Arnswalde ist verloren, nicht wahr?«

»Ja, die Stadt hat lichterloh gebrannt. Die Dänen ham uns was freigesprengt, damit wir wegkonnten.«

»Die Panzergrenadier-Division ›Nordland‹?«, fragte Curt aufgewühlt.

»Wat weiß ich, wie die sich nennen, Bursche.« Er beäugte Curt skeptisch, sah dann aber die Schlinge, in der sein Arm steckte, und sagte nichts weiter.

Curt schloss zu mir auf, schien in Gedanken versunken zu sein.

»Alles in Ordnung?«, fragte ich.

Er nahm mir die Zügel wieder ab und stapfte mit versteinerter Miene vorwärts.

»Ich hätte bei ihnen sein müssen«, murmelte er kopfschüttelnd. »Verdammt seist du, Geiß!« Der letzte Fluch war mehr ein Zischen, ich verstand es trotzdem.

»Wer ist dieser Geiß?«

Curt blinzelte, als wurde ihm erst jetzt bewusst, dass er laut gesprochen hatte. »Ein Feldwebel.«

»Und du solltest nach Arnswalde?«

»Ja. Die Stellung dort sollte um jeden Preis gehalten werden.«

Gegen Mittag kam Bewegung in den Treck. Pyritz lag hinter uns, wir hatten einen Bogen um die Stadt gemacht, weil vor den Toren schwere Kämpfe stattfanden. Ich hörte auf das Munkeln und Flüstern der Leute aus der Region Arnswalde und verstand, dass Hitler den Krieg längst verloren hatte.

»Warum kämpfen sie überhaupt noch?«, fragte ich, ohne jemand Bestimmtes zu meinen.

Curt fühlte sich trotzdem angesprochen. »Für euch«, sagte er leise.

Ich schaute ihn verwundert an. »Wie meinst du das?«

»Hier im Osten ist es unwichtig geworden, was der Führer durchsetzen will«, raunte er. »Hier geht es nur noch ums Überleben. Wir müssen euch in Sicherheit bringen.«

»Wäre das deine offizielle Aufgabe gewesen?«

Er blieb stehen, sah mich ernst an. »Nein, aber das hat uns nicht gekümmert.«

»Deine Einheit ...?«

»Wir sollten nach Arnswalde, aber ... es kam nur ein Bruchteil von uns in die Nähe der Stadt.«

»Sind sie tot?«

Curt schloss kurz die Augen, fasste dann Ellis Zügel fester und ließ sie weitergehen. »Ja ...« Er atmete tief durch. »Wir wollten uns den Skandinaviern anschließen.«

»Dieser Panzergrenadier-Divison ›Nordland‹?«

Er nickte. »Als unser Kommandant starb, trat Geiß an dessen Stelle. Danach war nichts mehr wie vorher.« Curt stockte und sah hoch zum wolkenbedeckten Himmel.

Mir fuhr ein Schreck in die Glieder, denn nun hörte ich es auch.

Kampfflugzeuge!

Im Treck entstand Unruhe. Einige Leute rannten davon, flohen in alle Richtungen. Andere peitschten ihre Ochsen, um schneller voranzukommen.

Curt gab uns das Zeichen zum Halten, Elli tänzelte nervös hin und her. Mama und Gerda sahen ihn verständnislos an.

Das grollende Geräusch näherte sich, ich konnte die ersten Bomber bereits als Schemen sehen.

»Wartet!«, befahl Curt und starrte hinauf zu den Flugzeugen.

Panik brach aus. Elli bäumte sich auf, doch Curt ruckte an ihren Zügeln, und sie gehorchte.

»Curt, komm, wir müssen hier weg!«, rief ich und wollte dem

Treck folgen, denn die Menschen strömten nun zurück, rannten vor den Bombern davon.

»Nein, sie haben die Luken noch nicht offen!«

Er führte Elli aus dem Pulk von Menschen. Ich war hin- und hergerissen. »Was meinst du damit?«

»Vertrau mir!«

Und ich vertraute ihm. »Mama, Gerda, kommt mit!«

Ihnen blieb gar nichts anderes übrig, als uns zu folgen. Curt rannte mit Elli genau auf die Kampfflieger zu. Nur wenige begriffen, was das bedeutete. Aber einige hielten inne, schauten zum Himmel, machten kehrt und folgten uns. Da sah ich es! Wie sie die Luken öffneten, fast direkt über uns. Wir liefen schneller, rannten wie von Sinnen durch den Schnee. Curt konnte Elli kaum noch halten.

Ein heulendes Geräusch ertönte hinter uns. Ich stolperte in dem hohen Schnee, Mama zerrte mich hoch. Ich warf nur einen Blick zurück, doch das Bild brannte sich in mein Gedächtnis ein.

Zwei Bomben flogen direkt auf die Flüchtenden zu, eine dritte detonierte mitten in der Menschenmenge. Ich spürte die Druckwelle, taumelte, stürzte vornüber. Der Knall raubte mir kurzzeitig den Atem. Wie gelähmt blieb ich in der Eiseskälte sitzen und sah fassungslos zu, wie auch die anderen beiden Geschosse auftrafen. Ich hörte alles wie durch Watte. Plötzlich regnete es Holzsplitter und andere zerstörte Dinge.

Schreie.

Panik.

Jemand rief meinen Namen, rüttelte mich, aber ich konnte einfach nicht reagieren.

Aus dem Qualm kamen die Überlebenden und rannten oder humpelten in unsere Richtung. Niemals – nicht in hundert Jahren – würde ich ihre blutenden, schmutzigen Gesichter vergessen.

»Johanna!«, hörte ich wie aus weiter Ferne.

Jemand riss mich hoch, ich sah Curt, der mich ohne Rücksicht auf seine Verletzung auf den Karren setzte und sich auf Elli schwang. Das Pferd war so verstört, dass es Curts Befehlen gehorchte.

»Wo sind Mama und Gerda?«, schrie ich, sah mich nach allen Seiten um.

»Beim Wald, da drüben!«

Ich klammerte mich an dem Karren fest, die Hühner gaben Laute von sich, die ich nie zuvor gehört hatte. Zu meiner Erleichterung entdeckte ich meine Mutter und meine Schwester ein Stück weiter vorn.

Wie lange hatte ich dort wie erstarrt gesessen?

Curt zügelte das Pferd, stieg ab, sackte in den Schnee. Mit einem Stöhnen richtete er sich auf, die Schlinge für seine verletzte Schulter baumelte lose an ihm, er hatte sich davon befreit, benutzte den geschundenen Arm ohne Rücksicht. Er stolperte und erbrach sich. Dann rappelte er sich auf und führte Elli weiter zu ein paar Felsen.

»Johanna … bitte«, flehte er regelrecht, und ich kämpfte mich aus meiner Lethargie.

Ich sprang vom Karren, spürte, dass mir etwas Warmes über die Wangen lief. Tränen? Ich wischte darüber. Nein. Blut.

Curt hustete und krümmte sich vor Schmerz zusammen.

»Setz dich auf den Karren, Curt!«

»Nein, hilf mir nur bei …«

»Jetzt setz dich auf den Karren!«, schrie ich ihn an.

Er war so verblüfft, dass er gehorchte. Ich folgte dem Ruf meiner Mutter und führte Pferd und Karren um die Felsen herum. Wir flüchteten in eine kleine Tannenschonung, die in einen Laubwald überging. Ich sah Waltraud und Lieschen, sie schoben nur noch eine Schubkarre vor sich her. Wo war Magda?

Die Flugzeuge drehten ab, ihr Geräusch entfernte sich.

Meine Mutter wollte den anderen folgen, aber Curt hielt sie davon ab. »Nein, lass uns links bleiben. Ich bin hier in der Nähe vorbeigekommen.« Er hustete unterdrückt. »Da ist eine Höhle … wir haben den Eingang versteckt … damit die Russen … sie nicht finden.«

Seine Stimme versagte immer wieder, er verzog vor Schmerz das Gesicht. Ich berührte im Gehen seinen Handrücken, ließ meine Rechte kurz darauf liegen. »Du hast uns gerettet«, hauchte ich.

Völlig unerwartet sackte Gerda zusammen. Mama fing sie mit

einem erschrockenen Ausruf auf. Erst jetzt bemerkte ich die Blutspur.

Meine Mutter sah mich mit einem so verzweifelten Ausdruck an, dass mich ein eisiger Schrecken lähmte. Mein Blick wanderte zu Gerdas Taille. Blut quoll dort hervor, färbte den Schnee rot. Ein abgebrochenes Holzstück steckte in ihrer Seite.

Curt kam unsicher näher. Umständlich versuchte er, seinen Arm wieder in die Schlinge zu bringen. Um irgendetwas tun zu können, half ich ihm und sah, dass auch er blutete. Die Nähte seiner Schusswunde mussten wieder aufgegangen sein.

Gerda schluchzte leise. Mit heiserer Stimme sagte sie: »Mama, zieh es raus, zieh es raus, bitte …«

Sie zögerte, ich fühlte mich völlig hilflos.

»Nicht hier, Frau Dahl. Unser Sanitäter hat immer …«

Schüsse hallten durch den Wald, wieder Schreie.

Niemand von uns wollte wissen, wer dort angegriffen wurde. Wir halfen Gerda auf, die vor Schmerz das Gesicht verzog, und stützten sie, als sie auf den Karren kletterte.

»Zeig uns diese Höhle!«, sagte Mama barsch, und ich zuckte aufgrund ihres Tonfalls erschrocken zusammen.

Curt nickte nur knapp und nahm Ellis Zügel.

8

Die Höhle war hinter Felsen und Gestrüpp so gut verborgen, dass sie wohl niemand finden konnte, der nicht genau wusste, wo sie lag.

»Ein Soldat meiner Einheit, Toni Daut, hat sie mir gezeigt. Er ist hier in der Gegend aufgewachsen. Er kannte die Höhle noch aus Kinderzeiten«, sagte Curt und schob einige Äste beiseite, an denen vertrocknetes Laub und Schnee hing. Die Aushöhlung ging nicht tief hinein, kam mir aber geräumig vor. Ich erkannte die Spuren eines erloschenen Lagerfeuers. In einer Ecke lag eine sackartige Tasche, daneben ein gebrochener Gewehrlauf.

»Die Sachen sind von Gerd, ignoriert sie einfach«, sagte Curt mit einem seltsamen Unterton.

Ich ging zurück zu dem Pferd. Ich musste ein bisschen mit Elli kämpfen, die nun sehr ungehalten war. Die kleine Anhöhe hatte ich sie noch hinaufbringen können, aber nun scheute sie vor dem dunklen Eingang.

»Warum hat er die Sachen zurückgelassen?«, fragte ich, ohne nachzudenken.

»Weil er drüben im Tannenwald begraben ist.«

Seine Antwort ließ mich die Lippen aufeinanderpressen.

Die Stute wieherte, tänzelte hin und her. Ich zog Heu vom Karren, hielt es ihr hin. Sie musste so hungrig sein, dass sie ihre Furcht vergaß und mit Blick auf das Futter die Höhle betrat.

Curt, der an der Gesteinswand lehnte, wollte mir mit dem Karren helfen, doch er konnte sich kaum aufrichten, deshalb wehrte ich seine Hilfe mit einer Geste ab. Mama kam zu mir, und gemeinsam brachten wir das Pferd dazu, den Karren in die Höhle zu ziehen. Wir stellten das Gefährt so hin, dass Elli nicht fortlaufen konnte. Mama half meiner Schwester vom Karren, während ich das Pferdegeschirr löste. Das Tier ignorierte das Heu, wieherte erneut nervös und trat sogar einmal nach dem Karren.

»Was hat sie?«, fragte ich Curt ratlos.

»Sie hat Durst.«

Ich zog unter der Plane trockenes Brennholz hervor und warf es zum Lagerfeuerplatz. »Kannst du ein Feuer anmachen?«

Meine Frage spielte nicht auf das Können, sondern auf seinen Zustand an, was er wohl auch so auffasste. Er antwortete nicht, sondern schichtete die Hölzer auf.

Gerdas Atem kam schwerer, sie wimmerte. Das Holzstück steckte noch in ihr. Aber ich musste Elli ruhighalten. Wenn man uns entdeckte, war unser Leben verwirkt.

In unserem großen Kochtopf schaufelte ich so viel Schnee wie möglich. Als ich zurückkam, zündete Mama mit ihren Streichhölzern das aufgeschichtete Holz an. Ich hielt den Topf über das Feuer, aber er war einfach zu schwer. Die Flammen loderten heiß auf, sodass ich ihn danebenstellte. Der Schnee schmolz rasch.

Elli trank gierig das ganze Wasser aus, sodass ich die Prozedur so lange wiederholte, bis sie meine Gabe verschmähte. Ich wusch den Topf mit Schnee aus und ging zurück zur Höhle. Hilflos blieb ich im Eingang stehen und beobachtete, wie Mama Gerda aus ihrer Jacke half.

Das Geräusch war furchtbar, als Mama das Holz aus ihrem Fleisch zog. Meine Schwester stöhnte auf. Mama drückte Gerdas schon blutdurchtränkte Jacke auf die Verletzung. Ich kramte in unseren Sachen nach Verbänden.

Draußen ertönten wieder Schüsse. Erschrocken zuckte ich zusammen. Mein Blick fiel auf den Höhleneingang, der noch ungeschützt war.

Sie durften uns nicht finden!

Ich lief hinaus, zog das lose Gestrüpp wieder vor unsere Notunterkunft. Stimmen hallten durch den Wald, und ich sah im Augenwinkel etwas zwischen den Bäumen davonhuschen. Rasch duckte ich mich.

Die Höhle befand sich etwas oberhalb, so konnte ich auf das Geschehen hinunterblicken, ohne dass man mich bemerkte. Ein Reh sprang in Panik davon. Drei deutsche Soldaten sprengten hinterher, aber sie waren nicht auf der Jagd – sie wurden gejagt. Ein Trupp

Russen war hinter ihnen her, und ich verbarg mich tiefer hinter den Sträuchern.

So nah!

Ich kroch zurück zum Eingang und zerrte noch mehr Äste hinter mir her, um uns so gut wie möglich zu verbergen.

Bevor ich mich gänzlich in unser Versteck zurückzog, sah ich noch, dass Schnee in feinen Flocken vom Himmel fiel. Ich entsann mich meiner Aufgabe, Verbände für Gerda zu suchen, und durchwühlte erneut die Dinge auf dem Karren. Die Hühner gackerten leise. Ich durfte nicht vergessen, sie zu versorgen!

Endlich fand ich unseren kleinen Medizinkoffer. Ich wandte mich um.

So viel Blut … es hörte nicht auf.

»Curt, was macht man bei so einer Wunde? Was … was hat euer Sanitäter getan?«

Er warf mir einen vorsichtigen Blick zu.

»Jetzt hör auf, den Anstand wahren zu wollen, und schau es dir an!«

Mit einem erstickten Geräusch richtete er sich mühsam auf und näherte sich meiner Mutter und Gerda. Diese bewegte sich nicht mehr, schien ohnmächtig zu sein. Curt warf einen Blick auf meine Schwester, aber Mama beließ die zusammengeknüllte Jacke auf der Wunde. Curt setzte sich mit bleichem Gesicht auf die Fersen zurück. Am liebsten hätte ich ihn an den Schultern gerüttelt – ich konnte mich gerade noch zurückhalten, weil ich an seine eigene Verletzung dachte.

»Curt! So sag doch was!«

Meine Mutter verzog das Gesicht und kämpfte darum, nicht zu weinen. Sie versuchte nicht einmal mehr, den Blutfluss zu stoppen.

»Mama?«

Ich ging zu ihnen, legte den kleinen Koffer neben mich und nahm meiner Mutter die Jacke aus der Hand. Ich presste sie nun selbst auf Gerdas Seite. Die Blutung musste doch zu stoppen sein!

»Mama, hilf mir doch! Hol die Verbände aus dem Koffer!«

Aber sie hob die zitternden, blutverschmierten Hände und begann unkontrolliert zu schluchzen.

Ich spürte eine Hand auf meinem Unterarm.

»Johanna …«

»Nein, lass mich! Wenn ihr schon nichts tut, dann muss ich …«

»Johanna, deine Schwester ist tot.«

Ich erstarrte in meiner Bewegung. »Nein, sie …«

Ich sah Gerda ins Gesicht. Ihre Lider waren geöffnet, die Augen starr nach oben gerichtet.

Mein Körper bebte.

Ich kroch zu ihrem Kopf, streichelte über ihr Haar.

»Gerda …«

Ich saß draußen vor der Höhle, schaute dem fallenden Schnee zu. Jeder Windzug wirbelte die Flocken wie Staub hin und her.

Ich sah mich mit Gerda einen Schneemann bauen.

Wir machten eine Schneeballschlacht.

Unter dem Weihnachtsbaum sangen wir Papas Lieblingslied, sie konnte viel schöner singen als ich.

Ihr Lachen erklang in meinen Gedanken, als wir über unser Feld liefen, auf der Jagd nach einem Schmetterling. Wir waren noch Kinder.

Ich fühlte ihr weiches Haar, als ich es zu zwei Zöpfen flocht.

»Johanna?«

Curt gesellte sich zu mir, wollte mich an der Schulter berühren, doch ich wich ihm aus.

»Lass mich allein!«

»Es wird dunkel. Hier draußen ist es bitterkalt, und du zitterst.«

»Lass … mich … allein!!!«

Mit einem Seufzen legte er mir eine Decke um und ging zurück in die Höhle, zu Mama, die Gerda im Arm hielt, ohne zu weinen, ohne auch nur einen Ton von sich zu geben.

Die Wärme des Lagerfeuers wurde zu mir geweht, nur ein Hauch.

Wir wussten, es war ein Risiko, aber ohne die Flammen würden wir erfrieren, das spürte ich hier draußen sehr deutlich. Meine Füße und Hände waren taub, meine Gesichtshaut schmerzte. Aber aus

Gerdas Körper war auch jedwede Wärme gewichen, hier draußen fühlte ich mich ihr näher.

Nach einiger Zeit konnte ich mich kaum noch bewegen, meine Muskeln schienen völlig steif zu werden. Der Wind heulte mir um die Ohren, ich hörte Elli ängstlich wiehern.

Plötzlich dachte ich an Herti und ihre Schwester. Ich hatte vergessen, mich um die Hühner zu kümmern!

»Curt …«, rief ich heiser.

Binnen einer Sekunde stand er neben mir. Hatte er am Eingang nur darauf gewartet, dass ich zur Vernunft kam?

»Ich bin hier.«

»Ich muss mich um die Hühner kümmern, sonst …«

»Das hab ich schon getan. Komm, sieh selbst.«

Er half mir auf, obwohl er selbst wacklig auf den Beinen war. Im Schein des Feuers sah ich, dass er hinten in der Höhle, mit einigen von unseren Kisten, in denen sich Kleinzeug befand, einen Bereich abgesperrt hatte. Dort saßen die beiden Hühner nah beisammen, letzte Körner sah ich noch am Boden.

Mama lag in einer Ecke. Schlief sie? Ich konnte es nicht sagen.

»Geh ans Feuer, damit du wieder warm wirst!«

Diesmal gehorchte ich, nahm den Schmerz hin, als wieder Gefühl in meine Glieder kam. Ich sah auf Gerda, die nun abseits lag. Ihr Gesicht war verhüllt. Curt ging zu ihr, ignorierte erneut seine Verletzung und nahm den Arm aus der Schlinge. Mit einem zischenden Schmerzlaut nahm er meine leblose Schwester auf und brachte sie vor die Höhle.

Er brachte sie einfach fort!

Eine Mauer zerbarst in mir, stürzte ein, als wäre sie bombardiert worden. Plötzlich schrie alles in mir, und ich fühlte eine seltsame Panik in mir aufsteigen.

Gerda!

Mir entfuhr ein leiser Schrei, ein trockenes Schluchzen. Die Welt um mich herum versank in Tränen und Schmerz. Jegliche Kontrolle entglitt mir. Das Einzige, was ich noch wahrnahm, war Curts Gegenwart.

Er hielt mich fest, flüsterte leise Worte und wurde in diesem Augenblick zu meinem Rettungsanker.

Curt war vor Erschöpfung eingeschlafen. Selbst jetzt hielt er sich den Arm der verletzten Schulter. Ich musste mir die Wunde ansehen, sie neu versorgen, aber ich wollte ihn nicht stören und konnte mich auch nicht aufraffen. Mama lag immer noch mit dem Gesicht zur Wand, ich wagte nicht, sie anzusprechen. Manchmal schniefte sie leise.

Ich hockte im Bereich der Hühner. Herti saß auf meinem Schoß und schlief, ihre Schwester Trudi pickte die letzten Körner auf. Mir rannen noch immer Tränen die Wangen hinunter, ich konnte es nicht kontrollieren.

Wut stieg in mir auf. Wenn wir diese verdammte Genehmigung zur Flucht bekommen hätten, wären wir schon vor Wochen mit dem Zug weggefahren.

Doch die Furcht vor der Wehrmacht saß tief, jeder wollte unscheinbar und gehorsam sein. Wir waren nur die Ostdeutschen. Wer wusste schon, wen Hitler als Nächstes eliminieren wollte? Meine Familie entsprach nicht dem arischen Vorbild, wir waren allesamt dunkelhaarig, und ich hatte sogar braune Augen.

Ich hob die Hand, fuhr mir durch die Locken, die mir bis kurz über die Schultern reichten. Mein Haar weigerte sich immer, in einem Knoten zu bleiben, irgendwann löste sich jede Frisur, und sie kringelten mir ums Gesicht. Trotzdem schnürte ich sie mit einem Band zurück, das in meiner Manteltasche steckte.

Ich strich mir über die Beine, um sie warm zu halten, zog meinen Winterrock so weit herunter, wie es ging. Herti rutschte ein wenig zur Seite und gackerte leise, also zog ich sie in meine Arme.

Ich wünschte, ich hätte eine Hose besessen. Die Männer mussten sicher unten herum nicht so frieren. Meine Wollstrümpfe hielten nicht annähernd warm bei dieser Kälte.

Unerwartet richtete sich Mama auf. Sie erhob sich, kam auf mich zu und beobachtete mich einen Moment lang. Ihre Augen waren vom Weinen verquollen, sie sagte nichts. Kurz stocherte sie in der Glut des Feuers herum, dann ging sie hinaus.

Besorgt sah ich ihr hinterher. Meine Mutter wirkte nach außen stark und streng. Ich wusste aber, dass sie auch warmherzig sein konnte, dass sie tief im Innern einen viel zu weichen Kern hatte, der sie oft straucheln ließ.

Ich starrte den Höhleneingang an. Wo war sie? Musste sie austreten? Warum blieb sie so lange draußen?

Erleichterung durchströmte mich, als sie zurückkehrte. Ich runzelte die Stirn. Was hatte sie in der Hand?

Sie hielt es mir hin, und mir stockte das Herz. Es waren Gerdas lange Strümpfe, die sie getragen hatte.

»Zieh das an, Johanna!«

Ihre Hand zitterte unkontrolliert, und ich griff rasch danach.

»Mama …«

Sie wandte sich um. Ich wollte ihr sagen, dass alles gut werden und wir es schaffen würden, aber ich brachte die Worte nicht über die Lippen, weil sie einfach zu trügerisch gewesen wären.

»Ich hab dich lieb, Mama.«

Tränen quollen aus ihren Augen, und sie stieg über Curts Hühnerbarriere, küsste mir die Stirn. Diese Geste war mir Antwort genug.

Sanft wischte sie mir mit einem Tuch über das Gesicht. Am Haaransatz schmerzte es, und ich wollte meine Haut dort befühlen, aber Mama hielt meine Hand fest.

»Nicht, dich hat etwas getroffen.«

Mein Herz pochte rascher. Ich hatte in all der Aufregung nicht wirklich bemerkt, dass ich verletzt war. Erst jetzt, wo meine Mutter die Wunde säuberte, spürte ich das Brennen.

»Es ist nicht schlimm, schon verkrustet«, sagte sie leise.

Sie strich mir über die Wange und ging zurück zu ihrem Platz am Feuer. Ich legte Gerdas Sachen zaghaft auf meinen Schoß, drückte Herti sanft an mich.

Wir verbrachten fünf Tage in der Höhle, erholten uns und versuchten, mit der Trauer zurechtzukommen. Gerdas Körper war mittlerweile eingeschneit. Wir hatten sie mit losem Laub bedeckt und in unserer Nähe belassen. Jetzt war sie für unsere Augen verschwunden, nur ein kleiner weißer Hügel erinnerte an sie.

Curts Verletzung musste ich an einer Stelle erneut nähen. Eine andere Stelle hatte sich leicht entzündet, deshalb entfernte ich dort eine Naht und spülte die Wunde, so gut es ging, aus. Sein Infekt klang ab, und er wurde unruhig, wollte nicht länger hierbleiben.

Wir mussten weiter, auch mir war das klar. Wir beide ahnten, dass die Rote Armee sonst viel zu nahe käme und wir keine Fluchtmöglichkeit mehr hätten.

Am Morgen des fünften Tages schaufelte ich Ellis Hinterlassenschaften nach draußen und kümmerte mich um die Hühner. Herti hatte tatsächlich ein Ei gelegt, und Mama briet derweil etwas von dem mitgenommenen Fleisch, das wir draußen im Schnee lagerten.

»Au, verflixt!«, schimpfte Mama, als eine Flamme zu nahe an ihre Hand kam. Sie stellte die Pfanne auf den Rost, den wir von unserem Ofen mitgenommen hatten. Zwei große Steine hielten die Enden des Metalls, so konnten wir über offenem Feuer braten und kochen. Trotzdem musste Mama der Hitze immer wieder ausweichen.

»Entschuldigen Sie, Frau Dahl. Soll ich …?«

Meine Mutter nickte und überließ Curt die gusseiserne Bratpfanne. Sie war ihm gegenüber nicht mehr so reserviert wie am Anfang. Mir gefiel es, wie sie miteinander umgingen. Heimlich beobachtete ich ihn. Sein blondes Haar war zerzaust, und die Spitzen waren noch gefroren, weil er trotz der Kälte zum Fluss gegangen war, ein Loch ins Eis geschlagen und sich mit Seife gewaschen hatte. Durch die Wärme des Feuers tauten die Strähnen auf, und es tropfte auf seine Uniformjacke. Einmal zuckte er zusammen, weil ein Wassertropfen in den Kragen geriet. Ich spürte, wie mir ein Lächeln übers Gesicht huschte.

Meine Mutter bemerkte meinen Blick, und ich senkte rasch den Kopf. Doch nicht ein einziger Tadel kam aus ihrem Mund. Seit Gerdas Tod sprach sie nicht mehr viel. Mir lag der Verlust wie ein schwerer Stein im Magen.

Curt sah auf, schaute mich mit seinen hellblauen Augen direkt an, suchte förmlich meinen Blick. Wieder lag diese unbestimmte

Sehnsucht darin, und ich fragte mich, ob er sie auch in meinen Augen lesen konnte.

Ich setzte mich neben ihn, drehte das Fleisch herum. Uns umgab eine friedliche Stille, ich genoss diese kurzen Momente, in denen ich mir selbst einreden konnte, dass alles nur ein seltsamer Traum war.

Völlig unerwartet gab es einen dröhnenden Knall, der den Boden erzittern und Steinstaub von der Decke rieseln ließ. Elli wieherte, die Hühner gackerten panisch, flatterten auf. Ich erschrak so sehr, dass ich gegen einen der Steine stieß, die den Rost hielten, und die Pfanne ins Feuer rutschte. Curt langte beherzt nach dem Griff, den die Flammen nicht erreichten, um unser Essen zu retten.

»Was war das?«, fragte ich mit heiserer Stimme.

»Artilleriefeuer, sehr nah«, sagte Curt leise und schluckte.

Ich starrte ihn bestürzt an.

Er reichte Mama das Bratgeschirr und ging mit mir zum Eingang. Fassungslos sahen wir auf die deutschen Soldaten, die in den Wald feuerten. Mein Herz schlug hart gegen meine Brust.

Die Front war zu uns gekommen!

»Wir müssen hier weg!«, flüsterte ich mit aufsteigender Panik.

»Wenn wir jetzt mit Sack und Pack aus der Höhle gehen, sind wir verloren«, widersprach Curt. »Wir müssen den Eingang noch mehr verbergen.«

Ich sah ihn verwundert an. »Aber das sind unsere Soldaten.«

»Und du glaubst, das macht einen Unterschied? Sie haben Hunger, sind in Not, glaub es mir. Sie werden sich alles nehmen. Außerdem sind ihnen die Russen auf den Fersen.«

Er griff in seinen Kragen, zog ihn weiter, als engte die Uniform ihn ein.

»Du fühlst dich ihnen nicht mehr zugehörig«, begriff ich plötzlich.

Er sah mich an, seine Augen wirkten in diesem Licht hellgrau, als wäre jede Farbe daraus verschwunden.

»Johanna, ich habe mich diesem Krieg nie zugehörig gefühlt. Ich hatte nur keine andere Wahl.«

»Was würden sie mit dir tun, wenn sie dich hier bei uns vorfänden? Würden sie dich bestrafen, weil du nicht kämpfst?«

»In ihren Augen bin ich desertiert, weil ich nicht alles dafür getan habe, um zu meiner Einheit zurückzukommen.«

»Aber du bist verletzt.«

»Nicht so schwer, dass ich nicht schießen könnte.«

»Trotzdem bleibst du bei uns.«

»Ihr wärt sonst auf euch allein gestellt!«

»Unsere Familie war immer auf sich gestellt«, murmelte ich.

Er verengte die Augen, sah mich mit Misstrauen im Blick an. »Willst du, dass ich gehe?«

Seine Frage erschütterte mich. »Nein!« Mich packte eine so große Furcht, dass er uns alleinlassen könnte, dass ich meine Hand in seine Uniform krallte.

»Warum fragst du mich dann solche Sachen?«

»Weil ich verstehen möchte, wer du bist. Ich will wissen, was dir widerfahren ist. Ich möchte … verstehen, warum du uns hilfst.«

Er nahm meine Hand, die immer noch den Stoff seiner Jacke festhielt. Ich löste meinen Griff, ließ zu, dass er seine Finger mit meinen verschränkte.

»Du möchtest nicht wissen, was ich gesehen und erlebt habe.« In seinem Blick spiegelte sich pures Leid. »Die Russen … sie mögen unser Feind sein. Sie sind grausam, töten, brandschatzen und vergewaltigen. Aber warum tun sie das?«

Er zog mich in eine gebückte Stellung, weil einige der Soldaten im Gefecht näher an uns herankamen. Kugeln peitschten durch die Luft. Wir flüchteten auf allen vieren in die Höhle.

»Sie sind … böse«, flüsterte ich.

»Das wollen sie uns allen einreden. Aber sie sind nicht böser als wir. Es gibt unter den Soldaten Gerüchte, dass unsere Leute der russischen Bevölkerung Ähnliches angetan haben. Das hier ist ihre Rache für die Gräueltaten der Wehrmacht.«

»Warum …?«

»Weil Hitler es so befohlen hat.«

»Trotzdem hat jeder eine Wahl, ein Gewissen … oder?«

»Nicht, wenn du überleben willst.«

Wir schwiegen, lauschten auf die Kampfgeräusche. In Curts Gesicht zeichnete sich eine Vielzahl von Emotionen ab, die mich erschreckten. Ich verstand, dass er sich davor fürchtete, an die Front zurückzukehren, zu den Verbrechen an den Menschen, die nichts für diesen Krieg konnten.

»Curt?«, wisperte ich.

»Ja.«

»Hast du auch …?« Ich wagte nicht, die Frage vollends auszusprechen.

»Nein«, sagte er entschieden.

Ich atmete tief durch. »Falls wir von der Wehrmacht aufgegriffen werden, dann lügen wir. Wir sagen, du hättest trotz deiner Verletzung versucht, zu deiner Einheit zurückzukehren. Wir werden nicht preisgeben, wie lange du uns schon beschützt.«

Er sah durch die Lücken der Zweige in den Schnee hinaus. Die Gefechtsgeräusche entfernten sich wieder. Die Deutschen schienen die Rote Armee zurückzudrängen. Aber für wie lange?

»Bin ich feige, Johanna?«, fragte Curt mit rauer Stimme.

»Nein, du versuchst nur, dem Grauen zu entkommen.«

Er hustete unterdrückt, knöpfte sich seine Uniform zu. »Ich muss sehen, wo sie sind und wie viele sich hier aufhalten, Russen wie Deutsche.«

»Was hast du vor?«

»Irgendwie unsichtbar bleiben.«

Ohne Abschied, ohne sich noch einmal umzudrehen, schlich er geduckt aus der Höhle und verschwand aus meinem Blickfeld.

»Curt!«, zischte ich, aber niemand antwortete.

Ich sah zu Mama, die irritiert meinem Blick begegnete. Sie wirkte beunruhigt und ängstlich. Um die Stille in der Höhle zu wahren, gab ich Elli etwas Heu und den Hühnern ein paar Körner. Besorgt sah ich vor allem auf den Futtervorrat für das Pferd. Er ging zur Neige.

Ich gesellte mich zu Mama, versuchte, meine Angst vor ihr zu verbergen. »Er kundschaftet aus.«

»Aha. Hoffentlich kommt er wieder.«

Ihre Worte versetzten mir einen Stich, der gar nicht aufhören wollte zu schmerzen.

Das Warten war nervenaufreibend. Immer wieder lugte ich hinaus, sah mich um, begutachtete jeden Soldaten, der auch nur annähernd in Sichtweite kam. Die Kämpfe verlagerten sich immer mehr in Richtung Pyritz, und es wurde stiller, der Kampflärm kam mir nur noch wie ein monotones Nebengeräusch vor. Ich war einfach nur dankbar, dass ein Luftangriff ausblieb.

Die Stunden vergingen, die Luft kühlte sich immer weiter ab, bis es klirrend kalt war. Jede Träne gefror sofort auf der Haut, sodass ich mich zusammenriss. Die Wolken zogen sich zu einem Schneesturm zusammen, die Umgebung verdunkelte sich wie zur Dämmerung.

Ich betete still, hoffte auf Curts Rückkehr.

Wieder begann es zu schneien, doch dieses Mal begleitete den Schnee ein scharfer Wind, der mir in die Haut biss, weil ich mittlerweile tief besorgt am Eingang vor den Zweigen stand und wartete.

Etwas raschelte über mir. Ich schaute alarmiert auf. Schnee rieselte zu mir herunter, und ich verbarg mich rasch in der Höhle, suchte fieberhaft nach dem Messer, mit dem Mama zuvor das Hühnerfleisch zerkleinert hatte. Ich nahm die Waffe, stellte mich kampfbereit hin.

»Johanna?«, hauchte meine Mutter fragend.

Jemand sprang von der Anhöhe, landete direkt vor unserem Versteck.

»Ich bin's«, sagte Curt leise.

Mit einem erlösten Aufschluchzen ließ ich das Messer fallen, kämpfte mich durch unsere Barriere und fiel Curt in die Arme.

Er zitterte wie Espenlaub, sein wadenlanger Tuchmantel starrte vor Kälte.

»Komm schnell zum Feuer!«

Willig ließ er sich von mir in die Höhle ziehen.

»Ich muss die verdammten Stiefel ausziehen«, schimpfte er.

Ich erschrak, als ich seine Zehen sah, sie sahen schon gräulich aus, was ein erstes Anzeichen für eine Erfrierung war.

»Fühlst du sie noch?«

»Nein, nicht wirklich.«

Curt beugte sich vor, wollte seine Füße warm reiben, kam aber wegen der verletzten Schulter nicht so weit nach vorn. Meine Mutter übernahm diesen Part, schob mich entschieden fort, weil sie wohl verhindern wollte, dass ich Curt auf diese Weise nahe kam.

Sie warf einen Blick auf die eisenbeschlagenen Stiefel. »Das Metall in der Sohle leitet die Kälte nach innen. Du musst dir andere Stiefel suchen.«

Er nickte, sagte ansonsten nichts dazu.

»Ein Schneesturm zieht auf, trotzdem müssen wir hier weg, noch heute. Diese Gegend wird zu gefährlich. Hier in den Wäldern gibt es nur kleine Scharmützel, aber weiter östlich lagert eine große Einheit der Russen.«

Ich half Curt aus dem Mantel, der schier zu Eis gefroren war.

»Setz dich näher ans Feuer«, sagte ich, als ich sah, dass er immer noch zitterte.

»Wo sind unsere Soldaten?«, fragte Mama leise.

»Sie wurden weiter westlich zurückgedrängt.«

»Also bleibt dieser Weg für uns versperrt.« Sie sah uns beide abwechselnd an, ihr Blick veränderte sich, ich konnte ihren Ausdruck nicht einschätzen, jedoch jagte er mir aus unerfindlichen Gründen Angst ein.

»Können wir nicht rauf zur Ostsee?«, warf ich ein. »Ich habe im Treck gehört, dass man die Flüchtlinge mit Schiffen in den Westen bringt.«

Curt wärmte seine Hände am Feuer und lugte immer wieder zu meiner Mutter, die ihm die Füße warm rieb. Es schien ihm unangenehm zu sein. »Das ist richtig«, bestätigte er. »Ich kann nicht sagen, ob es ein offizieller Befehl ist, aber ich habe auch davon gehört.«

»Dann sollten wir nach Wollin gehen.«

Ohne viele Worte stimmten wir überein, dass dies die beste Lösung wäre.

Unruhe erfasste mich, denn ich wusste, dass wir diese Chance ergreifen mussten, bevor uns der Feind wieder zu nahe kam. *Oder die eigenen Soldaten …*

Sorge überflutete mich, mischte sich mit einem Schmerz, den ich kaum ertragen konnte, denn meine Schwester würde hier an der Höhle ihre ewige Ruhe finden. Von ihr bliebe nur die Erinnerung. Ihr Tod war für mich überhaupt nicht greifbar. Es fühlte sich noch immer so an, als hätte sie nur kurz die Höhle verlassen, um gleich wieder zu uns zurückzukehren. Das redete ich mir ein, und jedes Mal traf mich die Trauer mit aller Wucht, wenn mir bewusst wurde, was wirklich geschehen war.

Als sich Curt einigermaßen aufgewärmt hatte, packten wir unsere Sachen zusammen und wagten uns hinaus in den aufkommenden Sturm.

9

Unsere Hoffnung, dass sich die Armeen wegen des Schneesturms zurückziehen würden, bestätigte sich. Wir hatten wahrscheinlich nur diese eine Chance.

Der Karren war mit der Plane bedeckt, auch die Hühner hatten wir dort untergebracht, damit die Eiseskälte sie nicht umbrachte. Von Zeit zu Zeit lüftete ich die Abdeckung, um frische Luft darunterzulassen. Das Pferd hatte eine alte Decke bekommen, wir hatten alles angezogen, was wir besaßen, um dem Wetter zu trotzen. Um die Gesichter hatten wir Tücher gewickelt, denn jede freie Hautstelle schmerzte. Die Temperaturen sanken immer weiter, der Graupel schien aus scharfen Eissplittern zu bestehen.

Zu unserem Glück reagierte Elli ziemlich gelassen auf den Sturm, als wäre sie es gewohnt, unter widrigen Bedingungen zu arbeiten. Ihr flauschiges Winterfell hielt sicher auch die größte Kälte ab.

Unsere Sicht beschränkte sich auf wenige Meter. Curt dirigierte uns mit seinem Marschkompass, der in seiner Manteltasche gewesen war, als ich ihn in der Nähe unseres Hofes gefunden hatte. Ohne das Messgerät wären wir verloren gewesen. So konnte Curt uns weiter nach Norden führen.

Ich stapfte voran, immer in dem Bewusstsein, dass sich auf der rechten Seite die Rote Armee befand und links unsere eigenen Soldaten waren, die ebenso wenig auf uns aufmerksam werden durften. Aber so, wie ihre Lager bei diesem Wetter unsichtbar blieben, so konnte auch uns niemand wahrnehmen.

Das Heulen des Windes ließ mich schaudern – ich musste wieder an die Fliegerbomben denken, mit denen der Treck angegriffen worden war. Das Geräusch, als sie zu Boden gestürzt waren, hatte sich ähnlich angehört.

Einmal kamen wir an einem kleinen Schlachtfeld vorbei. Der

Schnee bedeckte die Gefallenen, das Weiß konnte das vergossene Blut nicht völlig übertünchen.

Curt gab das Zeichen zum Halten und ging zu den Toten. Mama und ich warteten. Er schaute sich ihre Stiefel an. Es dauerte eine Weile, aber schließlich fand er ein passendes Paar bei einem russischen Soldaten.

»Sie wissen besser, was man bei diesen Temperaturen an den Füßen haben sollte«, murmelte er und nahm mir die Zügel aus der Hand, mit der wir Elli zu Fuß lenkten.

Tag und Nacht konnten wir mittlerweile kaum mehr unterscheiden, denn durch die Wolken drang nur spärliches Licht. Die Tannenzweige bogen sich unter der Schneelast weit nach unten. Meine Waden verkrampften sich immer wieder durch den anstrengenden Marsch. Niemand von uns redete, jeder sparte seinen Atem.

Als die Dämmerung anbrach, erschraken wir, wie rasch sich die Umgebung verdunkelte. Wir liefen gerade über freies Feld. Hier durften wir auf keinen Fall die Nacht verbringen. Elli konnte den Karren kaum noch ziehen, weil alles in den Schneemassen versank.

Ich fing im Stillen an zu beten. Ohne irgendeinen Unterschlupf würden wir erfrieren. Angst loderte in mir auf, trieb mich voran. Wir mussten weiter, einen Schuppen, ein Wäldchen oder einen Unterstand finden.

Ein Nadelwald entpuppte sich als unsere Rettung.

Die Bäume wirkten wie Scherenschnitte, schwarze Gebilde, deren Spitzen sich im Wind bewegten. Ich befühlte einen der tiefer hängenden Zweige, die Nadeln piksten mir in die Haut, es waren also Fichten.

Am weichen Waldboden lag nur wenig Schnee. Die Stämme standen nah beisammen, jedes dichte Nadelkleid schirmte die Flocken ab. Selbst der Sturm kam uns hier ferner vor. Doch die Kälte biss uns mit spitzen Zähnen. Wir hielten unter einer kleineren Fichte, die ihre Zweige wie ein gebogenes Dach ausstreckte. Curt stützte sich am Karren auf, er schien immer noch Schmerzen zu haben. Er raffte sich auf und holte unsere letzten Holzscheite hervor.

Ich sah nach den Hühnern. Ich hatte ihnen Heu in den Käfig

gestreut, um sie bestmöglich vor der Kälte zu schützen. Sie saßen eng beieinander, verhielten sich ungewöhnlich ruhig. Ich gab ihnen ein paar Körner, die sie zaghaft pickten. Als das Lagerfeuer brannte, nahm ich den großen Käfig und stellte sie in die Nähe der Wärme, das weckte ihre Lebensgeister. Elli trottete zu mir, stupste mich an. Ich versorgte auch sie, streichelte ihr flauschiges Fell.

Mama hustete unterdrückt, sie lehnte sich an den Baumstamm und starrte in die Flammen.

Ich spürte eine Berührung am Arm. Curt hatte eine Konservendose für uns geöffnet und hielt mir eine Erbsensuppe hin. Ich schüttete den Inhalt in unseren gusseisernen Topf, während Curt wieder unsere Kochkonstruktion baute.

Meine Mutter hielt sich abseits. Ich sah, dass sie uns beobachtete. Ihr Blick gefiel mir nicht. Das Leuchten darin war erloschen, ihr Lebensmut verschwunden.

»Curt«, bat ich leise.

Wir verstanden einander ohne viele Worte. Er passte auf, dass der Eintopf nicht anbrannte, ich ging zu Mama.

»Wie geht es dir?«

Sie blinzelte, sah mich an, als käme sie aus einer Traumwelt zurück. Ein falsches Lächeln legte sich auf ihre Lippen. »Mir geht es gut, mein Kind.«

»Nein, das ist nicht wahr.«

Ich setzte mich zu ihr. Der Wind heulte wieder auf, vereinzelte Flocken umwehten uns. Ich griff nach ihrer Hand. Sie sog scharf die Luft ein, zog sie zurück. Verwirrt runzelte ich die Stirn. War sie verletzt?

»Mama, was hast du an der Hand?«

»Ich hab mich neulich nur am Feuer verbrannt. Ist schon gut.«

»Zeig es mir!«

Vorsichtig zog sie ihren Handschuh aus, ein notdürftiger Verband verbarg die Verletzung. Ich wickelte die Binde vorsichtig ab und starrte entsetzt auf die Brandwunde an der Daumenwurzel. Die Hand war angeschwollen und gerötet.

Wundbrand!

»Ich war unvorsichtig, und … und es heilt nicht«, sagte Mama leise.

Curt hörte unser Gespräch und kam mit besorgter Miene näher.

»Mama, warum hast du denn nichts gesagt?«

»Ich will euch doch keine Last sein.«

»Das bist du nicht! Wie kannst du nur so was denken?«

Curt berührte mich an der Schulter, als wollte er mich beruhigen.

»Ach, Mama …« Mehr brachte ich nicht hervor. Ich befühlte ihre Stirn, sie glühte. Ich hatte gedacht, die Röte auf ihren Wangen komme von der Kälte, aber es war das Wundfieber.

Ich saß nah an meine Mutter geschmiegt, hielt ihre gesunde Hand. Die Brandwunde hatte ich neu versorgt und verbunden.

»Wir finden eine Lösung, Mama. Wir könnten versuchen, nach Greifenhagen zu kommen. Wir müssten ein Stück zurückgehen, aber vielleicht ist dort noch ein Arzt.«

Curt warf mir einen Blick zu. Die Stadt lag weiter westlich, und wir würden zwangsläufig auf die deutsche Armee treffen. Er würde sich nicht mehr verbergen können. Trotzdem sagte er nichts. Zwischen seinen Fingern hielt er einen dünnen, vertrockneten Zweig, den er immer wieder umknickte.

»Du könntest so lange hierbleiben, dich verstecken, oder … oder wir verkleiden dich.«

Ein bitteres Lächeln huschte über sein Gesicht. »Johanna, ich bin hier, weil ich euch beschützen möchte. Ich fürchte meine Leute nicht.«

Ich streichelte Mama über die Wange und erhob mich, setzte mich zu ihm.

»Oh doch, das tust du.«

Er wollte widersprechen, aber ich hob abwehrend die Hand.

»Du fürchtest sie, weil sie dich bestrafen werden. Du wirst wieder an die Front gezwungen. Deine Verletzung würde keinen kümmern, solange du laufen und eine Waffe halten kannst. Ich glaube, die Zeit der Rücksicht ist vorbei.«

»Rücksicht?«, fragte er irritiert.

»Hitler braucht seine Soldaten. Ich bin davon ausgegangen, dass ihr bisher gut behandelt wurdet.«

Er antwortete nur mit einem Unmutslaut, der mir verriet, dass ich falschlag.

»Rede mit mir!«, forderte ich.

»Ich bin ein Fußsoldat. Kanonenfutter, mehr bin ich nicht.« Er fasste nach meiner Hand. »Aber ich werde nicht feige sein und mir auch keine Frauenkleider anziehen.«

»Was also tun wir?« Ich senkte die Stimme. »Ich darf nicht auch noch Mama … verlieren.« Mir saß ein Kloß im Hals, der mich bei jedem Schlucken schmerzte.

»Also Greifenhagen …«

Ich richtete mich auf. »Du musst so tun, als wärst du schwerer verletzt.« Ich verkrampfte meine Finger in seinen Ärmel. Tränen schossen mir in die Augen. »Ich bringe euch beide zu einem Lazarett und sage, dass ich dich halb erfroren im Schnee gefunden habe, als du zu deiner Einheit zurückwolltest. Sicher wird es ein paar Tage dauern, bis die Rote Armee bis dorthin durchgedrungen ist. Dann … dann sind wir längst wieder fort.«

Er wagte, die Hand zu heben, mir eine Locke aus dem Gesicht zu streichen. Dies rührte mich so sehr, dass ich leise aufschluchzte.

»So machen wir es«, flüsterte Curt tonlos. »Alles wird gut. Schlaft jetzt, ich passe auf und hüte das Feuer.«

Ich wischte mir über die Augen und ging zurück zu meiner Mutter. Sie war eingeschlafen, und ich lehnte meinen Kopf gegen ihre Schulter.

Ich dachte an meine Schwester. Erneut sah ich uns beide in unserem Zimmer. Ich flocht ihr das dunkle Haar, wir alberten herum …

Mit aller Macht versuchte ich, Gerdas schmerzverzerrtes Gesicht zu verdrängen und ihr glückliches Antlitz heraufzubeschwören. Die Tränen gefroren auf meinen Wangen.

Der Sturm ebbte langsam ab, das Feuer wurde zur wärmenden Glut, die Curt regelmäßig anfachte. Die Nacht zog herauf. Obwohl ich mehrere Lagen Kleider trug, zitterte ich. Innerlich war mir so kalt wie nie zuvor.

Ein Grollen schlich sich in meinen Traum. Angst beherrschte mich. Ich rannte durch hohen Schnee, kam aber keinen Schritt voran. Über mir flogen Bomber, sie warfen schreiende Menschen aus ihren Luken. Ich wollte aufwachen, aber etwas hielt mich gefangen. Fesseln schlangen sich um meine Arme und Beine, eine Kompanie Russen kam lachend auf mich zu. Verzweifelt versuchte ich freizukommen, aber ich versank immer tiefer im Schnee …

»Johanna!«

Ich schreckte auf, hörte meinen eigenen Schrei. Das Grollen aus meinem Traum verstärkte sich. Über uns flogen Kampfbomber hinweg. Ich sah Curts besorgten Blick und atmete auf, als ich merkte, dass zumindest uns keine Gefahr drohte.

»Mama?«, fragte ich sofort und rappelte mich auf.

»Sie schläft noch, ich habe gerade nach ihr gesehen.«

Meine Decke war steif von der Kälte, und ich schüttelte sie aus, sodass kleine Eiskristalle umherflogen.

»Wir sollten aufbrechen«, riet er. »Vielleicht können wir im Schutz der Dunkelheit unbemerkt in die Stadt.«

Ich nickte, uns erwartete ein langer Tagesmarsch.

Behutsam weckte ich meine Mutter. »Ich werde dir einen Platz auf dem Karren machen, dann musst du nicht laufen«, sagte ich sanft und gab ihr ein Stück Brot mit Käse.

Auch ich nahm ein karges Frühstück zu mir, versorgte unsere Tiere und half Curt, das Pferd wieder anzuspannen. Mühsam stieg meine Mutter auf den Milchkarren.

»Halte durch«, flüsterte ich ihr zu.

Im Fichtenwald kamen wir rasch voran, doch je mehr die Bäume wichen, desto höher stieg der Schnee an. Gegen Mittag konnten wir nur noch voranstapfen und eine Furche für Elli pflügen, damit sie das Gefährt überhaupt ziehen konnte. Gottlob hatte es aufgehört zu schneien, jedoch kamen wir kaum vorwärts, obwohl wir uns nur eine kurze Rast gönnten. Am späten Nachmittag setzte bereits wieder die Dämmerung ein, und wir waren nicht einmal in die Nähe von Greifenhagen gekommen.

Auf einem Hügel hielten wir an. Elli schnaufte erschöpft, weigerte sich weiterzugehen. Meine Mutter war vor einiger Zeit auf der

Fahrt eingedöst, und ich hatte sie in alle Decken gehüllt, die wir besaßen.

»Siehst du dahinten die Lichter?«

Ich folgte Curts Geste mit dem Blick, konnte aber in dem Abenddunst kaum etwas ausmachen. »Wenn das die Lichter eines Hauses sind, dann gehen wir dorthin.«

»Wir müssen«, murmelte Curt. »Eine andere Wahl haben wir nicht.«

Er streichelte Ellis Hals, flüsterte ihr aufmunternde Worte zu und hielt ihr Heu hin, aber sie verschmähte es.

Ich kramte eine unserer Wasserflaschen unter der Plane hervor. Wir hatten sie dick eingepackt, damit es nicht sofort wieder gefror. Beim Schütteln klapperten zwar einige Eisklümpchen, aber es war noch flüssig. Ich füllte etwas in eine Schüssel und bot es Elli an. Sie trank gierig, obwohl das Wasser eiskalt sein musste. Ich hoffte, es würde ihr nicht den Magen verderben.

Dennoch verweigerte sie jeden Schritt.

»Ihre Kraft ist am Ende, sie kann nicht mehr«, erkannte Curt.

Ich strich ihr über die Stirn, und sie schnaubte leise. »Nur noch ein Stück, Süße. Da hinten wartet vielleicht ein Stall auf dich. Hier erfrieren wir doch alle.«

Sie senkte erschöpft den Kopf, versuchte einen Schritt vorwärtszugehen, verharrte jedoch wieder, als der Karren sich nicht bewegte.

»Ich spanne sie ab«, beschloss Curt. »Wir müssen den Karren selbst ziehen.«

In der zunehmenden Dämmerung schirrte er das Pferd ab und band es mit den Zügeln hinten an das Holzgefährt. Ich streichelte meine Mutter unter dem Deckenberg. »Bald kommen wir ins Warme«, flüsterte ich ihr zu.

Gemeinsam hoben wir den Griff hoch, an dem wir sonst Ellis Zügel festbanden. Erst wollte der Wagen nicht anfahren, als wäre er festgefroren, dann gab es einen Ruck, und wir konnten ihn ziehen. Elli trottete nun brav hinterher.

Mittlerweile kamen mir meine Füße vor wie Eisklumpen, und alle Glieder waren ein einziger Schmerz. Nach einiger Zeit sah auch ich die Lichter, es musste ein Haus sein. Mich durchflutete Erleichterung.

Der Wind pfiff uns um die Ohren. Graupel wehte durch die Luft. Das Leuchten der Fenster wurde für mich zum Hoffnungsschimmer, der mich weitergehen ließ, obwohl mir immer wieder die Beine einknickten und wir den Karren durch hohen Schnee zerren mussten.

Der kleine Bauernhof war fast eingeschneit, nur am Eingang war der Schnee entfernt worden, sodass man zum Haus gelangen konnte. Wir brachten unseren Wagen in diese Furche und gingen zur Vordertür. Ich zögerte, dann klopfte ich an. Es dauerte einen Moment, schließlich öffnete eine junge Frau. Sie hielt ein Baby im Arm und schaute uns überrascht an.

»Wer seid ihr?«

»Wir kommen aus der Gegend um Pyritz und flüchten vor der Roten Armee. Ich heiße Johanna Dahl, das ist Curt, ein verletzter Soldat, der uns hilft. Auf dem Wagen ist meine Mutter, wir wollen sie rasch nach Greifenhagen bringen, zu einem Arzt.«

Die Frau wich zurück. »Was hat sie?«

»Nichts Ansteckendes, keine Sorge. Sie hat sich am Feuer verbrannt, und die Wunde ist entzündet.«

»Und was wollt ihr? Ich habe kein Essen, das ich euch geben könnte.«

Curt hielt sich im Hintergrund, ließ mich allein mit der Frau reden. Er stieg auf den Karren und sah nach meiner Mutter.

»Wir haben Lebensmittel, könnten dir etwas abgeben. Aber wir brauchen dringend einen Unterschlupf für die Nacht. Ich habe gesehen, dass du eine Scheune hast, könnten wir …«

Sie hob die Hand, um meinen Redefluss zu stoppen.

»Ihr habt Essen?«

»Ja, Konserven, und wenn unsere Hühner etwas Ruhe bekommen, dann vielleicht ein oder zwei Eier.«

Ich hoffte, dass sie noch nicht erfroren waren, denn von Zeit zu Zeit hatte ich sie gackern gehört. Im Käfig hatte ich ihnen ein Heunest gebaut und sie mit genügend Futter versorgt.

»Sie sind unter der Plane, weil es so kalt ist.«

Die Frau schauderte fröstelnd, schaute skeptisch auf den hereinwehenden Schnee und wickelte ihr Tuch als Schutz um das Kind.

»Wenn ihr mir Essen gebt, dürft ihr über Nacht hierbleiben.« Sie sah sich um, als hielte sie nach jemandem Ausschau. »Ich glaube nicht, dass er bei diesem Wetter kommt«, murmelte sie.

Ich fragte nicht, wen sie meinte, sondern bedankte mich für ihre Gastfreundschaft. Ich wandte mich um. »Curt, hilfst du Mama herunter?«

Er saß auf dem Karren und wirkte tief betrübt. Er schöpfte Atem und hob den Blick. Langsam schüttelte er den Kopf.

»Ich muss die Tür zumachen, es wird zu kalt«, sagte die Frau. »Kommt rein, wenn ihr fertig seid. Die Tiere können zu der Kuh in die Scheune.«

Hinter mir schloss sich die Tür, doch ich reagierte nicht. Curt stieg langsam vom Wagen und band Elli los. Ich erwachte aus meiner Starre und hastete zu dem alten Milchkarren der Krügers.

»Mama«, hauchte ich.

Sanft schob ich die Decke beiseite, strich über ihre Wange. Ihre Haut war eiskalt, an den Wimpern hatten sich Eiskristalle gebildet. Kein Atem, kein Pulsschlag.

Sie war fort.

Ich wollte es nicht wahrhaben, rüttelte sie an der Schulter. »Mama!« Sie rührte sich nicht. Ihr Gesicht wirkte, als würde sie friedlich schlafen, aber sie würde nie wieder die Lider öffnen. Niemals wieder.

In mir brodelte ein Gefühl, das ich kaum zurückhalten konnte. Ich wollte schreien, toben, alles vom Karren werfen. Doch ich blieb still, rührte mich nicht. Aus einem Impuls heraus griff ich nach ihrer unverletzten Hand, hielt sie fest umklammert. Ein trocknes Schluchzen, das mir im Hals brannte, bahnte sich einen Weg, ich konnte es nicht aufhalten. Noch nie zuvor hatte ich mich derart verloren gefühlt. Am liebsten wäre ich hier sitzen geblieben und wäre erfroren.

10

Ich fühlte mich wie erstarrt.

Schnee fiel vom Himmel, nicht lautlos, aber leise und zart. Die Flocken raschelten manchmal, wenn sie auftrafen. Das Geräusch schenkte mir ein vertrautes Gefühl, das mich an zu Hause denken ließ.

Ich schloss die Augen …

Das Feuer im Ofen knisterte, Wärme strömte mir entgegen. Es roch nach Eintopf. Gerdas Lachen hallte durch das Haus. Papas Pfeifenduft stieg mir in die Nase. Für einen Augenblick fühlte ich Mamas streichelnde Hand an meiner Wange, eine liebevolle Geste, die sie mir oft geschenkt hatte, als ich noch ein Kind war.

Ich wollte diese Erinnerungen festhalten, klammerte mich daran.

»Johanna«, flüsterte jemand.

Ich blinzelte verwirrt, sah in Curts besorgtes Gesicht. Schlagartig war die Empfindung erloschen, die Bilder verschwunden. Zitternd saß ich auf dem Wagen, hielt noch immer Mamas eisige Hand.

»Komm mit rein in die Wärme.«

»Ich kann sie nicht allein lassen«, hauchte ich.

Mein Gesicht fühlte sich so furchtbar kalt an. Als ich an meine Wange fasste, spürte ich eine feine Eisschicht.

Er rückte näher zu mir, soweit das auf dem vollbepackten Karren möglich war. »Du musst Abschied nehmen. Ruth erlaubt uns, hier zu übernachten. Ich habe ihr einige Konserven dafür gegeben.«

»Ruth?«

»Die Frau, die uns für die Nacht aufnimmt.«

Er hatte noch mal mit ihr geredet? Wie lange saß ich hier schon? Warum hatte ich jedes Zeitgefühl verloren? Alles um mich herum verschwamm, ich wollte dieser entsetzlichen Welt nur noch entfliehen.

»Johanna?« Curts erschrockene Stimme drang zu mir durch, aber meine Sicht verdunkelte sich, und ich nahm nichts mehr wahr.

Alles löste sich auf …

Das Weinen eines Babys drang zu mir durch. Irritiert registrierte ich, dass ich in einem Bett lag. Wärme umgab mich, ich hörte Stimmen im Hintergrund, die sich im Flüsterton unterhielten.

»Falls er doch kommt, musst du dich verstecken.«

Ich lauschte der leisen Stimme der Frau, die uns aufgenommen hatte. Ihr Akzent hörte sich anders an, als stammte sie viel weiter aus dem Osten. Warum flüchtete sie nicht?

Ich dachte an das Baby, das eine solche Tortur vielleicht nicht überleben würde, und beantwortete mir damit die Frage selbst.

Wie war noch mal ihr Name? Ruth? Ja, das hatte Curt gesagt.

Ich öffnete die Lider, und die Erinnerung an den Tod meiner Mutter stach wie eine spitze Nadel in mein Herz. Für einen Moment hatte ich vergessen, dass sie dort draußen gestorben war. Wie hatte mir das auch nur für eine Sekunde entfallen können? Verzweiflung stieg in mir auf.

Dieser Krieg nahm mir alles! Was sollte ich ohne meine Familie tun?

Eine Leere griff nach mir, die mich verschlingen wollte. Ich krampfte meine Hände in das Laken, rang nach Atem.

»Johanna? Gott sei Dank, du bist wach!«

Ich bekam kaum Luft. Jedes Wort blieb mir im Hals stecken. Curt zog mich in seine Arme. Den Kopf an seiner Schulter verbergend, schluchzte ich auf. Meine Tränen brannten auf den Wangen, als wären sie aus Feuer.

»Sie sollte nicht weinen«, hörte ich Ruth sagen. »Die Tränen reizen die Haut noch mehr.«

Curt reagierte nicht auf ihre Worte, presste mich an sich.

Schritte entfernten sich, das Baby hörte auf zu wimmern. Die Umarmung war mein Halt. In Curts Nähe fühlte ich mich beschützt. Trotzdem bedrängte mich ein furchterregender Gedanke. Vor meinem inneren Auge sah ich, wie ich mich allein durch den Schnee kämpfen musste. Panik durchflutete mich.

»Du darfst mich nicht alleinlassen«, flüsterte ich.

»Das werde ich nicht, Johanna«, raunte er »Egal, was passiert, wir verlieren uns nicht.«

Er schob mich ein wenig von sich, griff neben sich nach einem Taschentuch. Ich senkte den Kopf, weil ich mich meiner Tränen schämte, aber er legte sanft einen Zeigefinger unter mein Kinn und hob mein Gesicht wieder an.

»Du hast leichte Erfrierungen an den Wangen … weil draußen deine Tränen gefroren sind.«

Behutsam tupfte er die Feuchtigkeit ab. Ich zuckte vor Schmerz zusammen, ließ es aber geschehen, auch, dass er mir eine Salbe auftrug.

Er reichte mir eine Tasse noch warmer Brühe. »Hier, trink das!«

Mit bebenden Händen griff ich danach und wärmte mir zuerst die Hände. Zaghaft schlürfte ich die dünne Suppe.

Curt sah sich um, als prüfte er, ob wir allein waren.

»Ruth kollaboriert mit den Russen«, sagte er leise zu mir.

Ich sah ihn entgeistert an.

Er brachte seinen Mund näher an mein Ohr, als fürchtete er, belauscht zu werden. »Ruth kommt aus Schloßberg in Ostpreußen. Ihr Mann ist im Kampf erschossen worden. Als die Russen kamen, ist sie sozusagen einen Pakt mit ihnen eingegangen. Sie hat ihre Heimat verlassen und den Männern auf dem Marsch hierher das Leben … ähm … erleichtert, sie versorgt, bis ihre Schwangerschaft offensichtlich wurde. Einer ist ihr besonders zugetan, er kümmert sich um sie und hat ihr bei der Geburt geholfen. Sie will wegen des Kindes erst mal hierbleiben, da die Besitzer des Hofes geflüchtet oder zu Tode gekommen sind.«

»Das Baby …?«

»Ist wohl nicht von ihrem Mann. Und wenn ich ihren Gesichtsausdruck richtig gedeutet habe, ist sie nicht unglücklich darüber, dass er tot ist.«

»Und sie lässt uns über Nacht bleiben?«

»Ja, aber auf eigenes Risiko, weil sie nicht weiß, wann Sergeij wiederkommt. Ich habe ihr im Gegenzug einige Konserven gegeben.«

Ich war erstaunt, wie viel er in Erfahrung gebracht hatte. »Wie lange war ich bewusstlos?«

»Vielleicht eine Viertelstunde.« Ihm huschte ein Lächeln übers Gesicht. »Sie ist sehr redselig.«

Ich schwieg, dachte über all das nach. Könnten wir ihr vertrauen, oder würde sie Curt verraten?

Er musste mir mein Misstrauen in Bezug auf Ruth ansehen.

»Wir haben keine Wahl, Johanna, wir müssen ausruhen. Und es scheint noch kälter zu werden.«

»Ja, ich weiß. Aber was geschieht, wenn dieser Sergeij uns entdeckt?«

Curt schien sichtlich mit sich zu ringen. Er atmete tief durch, stand auf, lief im Haus hin und her.

Plötzlich fiel mir etwas auf. Es war so ruhig!

»Curt, warum kämpfen sie nicht? Seit Stunden haben wir nichts gehört, aber es ist mir im Schnee gar nicht aufgefallen.« Ich hielt inne, schloss die Augen, vernahm nur Curts Atem. »Ich höre keine Schüsse, keine Flugzeuge, nur den Wind und …« Ich hob die Lider. »Hühnergackern, aber das sind doch nicht nur zwei.«

Curt ging zum Fenster, sah hinaus. »Ruth ist in der Scheune, ich sehe die Laterne. Wahrscheinlich füttert sie gerade die Hühner.« Er wandte sich wieder zu mir. »Sie hat eine Kuh und vier Hennen. Die Russen haben ihr die Tiere … besorgt.«

»Ich frage mich, ob es eine Kuh der Krügers ist«, murmelte ich und konnte die Bitterkeit nicht aus meiner Stimme verbannen.

Curt sah mich so seltsam an, ich wagte kaum zu fragen, aber ich befürchtete es schon seit unserer Ankunft hier. »Unsere Hühner sind erfroren, oder?«, fragte ich leise.

»Eines, ja.«

»Welches hat überlebt? Das mit den … weißen …« Mir brach die Stimme, und ich schluckte schwer. »Mit den weißen Schwanzfedern?«

Er schüttelte den Kopf. »Das andere.«

Ich musste diese Nachricht erst begreifen.

Herti lebte! Aber ihre Schwester war tot … so wie meine.

»Ich habe das Huhn zu den anderen gesetzt, Ruth hatte nichts dagegen. Ich hoffe, du kannst es von anderen unterscheiden?«

»Ja, kann ich, aber …« Ich stockte, wog meinen Entschluss ab. »Es sollte hierbleiben. Bei der Kälte überlebt es unterwegs nicht.«

»Ruth wird das sicher gerne annehmen.«

Das unerwartete Geschrei des Babys ließ mich erschrocken zusammenzucken. Auch Curts Blick schnellte in die Richtung. Wir warteten eine Weile ab, dann gingen wir zu dem Kind, das in der Küche in einem Stubenwagen lag.

Ich kannte mich mit Babys nicht aus, meine Schwester war nur wenig jünger gewesen als ich. Curt hingegen schien zu wissen, was zu tun war.

Das Kind war außer sich, schrie aus Leibeskräften und wedelte mit den Armen, sein Gesicht war krebsrot angelaufen. Er zögerte nur einen Moment, dann nahm er das Baby auf, legte es sich an die Schulter. Das Kleine stieß Luft auf und bekam einen Schluckauf, hörte aber auf, so verzweifelt zu weinen.

Mich rührte das Bild tief im Innern.

»Ich musste früher immer auf meine kleine Schwester aufpassen«, sagte er mit einem Lächeln.

Die Tür öffnete sich, und ich nahm an, dass Ruth zurückkehrte. Noch konnte ich mich nicht von dem Anblick losreißen. Als ich jedoch hörte, wie jemand seine Pistole entsicherte, durchfuhr mich ein eiskalter Schauder. Ein Mann hielt Curt die Waffe gegen die Schläfe.

»Leg Kind hin«, knurrte er mit tiefer Stimme, die einen starken russischen Akzent hatte.

Der Fremde war einen halben Kopf größer als Curt, hatte pechschwarzes Haar und einen Dreitagebart, der ihm ein düsteres Aussehen verlieh.

Langsam drehte sich Curt um, das Baby fest im Arm. »Sergeij«, sagte er nur gefasst.

Der Mann runzelte die Stirn, warf einen Blick auf das Kind und trat einen Schritt zurück.

»Leg Baby hin, und stirb wie Mann«, sagte Sergeij und zielte auf Curts Stirn.

»Wir suchen doch hier nur Unterschlupf. Bitte …«, flehte ich.

»Das Baby hat geweint, er wollte es nur beruhigen. Ohne ihn bin ich verloren!«

Curt schaute mit verzweifelter Miene zu mir herüber.

Ich stolperte hinaus, um Ruth zu holen. Sie kam gerade aus dem Stall. »Er ist hier!«, stieß ich hervor.

Sie verstand augenblicklich, vielleicht wegen der Panik in meiner Stimme. Ruth raffte ihren Rock und rannte ins Haus. Ich folgte ihr mit quälender Angst.

»Sergeij, steck die Waffe ein. Du triffst noch das Baby! Sie haben mir Essen gegeben. Hörst du? Gute Suppe, Dosenobst und ein Huhn.«

Sergeij verengte die Augen zu Schlitzen. »Er ist deutsch«, grollte er.

»Ja, und du bist ein Russe. Aber jetzt gerade kämpft ihr nicht, weil ihr in *meiner* Küche steht.« Ihre Stimme war unerbittlich. Sie ging einfach zu ihm, legte die Hand auf die Pistole und zwang ihn, sie zu senken.

Sie sah zu Curt, der immer noch stocksteif mit dem Baby dastand und ihm sanft auf den Rücken klopfte. Es hickste vor sich hin, weinte aber nicht mehr.

»Es hat geweint«, erklärte er nur, als sie ihm das Kleine abnahm.

»Warum du aufnehmen deutschen Soldat?«, fuhr Sergeij sie an.

»Ich bin auch Deutsche, aber du teilst trotzdem das Bett mit mir«, fauchte sie zurück.

Der Russe schnaufte. In seinen Augen stand ein Glitzern, das ihn sehr attraktiv machte, auf eine raue Art. Er ließ seinen Blick über uns gleiten und steckte die Pistole zurück ins Holster, als er wohl registrierte, dass Curt unbewaffnet und verletzt war. Der stand mit offener Uniformjacke da und wagte kaum, sich zu rühren. Ich ging zu ihm, griff nach seiner Hand. Wir verschränkten unsere Finger ineinander. Der Russe beäugte diese Geste mit skeptischem Ausdruck.

»Du nicht kämpfen?«, fragte Sergeij.

»Nein.«

»Warum?«

Curt atmete tief durch. »Dieser Krieg ist … am Ende. Ich will nicht mehr töten.«

Der hochgewachsene Mann trat auf uns zu. Ich wollte zurückweichen, aber Curt blieb wie ein Fels stehen.

»Heute sehe ich dich nicht«, raunte Sergeij. »Morgen du wirst gehen!«

»In Ordnung.«

Curt zog mich zurück in das Zimmer, in dem ich aufgewacht war, und schloss die Tür, sperrte sie ab. Er lehnte sich gegen das Holz und atmete schwer.

Mir war so schwindelig, dass ich mich aufs Bett setzte.

»Er darf uns Elli nicht wegnehmen«, wisperte ich.

Curt schaute mich an, in seinen Augen flackerte etwas auf, das ich nicht deuten konnte. Er setzte sich zu mir auf die Bettkante, griff nach meiner Hand.

»Das wird er nicht, Johanna.« Seine Finger umklammerten meine. »Das darf er nicht«, flüsterte er.

Wir saßen auf der Matratze, verhielten uns still, lauschten dem Gespräch von Sergeij und Ruth. Sie stritten erst über unser Hiersein, dann glätteten sich die Wogen, und sie sprachen über alltägliche Dinge und das Baby.

Frauenlachen hallte zu uns, es wirkte echt und ungezwungen. Jemand ging in das Zimmer, das sich direkt neben unserem befand. Es rumpelte, wir verstanden nur noch Gemurmel, dann ein Stöhnen, das mich zusammenzucken ließ. Ich dachte plötzlich an Frieda Krüger, die von den Russen misshandelt worden war und ihr Leben dadurch verloren hatte. Doch diese Geräusche kamen mir anders vor … lustvoll.

Ich rutschte nervös neben Curt auf dem Laken herum, wusste nicht, ob ich ihm näher kommen oder besser wegrücken sollte. Er saß stocksteif da und vermied jeden Blick zu mir.

So viele Gedanken gingen mir durch den Kopf. Ich konnte es kaum fassen, geschweige denn einordnen. Mich erfasste eine Unruhe, die ich nur mit Mühe im Zaum halten konnte. Ihm schien es ähnlich zu gehen.

»Ich wünschte, ich hätte jetzt eine Zigarette«, murmelte er und seufzte.

Seine Worte brachen unsere Starre, wir lösten langsam unsere Hände.

»Was tun wir jetzt?«, fragte ich leise. »Wir … wir brauchen ja nicht mehr … nach Greifenhagen. Gehen wir weiter in Richtung Wollin?« Ich wollte ihm signalisieren, dass ich ihm vertraute, ihm die Führung überließ, denn ich war mit meinen Kräften am Ende. Die immer so starke Johanna war fort. Zurück blieb nur ich. Verloren, trauernd, so müde und voller Angst.

»Ja, das wird das Beste sein.«

Er richtete sich auf, lief nervös im Raum hin und her. Die eindeutigen Geräusche verebbten, ich hörte Kichern, das Baby begann zu weinen, Ruths Stimme ertönte nah an unserer Tür, sie sprach mit dem Kind.

Über eine Stunde hatten wir so in dem Zimmer verbracht, als es plötzlich klopfte. Mein Herz pochte so heftig, dass ich das Gefühl hatte, es würde mir gleich aus der Brust springen.

Curt ging zur Tür, atmete tief durch und schloss auf.

Ruth stand mit einem Lächeln da, die Hände in die Hüften gestemmt. »Sergeij hat gesagt, er sieht euch heute nicht.« Sie lachte leise darüber. »Ihr dürft trotzdem aus dem Zimmer kommen, aber unbewaffnet.«

Wie scheue Wildtiere wagten wir uns in die Küche. Ruth summte ein Lied und öffnete eine Konservendose, schüttete den Inhalt in einen Topf und erwärmte die Suppe auf dem Ofen.

»Entschuldigt, ich muss etwas essen, sonst geht meine Milch zurück. Ihr könnt euch ja von euren eigenen Sachen was warm machen.«

Curt sah mich unsicher an. »Hast du Hunger?«

Ich nickte misstrauisch und sah zu dem Russen, der mit nacktem Oberkörper an der Küchentheke lehnte und rauchte. Er beachtete uns tatsächlich nicht, als wären wir gar nicht da.

Das Kind fing wieder an zu greinen, und Ruth seufzte.

»Iss«, sagte Sergeij zu ihr, drückte seine Zigarette im Aschenbecher aus und ging zu dem Baby. Er hob es hoch und wiegte es, bis es sich beruhigt hatte.

Argwöhnisch beobachtete ich ihn. Mir kam das alles so unwirklich vor. Auch Curt schaute mit entgeistertem Ausdruck auf die Szene. Vielleicht gefielen ihm die Russen besser, wenn er sie als mordende Monster ansehen konnte. Das erleichterte das Töten des Feindes sicher erheblich. Aber er hatte ja bereits eingesehen, dass dies nur ein Trugbild war, das man den Deutschen eintrichterte.

Ich erinnerte mich an seine Worte: *Das hier ist ihre Rache für die Gräueltaten der Wehrmacht.*

Da von Sergeij zurzeit keine Gefahr ausging, tat ich, was Ruth uns geraten hatte. Ich zog meinen Mantel an, lieh mir eine der Laternen und ging zur Scheune. Es war schneidend kalt, ich hatte das Gefühl, dass mein Atem gefror. Rasch schloss ich das Stalltor und hängte die Laterne an einen Haken. Das Licht beleuchtete zu großen Teilen die kleine Scheune. Ich sah Elli, die zufrieden am Heu kaute. Neben ihr war eine Kuh angebunden, die ebenso friedlich wiederkäute. Ich erkannte, dass es nicht das Tier meiner Nachbarn war. Dieses hier hatte einen anderen Farbschlag, und innerlich durchströmte mich Erleichterung. Die Vorstellung, dass Sergeij etwas mit Friedas Tod zu tun hatte … Mir sträubten sich die Nackenhaare.

Es gackerte leise. Ich sah mich suchend um und erspähte die Hühner. Herti pickte zwischen den anderen Vögeln nach Futter, ihr ging es gut. Ich lehnte mich auf das Gatter. Tränen verschleierten meinen Blick.

»Hier wirst du hoffentlich überleben«, flüsterte ich und riss mich los, bevor mich meine Gefühle übermannten. Rasch wischte ich mir über die Augen und ging zu unserem Karren, suchte nach einer Konserve, die Curt und ich uns teilen würden.

Ich stapfte durch den Schnee zurück ins Haus und lauschte verwundert Curts Stimme, ging schnell hinein, damit er keine Dummheiten machte.

»Warum verschonst du mich?«, hatte Curt den Russen gefragt.

Der blickte jetzt auf, reichte Ruth das Baby. Sergeij fixierte ihn mit einem harten Blick, der mir Angst machte. Ich stand da, umklammerte die eiskalte Suppe und flehte im Stillen um Frieden, zumindest an diesem Ort.

»Wie du sagst. Krieg ist zu Ende. Ihr verliert.«

»Das beantwortet meine Frage nicht, Sergeij.«

Ich zog ihn am Ärmel. »Curt, was tust du denn da?«, zischte ich mit aufsteigender Panik. Er würde es noch verderben!

Der Russe verzog das Gesicht unwillig. »Willst du mich herausfordern? Zum Kämpfen?«

Curt schüttelte entschieden den Kopf. Er schien jegliche Furcht abzuschütteln und ging auf Sergeij zu. »Ich weiß, warum ich *dich* verschone. Nun sag …«

Sergeij lachte. »Wo sind deine Waffen? Russisches Gewehr und Pistole hab ich genommen, ist aber ohne Munition.«

»Ich meine es nicht so.« Curt sog den Atem ein. »In diesem Krieg habe ich gelernt, dass es kein Schwarz und Weiß gibt.«

»Ich nicht verstehe.«

»Es gibt keine Seite, die nur gut ist, und es gibt keine, die nur böse ist«, sagte Curt leise.

Sergeijs Gesichtsausdruck wandelte sich, die Härte wich aus seiner Miene. Er nickte. »Dann du hast verstanden, was ich sehe.«

»Sergeij, bitte lass uns das Pferd. Ich möchte sie …« Er neigte den Kopf in meine Richtung. »… in Sicherheit bringen. Johanna hat alles verloren.«

»Du liebst sie … wie ich Ruth?«

Mein Kopf ruckte zu Curt. Mein Herz stolperte regelrecht bei Sergeijs Frage.

Curt zögerte nur kurz. »Ja.«

Fassungslos sah ich ihn an. Er begegnete scheu meinem Blick, und ich erkannte bestürzt, dass er die Wahrheit sagte.

11

Wir sprachen kein Wort. Curts Offenbarung stand zwischen uns, und sie verwirrte mich. Ich hatte für uns den Eintopf erwärmt. Wir saßen am Küchentisch und löffelten unsere Suppe – mit einem Russen, der uns nicht weiter beachtete, als gehörten wir zur Tischdekoration. Nach dem kurzen Gespräch schienen wir für ihn unsichtbar zu sein. Er scherzte mit Ruth, trotzte seinem gebrochenen Deutsch und erzählte Witze. Selbst mir entlockte seine seltsame Darbietung ein kleines Lächeln. Curt hingegen beobachtete ihn mit Argusaugen.

Ich säuberte rasch das Geschirr und zog mich in das Zimmer zurück, das wir für diese Nacht nutzen durften. Curt folgte mir wenig später. Als er hereinkam und die Tür schloss, blickte ich ihn an, wartete auf eine Erklärung, aber er schwieg. Stattdessen setzte er sich auf den Stuhl, zog Stiefel und Socken aus, um seine Füße zu kontrollieren.

»Die Stiefel der Russen sind besser als unsere«, sagte er und streifte sich die Strümpfe wieder über. Er sah noch immer nicht auf. »Ich schlafe auf dem Boden, gib mir nur eine Decke.«

»Nein.«

Er schaute mich überrascht an und runzelte die Stirn. »Nun gut, an der Front hab ich auch oft ohne geschlafen. Was soll's.«

»Du schläfst nicht auf dem Boden, Curt.«

»Ich kann nicht mit dir …«

Unwirsch unterbrach ich ihn. Die Bitterkeit in meiner Stimme konnte ich nicht verhehlen. »Wen interessiert das denn noch? Alle sind tot, und ich entscheide selbst. Du schläfst hier *nicht* auf dem eiskalten Boden.«

Wortlos beobachtete er, wie ich das Bett richtete und mir den Rock auszog. Ich zeigte ihm nichts. Die langen Wollstrümpfe verhüllten meine Beine bis hinauf zum Oberschenkel, den Rest verdeckte meine lange Unterhose. Trotzdem saß er stocksteif da und rührte sich nicht.

»Ich kann im Rock nicht gut schlafen«, murmelte ich verlegen, schlüpfte unter die Decke und zupfte heimlich meine Strumpfhalter zurecht. Als er sich nach einer Weile noch immer nicht rührte, setzte ich mich auf. »Nun komm schon!«

Als hätte er von einem General einen Befehl erhalten, stand er auf, zog seine Uniformjacke aus und kam näher. Er zögerte, und ich seufzte.

»Du liegst im Wald doch auch neben mir.«

»Ja, aber … das hier ist ein *Bett.*«

»Ein sehr warmes und weiches Bett.«

Seine Unsicherheit rührte mich, und ich griff nach seiner Hand. »So kenne ich dich gar nicht«, sagte ich sanft.

»Ich bin nur besorgt um dich.«

»Und du glaubst, hier irgendwo in der Einöde gibt es einen Sittenwächter, der uns beobachtet?«

Meine Worte entlockten ihm ein kleines Lächeln. Er überwand sich, löschte die Öllaterne und kam zu mir ins Bett. Ich rutschte näher zu ihm und lehnte meinen Kopf gegen seine Schulter, ganz vorsichtig, denn es war die verwundete Seite.

Seine Nähe tröstete mich, das leise Geräusch seines Atmens beruhigte mein aufgewühltes Gemüt. In der Dunkelheit fühlte ich mich ihm sehr nah. Curt verlor seine Scheu und suchte nach meiner Hand. Wieder verflochten wir unsere Finger.

»Meintest du das ernst? Was du zu Sergeij gesagt hast?«

Stille.

Mit Herzklopfen wartete ich auf eine Antwort.

»Ich … glaube schon«, flüsterte er. »Mir war es nicht so bewusst, bis Sergeij mich gefragt hat.« Er atmete tief durch. »Es tut mir leid, dass ich dich damit überfallen habe.«

»Du kennst mich doch kaum«, wisperte ich.

»Johanna, ich kenne dich besser als jedes andere Mädchen, mal ausgenommen meine Schwestern.«

»Wo ist deine Familie?«

»Ich denke, es geht ihnen gut. Mein Vater hat meine Mutter und meine beiden Schwestern vor dem Krieg nach Schweden geschickt, zu meinen Großeltern nach Halmstad.«

»Dein Vater kommt aus Schweden?«

»Nein, meine Mutter. Sie ist dort aufgewachsen.«

»Warum bist du nicht mit ihnen gegangen?«

»Es war nicht möglich, weil ich schon in der Hitlerjugend war. Ich hing in Berlin fest. Auch weil mein Vater wollte, dass ich für die Sache kämpfe, sobald ich alt genug war.«

»Welcher Vater wünscht sich das von seinem Sohn?«, fragte ich verwirrt.

Curt gab ein ersticktes Geräusch von sich. »Er ist ein Offizier der Wehrmacht und dient treu dem Führer.«

»Weißt du, wo er jetzt ist?«

»Nein. Das ist auch besser so, glaub mir.«

»Wann bist du denn eingezogen worden?«

»Vor zweieinhalb Jahren, mit achtzehn.«

Dann war er nur ein Jahr älter als ich.

Ich spürte, dass Curt nicht bereit war, mehr preiszugeben, also ließ ich das Thema ruhen. Sein Liebesgeständnis ließ mich nicht los. Ich drehte mich auf den Rücken, starrte in die Dunkelheit.

Was fühlte ich?

Bisher hatte ich mir keine Gedanken darüber gemacht. Meine jetzigen Lebensumstände hatten es nicht zugelassen. Ich spürte dem nun nach, versuchte für einen Moment, meine Verluste zu verdrängen.

Mir kam der Morgen ins Gedächtnis, an dem wir zusammen geraucht hatten, als ich ihn das erste Mal nicht nur als Soldaten wahrgenommen hatte. In seiner Nähe fühlte ich mich wohl und beschützt. Mich faszinierte das Hellblau seiner Augen. Wenn wir im Schnee liefen, leuchteten sie regelrecht im Tageslicht. Plötzlich wurde mir bewusst, dass ich mir gar nicht mehr vorstellen konnte, ohne ihn zu sein. Der Gedanke, ihn vielleicht zu verlieren, schmerzte mich so sehr, dass es mir im Herzen wehtat.

War das Liebe?

Ich wusste es nicht. Doch etwas verband uns. Und ich würde dafür kämpfen, bei ihm bleiben zu dürfen, was auch geschehen würde.

*

Am Morgen stieg ich aus dem Bett, vorsichtig, um Curt noch nicht zu wecken. Ich schaute in den Spiegel und erschrak. Mein Gesicht wirkte fast hager, mein Haar stand in wirren Locken ab. Oben an der Stirn sah ich ein wenig verkrustetes Blut von der Verletzung. Meine Wangen waren stark gerötet von der leichten Erfrierung. Ich strich noch etwas Salbe darauf, um die Haut vor der Kälte zu schützen.

Rasch streifte ich mir meinen Rock über und ging zu Ruth in die Küche. Sie saß auf der Eckbank und stillte ihr Baby.

»Sergeij ist fort, er kommt erst heute Abend wieder. Falls er kann. Sie planen wohl einen Angriff hier in der Nähe.« Sie sah auf und lächelte. »Er hat eure Stute nicht mitgenommen, sie steht noch im Stall.«

Erleichterung erfüllte mich. Dennoch lastete etwas wie ein schwerer Stein auf meiner Seele. »Wohin hat Curt meine Mutter gebracht?«

»Hinter die Scheune.«

»Danke.« Ich zog mir Mantel und Stiefel an, stülpte mir die Wollmütze über.

»Es tut mir leid, dass wir sie nicht begraben können«, sagte sie in mitfühlendem Ton. »Der Boden ist einfach zu sehr gefroren.«

»Ich weiß.«

»Ihr werdet sie in den Wald bringen müssen.«

»Das werden wir.«

Ich lief hinaus in die Kälte. Keine Flocken fielen mehr vom Himmel, die Eiskristalle der Schneedecke glitzerten in der Wintersonne. Mit geschlossenen Augen genoss ich die kaum merkliche Wärme auf meinem Gesicht. Ich wagte nicht, die paar Schritte zu gehen, die mich zu meiner Mutter bringen würden. Jede Bewegung fiel mir mit einem Mal so schwer, als würde ich durch einen Sumpf waten.

Ich riss mich zusammen und stapfte hinter die Scheune, wo Mama unter einer unserer Decken lag.

Inmitten des Schnees war der Leichnam meiner Mutter fast unsichtbar. Ich kniete mich zu ihr.

Leere erfüllte mich. Ich fühlte mich kalt und leblos.

Zögernd hob ich die Decke an, um noch einmal Mamas Gesicht sehen zu können.

Raureif lag auf ihren Wimpern, die Haut sah weiß-bläulich aus. Ich meinte, ein kleines Lächeln auf ihren Lippen zu sehen, als wäre sie mit einem hoffnungsvollen Gedanken hinübergegangen.

Für mich wirkte sie in diesem Moment wie die schlafende Schneekönigin aus dem Märchen, das ich so liebte. Viele Male hatte Mama mir von Kay und Gerda erzählt, nun war sie selbst ein Teil dieser Geschichte.

Ich erinnerte mich plötzlich daran, wie Mama mir zugeflüstert hatte, dass meine neugeborene Schwester denselben Namen tragen würde wie das tapfere Mädchen aus meinem Lieblingsmärchen.

Ein Bild trat mir vor Augen, ich senkte die Lider, um es deutlicher zu sehen. Mama saß auf einem wunderschönen Schlitten, der von zwei prächtigen Pferden gezogen wurde. Sie trug ein Kleid wie aus Schnee gefertigt, und ihr Lächeln war sanft, nicht kalt wie Eis. Gerda stieg zu ihr auf den Schlitten, glücklich, wieder mit Mama vereint zu sein. Sie fuhren davon …

Ich spürte eine Hand auf der Schulter, und das Traumbild verblasste. Langsam hob ich den Kopf, begegnete Curts Blick. Er strich mir tröstend über die Wange.

In mir begann ein Feuer zu brodeln, das ich kaum im Zaum halten konnte. Wenn ich es aufflammen ließe, würde ich zusammenbrechen. Also hielt ich es in Schach, drängte meine aufsteigenden Tränen zurück.

»Ruth hat gesagt, wir müssen sie in den Wald bringen.«

»Ja, ich weiß. Soll ich das tun? Ich meine, hast du dich verabschiedet?«

Ich schaute hinunter und bemerkte, dass Curt Mamas Gesicht wieder abgedeckt hatte.

»Ja …«, flüsterte ich. »Das hab ich.«

Er kniete sich zu mir. »Dann geh zu Ruth, und mach uns eine Suppe warm.«

Ich weiß nicht, wo er meine Mutter hingebracht oder wie er sich verabschiedet hatte. Mein Vertrauen zu ihm war groß, ich wusste, er würde sie an einen Platz bringen, wo sie Frieden finden konnte. Vielleicht auf eine Lichtung, in der im Sommer die Sonne auf grüne Wiesen scheinen würde.

Ruth beäugte mich, als ich uns eine der Konservensuppen in ihrem Topf auf dem Ofen erwärmte.

»Kannst du mir vielleicht noch drei Suppen hierlassen? Seit ich den Eintopf esse, kommt meine Milch wieder besser.«

Ich zögerte mit einer Antwort, mied ihren Blick.

»Der Kleine verhungert, wenn ich keine Milch habe«, sagte sie leise. »Kuhmilch verträgt er überhaupt nicht, das hab ich schon mal ausprobiert.«

»Trinkst du Pfefferminztee?«

»In den letzten Tagen nicht mehr. Meine getrockneten Kräuter sind aufgebraucht.«

»Pfefferminze hemmt deine Milchbildung. Meine Mutter hat das mal gesagt. Trink lieber eine Hühnerbrühe.«

»Aber die Hühner kann ich nicht schlachten! Ich brauche doch die Eier.«

»Das sollst du auch nicht. Wir haben Hühnerfleisch.«

Mama hatte vor unserer Abreise auch würziges Trockenfleisch hergestellt, das wollte ich aber für uns behalten. Ich würde Ruth von dem eingefrorenen Frischfleisch abgeben.

Ruth schien zu verstehen, dass wir unsere Hofhühner nicht alle lebend mit auf die Flucht hatten nehmen können. »Und du würdest mir davon etwas abgeben?«

»Lieber als die Konserven, davon haben wir nicht mehr so viele. Könnten wir dann noch etwas Heu für Elli mitnehmen?«

»Ja, das ist in Ordnung. Da kommt Sergeij leichter ran.« Sie nahm das Kind von der Brust, weil es eingedöst war, und seufzte. »Bis heute Abend müsst ihr fort sein.«

»Das wissen wir. Nach dem Essen brechen wir auf.«

Sie nickte zufrieden.

Ich rührte weiter in der Suppe und hoffte, dass Ruth nicht bemerkte, wie ich mir stetig über die Augen wischte, um den Tränenstrom zu stoppen. Es wollte nicht aufhören, sosehr ich auch dagegen ankämpfte. Der Verlust meiner Mutter bohrte sich wie ein Pfahl in mein Herz.

*

Es hatte wieder angefangen zu schneien. Die feinen Flocken fielen unaufhörlich vom Himmel. *Wäre ich zu Hause und gäbe es den Krieg nicht, würde ich mich darüber freuen.* Früher hatte es Schlittenfahren und Schneeballschlachten bedeutet.

Bei diesem Gedanken erstarb jedes Gefühl in mir. Mein Zuhause, meine Familie gab es nicht mehr. Mir schmerzten die Wangen von der Kälte, meine Zehen wurden taub, und der Frost kroch mir die Beine hinauf. Es fühlte sich an, als vereiste ich langsam.

Ich stolperte, konnte mich nicht abfangen. Ich fiel gegen den langen Griff des Handkarrens und brachte Elli zum Straucheln.

Curt kam zu mir, half mir auf. »Möchtest du dich auf den Wagen setzen?«

»Und erfrieren wie meine Mutter?«

Er starrte mich an und schüttelte fast unmerklich den Kopf. »Sie ist nicht erfroren, sondern an der Blutvergiftung gestorben.«

Ich konnte nicht auf den Wagen steigen. Er mochte recht haben, aber mir saß die Angst im Nacken. Einschlafen, umhüllt von Kälte, nie wieder erwachen. Die Vorstellung ließ Furcht in mir aufflammen.

»Du bist erschöpft.«

»Es wird gehen«, sagte ich bestimmt und verwickelte Curt in ein Gespräch, damit er mich nicht weiter bedrängte.

»Sag mir, was für Probleme noch auf uns warten könnten. Du kennst doch diesen Krieg. Werden wir erneut auf eine Front treffen?«

»Ich kenne diesen Krieg nicht«, murmelte Curt. »Niemand kann voraussagen, was geschehen wird. Und ich weiß nicht, wo sich die Front zurzeit befindet.« Er runzelte die Stirn. »Du willst mich ablenken.«

»Ein bisschen«, gab ich zu.

Er räusperte sich und half Elli, den Wagen durch eine hohe Schneeverwehung zu ziehen.

Stunde um Stunde stapften wir durch den Schnee. Mittlerweile mussten wir März haben, aber der Winter hatte uns immer noch fest im Griff, obwohl sich die Luft deutlich erwärmte. Wir hörten das Grollen von Luftangriffen. Mich schauderte. Bei jedem Aufschlag, mochte er auch fern sein, raste mein Herz, und ich musste meine aufsteigende Panik in Schach halten.

Gott, lass die Bomber nicht in unsere Nähe kommen!

Schließlich kletterte ich doch auf den Milchkarren, denn mir knickten immer wieder die Beine weg. Es ging einfach nicht mehr.

»Sitz nicht still, schlaf nicht ein«, beschwor Curt mich.

Ich nickte, fühlte mich so entkräftet, dass ich darum ringen musste, die Augen offen zu halten. Das Ruckeln des Wagens, das eintönige Weiß des Schnees machte mich schläfrig, sosehr ich auch dagegen ankämpfte.

»Nimm dir was zu essen, Johanna!«

Curts Stimme schreckte mich aus einem Sekundenschlaf. »Das ist alles gefroren.«

»Schau nach dem getrockneten Hühnerfleisch.«

Er hatte recht. Ich erinnerte mich plötzlich an den Geruch in der Küche, als die feinen Streifen im Backofen langsam garten und trockneten. Mir lief das Wasser im Mund zusammen, und meine Lebensgeister erwachten wieder. Während der Fahrt hob ich die verschneite Plane an und wühlte tief in unseren Vorräten. Das getrocknete Fleisch befand sich geschützt zwischen einigen Fellen. Gott sei Dank war es nicht gefroren. Ich nahm ein paar Stücke und wickelte es wieder ein.

Ich reichte Curt eine Portion und knabberte an meiner, ließ mir Zeit. Es bewirkte, dass ich wieder Herr über meinen Körper wurde, da ich etwas zu tun hatte. Ich bewegte die Zehen in den Schuhen, atmete immer wieder tief durch. Elli wieherte unzufrieden. Curt redete auf sie ein, aber sie blieb stehen, und kein Zureden half.

Er rieb sich über die Augen, stopfte sich das restliche Fleisch in den Mund. Mit einem resignierten Seufzer ließ er sich in den Schnee fallen.

»Vielleicht hat sie nur Hunger«, sagte ich und stieg von unserem Karren, holte eine Handvoll Heu.

Elli verschlang das Futter.

»Es ist nicht genug. Bei diesen Strapazen bräuchte sie Hafer.«

»Aber den haben wir nicht.«

Ich sah der Stute in die Augen und erkannte, wie furchtbar erschöpft sie war. Plötzlich fiel mir etwas ein, das ich bisher völlig übersehen hatte, weil ich mich mit Pferden nicht auskannte.

»Curt, wir haben noch das Hühnerfutter!«

Er sah mich an. »Was ist da drin?«

»Mais und Gerste.«

Er rappelte sich auf, stürzte jedoch wieder in den Schnee zurück. Auch er konnte seine Schwäche nicht verbergen. »Gib es ihr!«, sagte er und zog sich am Karren hoch.

Als ich erneut unter die Plane griff und das Getreide hervorholte, wurde mir klar, dass wir alle eine Pause benötigten. Sonst würde diese Flucht noch weitere Opfer fordern.

Elli fraß gierig die Portion, die ich ihr anbot.

»Curt, wir müssen rasten. Es geht nicht anders.«

Er hustete unterdrückt. »Du hast recht. Aber wo?«

Überall war Schnee. Curt holte seinen Kompass hervor, wirkte aber ratlos.

Ich ging zu ihm, nahm ihm das Messgerät ab und schaute gen Norden.

»Wie viele Kilometer mögen wir gelaufen sein?«

»Vielleicht zwanzig.«

»Dann müssten wir in der Nähe von Altdamm sein. Im Umkreis finden wir bestimmt einen Unterschlupf.«

»Dein Wort in Gottes Ohr«, raunte er und hob den Karrengriff an.

Ich schalt ihn nicht wegen seiner Skepsis, denn sicher war ich mir selbst nicht.

Wir schleppten uns vorwärts – die Hoffnung, einen Unterschlupf zu finden, trieb uns weiter.

Wir fuhren eine Anhöhe hinauf, mussten Elli antreiben, damit sie den kleinen Hang hochlief. Von dieser Position aus konnten wir in der Ferne den Dammschen See ausmachen. Nebel lag über dem vereisten Wasser. Ich ließ meinen Blick schweifen, versuchte, in der Abenddämmerung etwas zu erkennen. Ich war vor Jahren schon einmal hier gewesen und hatte auf die Ortschaft hinuntergeblickt. Die Aussicht auf Altdamm hatte sich verändert. Im Zwielicht sah ich aufsteigenden Qualm und Ruinen. Die Häuser waren von Fliegerbomben zerstört worden.

»Lass uns gehen«, sagte Curt und führte Elli auf der anderen Seite die Böschung hinunter. Der Karren rumpelte über eingefrorenes Gesträuch, und ich musste ihn von hinten gerade halten, damit er nicht kippte. Elli schnaufte und litt, aber hier konnten wir nicht bleiben.

Ein Stück weiter fanden wir ein zerstörtes Gehöft. Eine der Bomben musste hier in der Nähe niedergegangen sein – nur eine windschiefe Scheune stand noch. In diesem Augenblick war es uns gleich. Wir führten das Pferd in den verfallenen Schuppen und schirrten es ab. Ich taute Schnee für uns und für Elli auf, während Curt am Eingang ein Lagerfeuer aufschichtete.

Wenig später döste die Stute mit hängendem Kopf, Curt briet Hühnerfleisch, und ich wickelte mich in meine Decke.

Nur noch schlafen!

*

Die Nacht kam mir vor wie ein Traum. Das Feuer war zwar erloschen, da es in Scheunennähe zu gefährlich gewesen wäre, es brennen zu lassen, aber Curt und ich lagen eng aneinandergeschmiegt unter Fellen und Decken.

Mondschein fiel durch ein kleines Fenster. Ich lag wach, dachte an Curts Geständnis und beobachtete ihn im Schlaf. Sacht berührte ich seine Nasenspitze mit der meinen.

Ob ich es wagen könnte? Nur um es einmal zu fühlen?

Ich wartete noch lange, bis mir fast die Lider zufielen. Dann berührte ich zärtlich seinen halb geöffneten Mund mit dem meinen.

Das Gefühl durchdrang meinen ganzen Körper. Ich verstand

plötzlich, konnte all meine Empfindungen einordnen, trotz unserer verheerenden Lage. Zumindest in diesem einen Moment.

»Ich liebe dich auch«, flüsterte ich.

*

Am Morgen erwachte ich, weil mir stetig ein Wassertropfen in den Kragen rann. Ich schlug die Decke zurück, das Eis darauf knisterte. Der Stoff war steif gefroren.

»Curt?«

Er rührte sich nicht. Mich durchfuhr ein Schock.

»Curt!«

Ich rüttelte ihn an der Schulter, und er schreckte auf.

»Oh, Gott sei Dank«, flüsterte ich.

»Ich bin da, alles ist gut«, nuschelte er und fuhr sich durch das Haar.

Ich fiel ihm in die Arme, und wir saßen dort, hielten uns umschlungen.

»Für einen Augenblick dachte ich …«

Bei dem Gedanken brannte mein Herz. Tränen füllten meine Augen. Curt nahm mein Gesicht in seine Hände.

»Ich verlasse dich nicht, Johanna«, sagte er mit heiserer Stimme.

Ich nickte stumm. Unsere Blicke versanken ineinander. Er näherte sich zögernd, und ich wich nicht zurück.

Hatte er meine zarte Berührung in der Nacht gespürt?

Er küsste mich sanft.

Ich vergaß, wo ich mich befand, was geschehen war. Ich fühlte nur noch Curt und das Gefühl, geborgen zu sein.

Er wich ein wenig zurück, als fürchtete er meine Reaktion. Als ich ihn nur versonnen ansah, wiederholte er leise: »Ich verlasse dich nicht.«

*

Nach einem kargen Frühstück zogen wir weiter. Morgennebel verhüllte die Umgebung. Wir ließen das zerstörte Altdamm hinter uns und liefen weiter Richtung Norden.

Gegen Mittag hörten wir Geräusche, die kaum einzuordnen waren. Wir kamen immer näher, und meine Furcht wuchs. Ich ließ es mir nicht anmerken, hielt mich krampfhaft am Karren fest.

Nach einer Weile hörte ich Pferdegeschirr, Viehrufe, den monotonen Klang vieler Stimmen, die leise miteinander sprachen.

Erkennen konnten wir nichts, das Dickicht des Waldes verhinderte jede Sicht auf eine Straße, die sich eventuell in der Nähe befand. Wir orientierten uns an einem festgetretenen Pfad. Überall tropfte es von den Bäumen. Schnee fiel als matschige Masse von den Baumwipfeln und Sträuchern. Unser Weg verengte sich, war kaum noch zu befahren. Das Tauwetter verwandelte den Waldboden in eine rutschige Masse.

»Es wird doch kein Heer sein, oder?«, fragte ich besorgt.

»Nein. Glaub mir, das hört sich völlig anders an. Es hört sich eher an wie …«

Wir kamen um eine Biegung, das Wäldchen öffnete sich. Vor uns tauchte eine schmale Straße auf. Ein Flüchtlingsstrom ungeahnten Ausmaßes schlängelte sich auf dem halb vereisten Untergrund entlang.

»… ein Flüchtlingstreck«, beendete Curt seinen Satz.

»Sie wollen alle zur Küste«, flüsterte ich und beobachtete die Menschenmassen, die an uns vorbeizogen. Nicht eine einzige Lücke war zu erspähen. Sie drängelten sogar teilweise, wenn es einmal nicht schnell genug ging. Die Eile war unverkennbar – und die Angst in ihren Augen.

»Was treibt sie so an?«, flüsterte ich.

War ihnen die Rote Armee auf den Fersen?

Curt überließ mir die Zügel und fasste einen Mann am Arm, der ihn unwirsch abschüttelte.

»Was ist passiert?«, rief er den Menschen zu.

»Die Brücken!«, entgegnete eine Frau, ohne anzuhalten.

»Die Brücken nach Wollin? Was ist damit?«

»Sie werden sie sprengen, um die Russen aufzuhalten«, sagte

eine Alte auf einem Wagen und peitschte ihren Ochsen, um ihn weiterzutreiben.

»Was tust du überhaupt hier?«, schimpfte ein alter Mann, der versuchte, mit seinem Krückstock mitzuhalten. »Deserteur!«

Einige blickten sich nach Curt um.

»Ich bin verletzt«, murmelte der und wich zurück.

»Sie haben Angst um die Brücken nach Wollin?«, fragte ich ihn mit aufkeimendem Entsetzen.

Curt nickte. »Es ist vielleicht die einzige Möglichkeit, um die Russen vorerst aufzuhalten.«

Nur langsam begriff ich, was das bedeutete, und mich überkam die gleiche Furcht, die ich in den Augen der anderen sah.

12

Berlin, August 2018

Als die Stimme ihrer Urgroßmutter abbrach, tauchte Emilia wie aus einem tiefen Traum auf. Sie blinzelte, brauchte einen Moment, um wieder in die Realität zurückzufinden, so tief war sie in Johannas Erzählung versunken gewesen.

Ihre Urgroßmutter räusperte sich, hustete mit heiserer Stimme. Rasch stand Emilia auf, um ihr ein Glas Wasser zu holen. Sie setzte sich zu ihr und wartete, bis sie etwas getrunken hatte.

»Oma, das ist wirklich furchtbar, was du erlebt hast! Dass du das alles noch so genau weißt.«

»Es hat sich in mein Gedächtnis eingebrannt, Lia. Weißt du, dass du Gerda ähnlich siehst? Du hast das gleiche hübsche Gesicht wie sie.«

Tränen schimmerten in Johannas Augen, sie senkte den Blick. Erneut räusperte sie sich, und Emilia gab ihr ein Hustenbonbon.

»Danke, Liebes.« Sie seufzte. »Ich würde dir gerne den Rest erzählen, aber meine Stimme …«

»Und du siehst furchtbar müde aus. Gehen wir erst mal schlafen, in Ordnung?«

Ihre Urgroßmutter nickte, und Emilia half ihr hoch. Johanna tat sich schwer, konnte kaum aufstehen. Nun flammte die Sorge in Emilia wieder auf.

Wie viel Zeit hatten sie noch miteinander?

Nur mit Mühe konnte sie ihre Urgroßmutter ins Schlafzimmer bringen. Im Bett atmete sie schwer. Der kurze Gang war für sie eine Kraftanstrengung gewesen. Emilia deckte sie zu, Johanna griff nach ihrer Hand.

»Morgen erzähle ich dir den Rest.«

Obwohl Emilia darauf brannte, die Geschichte weiterzuhören, besann sie sich. »Erhol dich erst mal.«

»Morgen!«

Sie sagte nichts dazu, küsste ihre Urgroßmutter auf die Stirn und knipste die Nachttischlampe aus.

Zurück im Wohnzimmer schaute sie kurz aus dem Fenster. Der Morgen graute schon. Nebel lag auf den Straßen. Sie fühlte sich selbst wie erschlagen, legte sich auf die Couch und schloss die Augen.

Vor ihrem inneren Auge sah sie noch immer, wie sich Johanna und Curt durch den Schnee kämpften.

Aufgewühlt setzte sie sich wieder auf. Das war eine so unglaubliche Geschichte, dass Emilia sie kaum fassen konnte. Das Thema Zweiter Weltkrieg hatte sie bisher immer gemieden, wo sie konnte. Aber diese Erlebnisse von ihrer Urgroßmutter erzählt zu bekommen war etwas ganz Besonderes.

Sie musste gähnen, fühlte sich erschöpft und dennoch wie aufgedreht. Eine schlechte Mischung, wenn man schlafen wollte. Schließlich gab sie ihren Gedankenbildern nach, legte sich wieder hin und schloss die Augen.

Es schneite, der alte Karren war kaum zu ziehen, sie hörte das Schnauben des Pferdes …

*

Emilia erwachte von einem lauten Klirren und schreckte auf. Ihr Herz raste, und als sie sich abrupt aufsetzte, flirrten ihr schwarze Punkte vor den Augen. Jemand schimpfte leise in der Küche.

»Oma Hanna?«

»Ja, ich bin hier.«

Johanna stand in der Küche, klammerte sich an der Anrichte fest und sah auf die Scherben am Boden. Ihr Nachthemd war zerknittert, das silberne Haar zerzaust.

»Ich wollte doch nur Frühstück machen«, sagte sie.

Emilia stieg über die zerstörte Tasse, nahm ihre Urgroßmutter am Arm und führte sie zu einem der Küchenstühle.

»Ich mach das, Oma Hanna. Du bist doch verletzt.«

Sie setzte sich mit einem Seufzen, strich über ihren wohl schmerzenden Arm.

Die Scherben waren schnell aufgefegt, und Emilia übernahm das Zubereiten des Frühstücks. Sie beobachtete Johanna unauffällig. Sie machte einen besseren Eindruck als am Tag zuvor. Ihre Wangen waren wieder rosig, und sie lächelte, als würde sie an jemanden denken.

Vielleicht an Curt?

Das Frühstück verlief recht schweigsam. Emilia kam es so vor, als sammelte ihre Urgroßmutter all ihre Kräfte. Wollte sie die Erzählung aus der Vergangenheit wieder aufnehmen? Fast geräuschlos legte Johanna ihr Messer auf dem Teller ab. Emilia sah auf.

»Gehen wir wieder ins Wohnzimmer? Da ist es gemütlicher.«

Emilia erwog, sie daran zu erinnern, dass sie Ruhe brauchte, konnte sich aber dem Sog dieser Geschichte nicht entziehen. Außerdem erkannte sie, dass es ihrer Urgroßmutter sehr wichtig war, dass jemand die Wahrheit erfuhr.

Im Wohnzimmer saßen sie nebeneinander, hielten sich an den Händen. Die Berührung wirkte auf Emilia wie ein letzter Halt, den Johanna brauchte.

»Wir standen vor diesem Treck, und ich geriet in Verzweiflung. Es waren so unglaublich viele Menschen, das kannst du dir nicht vorstellen! Der Strom hörte nicht auf. Alle wollten zur Küste, alle drängelten, in vielen Gesichtern stand die nackte Angst. Wir versuchten, uns einzureihen, aber es gelang uns nicht. Niemand ließ eine Lücke für uns, und der Waldweg war schmal. Wir warteten fast eine Stunde auf das Ende. Dann wurde es zu gefährlich, bewegungslos in der Kälte zu verharren. Erfrierungen stellten ein ernstes Problem dar. Wir mussten etwas tun. Und das bedeutete, dass wir uns einen Platz erkämpfen mussten.«

13

Nahe Gollnow, Pommern, Anfang März 1945

Ich umklammerte Ellis Zügel, sie stapfte nervös auf. Die Menschen strömten an uns vorbei, es nahm kein Ende. Das konnten nicht nur Flüchtende aus Altdamm sein. Hier traf alles zusammen.

Mehrmals hatten wir versucht, uns einzureihen, aber niemand ließ eine Lücke, damit wir einscheren konnten. Ich zitterte in der eisigen Kälte, während Curt versuchte, die Menschen darum zu bitten, kurz zu warten, damit wir uns mit unserem Wagen einordnen konnte, aber alle wiesen ihn ab. Resigniert kehrte er zu mir zurück.

»Hier ist sich jeder selbst der Nächste«, murmelte er.

Ich schaute in den dichten Wald. Bisher hatten wir immer Wege gefunden, aber der Untergrund war uneben und voller Wurzeln. Die Bäume standen eng beisammen. Mit dem Wagen hätten wir keine Chance gehabt, wir mussten mit auf die Straße, auch wenn mir das nicht behagte, weil ich unwillkürlich an den Luftangriff denken musste, der Gerda das Leben gekostet hatte.

»Was ist, wenn wir zurückgehen und eine andere Straße suchen?« Fragend schaute ich zu Curt auf.

Er schüttelte entschieden den Kopf. »Sieh sie dir an! Die Furcht sitzt ihnen im Nacken. Wir können nicht riskieren, so viel Zeit zu verlieren.«

Ich beobachtete die Menschen, wie sie ihr Vieh antrieben, Mütter ihre Kinder an der Hand hinter sich herzerrten. Die Peitschen knallten, jemand hustete, eine alte Frau stolperte aus dem Treck und blieb im Schnee sitzen. Niemand kümmerte es.

Ich konnte mich nicht von dem Anblick losreißen und reichte Curt die Zügel. Die Fremde atmete schwer, zog die Beine enger an, damit sie nicht von den Rädern erwischt wurde. Sie legte sich auf die Seite, als schlösse sie mit ihrem Leben ab. Sie tat mir leid, ich konnte sie nicht einfach hierlassen, dem Kältetod ausgeliefert.

Ich beugte mich zu ihr hinunter, berührte sie an der Schulter. Ihr Gesicht war hager, mit tiefen Falten. Sie zitterte.

»Kommen Sie auf unseren Wagen, wir nehmen Sie mit.«

Sie blinzelte zu mir auf. Ich half ihr wieder auf die Beine und stützte sie, weil sie sich kaum aufrecht halten konnte.

Curt sagte nichts.

»Wie heißen Sie?«, fragte ich die alte Frau. »Warum kümmert sich niemand um Sie?«

»Du kannst mich Ilse nennen. Ich … hab niemanden mehr. Meine Tochter … Sie ist …« Ihre verzweifelte Mimik verriet mir die Wahrheit.

»Sie kommen aus Altdamm?«

Sie nickte.

»Da ist nichts mehr«, flüsterte sie. »Unser Haus … Sie war in der Küche, als die Bombe einschlug. Ich war im Keller … Kartoffeln holen.«

»Wir müssen hinein«, raunte Curt.

Ich zeigte mit einer Geste an, dass er noch kurz warten solle, und half Ilse auf den Wagen.

»Ich danke euch.« Sie setzte sich zurecht und kramte in ihrer Tasche, holte ein halbes Brot hervor und teilte es auf. »Hier, bitte nehmt es.«

Ich verstand, dass es ihre Art war, uns etwas zurückzugeben, deshalb nahm ich ihr Geschenk an und reichte Curt seinen Anteil.

Elli drängte plötzlich nach rechts und warf Curt fast um. Sie hatte eine tiefe Pfütze entdeckt und soff sie leer. Überall tropfte es mittlerweile. Tauwetter hatte eingesetzt, worüber wir zunächst dankbar waren. Ich gab dem Pferd noch etwas Futter, da ich nicht wusste, wann der Treck pausieren würde – oder ob überhaupt.

Zwischen den Geräuschen, die die Menschen des Trecks verursachten, mischte sich leiser Donner. Waren das Flugzeuge? Ein Blitz zuckte über den Himmel.

Nein, ein Gewitter nahte.

»Steig mit auf den Wagen, Johanna«, sagte Curt und schaute konzentriert auf den Flüchtlingstreck. Er band die Schlinge seines verletzten Armes enger und suchte meinen Blick. Ich saß nah neben Ilse, und wir hielten uns am Rand des Karrens fest.

Curt packte Ellis Zügel, ruckte einmal daran, um die Aufmerksamkeit der Stute zu bekommen, und ging voran, immer rascher. Elli wollte scheuen, aber Curt ließ ihr keine Wahl. Der schwere Karren ebenfalls nicht, da der Weg ein wenig abschüssig war und das Gewicht nach vorn drängte.

»Vorsicht!«, brüllte Curt.

Die Flüchtenden sahen zu uns herüber und erschraken. Curt fuhr hinein in die Menge, Elli bäumte sich auf, die Menschen wichen zur Seite. Curt stand auf der Straße, mitten im Treck, zerrte Elli nach unten, aber das Pferd war in Panik, weil einige Leute aufschrien. Ich stieg vom Wagen, zerrte mir den Schal vom Hals und kämpfte mich bis zu Elli vor. Ich half Curt, sie unten zu halten, und band ihr meinen Schal um die Augen. Zuerst wieherte sie erschrocken, wollte zurückweichen, aber wir hielten sie fest, und Curt flüsterte auf sie ein. Ein Teil des Trecks kam zum Stillstand, Menschen begannen laut zu schimpfen.

»Hättet ihr uns nur reingelassen!«, fauchte ich zurück.

Elli beruhigte sich, und Curt nahm ihr die Augenbinde ab. Ich sah das Weiß in ihren Augen, sie hatte Angst. Ein Mann, der gerade an uns vorbeiging, griff in die Tasche, holte einen Brotkanten hervor und bot ihn dem Pferd an. Die Stute nahm das Futter sofort und knusperte daran, bis es weg war. Das lenkte sie kurz ab.

»Das Brot war sowieso schon steinhart«, sagte der Fremde mit einem Zwinkern.

Erst jetzt sah ich, dass auch er ein Pferd führte. Sein Ackergaul hatte einen langen Sack auf dem Rücken und ging ruhig weiter. Er kümmerte sich nicht um die vielen Menschen. Elli witterte den Artgenossen, schnaubte und folgte dem anderen Pferd. Der Karren ruckelte an, und wir konnten uns endlich einreihen.

Ich lief neben Curt, beobachtete die anderen Menschen neben uns und behielt das Wetter im Auge. Wieder donnerte es, aber das Gewitter schien an uns vorbeizuziehen.

Wir kamen gut vorwärts. Niemand griff uns an. Es war eine Erleichterung, zu wissen, dass wir bald die Küste erreichen würden.

»Du hast gesagt, dass du aus Berlin kommst?«, fragte ich Curt.

»Ja.« Er schaute zu mir herüber, schien für jede Ablenkung dankbar zu sein.

»Wie kam es, dass sich deine Eltern kennengelernt haben?«

»Mein Großvater hatte damals geschäftliche Beziehungen nach Schweden. Manchmal hat mein Vater ihn begleitet, und da hat er meine Mutter wohl kennengelernt.«

Mir geisterten noch mehr Fragen im Kopf herum, aber vereinzelte Regentropfen fielen auf uns nieder, und ich musste die Plane besser befestigen. Ilse half mir dabei. Der Himmel öffnete seine Schleusen. Ich setzte mir die Kapuze auf, aber sie hielt die Nässe nicht lange ab. Der nicht asphaltierte Untergrund weichte auf, binnen kurzer Zeit kämpften wir uns durch fast knöcheltiefen Schlamm. Elli kam kaum noch vorwärts. Ich sah Curt an, dass sein Arm schmerzte. Dennoch packte er den Griff des Karrens und half dem Pferd, das Gefährt zu ziehen. Ich nahm die andere Seite, und wir zerrten den Wagen über die matschige Straße.

Ilse stieg ab, berührte mich an der Schulter. Ich drehte mich zu ihr um.

»Ich danke euch für eure Hilfe, aber ... mit mir schafft ihr es nicht.« Sie lächelte traurig. Bevor ich sie aufhalten konnte, blieb sie zurück und verschwand in der Menschenmenge. Ich ließ sie ziehen.

Wir kamen noch ein Stück weiter, dann blieb unser Wagen stecken, rührte sich nicht mehr, sosehr wir auch vorwärtszukommen versuchten. Die Menschen, die zu Fuß unterwegs waren, strömten an uns vorbei, sie ließen sich nicht aufhalten. Resigniert betrachtete ich all die Flüchtlinge, die ohne Rücksicht an uns vorbeidrängelten. Auch andere kamen nicht weiter, da nutzte auch keine Peitsche mehr. Ich kletterte auf den Wagen, um eine bessere Sicht zu haben, und konnte das Ende des Trecks erkennen. Ich warf einen Blick auf Curt, der sich mit schmerzverzerrtem Gesicht den Arm hielt. Elli wandte wild den Kopf. Immer wieder bemühte sie sich voranzukommen, stemmte sich gegen das Geschirr. Curt versuchte sie zu beruhigen.

»Komm runter, Mädchen«, rief ein Fremder. »Vielleicht kriegen wir ja euren Wagen aus dem Dreck.«

Ich sprang vom Karren und lächelte ihn scheu an. Er hatte eine Krücke in der Hand, sein rechtes Bein war steif. Dennoch bewegte er sich erstaunlich behände. Er warf seine Gehhilfe auf unseren Wagen und rief Curt etwas zu. Der verstand sofort und wartete auf ein Zeichen. Gemeinsam versuchten wir, den Karren aus dem Schlamm zu ziehen. Die Hilfsbereitschaft des Mannes animierte zwei Frauen, sich zu uns zu gesellen. Ich rief ihnen einen Dank zu. Mit aller Kraft kämpften wir darum, das Gefährt zu bewegen, die Räder hoben sich an … Da krachte es.

»Hört auf!«, schrie Curt und warf einen Blick auf das linke vordere Rad. Er fluchte. Die Helfer murmelten Entschuldigungen und ließen sich wieder vom Flüchtlingsstrom davontragen. Mit aufflammender Panik starrte ich auf die gebrochene Achse, mein Körper bebte. Ich stand neben dem Milchkarren, auf dem alles lagerte, was ich noch besaß. Meine Tränen vermischten sich mit dem Regen. Achtlos liefen die Flüchtenden an mir vorbei.

Curt nahm mich in den Arm, und ich verbarg mein Gesicht an seiner gesunden Schulter.

»Ich kann nicht einfach alles zurücklassen«, schluchzte ich. »Das ist doch alles, was ich noch hab.«

»Du hast noch dein Leben, Johanna, und das ist jetzt das Wichtigste.« Er hob sanft mein Gesicht an. »Kannst du reiten?«

»Ein … ein bisschen.«

»Gut, das muss reichen. Such dir nur das Allernötigste raus.«

Ich war wie gelähmt und fühlte mich unendlich müde und verloren. Curt zog mich an sich und küsste mich. Ich spürte, wie er mein Haar zurückstrich, die Berührung vertiefte, als wären wir allein auf diesem Weg. Ich schlang die Arme um ihn und erwiderte seinen Kuss. Er presste mich an sich.

Sacht schob er mich von sich, in seinen Augen loderte Entschlossenheit. Ich atmete tief durch und kletterte auf den Karren, schob im strömenden Regen die Plane beiseite. Curt löste derweil Ellis Zügel vom Karrengriff. Es war nicht viel, was ich an diesem Tag in dem Sack mit den Lebensmitteln verstaute, aber es musste reichen.

Curt stieg auf den Wagen, um höher zu stehen, und zog das

Pferd zu sich heran. Elli weigerte sich, und ich musste etwas nachhelfen, aber Curt schien recht erfahren zu sein, was das Aufsteigen ohne Sattel betraf. Ich tat es ihm nach, und er half mir auf Ellis Rücken. Sie tänzelte nervös aufgrund des ungewohnten Gewichts.

»Sind wir nicht zu schwer für sie?«, fragte ich.

»Elli ist groß, und du bist ein Leichtgewicht. Sie schafft es.«

Curt nahm die Zügel auf und lenkte Elli an den Straßenrand, um nicht mitten zwischen den Menschen reiten zu müssen. Ich hielt mich an seiner Taille fest. Das letzte Mal hatte ich mit zwölf auf einem Pferd gesessen und war dementsprechend unsicher. Noch einmal sah ich mich um, da trabte die Stute los, und ich musste mich an den zuerst etwas holprigen Tritt gewöhnen.

Auf diese Weise kamen wir schnell voran. Wir überholten viele Flüchtlinge, und Elli störte sich nicht an dem Schlamm. Ihre Fesseln versanken zwar bei jedem Schritt, aber der weiche Untergrund behinderte sie nicht. Unser Gewicht schien ihr Vertrauen zu schenken, denn sie reagierte gut auf Curts Führung.

»Sie ist wirklich ein gut ausgebildetes Reitpferd«, sagte er und manövrierte sie an einer stecken gebliebenen Kutsche vorbei.

»Und du bist ein guter Reiter.«

»Na ja, meine Haltung war nie die beste.«

»Ich glaube, das kümmert gerade niemanden.«

Nach einiger Zeit parierte er zum Schritt, um Elli zu schonen. Ich war froh um die andere Gangart, denn mir fiel es im Trab schwer, mich ohne Sattel auf dem Pferd zu halten.

»Wie geht es deiner Schulter?«

»Zu reiten fällt mir weniger schwer, als den Karren zu ziehen.«

Danach schwiegen wir.

Curt so nah bei mir zu wissen erfüllte mich mit Frieden. Ich lehnte meinen Kopf gegen ihn und spürte seine Hand kurz auf meiner. So ritten wir inmitten des Trecks, ließen alles hinter uns und näherten uns der südöstlichen Dievenow-Brücke, die nach Wollin führte.

Der Wald brach auf, und wir kamen auf eine große Ebene. Curt scherte aus, um etwas abseits vom Treck zu reiten, damit die Menschen Elli nicht behinderten. Sie war nervös, weil es ihr einfach zu viel wurde.

Vorn entstand Unruhe. Ich versuchte zu erkennen, was da vorging.

»Sind das Soldaten an der Brücke?«

»Ja, verdammt!«

Curt zügelte das Pferd. Ich suchte fieberhaft nach einer Lösung und tat das Einzige, was mir einfiel.

»Öffne deinen Mantel.«

»Was? Warum?«

Ich knuffte ihn leicht, und er gehorchte. Mit einiger Mühe konnte ich den rechten Arm aus dem Ärmel ziehen.

»Und jetzt mach die Armschlinge wieder um.«

Er hatte sie zum Reiten entfernt, um das Pferd besser unter Kontrolle zu halten. Curt tat auch dies, und ich legte ihm den Mantel lose auf seine verletzte Schulter.

»Sie müssen das Blut auf der Uniform sehen, den Riss im Stoff.«

Er nickte verstehend.

»Und jetzt hilf mir vom Pferd.«

Mit einem Seufzen half er mir abzusteigen.

»Gib mir die Zügel, und beug dich ein bisschen nach vorn. Du bist angeschossen und hast schließlich Schmerzen.«

Er sah mich nachdenklich an.

»Wenn sie sehen, wie gut es dir mittlerweile geht, dann beschuldigen sie dich der Desertation.«

»Und damit hätten sie recht«, murmelte er leise.

»Nicht, wenn du offensichtlich kampfunfähig bist und deine Einheit nicht mehr existiert.«

Wir wussten nicht, ob Soldaten aus Arnswalde entkommen waren. Ich hoffte darauf, dass niemand hier die Lage einschätzen konnte.

Ich strich Elli über die Nüstern und wartete, während die anderen Flüchtlinge eilig an uns vorbeiliefen. Die Soldaten vor Wollin konnte ich nur schemenhaft erkennen, aber ich glaubte, sie winkten die Flüchtenden hektisch durch, als planten sie etwas.

»Sie werden diese Brücke sprengen, noch heute«, sagte Curt.

»Dann komm jetzt!«

»Warte …«

Ich schaute zu ihm auf, sah seinen inneren Kampf, begriff sein Zögern. »Denk nicht mal daran, dich ihnen anzuschließen. Hier gibt es nur den Tod!«

»Ich weiß, aber … dafür bin ich da, oder? Für euch mein Leben zu riskieren, während ihr alle flieht. Ich …«

»Nein, bist du nicht!«, zischte ich. »Und nun spiel deine Rolle.«

Ich schnalzte mit der Zunge, zog kurz an Ellis Zügel, sodass sie mir folgte. Curt schwieg.

Mich wieder in den Treck einzureihen fiel mir nicht schwer. Dennoch raste mein Herz, und ich konnte meine Nervosität kaum im Zaum halten. Ich wagte es nicht einmal, mich nach Curt umzublicken.

Als ich an der Brücke stand, hielt mich einer der einfachen Soldaten auf.

»Was ist mit ihm passiert?«

Nun sah ich mich doch nach Curt um. Er saß gekrümmt auf dem Pferd, den Mantel hatte er so geöffnet, dass man das getrocknete Blut auf der Uniformjacke sehen konnte.

»Er wurde angeschossen, seine Einheit ist gefallen. Trotzdem hat er mir das Leben gerettet, aber er ist dem Tod näher als dem Leben.«

»Wie ist sein Name?«

Ich versuchte, das Zittern meiner Hände zu verbergen, als ich fieberhaft nach einem Namen fischte. »Er hat gesagt, er heißt Karl. Mehr weiß ich nicht.«

Der Soldat ging zu Curt, stupste ihn an. »He, Karl. Zu welcher Einheit gehörst du?«

Curt nannte mit heiserer Stimme einen Namen. Der andere wurde blass und ging zur Seite.

»Bring ihn zu den Sanitätern.«

»Wo sind die?«

Er machte eine hilflose Geste. »Überall und nirgends. Achte einfach auf die Armbinde mit dem roten Kreuz.«

»Ist gut, danke.«

Er warf Curt noch einen mitleidigen Blick zu und winkte uns

durch. Ich ging im Laufschritt über die Brücke. Mit einem merkwürdigen Gefühl im Bauch betrat ich die Insel Wollin. Immer schneller strömten die Flüchtenden an uns vorbei, das Ende des Trecks wurde drüben sichtbar, als ich mich umschaute. Ich glaubte zu sehen, dass die Soldaten bereits Vorkehrungen für die Sprengung trafen.

Ob das die Rote Armee aufhalten konnte? Ich dachte an Sergeijs Worte.

Krieg ist zu Ende. Ihr verliert.

Viele wollten es nicht sehen, aber für mich war das ebenso eine Tatsache wie für den Russen. Wir verloren.

Wir waren noch nicht am Ziel. Die Insel Wollin war groß, und wir mussten hoch zur Küste, nach Misdroy. Dort gab es einen Hafen, in dem wir hoffentlich ein Schiff finden würden, das uns nach Westen brachte.

»Komm.« Curt bot mir seine Hand an, wollte mich wieder aufs Pferd ziehen, aber ich schüttelte den Kopf. Kurzerhand stieg er ab. »Dann werden wir jetzt eine Pause machen.«

»Was? Warum? Ich will heute noch zum Hafen.«

»Nein … Sieh dich an! Du schwankst beim Laufen und musst etwas essen.«

Ich blieb stehen, ließ all die anderen an mir vorbeiziehen, sah ihm in die Augen, die in dem gleißenden Licht des Vorfrühlings blaugrau wirkten. Er nahm mich bei der Hand. Diese Geste ließ einen Damm in mir brechen. Eine Last fiel von meinen Schultern, und ich fühlte, wie ich langsam zusammenbrach – innerlich.

Curt hatte recht. Ich war am Ende und hatte es nicht einmal bemerkt, weil die Aufregung wie ein Feuer durch meine Adern gerauscht war.

»Da ist eine Scheune«, sagte Curt und zog mich und Elli mit sich.

Mir fiel auf, dass er das Pferd mit dem verletzten Arm führte, ohne vor Schmerz das Gesicht zu verziehen.

»Dir geht es besser, oder?«

Er antwortete nicht, führte mich in die Scheune. Ich ließ mich zu Boden fallen, lehnte mich gegen einen der feuchten Strohballen und beobachtete, wie Curt einen letzten Rest Heu aus unserem Sack zog.

»Arme Elli«, murmelte ich. »Alles muss sie tragen.«

Es raschelte und klapperte leise. Curt musste eine der letzten Konserven hervorgeholt haben. Ich hörte, wie er die Dose öffnete, konnte aber nicht mehr zuschauen, weil meine Lider so schwer waren, dass ich sie nicht mehr offen halten konnte.

»Iss, dann schlaf.«

Wie in Trance gehorchte ich und löffelte das eingelegte Obst aus der Dose. Danach konnte ich mich nur zusammenkauern und mich dem Schlaf hingeben. Ich spürte, wie Curt eine Decke über mir ausbreitete.

Die Welt um mich herum verschmolz zu einer angenehmen Dunkelheit ...

*

Fremde Stimmen weckten mich, und ich schreckte auf. Ich blinzelte ins Zwielicht der Scheune.

Wo war Curt?

Ich ließ meinen Blick umherschweifen. Er saß zusammengekauert neben Elli, hatte die Knie angezogen und verbarg das Gesicht in den verschränkten Armen.

»Curt?«

Er reagierte nicht. Also kroch ich zu ihm hin, berührte seinen Arm.

»Was ist mit dir?«

Schweigen.

»Curt!«

»Ich bin ein Deserteur, Johanna.« Er sah auf. Zum ersten Mal sah ich Tränen in seinen Augen schimmern.

»Ich glaube nicht, dass hier Feldjäger sind, die nach dir suchen.«

»Darum geht es nicht!«

»Worum geht es dann?«

Er schüttelte den Kopf, verbarg sein Gesicht wieder.

»Curt, rede mit mir.«

»Ich habe sie im Stich gelassen.«

»Mir erschien es eher so, als ob sie *dich* im Stich gelassen hätten.«

»Ja, das … so war es, aber …« Er sog den Atem hörbar ein. »Ich hätte mich melden müssen.«

»Und wo?«

Irritiert schaute er auf.

Ich wusste, dass sein Gewissen ihn plagte. Man sah es ihm deutlich an.

»Curt, ich habe dich halb tot am Waldrand gefunden. Du wärst ohne unsere Hilfe verblutet. Danach haben wir eine wahre Odyssee erlebt. Trotz deiner Verwundung hast du meine Familie und mich beschützt, mich bis nach Wollin gebracht. Ich habe unterwegs nur flüchtende oder tote deutsche Soldaten gesehen, keine Einheit, wo du dich hättest melden können.« Ich strich ihm sanft über die Wange. »Pommern fällt. Dieser Krieg ist verloren.«

Das Knarzen der Scheunentür ließ mich zusammenzucken. Ein deutscher Offizier stand mit einer Laterne im Eingang.

Waren die Feldjäger womöglich doch hinter ihm her? Vor Schreck krallte ich meine Hand in Curts Jacke. Mir rann es eiskalt den Rücken hinunter.

Mein Gefährte atmete tief durch, wappnete sich für alles, was kommen mochte. Ich sah ihm an, dass er müde geworden war. Curt würde nicht um sein Leben kämpfen. Nicht mit einem deutschen Offizier.

Der Mann hob die Hand, und die Geste wirkte beschwichtigend auf mich. Mit einem kurzen Befehl schickte er seine Begleiter fort.

»Verzeiht mir, aber ich habe euer Gespräch mit angehört«, sagte er mit dunkler Stimme.

Curt wollte ihn auf typische Art begrüßen, aber der Mann hielt ihn mit einer harschen Handbewegung auf.

»Hier in dieser Scheune gibt es keine Soldaten. Ich sehe hier nur eine Frau, zwei Männer und ein Pferd.« Er hielt inne. »Wäre es anders, müsste ich dich womöglich verhaften lassen, was ich nicht will.« Er hängte die Laterne an einen höher gelegenen Haken. Die Scheune wurde in warmes Licht getaucht. »Ich möchte nur reden, also bitte keine Förmlichkeiten.«

Ich musste nach Luft ringen, so angespannt war ich. Meine Hand suchte Curts, ich klammerte mich förmlich an ihn.

»Setzen wir uns?«, fragte der Fremde.

Curt nickte, und wir ließen uns auf die alten Strohballen sinken.

»Mein Name ist Friedrich Arndt. Woher kommt ihr?«

Der Offizier war sauber und tadellos gekleidet, als hätte er lange keinen Kampf geführt. Das dunkle Haar schimmerte im Licht der Ölflamme. Er trug einen kurzen Schnäuzer, der ihn sympathisch wirken ließ.

»Aus der Nähe von Pyritz«, antwortete ich. »Mein Name ist Johanna Dahl, und das ist …«

Ich zögerte, und Curt ergriff das Wort.

»Ich bin Curt Ehlert.«

Friedrich lächelte ein wenig, als wollte er uns beruhigen. »Erzählt mir, was ihr gesehen habt, was geschehen ist.«

»Ich wurde angeschossen, und meine Einheit musste mich zurücklassen …« Curt schilderte die Ereignisse so detailgenau wie möglich. Nur Sergeij erwähnte er nicht.

Plötzlich fixierte Friedrich mich. »Ich habe gehört, wie du gesagt hast, dass Pommern fallen werde und der Krieg verloren sei.«

»Ja, das ist meine Einschätzung.«

»Deine ebenso?«

Curt nickte.

»Gut, ich nehme das zur Kenntnis, behaltet es aber bitte für euch.«

»Da draußen sind Hunderte, die das Gleiche gesehen haben«, gab Curt zu bedenken.

»Ja, aber kaum jemand wagt, es auszusprechen«, entgegnete Friedrich. Er seufzte. »Ich bin euch gefolgt, denn ich habe eine Bitte. Diese Nachricht vom Stand der Dinge, sie muss in den Westen gelangen.«

»Was heißt das?«, fragte ich misstrauisch.

»Er braucht unser Pferd«, sagte Curt tonlos.

Ich schnappte nach Luft. Friedrich hob besänftigend die Hände. »Es ist nur eine Bitte. Aber ihr könnt die Stute ohnehin nicht mit aufs Schiff nehmen. Ihr müsst sie am Hafen zurücklassen.«

Diese Überlegung hatte ich bisher verdrängt, ich begriff aber die Wahrheit hinter seinen Worten. Was würden sie mit Elli tun? Erschießen und sie als Fleischvorrat nehmen? Oder käme sie wieder an die Front und würde dort sterben?

Ich sah zu ihr auf, und meine Augen füllten sich mit Tränen. »Was erwartet sie, wenn wir sie dir überlassen?«

»Pferde sind hier zurzeit rar, oder sie sind halb verhungert und krank. Ihr habt sie gut behandelt.«

»Das haben wir.«

»Sie würde mich in den Westen bringen. Ich kenne mich mit Pferden aus, ich kümmere mich um sie, sofern es mir möglich ist.«

»In den Westen? Wir wollen alle in den Westen! Wenn es so einfach wäre, säßen wir nicht auf dieser Insel.«

Friedrich betrachtete mich eine Weile. Ich meinte, Bewunderung in seinem Ausdruck zu lesen.

»Die Schiffe sind für mich keine Option. Ich muss meinen Auftrag schneller erfüllen. Meine Wege mögen unsicher sein, aber ich fungiere nicht das erste Mal als Bote in feindlichem Gebiet. Und ich muss vor der Brückensprengung fort sein.«

Ich erhob mich, ging zu Elli und strich ihr über die Nüstern. Ich schmiegte meine Wange an ihren Hals. Meine Tränen benetzten ihr fuchsfarbenes Fell. »Du musst mir versprechen, dass du gut auf sie achtgibst.«

»Ich verspreche, dass ich alles tun werde, um sie zu schützen und am Leben zu erhalten.«

Ich schluckte und suchte Curts Blick. In seinen Augen las ich Zustimmung.

»Dann nimm sie.«

Elli schnaubte und stupste mich an. Ich schluchzte erstickt auf und wich zurück.

Friedrich erhob sich, er betrachtete Curt. »Wie geht es dir mit deiner Verwundung?«

Curt schien hin- und hergerissen. Schließlich sagte er die Wahrheit. »Es heilt gut.«

»Dann bring dein Mädchen in den Westen.«

»Wo ... wo kann ich mich melden, wenn wir ... wenn sie in Sicherheit ist?«

Über Friedrichs Lippen huschte ein bitteres Lächeln. »In Sicherheit ... Das gibt es nirgendwo. Entscheide selbst.«

Der Offizier näherte sich dem Pferd, sprach es leise an. Die gutmütige Stute reagierte positiv auf ihn.

Spontan fasste ich nach seinem Ärmel. »Wenn du diesen Krieg überleben solltest, wirst du Elli wirklich retten können?«

»Das hoffe ich.« Er löste meine Hand von seiner Uniform, drückte sie kurz. »Dann wird sie in Lüneburg sein, am Hof der Arndts. Man kennt dort meine Familie, frag einfach.«

Es war ein Funken Hoffnung, wahrscheinlich unbedeutend und nicht viel wert in diesen Tagen, aber in diesem Augenblick erleuchtete seine Antwort mein Herz. Ich reichte ihm den Rest des Futters.

»Warum ...?« Ich suchte nach den richtigen Worten, er wartete geduldig. »Warum hast du sie dir nicht einfach genommen? Wieso lässt du Curt ziehen?« Ich verstand seine Beweggründe nicht.

Abwechselnd schaute er uns an. In seinem Ausdruck konnte ich nicht lesen, seine Mimik wirkte ausdruckslos. Plötzlich blitzte etwas in seinen Augen auf, das mich tief berührte, denn seine tadellose Aufmachung täuschte.

»In diesem Krieg wird zu viel genommen.« Er senkte kurz die Lider, als spürte er, dass ich ihn durchschaute. Vielleicht konnte er seine Gefühle auch nicht mehr verbergen. »Ich habe all diese Grausamkeiten satt«, sagte er schließlich mit heiserer Stimme und wandte sich von mir ab.

»In Lüneburg«, wisperte ich Elli ins Ohr. »Da sehen wir uns wieder.«

Curt fuhr ihr ein letztes Mal über die Mähne, dann führte Friedrich Arndt sie hinaus.

Als ich sah, wie sie in der aufkommenden Dämmerung verschwand, erkannte ich, wie wichtig mir dieses treue Tier geworden war. Als ich auf die Knie fiel, fing Curt mich auf. Er nahm mich in den Arm, und ich weinte bitterlich um all das, was ich verloren hatte.

14

Wir liefen mit anderen Flüchtlingen durch den Wald in Richtung Misdroy. Der Schnee schmolz, es tropfte von den Bäumen, der Boden war völlig durchweicht. Jeder Schritt fühlte sich an, als kämpfte ich mich durch zähen Teer. Meine Gedanken weilten bei meiner Familie, die ich verloren hatte, und bei Elli. Diese Empfindungen lähmten mich.

Ein Donnerschlag, gefolgt von einem bedrohlichen Grollen, das mir in den Ohren dröhnte, ließ mich aufschreien. Der Boden erbebte unter den Erschütterungen. Wir blieben stehen, sahen hinter uns. Der Himmel färbte sich rötlich, als folgte uns die Hölle. Furcht flammte in mir auf, ich wollte fortrennen, aber Curt hielt mich zurück.

»Curt, wir müssen …«

Um uns herum brach Panik aus, die Menschen stürzten wie von Sinnen davon.

»Es sind nur die Brücken zum Festland, Johanna!«

Ich rang nach Luft, starrte ihn an. Es brauchte einen Augenblick, um seine Worte zu begreifen.

Wieder gab es eine Detonation, dieses Mal verhaltener und weiter entfernt. Ich zuckte zusammen, zwang mich aber, ruhig zu bleiben.

»Die Rote Armee steht vor den Toren der Insel«, sagte Curt und betrachtete vereinzelte Feuerfunken, die man zwischen den Baumwipfeln sehen konnte. »Vielleicht hält sie das eine Weile auf.«

Wieder donnerte es, doch es schien von der anderen Seite zu kommen, und der Knall erinnerte mich eher an Geschütze. Mein Herz klopfte so hart gegen meine Rippen, dass ich einen kurzen Schmerz empfand. »Kämpfen sie auch an der Küste?«, fragte ich ängstlich.

»Das hörte sich für mich an, als wäre die Flotte der Kriegsmarine vor Wollin.«

Auf dem Meer …

Dort sollte doch unsere Rettung sein!

»Komm, es wird alles gut, wir schaffen es nach Swinemünde. Da wird es noch Flüchtlingszüge geben, die dich nach Wolgast bringen.«

»Mich?« Erschrocken schaute ich zu ihm auf. »Und du?«

»Ich weiß nicht, ob sie mich als Soldat in solch einem Zug mitfahren lassen.«

»Du wirst hierbleiben … und kämpfen?«

»Wenn ich keine andere Wahl habe …«, entgegnete er leise.

Ich nickte, senkte den Kopf, damit er meine Tränen nicht sah. Schweigend gingen wir weiter. Entfernte Kampfgeräusche begleiteten uns.

Meine Stärke war verschwunden, aufgefressen von diesem Krieg. Wie ein Schatten meiner selbst, so kam ich mir vor. Ohne Curts Hand, die mich festhielt, mich führte, wäre ich verloren. Tief in mir erwachte der Wunsch, mich einfach hier in den Schlamm zu legen und zu sterben. Wofür lohnte es sich noch zu leben? Was hatte das alles noch für einen Sinn?

In dieser inneren Finsternis wirkte Curt wie ein Stern. Er war verdreckt wie ich, das blonde Haar sah vor Schmutz grau aus. Er stolperte immer wieder, weil auch seine Kräfte nachließen. Sein Bestreben, mich zu retten, erfüllte ihn trotzdem mit einer Stärke, die ihn nicht aufgeben ließ.

Hunger nagte an mir, unsere Vorräte waren aufgebraucht. Wie viel Zeit verging, konnte ich nicht mehr sagen, meine Sicht verschwamm immer wieder. Sich aufrecht zu halten und weiterzugehen wurde zu einem immerwährenden Kampf. Ich hörte ein leises Husten, das Geräusch unserer Schritte. Die Laute erreichten mich wie durch Watte. Ich stolperte … und fiel.

»Johanna!«

Curt fing mich auf, ich spürte, wie er mich festhielt. Unter mir fühlte ich eiskalten, nassen Boden, die Feuchtigkeit durchnässte meinen schon klammen Mantel völlig. Ein Zittern ergriff mich.

»Ich … kann nicht … mehr.«

Curts Iris leuchtete in einem strahlenden Blau. Ein seltsames Licht umhüllte ihn. Ich brauchte einen Moment, um zu begreifen, dass es Sonnenschein war.

Er griff unter mich, stöhnte leise auf und hob mich hoch. Meinen Kopf lehnte ich an seine Schulter. Ich dachte an seine Verwundung, dass er mich nicht tragen sollte, aber in seinen Armen fühlte ich mich sicher. Dunkelheit umfing mich.

*

Ein Ruck, der mir durch den Körper fuhr, ließ mich aufschrecken. Curt hielt mich fest umklammert, atmete schwer. Ich kämpfte darum, zu Sinnen zu kommen.

Er war auf die Knie gefallen, versuchte mich davor zu schützen, in den Schlamm zu fallen.

»Curt …«

Ich umfasste sein Gesicht, lehnte meine Stirn an seine. Mit dem linken Arm zog er mich nah zu sich, ich schlang meine Arme um ihn.

»Wir brauchen beide eine Pause.«

Seine Worte klangen in mir nach, ich stimmte ihm zu.

Wohin sollten wir gehen? Hier im Wald, mitten im Matsch, wäre kein guter Ort, um auszuruhen.

Schritte näherten sich, jemand hockte sich zu uns. Ich blickte in die Augen einer Fremden. Ihr graues Haar verbarg sich unter einer Wollmütze, nur einzelne Strähnen umspielten ihr hageres Gesicht.

»Da hab ich ja doch noch jemanden gefunden«, sagte sie mit einem Lächeln.

Ich verstand nicht. Curt sah sie misstrauisch an.

»Nicht weit von hier haben wir ein Restaurant. Wir helfen den Flüchtlingen.«

»Wo sind wir?«, fragte Curt.

»In der Nähe von Dargebanz. Und jetzt kommt. Ihr müsst ja völlig durchgefroren sein.«

Sie half uns auf, und wir folgten ihr mit unsicheren Schritten.

Ein erleuchtetes Gebäude kam in Sicht. Ausgehungert, wie ich war, erwachten meine Lebensgeister bei der Aussicht auf Essen.

*

Die Tage bei der hilfsbereiten Familie Gerlach behielt ich in angenehmer Erinnerung. Wir durften ausruhen, bekamen sogar einen kleinen abgetrennten Bereich mit einer Matratze. Obwohl nur die Zerstörung der Brücken die Rote Armee aufhielt, existierte an diesem Ort ein letzter Friede. Der Krieg hatte diese Atmosphäre noch nicht zerstören können. Es gelang mir, die Ereignisse ein wenig zu verdrängen, ich kam zur Ruhe. Die ersten beiden Tage bestanden fast nur aus Schlafen und Essen.

Am Morgen des dritten Tages weckte mich ein schabendes Geräusch. Ich blinzelte in die Morgensonne, die durch eine Luke fiel.

Curt bürstete seine Uniform, versuchte, sie von all dem vertrockneten Schlamm zu befreien.

»Guten Morgen«, sagte er mit einem Lächeln. »Deinen Rock habe ich schon ein bisschen sauber bekommen.«

Mein Augenmerk fiel auf das Kleidungsstück, das er an einen Haken gehängt hatte. Der Stoff war fleckig, starrte aber nicht mehr vor Schmutz, der Saum war endlich getrocknet.

Er legte die Sachen beiseite, nahm einen Teller von einem kleinen Tisch und reichte ihn mir.

»Von der alten Frau Gerlach. Brot mit Pflaumenmus. Sie sagte, du brauchst mal was Süßes.«

Abrupt richtete ich mich auf, griff mir den Teller und biss in das schon bestrichene Brot. Genussvoll schloss ich die Augen, seufzte leise. Es schmeckte so lecker!

Curt setzte seine Reinigung fort. Das Geräusch lullte mich ein, es erinnerte mich an zu Hause. Ich beobachtete ihn und bemerkte, dass seine Uniformjacke neben meinem Rock hing. Er bürstete seine Hose ab, saß nur im Hemd und langer Unterhose auf dem einzelnen Stuhl, den Agathe Gerlach, die Tochter, uns gegeben hatte.

Diese Situation wirkte sehr vertraut. Als wären wir Eheleute.

Das frisch gewaschene Haar fiel ihm immer wieder ins Auge,

und er strich die Strähne zurück. Am Tag zuvor hatten wir baden dürfen, und ich fühlte mich wie neugeboren. Ich erinnerte mich mit Behagen an die große Holzwanne mit warmem Wasser.

Ich aß auf, stellte den Teller ab und ging zu ihm. Als ich sanft über seine Wange strich, sah er auf.

»Du hast dich rasiert.«

»Ja, die Fusseln sind wieder ab.«

Meine Nähe schien ihn zu verunsichern. Ich hingegen knabberte an meiner Unterlippe und wünschte mir, er würde mich an sich ziehen, mich küssen. Aber er senkte den Kopf.

»Darf ich deine Wunde anschauen?«

Überrascht begegnete er meinem forschenden Blick. Ich sah ihm den Protest förmlich an, ignorierte seine Mimik jedoch. Als ich die ersten Knöpfe seines Hemdes öffnete, sagte er keinen Ton, ließ mich gewähren. Ich schob den Stoff von der rechten Schulter und entfernte die Verbände. Sanft strich ich über die Gänsehaut unter seinem Hals, fuhr mit der Fingerspitze sein Schlüsselbein nach.

»Es sieht gut aus, aber ich muss die Fäden ziehen, sonst wächst noch was ein. Ich frage Frau Gerlach, ob sie eine spitze Schere hat. Bleib einfach so sitzen, ja?«

»Mmh.«

Mir fiel auf, dass er beide Hände auf seine Körpermitte gelegt hatte. Ich verkniff mir ein Lächeln, ahnte, was er zu verbergen versuchte.

Ich schlüpfte rasch in meinen Rock und tapste ohne Schuhe in die Küche. Die Kälte des Steinbodens spürte ich durch die Strümpfe, und mich fröstelte es.

»Johanna, meine Liebe. Brauchst du etwas?«

Agathes Mutter stand am Herd und schaute mich an.

»Eine spitze Schere. Damit ich die Fäden von Curts Wunden entfernen kann.«

»Geh mal ins Nebenzimmer, du findest auf dem Tischchen einen Nähkorb. Da müsste eine drin sein.«

»Vielen Dank. Ach, und auch danke für das leckere Frühstück.«

Sie nickte lächelnd und wandte sich wieder dem Herd zu. Ich bewunderte sie für ihre Ruhe, vor allem für ihre Hilfsbereitschaft. Es mochte sein, dass die Wehrmacht die Familie unterstützte, um die Flüchtenden unterzubringen. Doch man musste auch bereit sein zu helfen.

Der Nebenraum entpuppte sich als Wohnzimmer. Den Nähkorb fand ich sofort, auch die Schere.

Auf dem Rückweg in unser kleines Zimmer sah ich, dass weitere Menschen hier Zuflucht suchten. Die meisten aßen nur etwas und zogen weiter. Es gab aber auch andere, die sich ein paar Tage ausruhten, so wie wir. Ich öffnete die schmale Tür und ging zurück zu Curt. Vor dem Krieg war dies hier wohl eine geräumige Abstellkammer gewesen. Nun stellte dieser Raum unsere Zuflucht dar.

Er hatte sich nicht gerührt, und ich widmete mich den Fäden. Ich wusste, dass das Entfernen ziepte, aber er verzog keine Miene, gab nicht einen Ton von sich. Prüfend strich ich über die frische Narbe, die sehr gut verheilte.

Ich legte die Schere beiseite und setzte mich auf seinen Schoß.

»Nimm die Hände fort!«

»Aber ich …«

Seinen Satz konnte er nicht vollenden, denn ich küsste ihn. Er umarmte mich, und ich kam ihm so nah wie noch nie zuvor. In diesem besonderen Moment wusste ich, dass ich ihn wirklich liebte und mein Leben mit ihm verbringen wollte.

»Johanna«, raunte er mir ins Ohr. »Ich liebe dich.«

Ich nahm sein Gesicht in beide Hände. »Verlass mich nicht in Swinemünde. Geh mit mir auf ein Schiff, das uns zusammen fortbringen wird. Bitte!« Ich streichelte durch sein Haar. »Ich liebe dich nämlich auch.«

»Ich … ich versuche, bei dir zu bleiben.«

»Nein, versprich es mir.«

Er zögerte nur kurz. »Ich verspreche es.«

Wieder berührten sich unsere Lippen, und dieser Kuss veränderte alles. Trotz seines Versprechens nagte die Angst an mir, ihn zu verlieren. Ich wollte ihm einfach nur noch nahe sein, vergessen, in welcher Situation wir waren, mich in ihm verlieren. An diesem Morgen liebten wir uns und schworen, uns niemals zu trennen.

*

Es war mittlerweile der 12. März, und ich fühlte, dass die friedvolle Zeit bei den Gerlachs ihrem Ende zuging. Ich legte meine Hand auf Curts bloße Brust und sah zu, wie sie sich mit jedem Atemzug hob und senkte. Noch nie zuvor hatte ich die Nähe eines anderen Menschen so sehr genossen. Ich fühlte mich ihm tief verbunden, schmiegte mich noch enger an ihn, legte meinen Kopf auf seine Schulter. Er zog mich an sich, sodass keinerlei Distanz mehr zwischen uns war. Ich spürte einen gehauchten Kuss auf meiner Stirn.

»Ich hätte niemals gedacht …« Seine Stimme geriet ins Stocken, als fände er nicht die richtigen Worte.

»Was denn?« Ich sah zu ihm auf.

Curt schaute zur Holzdecke, also wollte er mir noch ausweichen. Ein Lächeln huschte über sein Gesicht.

»Ich hätte nie gedacht, dass ich in diesem furchtbaren Krieg so jemanden wie dich finde.«

»Und wie bin ich?«, fragte ich und richtete mich auf, damit ich seinem Blick begegnen konnte.

»Das … das meine ich nicht.«

»Sondern?«

Endlich sah er mich direkt an. »Jemanden, den ich so liebe, dass alles andere völlig unwichtig wird.«

Seine Worte machten mich sprachlos. Ich brachte keine Antwort heraus, konnte mich nur vorbeugen und ihn küssen, um ihm zu zeigen, dass ich ähnlich empfand.

Er lächelte, als ich mich von ihm löste.

»Ich wünschte, wir könnten hierbleiben, uns vor dem Krieg verstecken und alles andere vergessen«, flüsterte ich. »Aber das ist nicht möglich, nicht wahr?«

Sein Lächeln erstarb. »Die Sprengung der Brücken hält die Russen eine Weile auf, aber nicht für lange. Früher oder später werden sie die gesamte Küste einnehmen. Wäre es nicht so, würde die Wehrmacht nicht dabei helfen, so viele Deutsche wie möglich fortzuschaffen.«

Wir hatten gehört, dass mittlerweile jedes verfügbare Schiff dazu diente, die Menschen über die Ostsee zu bringen, fort von der Roten Armee. Auch wir mussten aufbrechen, diesen Ort hinter uns lassen. Aber bisher hatte ich mich geweigert, auch nur einen Schritt weiterzugehen. Mein Körper war an seine Grenzen gekommen. Nun holte uns die Realität wieder ein. Weiteres Zögern konnte uns in eine verheerende Situation bringen. Wir würden festsitzen.

»Brechen wir heute auf?«, fragte ich leise.

»Sag du es mir.«

»*Du* hast mit den Soldaten gesprochen.«

»Ja …«, antwortete er mit einem Seufzen.

Um bei mir bleiben zu können, hatte er sein Schauspiel, noch verletzt zu sein, aufrechterhalten. Man hatte ihm erlaubt, mich zu begleiten, um ein Lazarett aufzusuchen. Ich sah ihm an, dass die Schuldgefühle an ihm nagten. Er richtete sich auf, fuhr sich fahrig durchs Gesicht.

»Curt, auch andere Soldaten begleiten die Schiffe.«

Zuerst rührte er sich nicht, dann nickte er und stand auf.

Wir hatten erfahren, dass sich ein kleiner Trupp unter einem General namens Tettau bis zu uns durchgekämpft hatte und nun alles tat, um die flüchtenden Menschen zu retten.

Ein leiser Donner ließ ihn innehalten. Ich richtete mich auf, suchte seinen Blick, der plötzlich voller Sorge war, obwohl wir öfter Kriegsgeräusche hörten. Rasch zog sich Curt Hose und Hemd an und ging hinaus. Ich wickelte mich in die Decke und folgte ihm. Er stand am Fenster und blickte in Richtung Küste. Wieder ertönte das beängstigende Geräusch der Kanonen. Der Gedanke ließ mich erstarren: Nein, das waren keine Kanonenschüsse, das waren … Fliegerbomben.

»Es kommt von der Küste«, sagte Curt mit heiserer Stimme.

Die Sirenen von Swinemünde heulten auf. Meine aufflammende Panik wollte mich schier verbrennen. Die Bomber kamen vom Meer? Nein, das durfte nicht sein! Dort waren doch nur flüchtende Menschen!

Ich musste wieder an Gerda denken, an den Angriff auf den Flüchtlingstreck.

Unter Tränen schlüpfte ich in meine Sachen, Curt hatte sich derweil längst seine Uniformjacke übergestreift und packte unsere Sachen in einen Sack.

Agathe stand in der Tür, sah uns mit bleichem Gesicht an. »Die Amerikaner … Sie greifen die Küste an … und die Schiffe!« Mit zittriger Hand gab sie mir einen Leinenbeutel. Ich roch Brot und Käse.

Es würde nicht mehr viele Schiffe geben, wenn die Jagdbomber mit ihnen fertig waren. Und der Weg nach Swinemünde zu den Flüchtlingszügen blieb uns anscheinend jetzt auch verwehrt.

Wir rannten durch den Wald nach Misdroy. Andere folgten unserem Beispiel, und ich fühlte mich wie bei einer Hetzjagd. Der Weg erschien mir endlos, immer wieder hörten wir explodierende Bomben. Von Weitem drangen Schreie zu uns.

Im Hafen drängten sich die Menschen zusammen. Sie hasteten zu den rettenden Schiffen, obwohl diese ebenfalls bombardiert wurden.

Curt zog mich auf eine niedrige Mauer, um eine bessere Übersicht zu haben. Ein großer Dampfer war getroffen worden und hatte Schlagseite. Feuer loderte vom Heck auf, Qualm verdunkelte den Himmel. Panisch versuchten die Menschen, von dem Schiff zu entkommen. Ich sah, wie einige Soldaten die Frauen und Kinder in ein U-Boot steigen ließen, an das wir nicht herankommen konnten, weil einfach zu viele Menschen dazwischenstanden.

Curt packte mich an der Hand, half mir von der Mauer, und zog mich fort von dem Geschehen.

»Wo willst du hin?«

»Vertrau mir, hier werden wir keine Hilfe finden.«

Wir kämpften uns durch die Menschenmenge und rannten in die entgegengesetzte Richtung. Wir folgten zwei Männern und kamen in das Gebiet, wo man Fische verarbeitete. Der Geruch danach war unverkennbar.

»Was hast du vor?«

»Du siehst es gleich … hoffentlich.«

Meine Lungen brannten, und ich stolperte hinter Curt her, der mich gnadenlos mit sich zerrte. Ein Schreck fuhr mir in die Glieder, als ein amerikanischer Jagdbomber über uns hinwegflog. Sein Geschoss traf die Küste bei Swinemünde. Die Erde bebte leicht. Ich klammerte mich verzweifelt an Curt, der abrupt stehen blieb.

Außer Atem schaute ich fassungslos auf einen Fischkutter, auf den die zwei Männer stiegen.

»Komm!«

Die Fremden sahen uns argwöhnisch an und hielten nicht in ihrem Tun inne, sondern wickelten in aller Eile die Taue von den Pfosten, an denen man die Schiffe befestigen konnte.

»Bitte«, sagte Curt mit flehender Stimme. »Bringt sie in Sicherheit.«

Der eine Mann nickte und half mir an Bord des kleinen Kutters. Da erst begriff ich, was Curt gesagt hatte.

»Du hast mir versprochen …«

»Ich muss helfen, Johanna!«, fiel mir Curt ins Wort.

»Nein! Ich gehe nicht ohne dich.«

Curt sah einen der Fischer an und schüttelte den Kopf. Er hielt mich fest, verhinderte, dass ich wieder von Bord ging. »Mädchen, bleib hier, sonst ist es für dich zu Ende.«

»Curt!«

»Ich finde dich!«, rief er mir zu.

Ich schluchzte laut auf und streckte die Hände nach ihm aus, aber der Kutter legte ohne ihn ab.

Andere Menschen kamen nun in Curts Richtung, sie mussten uns gefolgt sein. Curt wandte sich ihnen zu, redete mit ihnen. Meine Hände klammerten sich an die Reling. Am liebsten wäre ich ins Meer gesprungen, um zu ihm zurückzuschwimmen. Den Bomber, der sich näherte, nahm ich nur vage wahr.

»Dreh bei!«, brüllte einer der Fischer, und das Schiff machte einen Bogen und fuhr aufs Meer.

Wie in Zeitlupe sah ich die Fliegerbombe fallen.

»Nein …« Ich sah fassungslos zu Curt, der den Angriff ebenso gewahrte. »Nein!«

Die Bombe schlug hinter ihm in die Lagerhäuser ein. Ich sah noch, wie er jemanden mit seinem Körper schützte. Splitter flogen umher, alles hüllte sich in Rauch.

»Curt … oh Gott, bitte nicht!«

Eine Windbö streifte den Kutter, wehte mir das Haar straff nach hinten. Das Schiff neigte sich etwas zur Seite. Wieder hörte ich das Grollen eines Flugzeugs.

Am Ufer lichtete sich der Qualm, ich sah mehrere Gestalten, aber ihnen blieb nur das Meer, die zerstörten Lagerhallen versperrten jeden anderen Weg. Lebte Curt noch?

Ich drehte mich zu den Fischern um. »Wir müssen zurück! Bitte!«

Einer der Männer kam zu mir, fasste mich unsanft am Oberarm. »Hör mal, Mädchen, ich verstehe ja, dass dir dieser Soldat was bedeutet hat, aber wir müssen hier weg!«

Ich schaute wieder zum Hafen. Zwei sprangen ins Wasser. Nein, drei. Jemand schien ein Kind zu halten. Das sah auch der alte Fischer, der mich immer noch festhielt. Er fluchte leise, rang sichtlich mit sich. Seine Faust schlug auf die Reling.

»Paul, fahr zurück.«

»Bist du wahnsinnig, Vater?«

»Fahr zurück!«

Mit einem Grummeln drehte er das Steuerrad, und ich musste mich festhalten, um nicht hinzufallen, weil der Kutter so stark beidrehte. Wir fuhren zurück, und ich erkannte, dass Curt der Mann war, der das Kind über Wasser hielt. Mich durchströmte Erleichterung, ich schluchzte leise, als der Fischer eine alte Strickleiter herunterließ und Curt die erste Sprosse bestieg, um dem Alten das Kind hochzureichen.

Er ließ noch eine Frau vor und kam dann selbst mühsam hinauf. Ich fiel ihm in die Arme, es war mir völlig egal, wie durchnässt er war. Seine Uniformjacke war fort, er musste sie wegen des Sogs im Wasser ausgezogen haben.

Da sah ich das Blut an seinem Hosenbein.

»Du bist verletzt«, flüsterte ich.

Alles wurde unwichtig, als eine Fähre voller Menschen torpediert wurde. Die Explosion zerriss das Schiff.

»Russische U-Boote«, brachte Curt nur hervor.

Der alte Fischer wandte sich an seinen Sohn. »Bleib nah am Hafen, Paul, wir nehmen den Kurs …«

»Nein«, sagte Curt. »Ihr Ziel ist Swinemünde.«

»Aber auf dem Meer warten die Torpedos, und die scheiß Bomber sehe ich wenigstens«, blaffte der Alte.

Curt schwieg.

Wir wagten es, nahe an Swinemünde vorbeizufahren. Das Hafenstädtchen versank in Schutt und Asche. Ich konnte nur entsetzt auf das Geschehen blicken. Alles fühlte sich an wie ein furchtbarer Albtraum.

Ich fiel neben Curt auf die Knie und sah auf die Frau, die leise schluchzend das Kind in den Armen hielt. Der Junge klammerte sich stumm an sie.

Ich nahm Curts Gesicht in meine Hände, versuchte, alles um mich herum zu verdrängen. »Woher wusstest du, dass diese Männer einen Kutter haben?«

»Ein Krieg verschlingt Lebensmittel, und ich wusste, dass die Fischerei hier an der Ostsee nie eingestellt worden war.« Er lachte leise, ein bitterer Laut. »Die Männer sahen genauso aus, wie ich mir Fischer vorgestellt habe. Und ich hoffte einfach, dass sie irgendwo ein Boot versteckt haben.«

Paul grunzte und schüttelte den Kopf. »Wir sehen also aus wie Fischer, was?«

»Ja, allerdings«, sagte Curt und verzog das Gesicht, als er sich in eine bequemere Position setzte.

»Bald haben wir die Ostsee leer gefischt«, sagte Pauls Vater mit nachdenklichem Ausdruck. »Es gibt kaum noch Dorsche. Aber wie du schon sagst – ein Krieg braucht Lebensmittel.«

Ich sah, dass Curt Schmerzen hatte. »Lass mich dein Bein ansehen.«

Er hielt meine Hand fest. »Später. Erst müssen wir in Sicherheit sein.«

Wir …

»Du wolltest dein Versprechen … nie einhalten, oder?«

»Doch. Aber dann hab ich gesehen, wie wenige Soldaten es waren, die versuchten, Herr der Lage zu werden. Ich … ich konnte sie nicht einfach zurücklassen.«

Ich legte ihm sanft meinen Zeigefinger auf die Lippen. »Ist schon gut, ich verstehe.«

Ich küsste ihn. »Ich bin so froh, dass du jetzt hier bist«, flüsterte ich.

Er zitterte in meiner Umarmung.

Die Fremde mit dem Kind streckte ihre Hand aus, berührte Curt sacht am Arm. »Ich danke Ihnen. Vielen Dank.«

Curt nickte nur, sah zurück auf die Insel Wollin, und ich las wieder die Schuldgefühle in seinem Gesichtsausdruck. Er mochte sich nicht diesem wahnsinnigen Krieg verpflichtet fühlen, wohl aber den Soldaten, die in ihm kämpfen mussten.

Noch immer bombardierten die Flugzeuge Swinemünde. Zwei weitere Schiffe sanken unter den Torpedos der russischen Marine.

Ich begriff dieses Vorgehen nicht. Hier wurden Zivilisten beschossen, als wollte man die Deutschen ausradieren, weil man an den Führer selbst nicht herankam.

Ich starrte auf die ruhige Ostsee, um die grausamen Szenen, die sich dort abspielten, zu verdrängen. Auf dem Wasser schwammen Eisschollen, die mich erahnen ließen, wie furchtbar kalt das Meer noch war. Doch die Schreie und die Explosionen konnte ich nicht einmal ausblenden, als ich mir die Ohren zuhielt. Ich hörte das Blut in meinen Ohren rauschen, mir knickten die Beine weg. Jemand fing mich auf, ich spürte, wie mich starke Arme umfassten, roch den vertrauten Duft meines Geliebten.

Ich hörte die nahen Motoren eines größeren Schiffes, Stimmengewirr erreichte mich. Als ich den Blick hob, schaute ich auf ein Transportschiff, das ähnlich wie wir versuchte, nahe der Küste zu entkommen. Mich erfasste ein ungutes Gefühl. Der Fischkutter war so unbedeutend, dass der Feind ihn wahrscheinlich nicht einmal wahrgenommen hatte. In der Nähe des großen Schiffes, dessen Bugwellen unseren Kutter schwanken ließen, könnte sich das ändern. Die Männer versuchten beizudrehen.

Ein seltsames Geräusch ertönte, als würde etwas durch das Wasser zischen.

Curt brüllte den Fischern etwas zu und zog mich in eine liegende Position. Ein lautes Splittern ertönte, gemischt mit einem Knarzen, als würde etwas langsam auseinanderbrechen. Schreie gellten mir in den Ohren. Ich verspürte einen kräftigen Stoß, der den Kutter ausbrechen ließ. Paul schrie seinem Vater etwas zu, das ich nicht verstehen konnte, da sich das Schiff zur Seite neigte, sodass wir gegen die hölzerne Wand gepresst wurden. Mich traf ein Schwall Wasser.

Alles versank in Chaos.

Ich klammerte mich irgendwo fest. Die Frau neben mir schrie, das Kind schlitterte mit weit aufgerissenen Augen an mir vorbei, prallte gegen das Heck.

»Halt dich fest!«, rief ich dem Jungen zu, doch er fand keinen Halt.

Auf allen vieren folgte ich ihm, dann sah ich Curt, der den Kleinen an der Hand zu packen bekam und verhinderte, dass er über Bord ging. Das Kind schrie auf, ich wusste nicht, warum.

Mühsam richtete ich mich auf, hielt mich an der Reling fest. Wir entfernten uns von dem Transportschiff, das nun hinter uns versank, weil es von einem Torpedo getroffen worden war.

Mit Schrecken sah ich, dass sich im Rumpf unseres Kutters ein Riss aufgetan hatte. Ich wollte es Paul sagen, dann sah ich, dass sich sein Vater in den Frachtraum begab, um den Schaden abzudichten.

Aber wie weit würden wir mit einem beschädigten Boot kommen?

15

Berlin, August 2018
Als ihre Urgroßmutter schwieg, blinzelte Emilia verwirrt.

»Oma Hanna? Brauchst du etwas zu trinken?«

Johanna starrte in die Ferne, ihr Gesicht war auf einmal sehr blass geworden. Schweiß stand auf ihrer Stirn, den Emilia nicht bemerkt hatte, weil sie so vertieft in die Erzählung gewesen war.

»Wir mussten immer wieder Wasser aus dem Kutter schöpfen, weil ... weil der Riss ... Er war nicht abzudichten. Nicht auf dem Meer. Curt zitterte mittlerweile wie Espenlaub, auch die Frau und das Kind schlotterten vor Kälte. Ich glaube, Curt hatte dem Jungen aus Versehen die Hand gebrochen.« Sie suchte Emilias Blick. »Als er ihn festgehalten hat, damit ... damit er nicht ... ins Wasser fällt.«

Ihr Atem kam schwerer, ihre Stimme versagte.

In Emilia läuteten alle Alarmglocken. »Oma, leg dich hin.«

»Aber ich muss ... es dir doch zu Ende erzählen.«

»Das kannst du, aber später. Bitte, leg dich auf die Couch, ja?«

Emilia half ihr dabei, befühlte ihren Puls. Johanna gab ein leises Wimmern von sich, sie schloss die Augen.

»Ich glaube, ... mir geht es wirklich ... nicht gut«, flüsterte sie mit heiserer Stimme.

Mit Schrecken merkte Emilia, dass ihre Urgroßmutter einer Ohnmacht nahe war.

»Oma? Bleib wach, ja?«

Ihre Lider flatterten. »Ich ... kann ... nicht.«

Es war, als stähle ihr jemand das Bewusstsein. Für einen Augenblick fühlte sich Emilia völlig machtlos. Dann griff sie nach dem Telefon und wählte den Notruf.

Nach kurzer Zeit war der Krankenwagen vor Ort. Emilia erzählte, was geschehen war. Sie konnte nur zusehen, wie Johanna untersucht und anschließend ins Krankenhaus gebracht wurde.

Plötzlich erschien ihr die Wohnung leer und kalt. Sie wollte sofort hinterherfahren, ohne zu zögern, doch die Vernunft ließ sie durchatmen. Wenn die Gefühle mit ihr durchgingen, half sie ihrer Urgroßmutter nicht, hier ging es um viel mehr. Johanna hatte vor einiger Zeit deutlich gemacht, was sie von gewissen Behandlungen in ihrem Alter hielt, und hatte dies auch mit ihrer Hilfe schriftlich festgelegt. Diese Dokumente musste Emilia mitnehmen, wenn sie den Willen ihrer Urgroßmutter respektieren wollte. Sie wusste, wo die Unterlagen aufbewahrt wurden, hatte sie selbst abgeheftet, in dem Glauben, sie lägen dort noch die nächsten Jahre.

Sie fuhr zum Krankenhaus, meldete sich dort am Empfang und setzte sich in den Warteraum. Schuldgefühle plagten sie. Niemals hätte sie zulassen dürfen, dass sich Johanna derart überanstrengte. Aber es schien dieser so ungeheuer wichtig zu sein, dass endlich jemand die Wahrheit erfuhr. Wie hätte Emilia ihr das verweigern können?

»Frau Arndt?«

Sie zuckte zusammen, als der Arzt sie aus ihren Gedanken riss. Sie stand auf und reichte ihm die Hand.

»Guten Tag, Dr. Wiekhoff. Ist es wieder das Herz?«

»Ja, ich habe sie in die Kardiologie verlegen lassen. In ihrem derzeitigen Zustand wäre eine Narkose zu viel für sie, aber wenn sich ihr Befinden bessert, könnte man einen Ballon-Katheder …«

Emilia schüttelte leicht den Kopf, fühlte sich wie betäubt. »Sie hat eine sehr ausführliche Patientenverfügung und lehnt solche Operationen ab.« Emilia griff in ihre Tasche und reichte dem Arzt das Dokument.

»Ich verstehe.« Dr. Wiekhoff atmete mit einem leisen Seufzen aus. »Haben Sie die Vorsorgevollmacht für Ihre Urgroßmutter?«

»Ja. Ich bin froh, dass Sie der behandelnde Arzt sind. Sie mag Sie sehr.«

»Das muss an meinem guten Aussehen liegen«, sagte er und grinste. In seiner Kitteltasche piepte es, und er sah kurz auf das kleine Gerät, das ihn zu Patienten rief. »Bitte entschuldigen Sie.«

Emilia sah ihm mit einem traurigen Lächeln nach.

Sie ging zum Aufzug und fuhr hinauf in die Kardiologie. Dort fragte sie im Schwesternzimmer, wohin man ihre Urgroßmutter gebracht hatte. Nur wenig später stand sie vor der Tür und verharrte unentschlossen. Wie lange würde diese wunderbare Frau noch an ihrer Seite sein?

Emilia presste die Lippen aufeinander und blinzelte, um aufkommende Tränen zu unterdrücken. Mit einem tiefen Atemzug klopfte sie und öffnete die Tür.

Johanna schaute ihr mit einem Lächeln entgegen. Sie hatte eine Sauerstoffbrille bekommen, ein Pulsmessgerät steckte an ihrem Zeigefinger. An ihrem Arm befand sich eine Blutdruckmanschette, wahrscheinlich von einem Langzeit-EKG. Eine Zimmernachbarin hatte sie nicht.

Sie klopfte auf ihre Bettkante. »Komm zu mir, Lia.«

Emilia setzte sich zu ihr und nahm ihre Hand. Verstohlen wischte sie sich über die Augen.

»Liebes, mir bleibt nicht mehr so viel Zeit. Aber ich möchte dir meine Geschichte noch zu Ende erzählen. Ich glaube, es ist sehr wichtig für dich, zu verstehen, dass man die richtigen Entscheidungen treffen muss.«

»Ich verstehe nicht.«

»Du weißt, dass ich Curt am Ende verloren habe, sonst hätte ich Friedrich nicht geheiratet.«

Auf einmal begriff Emilia die Zusammenhänge. »Uropa war der Soldat, der Elli mitgenommen hat! Aber wie …?«

»Ich möchte es dir zu Ende erzählen, denn ich glaube, dass Curt noch lebt. Ich …« Sie schluckte. Das erste Mal schimmerten Tränen in ihren Augen. Johanna wandte den Kopf zum Fenster.

»Er ist nicht umgekommen?«

»Nein, ich habe ihn anders verloren, und er hat mich Jahre später wiedergefunden. Aber … da war es längst zu spät.«

Verwirrt schüttelte Emilia den Kopf.

Johanna richtete sich etwas auf. »Du wirst es am Ende verstehen.« Ihr Blick schien sich wieder in die Vergangenheit zu richten. »Wir strandeten schließlich in Greifswald …«

»Oma, du solltest dich wirklich erst mal ausruhen.«

»Nein! Ich werde noch lange genug … schlafen.« Sie sagte das letzte Wort spöttisch, mit einem verschmitzten Lächeln. »Oder willst du, dass ich dich als Geist verfolge? Dann suche ich dich womöglich jede Nacht heim.«

»Ach, Oma.«

Johanna lachte leise.

»Bevor ich dir die Geschichte zu Ende erzähle, musst du mir eines versprechen.«

Emilia nickte.

»Du musst Curt finden und ihm einen Brief von mir geben, den ich vor sechzig Jahren geschrieben, aber niemals abgeschickt habe. Wirst du das für mich tun?«

»Natürlich, ich werde versuchen, ihn zu finden.«

»Nach Friedrichs Tod bin ich nach Berlin gezogen, weil ich hoffte, dass Curt vielleicht zu seinen Wurzeln zurückgefunden hatte.«

»Du hast versucht, ihn ausfindig zu machen?«

»Ja, aber er war nicht mehr in Berlin. Ich glaube, er ist nach Schweden gegangen.«

»Zur Familie seiner Mutter?«

Johanna nickte mit betrübtem Ausdruck. »Das ist jetzt auch schon wieder zwanzig Jahre her. Und ich habe mich nie getraut, in den Norden zu reisen. Ich war doch schon alt und …« Sie schluchzte leise. »Ich konnte seinen genauen Aufenthaltsort nicht herausfinden.«

»Wo hat die Familie seiner Mutter gelebt?«

»In Halmstad, in Südschweden. Aber da wusste niemand etwas über einen Mann namens Ehlert, und den Mädchennamen seiner Mutter kenne ich nicht.«

»Ich verspreche dir, dass ich ihn finden werde, wenn er noch lebt.«

»Danke«, flüsterte Johanna, und eine Träne sickerte ins Kopfkissen.

Sie nahm mit Emilias Hilfe einen Schluck Wasser, schöpfte Atem und schien für einen Moment weit weg zu sein, bevor sie fortfuhr.

»Wir sind wie gesagt in Greifswald gestrandet. Curts Bein musste versorgt werden, denn beim Aufschlag der Fliegerbombe, die die

Hafenlager zerstört hatte, war er verletzt worden. Nicht lebensgefährlich, aber er konnte nicht mehr gut laufen. Deshalb suchten wir am Ende doch ein Lazarett auf. In Greifswald spürte man den Krieg noch nicht so sehr. Er lauerte vor den Toren, die Anspannung war spürbar, doch es dauerte noch einige Wochen, bis die Kämpfe in unsere Nähe kamen. Mich quartierte man bei Fremden ein, die gezwungen wurden, die Flüchtlinge aus dem Osten aufzunehmen. Niemand durfte arbeitslos sein, jeder musste auf irgendeine Art helfen. Ich entschied mich dafür, meinen Dienst im Lazarett zu leisten, um in Curts Nähe zu sein.«

Johannas Worte katapultierten Emilia wieder gedanklich zurück in die Wirren des Zweiten Weltkriegs …

16

Greifswald, 14. März 1945
Ich saß auf meinem behelfsmäßigen Bett und stopfte einige Löcher in meinen Strümpfen. Ein Mädchen weinte, ich hörte flüsternde Stimmen, der Regen prasselte auf das Dach, das an einer Stelle undicht war.

Ich durfte auf dem Grund der Familie Baugatz wohnen, hatte einen kleinen Bereich in einem umgebauten Stall und lebte dort mit anderen Flüchtlingen. Niemanden von ihnen hatte ich je zuvor gesehen. Die Hoffnung, jemand Bekanntes aus der Heimat zu treffen, hatte sich zerschlagen. Die Greifswalder nannten uns *die aus dem Osten.* Sie trauten uns nicht. Woher ihre Abneigung stammte, konnte ich nicht sagen. Vielleicht fürchteten sie, wir könnten noch vor den Russen ihre schöne Stadt übernehmen. Ich lachte leise über diesen Gedanken, konnte jedoch die Bitterkeit in mir nicht gänzlich verdrängen.

Immer wieder fragte ich mich, ob Waltraud, Magda und Lieschen es ebenso geschafft hatten, dem Krieg zu entkommen. Ich dachte an Magdas leckeres Brot, das man schon von Weitem aus der Bäckerei hatte riechen können. Wehmut überkam mich.

Ich vermisste Curt. Ohne ihn fühlte sich alles seltsam an, es war, als fehlte mir ein Teil meiner selbst. Erleichterung durchströmte mich, als ich daran dachte, sehr bald in seiner Nähe sein zu dürfen. Denn meine Arbeit im Lazarett begann.

Curt war wegen seiner Knieverletzung dort geblieben. Er hatte den Arzt um eine Stelle für mich gebeten und mich als seine Schwester ausgegeben. Wahrscheinlich ahnte Dr. Hartwik, dass wir ihm ein Märchen auftischten, aber er hatte eingewilligt, weil er dringend Hilfskräfte benötigte.

Das kleine Mädchen weinte immer noch, das ließ mir keine Ruhe. Ich zog mir die geflickten Strümpfe über, befestigte sie an dem

Strumpfhalter und zupfte mir den Rock wieder zurecht. Rasch schlüpfte ich in meine Stiefel. Ich schob den fadenscheinigen Vorhang zur Seite und lugte in die anderen Bereiche. Nur wenige Menschen hielten sich dort auf, die anderen gingen wohl irgendwelchen Beschäftigungen nach. Die meisten zwang man zur Arbeit.

Niemand kümmerte sich um das Schluchzen. Die Menschen, die noch vor Ort waren, ignorierten es. Eine alte Frau, die apathisch auf einem Stuhl saß. Ein Junge, der einen Fuß verloren hatte und mit einer Krücke durch den Raum humpelte. Ein Mädchen, das mir nur einen kurzen Blick zuwarf und dann hinausging.

Ich folgte den Geräuschen, die nun zu einem Wimmern abebbten. Das vielleicht sechsjährige Mädchen saß auf dem verdreckten Boden. Die Kleine hielt eine Stoffpuppe in ihren Armen, sonst war niemand bei ihr. Wieder schluchzte sie, und ich kniete mich zu ihr. Sie starrte vor Schmutz, auf ihrem Pullover waren Blutspuren, an der Stirn hatte sie eine verkrustete Wunde.

»Was ist denn passiert?«

Sie schaute mich mit dunklen Augen an, hickste leise, antwortete aber nicht.

»Bist du ganz allein?«

Sie schien zu überlegen, als wüsste sie es nicht genau. Schließlich nickte sie.

»Wo ist denn deine Mama?«

Weitere Tränen quollen hervor, sie schwieg.

»Sie ist allein«, sagte der Junge, der nun näher kam. Er kämpfte kurz mit der Krücke, schwankte, fing sich wieder und schaute nun ausdruckslos auf das Kind.

»Wo ist ihre Familie?«

»Keine Ahnung, sie ist mit einem der Trecks gekommen, wie ich.«

Unauffällig sah ich auf den Stumpf am Knöchel, der noch dick verbunden war. Schmerzen zeigte der Junge nicht. Er wirkte unglaublich gefasst und erwachsen. Ich zwang mich, den Blick von ihm zu lösen, und streichelte dem Mädchen tröstend über den Rücken.

»Du kannst mich ruhig fragen, wie ich den Fuß verloren hab«, sagte er ruhig. »Das willst du doch wissen, oder?«

Ich antwortete nicht, schaute ihm in die Augen, die in dem Dämmerlicht des umfunktionierten Stalls dunkelgrau wirkten.

»Ich hab gedacht, der Krieg ist 'ne gute Sache, ich wollt helfen und hab mich mit fünfzehn freiwillig gemeldet.«

»Mit fünfzehn?«

Er zuckte mit den Schultern. »Ich hab gesagt, dass ich älter bin, und die haben nicht nachgefragt. Seit zwei Jahren nehmen die jeden, den sie kriegen können. Ich hab 'ne kurze Ausbildung bekommen, und dann ging's los.« Er zeigte auf seinen Stumpf. »Von der Kälte hab ich 'nen ganz schwarzen Fuß gekriegt, hab's gar nicht gemerkt, war alles taub. Im Lazarett konnten sie mir den dann nur noch abschneiden. Am anderen Fuß fehlen nur zwei Zehen.«

Johanna erinnerte sich daran, dass auch Curt Probleme mit seinem Schuhwerk gehabt und sich schließlich die Stiefel eines gefallenen Russen genommen hatte. Sie wollte dem Jungen sagen, dass es ihr leidtue, aber ihr fielen keine passenden Worte ein. Deshalb wechselte sie das Thema.

»Und du bist mit einem Treck hierhergekommen?«

»Eine der Krankenschwestern meinte es gut. Als die Lage brenzlig wurde, hat sie mich mitgenommen.« Er zeigte auf das Mädchen. »Sie haben wir unterwegs aufgegabelt.«

»Wie heißt sie?«

»Weiß ich nicht, sie redet nicht.«

Ich streichelte über ihren Kopf. »Ist deine Mama im Himmel?«

Die Erwähnung ihrer Mutter ließ sie zusammenzucken. Ihr Blick sagte mir, dass in ihrer Vorstellung kein Himmel mehr existierte, nur Krieg und Leid. Ich wollte sie in den Arm nehmen, aber sie wehrte sich dagegen. Stattdessen hielt sie mir ihre Puppe hin, zeigte mir den Arm, der halb abgerissen war.

»Ich flicke es, in Ordnung?«

Sie atmete tief durch, nickte und reichte mir das Spielzeug. Die Kirchturmglocke läutete, und ich musste mich beeilen. Am ersten Tag sollte ich mich wirklich nicht verspäten, aber mir blutete das Herz beim Anblick des Kindes.

So schnell ich konnte, nähte ich den Arm wieder an. Sie riss mir danach die Puppe fast aus der Hand und presste sie an ihre Brust. Sanft wiegte sie sich hin und her. Nun weinte sie nicht mehr.

»Kümmer dich um sie, ja?«, sagte ich zu dem Jungen.

»Mach ich doch schon die ganze Zeit, aber nähen kann ich nicht. Und wenn sie heult, kann keiner sie trösten, hab ich versucht. Also warte ich, bis es vorbei ist.«

Ich seufzte und legte ihm kurz meine Hand auf den Unterarm. »Habt ihr genug zu essen?«

»Ja, Frau Baugatz hat uns was gebracht.«

»Gut. Ich muss nämlich jetzt zur Arbeit. Wir sehen uns bestimmt heute Abend.«

»Ja, bis dann.«

Er wandte sich ab und humpelte wieder mit seiner Krücke durch den Stall, als trainierte er, mit einem Bein zu laufen.

Ich verließ sie und eilte durch die Straßen.

*

Greifswald war eine schöne alte Stadt. An vielen Häusern fanden sich Stufengiebel und verzierte Erker. Die außergewöhnlichen Gebäude dienten mir als Wegweiser, und so fand ich ohne Probleme das Lazarettgebäude.

Als ich durch den Vorraum ging und eintrat, schlug mir ein unangenehmer Geruch entgegen – ein Gemisch aus Desinfektionsmitteln, Schweiß und etwas Undefinierbarem. Ich atmete flacher und hoffte inständig, dass ich mich daran gewöhnen würde.

Im Eingang verharrte ich, schaute mich um, und fühlte mich im ersten Moment wie gelähmt. So viele Verwundete …

Sie stöhnten vor Schmerz. Einer rief um Hilfe, seine Stimme klang verzweifelt. Dr. Hartwik lief an den Betten vorbei und blieb bei dem Mann stehen. Er hob die Bettdecke an und untersuchte den Soldaten, sprach mit ihm. Dann nahm er die Schwester, die ihn beobachtete, kurz zur Seite und schüttelte fast unmerklich den Kopf. Sie schien sofort zu verstehen.

Dr. Hartwik entdeckte mich, winkte mich zu sich.

»Bringen Sie den Soldaten mit Schwester Agnes zu den aussichtslosen Fällen«, flüsterte er ohne eine Begrüßung.

Seine Worte ließen mein Herz schmerzhaft gegen meine Brust schlagen. Erschüttert starrte ich ihn an. Er schubste mich sanft in die Richtung und widmete sich bereits einem anderen Patienten.

Agnes gab mir mit einem kurzen Wink zu verstehen, dass ich zu ihr kommen solle. Ich folgte ihrer Anweisung. Sie packte mich hart am Oberarm.

»Lass es dir nicht anmerken!«, zischte sie mir zu.

Ich lächelte dem Verwundeten zu, als ich die Trage am Fußende ergriff und mit Agnes durch den Raum schob. Der Soldat schluchzte, Blut sickerte am Bauchbereich durch das Laken.

Wir kamen in einen Raum, der mich erschüttert innehalten ließ, denn ich hatte Dr. Hartwiks Worte nicht vergessen. All diese Männer waren dem Tod geweiht. Ihre Verletzungen waren zu schwer.

»Schwester Erna kümmert sich um Sie«, sagte Agnes sanft zu dem Mann und zog mich mit sich.

Draußen musste ich mich erst einmal sammeln. »Ist die Front doch so nah?«, fragte ich und musste meine Angst zügeln.

Agnes schüttelte den Kopf. »Der Lazarettzug ist vorhin eingetroffen. Wo die Front gerade ist, weiß ich nicht.« Sie atmete tief durch. »Du bist neu, also erkläre ich dir schnell alles. Erna ist nur für die aussichtslosen Fälle da, sie hilft den Soldaten, so gut wie sie kann. Wir unterstehen Dr. Hartwik, er ist der Oberarzt. Den Oberstabsarzt wirst du kaum sehen, der ist selten hier. Aber hüte dich vor Leutnant Eliott, er ist der Assistenzarzt hier. Ein Schürzenjäger und ziemlich inkompetent.« Agnes schnaubte leise. »In unserer Schicht ist noch Schwester Dorothee.« Agnes senkte die Stimme. »Sie ist eine alte Hexe, aber sie hat hier alles im Griff.« Sie machte eine umfassende Geste. »Hier nimmt Dr. Hartwik die Triage vor.« Auf meinen fragenden Blick hin fügte sie hinzu: »Er beurteilt die Verletzungen der neuen Verwundeten und ordnet sie entsprechend ein. Den Raum der aussichtslosen Fälle kennst du ja schon. Wir haben aber noch vier weitere Bereiche. Da drüben sind die Leichtverwundeten, und links daneben ist der Pflegebereich. Gegenüber liegen die Schwerverletzten, da darf nur Schwester Dorothee rein. Daneben ist der Operationsraum.« Sie holte Atem. »Sei froh, dass du nur eine Hilfskraft bist und da nicht reinmusst. Es ist wie auf einer Schlachtbank.«

»Schwester Agnes!«

Wir fuhren erschrocken herum. Eine ältere Frau in Schwesterntracht stand hinter uns und funkelte Agnes an.

»Erzähl keine Märchen, und richte lieber deine Haube«

Agnes knickste und stopfte sich das blonde Haar zurück unter die Kopfbedeckung. Sie eilte davon und ging zu Dr. Hartwik.

Ich fühlte mich kurz wie erstarrt, denn ich musste sofort an Agnes' Worte denken: *Sie ist eine alte Hexe.*

Schwester Dorothee nahm mich sanft am Arm, führte mich in einen kleinen Vorraum. Dort befand sich ein Schreibtisch, den ich beim Reinkommen übersehen hatte. Sie führte mich genau dorthin.

»Haben Sie irgendwelche Vorkenntnisse, Fräulein Dahl?«

»Ich kann eine Wunde nähen und habe … meinem … Bruder geholfen, als er angeschossen wurde.«

»Wir wissen doch beide, dass der Soldat nicht Ihr Bruder ist, also lassen Sie die Lügerei, in Ordnung?«

Ich spürte, wie mir das Blut ins Gesicht schoss. Ertappt senkte ich den Blick und nickte. »Bitte entschuldigen Sie.«

»Schon gut, es ist unwichtig. Wir brauchen Sie dringend. Bitte tragen Sie hier Ihre Daten ein.« Sie schob mir die Unterlagen zu und reichte mir einen Stift.

Wenig später las sie durch, was ich ausgefüllt hatte.

»Aus der Nähe von Pyritz also.« Sie lächelte mir zu, aber der Ausdruck wirkte gekünstelt. »Bitte binden Sie Ihr Haar zusammen, und ziehen Sie sich den Kittel an. Und befolgen Sie die Anweisungen der Ärzte und Schwestern. Wir werden sehen, ob Sie etwas taugen.«

Ich knickste wie Agnes und nahm den Kittel entgegen. »Was kann ich als Erstes tun, Schwester Dorothee?«

»Gehen Sie Schwester Agnes bei der Triage zur Hand.«

Ich streifte mir den Kittel über und flocht mir das Haar zu einem Zopf. Schwester Dorothee winkte mich fort und bearbeitete noch andere Unterlagen. Ich ging zurück in den Eingangsbereich, wo Dr. Hartwik noch immer die Verwundeten einteilte.

*

Diesen ersten Tag im Lazarett verbrachte ich hauptsächlich mit dem Sortieren von Materialien und dem Säubern der Fußböden. Ich kam nicht einmal in die Nähe von Curt.

Ob er sich um mich sorgte? Hatte er Schmerzen? Wie schlimm war seine Verletzung?

Die Ungewissheit ließ mich am Nachmittag unruhig und fahrig werden. Zudem war ich hungrig, weil ich seit dem frühen Morgen nichts mehr gegessen hatte. Mir knurrte so laut der Magen, dass es Schwester Dorothee auffiel.

»Haben Sie schon eine Pause gemacht, Fräulein Dahl?«

»Nein.«

»Haben Sie denn etwas zu essen mitgebracht?«

Ich schüttelte verlegen den Kopf.

Sie seufzte geräuschvoll. »Warten Sie hier.«

Ich blieb stehen und sah zu, wie Dr. Hartwik einem Mann den Arm schiente. Man hatte neue Verwundete gebracht. Agnes beugte sich über einen blutüberströmten Soldaten. Es schien nicht sein eigenes Blut zu sein, denn er wirkte guter Dinge, bis auf seine Rechte, die er mit der anderen Hand schützend gegen seine Brust drückte. Jemand hustete, ein anderer lachte leise, mit einem seltsam irren Unterton, als stünde er unter Opiumeinfluss. Ich wandte rasch den Blick ab, als ich sah, dass sein linkes Bein nur noch eine blutige Masse war.

»Essen Sie etwas«, sagte Schwester Dorothee, und ich schreckte aus meinen Beobachtungen auf.

Sie reichte mir ein belegtes Brot und schickte mich fort.

Zuerst wusste ich nicht wohin, dann drängte es mich hinaus. Fort von all den Schmerzen, fort von dem Blut. Ob ich mich daran gewöhnen könnte? Aber darum ging es nicht, selbst Dr. Hartwik schien zuweilen erschüttert. Niemand gewöhnte sich an so etwas. Aber es musste getan werden.

Draußen wehte mir ein milder Frühlingswind entgegen. Es roch nach … Ich brauchte einen Augenblick, um den Duft zu erkennen. Schneeglöckchen! Sie katapultierten mich in eine Kindheitserinnerung zurück. Ich ging an der Hand meines Vaters über den Marktplatz von Pyritz. Der spitze Kirchturm stach wie eine Nadel in den Himmel, wir gingen auf ein Geschäft zu. Unter dreireihigen Fenstern stand mit großen Lettern »Cigarren«. Er zog mich am Rathaus vorbei. Und dann hatte ich die Schneeglöckchen gerochen. Sie befanden sich in einem Blumenkasten, der auf einem niedrigen Fensterbrett stand. Fasziniert betrachtete ich die weißen Blüten, die unter einer Schneehaube hervorlugten …

Wie erstarrt blieb ich vor dem Lazarett stehen und hörte tief in mir die sanfte Stimme meines Vaters.

Kennst du die Geschichte der Schneeglöckchen? Er strich mit den Fingerspitzen zärtlich über die Blüten. *Einst hauchte ein Engel eine Handvoll Schneeflocken an. Sie fielen zur Erde und verwandelten sich in Blumen.*

Mir stieg ein warmes Gefühl ins Herz. Ich fragte mich damals, warum der Engel uns Menschen so ein wunderschönes Geschenk gemacht hatte. Mein Vater war sich sicher, die Schneeglöckchen sollten uns bei einem harten Winter Trost schenken.

Ich blinzelte, kehrte zurück in die Realität. Dennoch schaute ich mich suchend um. Grauer Schotter bedeckte den kargen Boden. Ich roch nichts mehr, aber an Einbildung wollte ich nicht glauben. Ich biss in das Brot, das Schwester Dorothee mir gegeben hatte, und lief um das Gebäude herum. Im hinteren Bereich standen knorrige Sträucher. Am Fuß der kleinen Gehölze sah ich die kleinen weißen Glocken der Blumen hervorlugen. Einige waren schon fast verblüht, andere kämpften noch gegen den Schlaf an, der die Zwiebeln im Frühjahr ereilte. Sie waren Winterblüher, Vorboten des Frühlings, den sie selbst kaum erlebten.

Ich beugte mich hinab, strich wie mein Vater über die zarten Köpfe. Meine Tränen ließen sich nicht aufhalten. Ich fiel neben den Schneeglöckchen auf die Knie und weinte.

»Johanna?«

Die Stimme strich wie ein sanftes Vibrieren durch mein Herz.

»Curt!«

Rasch kämpfte ich mich hoch und stürzte in seine Arme. Eine seiner Krücken fiel zu Boden.

»Was ist denn, warum weinst du?«

»Ich musste nur … Es sind die … Ach egal …« Ich verbarg meinen Kopf an seiner Schulter und genoss seine Nähe. »Ich hatte Angst um dich.«

Er lehnte die andere Krücke an die Hauswand und nahm mein Gesicht in beide Hände. Mit den Daumen wischte er mir die Tränen von den Wangen. »Mir geht es gut.«

Es bedurfte keiner weiteren Worte. Unser Kuss fühlte sich verzweifelt an, ich schluchzte leise, klammerte mich an ihn, bis ich bemerkte, dass er keinen sicheren Stand hatte.

»Dein Knie …«

»Es geht schon.«

»Setzen wir uns auf den Vorsprung.«

Als er leicht schwankte, stützte ich ihn. Er seufzte, als wir uns hinsetzten. Sein verletztes Bein streckte er vorsichtig aus.

»Was hast du denn da?«

Ich erinnerte mich meiner Mahlzeit. »Ach, das Brot habe ich von Schwester Dorothee bekommen. Möchtest du die Hälfte haben?«

Curt schüttelte den Kopf. »Ich habe etwas zu essen bekommen. Iss du nur.«

»Was machst du eigentlich hier draußen?«, fragte ich.

Curt lachte leise und holte etwas aus seiner Brusttasche – eine zerknautschte Zigarettenschachtel. »Die hat mir Schwester Agnes gegeben. Außerdem hat sie mir gesagt, dass du Pause hast und rausgegangen bist.«

»Wo haben sie dich denn untergebracht? Im Pflegebereich?«

»Nein, ich glaube, da kommt man nur nach einer schweren Operation hin. Ich bin bei den Leichtverletzten unterge…«

Ein Schrei gellte aus dem Lazarett und ließ mich zusammenzucken. Unwillkürlich musste ich an den schwer verwundeten Soldaten denken, dessen Bein kaum noch zu definieren war.

Curt zog zwei Zigaretten aus der Schachtel und zündete sie mit einem Streichholz an. Seine Hände zitterten, als er mir eine Zigarette reichte. Er sog tief den Rauch ein.

»Es mangelt gerade an Narkosemitteln«, sagte ich und rückte näher zu ihm.

Er strich über seine Knieverletzung. »Ja … ich weiß.«

Wieder erklang ein verzweifelter Schrei, der in ein Stöhnen überging. Plötzlich war es still. Wir sahen uns an. In diesem Moment hofften wir beide, dass der Soldat bewusstlos geworden war.

»Erinnerst du dich noch an unsere erste gemeinsame Zigarette?«, fragte er leise.

»Ja, an der Wasserpumpe.«

Ich begegnete lächelnd seinem Blick. Curt versuchte sich an Rauchkringeln, die ihm nicht gelangen, was mir ein leises Lachen entlockte. Auch ich zog an meiner Zigarette und beruhigte mich endlich.

Ihm ging es gut!

Unsere Hände verflochten sich ineinander, und ich sah zu, wie sich der Rauch langsam auflöste. Hier schloss sich für mich ein Kreis, und ich begann zu hoffen, dass alles gut werden würde.

17

Sechs Wochen vergingen, und der Krieg blieb Greifswald fern, nur die Verwundeten trafen täglich ein, was uns nie vergessen ließ, dass weitergekämpft wurde.

Curts Knieverletzung heilte nur langsam. Die Krücken brauchte er zwar nicht mehr, aber er humpelte und hatte noch immer Schmerzen. Ich sah mir unauffällig die Verletzung an, denn er hatte sich die Hosenbeine bis übers Knie hochgekrempelt. Heute schien die Sonne, und der Frühling zeigte sein schönstes Gesicht. Wir hatten uns wieder einmal davongestohlen, um auf dem Mauervorsprung meine Pause gemeinsam zu verbringen. Schwester Dorothee tolerierte das stillschweigend.

Die Narbe an der Innenseite des Knies zog sich bis zum Schienbein hin, das Gelenk war leicht geschwollen. Behutsam strich ich über seine Verwundung.

»Was sagt Dr. Hartwik?«

Er seufzte leise. »Es ist eine langwierige Sache, aber ich soll jetzt mehr laufen.«

»Wie wäre es, wenn wir genau das tun?«

»Laufen?«

»Ja! Ich frage Schwester Dorothee, ob ich dich begleiten darf.«

Bevor er widersprechen konnte, ging ich zurück ins Haus. Ich stockte, denn im Triage-Raum herrschte ein Aufruhr. Ein Soldat, fast noch ein Junge, stand dort mit einem Knüppel in der Hand.

»Sie sind alle weg! Nur wir sind noch da, aber … wie … wie sollen wir denn die ganze Stadt verteidigen?« Seine Stimme überschlug sich, er zitterte am ganzen Körper.

»Was ist denn los?«, flüsterte ich Agnes zu.

Sie nahm mich zur Seite. »Er hat seinen verwundeten Freund hergebracht. Sie sind aus Anklam, und er sagt, alle Verantwortlichen seien geflohen. Die Stadt darf sich nicht ergeben, aber es sind nur noch junge Soldaten übrig, die nicht mal vernünftige Waffen haben.«

»Dann kommt die Rote Armee?«, fragte ich mit einem flauen Gefühl im Magen.

»Sie sollen gestern schon in Ducherow gewesen sein.«

So nah!

Curt näherte sich uns. »Was ist denn los?«

»Es ist so weit. Die Russen kommen. Sie sind schon vor Anklam.«

Er sah auf den zitternden Jungen, den alle bedrängten, um mehr Informationen zu erhalten. Immer wieder blickte dieser zu einer Trage, die ich erst jetzt registrierte. Der Soldat, der dort lag, bewegte sich nicht mehr. Ich ging drei Schritte vor und erkannte, dass er tot war. Ich schätzte ihn auf kaum sechzehn Jahre alt.

Der junge Mann mit dem Knüppel begegnete meinem Blick. Ich las Angst und Verwirrung, aber auch Entschlossenheit in seinen Augen.

Die Nachricht verbreitete sich im ganzen Lazarett. Ich spürte, wie langsam Panik um sich griff.

»Bleibt ruhig!«, rief Dr. Hartwik.

»Karl, wir müssen das Lazarett evakuieren, bevor es zu spät ist«, beschwor ihn Schwester Dorothee.

Der Assistenzarzt Leutnant Eliott stand schon auf dem Sprung, als wollte er sofort seine Sachen packen und fliehen. Ich sah es ihm förmlich an. Der junge Mann war ein Feigling, das hatte sich in den letzten Wochen deutlich gezeigt. Er war mir zutiefst unsympathisch.

Dr. Hartwik machte eine beschwichtigende Geste. »Vertraut mir, Greifswald wird nichts geschehen.«

»Woher wollen Sie das wissen?«, fauchte Eliott und schüttelte unwillig den Kopf. »Ich verschwinde, hab hier lange genug mein Leben aufs Spiel gesetzt.«

Dr. Hartwik hielt ihn nicht auf, als er in den Aufenthaltsraum stürmte, wohl um seine persönlichen Habseligkeiten zu holen. Ich sah ihn nie wieder.

Eliotts Flucht ließ alle ängstlich zurück, ein Raunen ging durch den Raum. Wieder hob Dr. Hartwik die Hände, um die Gespräche zu beenden.

»Die Stadt …« Er zögerte, kämpfte mit sich, als offenbarte er ein streng gehütetes Geheimnis. »… sie wird sich ergeben«, sagte er fast im Flüsterton.

Stille.

Jeder kannte den Befehl der Wehrmacht.

Alle Städte müssen bis zum Äußersten gehalten und verteidigt werden. Kampfkommandanten, die diesem Befehl nicht Folge leisten, sowie alle zivilen Amtspersonen, die sie davon abspenstig zu machen versuchen oder sie behindern, werden zum Tode verurteilt.

»Bitte glaubt mir, ich weiß es.« Dr. Hartwik sah den jungen Soldaten an. Der ließ den Knüppel fallen, war kalkweiß geworden. »Aber bewahrt Stillschweigen darüber!«

Ich nahm mich des Jungen an, berührte ihn leicht am Arm. »Wo warst du stationiert?«

»In Ducherow«, sagte er heiser.

»Bist du verletzt?«

Er schüttelte den Kopf.

»Hast du Hunger?«

»Nein, mir ist … nur schlecht.«

»Das kommt vielleicht von dem Geruch hier, daran muss man sich gewöhnen.« Ich wandte mich Dr. Hartwik zu. »Kann ich ihn für eine Weile nach draußen begleiten? Wir könnten frische Luft schnappen, auf den Hügel vor der Stadt gehen.«

Der Arzt wusste sofort, worauf ich hinauswollte. Er nickte mir zu, und ich führte den Jungen aus dem Lazarett. Ich sah mich nach Curt um. Er folgte uns und nahm mich zur Seite. Der Junge beobachtete uns argwöhnisch, doch mir war es gleich.

»Pass auf dich auf«, sagte Curt leise.

»Ich gehe ja nur auf den Hügel.«

»Trotzdem.«

Er zog mich an sich, küsste mich, strich mir übers Haar. Sein Blick sagte: Ich liebe dich. Diese Worte wisperte ich ihm ins Ohr und stahl mir einen letzten Kuss.

Mit einem Seufzen wandte ich mich dem jungen Soldaten zu.

»Was machen wir jetzt?«, fragte er verwirrt.

Ich richtete seine Kleidung, schob ihm den Helm gerade. »Wir werden auf den Hügel klettern und schauen, ob wir erkennen können, was vor der Stadt passiert.«

»Du meinst, gucken, ob die Rote Armee schon da ist?«

»Ja, das trifft es wohl. Wie heißt du denn?«

»Hans Liebich.«

»Ich bin Johanna. Komm! Das lenkt dich auch ein bisschen ab.«

Er folgte mir, als wäre ich sein Kommandant. Im Eilschritt gingen wir hinaus aus der Stadt und stiegen auf den Hügel. Die letzten Meter half mir Hans über Schotter und Geröll. Atemlos kam ich oben an und schaute erschüttert in Richtung Anklam. Der Himmel hatte sich rot verfärbt, und eine schwarze Rauchwolke stieg empor. Menschen flüchteten ziellos über die Ebene. Darunter waren auch deutsche Soldaten, soweit ich das erkennen konnte.

Noch sah man die Russen nicht, aber das war nur eine Frage der Zeit.

»Wie lange hast du von Anklam hierher gebraucht?«

Hans überlegte fieberhaft. »Ich glaube, wir sind die ganze Nacht gelaufen, aber ich musste Günter … musste ihn manchmal tragen.« Er schluckte, knetete seine Finger. »Die Russen sind bestimmt schneller als wir.«

Ich nickte und legte ihm tröstend meine Hand auf den Unterarm. »Es tut mir sehr leid um deinen Freund.«

»Er war … ein guter Soldat …« Er schluchzte leise, wandte sich ab, atmete tief durch und drehte sich wieder zu mir. »Er hat nicht aufgegeben, Ducherow zu verteidigen. Seinetwegen konnten neun Frauen und zwei Kinder entkommen. Ich bin … leider zu spät gekommen, konnte nicht mehr helfen.«

»Du hast *ihm* geholfen, Hans, hast ihn bis hierher nach Greifswald gebracht.«

»Ich wusste ja, dass hier ein Lazarett ist, aber genützt hat es ihm nichts mehr.«

»Gehen wir zurück und berichten den anderen, was wir gesehen haben.«

Der Rückweg zum Lazarett gestaltete sich schwieriger als gedacht. Die Nachricht, dass die Rote Armee näher rückte, hatte sich verbreitet. Viele flohen, andere plünderten. Auf einmal schien in der Stadt das Chaos ausgebrochen zu sein. Doch ich blieb gefasst, denn ich vertraute Dr. Hartwik. Er war der weiseste und mutigste Mann, den ich je getroffen hatte. Er hätte sein Leben für die Verwundeten gegeben und sofort eine Evakuierung angeordnet, wenn die Stadt nicht sicher gewesen wäre.

Hans blieb auf dem Marktplatz stehen und schaute einem Auto hinterher, das sich zwischen den Menschen hindurchkämpfte. Ich erkannte verwundert den Leiter der örtlichen Kliniken, der Dr. Hartwik einmal im Lazarett besucht hatte. Seinen Namen hatte ich vergessen, aber an das Gesicht erinnerte ich mich. Mit ihm saßen noch andere Männer im Wagen. Er blickte mich direkt an, und mir lief ein Schauer über den Rücken. Doch sie flohen nicht aus der Stadt, sie fuhren in Richtung Anklam.

»Ob das alles bald vorbei ist, Johanna?«

»Ja … Ich glaube ja.«

Ich sah dem Wagen nach und wusste plötzlich, dass diese Männer, die in Richtung der Roten Armee fuhren, über Tod und Leben in Greifswald entscheiden würden.

18

Berlin, August 2018
Emilia griff nach der Hand ihrer Urgroßmutter. Ihre Haut fühlte sich so kühl an, als könnte Johanna keine Wärme mehr speichern. Sie schwieg plötzlich, schien weit fort zu sein.

»Oma Hanna?« Emilia berührte sie leicht an der Schulter.

Ihre Urgroßmutter seufzte, die Augen fielen ihr zu. Emilias Sorge schmerzte tief in ihrer Brust, und sie biss sich auf die Unterlippe, um die Tränen zurückzuhalten.

»Schlaf ein bisschen, Oma.«

Johanna blinzelte und begegnete Emilias Blick. Als erwachte sie aus einem Traum, schaute sie verwirrt um sich.

»Für einen Moment habe ich wieder die russischen Stimmen gehört, das angstvolle Flüstern von uns Frauen und …«

Emilia sah sie betroffen an. »Was denn, Oma?«, fragte sie sanft.

»Ich musste daran denken, wie sie Curt abgeführt haben«, flüsterte Johanna.

»Wer?«

»Die Russen. Die Schwerverletzten haben sie im Lazarett gelassen. Die Soldaten, die auf eigenen Füßen stehen konnten, nahmen sie mit. Ich konnte mich nicht einmal richtig verabschieden.«

Eine einzelne Träne rann aus ihrem Augenwinkel, Emilia zerriss es fast das Herz. Liebevoll strich sie ihr eine Haarsträhne aus der Stirn, half ihr, sich etwas höher hinzusetzen.

»Sie waren gnadenlos. Greifswald selbst war gerettet worden, weil die Stadt sich ergeben hatte. Doch die Russen regierten mit harter Hand und vergriffen sich an den Frauen. Im Lazarett waren wir noch einige Tage sicher, aber als der Krieg wenig später als verloren galt …«

»Was ist dann geschehen?«

»Erinnerst du dich an Sergeij?«

»Ja, natürlich. Das war doch der Geliebte von Ruth, der Frau mit dem Baby, die mit den Russen kollaboriert hat, nicht wahr?«

»Genau der. Dieser verdammte Russe hat mich gerettet und vielleicht sogar dafür gesorgt, dass Curt überlebte.«

Sie holte tief Luft, und Emilia half ihr, einen Schluck gesüßten Tee zu trinken. Johanna konnte kaum allein den Kopf heben. Sie wirkte völlig entkräftet. Es erschreckte Emilia zutiefst, wie rapide sie abbaute.

»Oma Hanna, erzähl mir doch morgen den Rest. Du solltest dich jetzt wirklich ausruhen.«

Johanna fasste nach Emilias Hand. Auf einmal fühlte sich ihr Griff fest und unbeugsam an, als würde sie ihre letzten Kräfte mobilisieren.

»Geh in meine Wohnung, und schau in die erste Schublade von dem alten Schreibtisch, der im Schlafzimmer steht. Da ist ein … ein Brief von Curt.«

»Soll ich ihn dir bringen?«

»Nein, du sollst ihn lesen. Und dann komm wieder, damit ich dir die Geschichte zu Ende erzählen kann.«

»Aber das hat doch bis morgen Zeit.«

Sie schüttelte mit dem Kopf. »Vielleicht nicht, Liebes.«

Ihre Worte versetzten Emilia einen Stich, sie fühlte sich einen Moment lang wie erstarrt.

»Lia, komm nachher wieder, ja?«

»Versprochen. Aber jetzt schläfst du ein bisschen, ja?«

Johanna antwortete nicht, sondern schloss die Augen. Emilia richtete die Bettdecke und betrachtete diese so starke und liebevolle Frau, die ihr in den letzten Jahren immer wieder ein Leitstern gewesen war. Ihr wurde klar, dass es Zeit war, den Rest der Familie zu benachrichtigen. Aber zuerst musste sie diesen Brief finden.

*

Ein seltsames Gefühl erfüllte Emilia, als sie vor der Wohnung ihrer Urgroßmutter stand. Sie konnte die Empfindung nicht benennen, es fühlte sich an wie eine düstere Ahnung, die wie eine Wolke vor ihr herschwebte und ihr alle Freude nahm. Sie schauderte und schüttelte rasch die Gedanken in dieser Richtung ab.

Das Schloss klickte, als sie den Schlüssel herumdrehte. Die Räume kamen ihr zu kühl und viel zu ruhig vor. Wenn Johanna Arndt nicht in diesen Zimmern weilte, fehlte das Herz dieses Ortes.

Emilia drehte die Heizung auf und atmete tief durch. Mit einem Haargummi band sie sich die Haare hoch und ging ins Schlafzimmer. Der Schreibtisch stand in einer Ecke, ein Stuhl befand sich nicht davor, das Möbelstück diente nur dazu, Unterlagen aufzubewahren. Es war abgenutzt und voller Kratzer. Trotzdem hatte Johanna nie einen anderen Tisch oder vielleicht eine Kommode gewollt. Er musste ihrem Urgroßvater gehört haben.

Emilia stockte, denn Friedrich Arndt schien nicht ihr leiblicher Verwandter gewesen zu sein. Noch kannte sie nicht die ganze Geschichte, aber es sah alles danach aus – ihre Urgroßmutter hatte es mehrmals angedeutet.

Zögernd öffnete Emilia die erste Schublade. Mehrere alte Dokumente befanden sich in dem Fach. Sie nahm den Stapel, legte ihn auf die Tischplatte und blätterte alles durch. Zwischen uralten Rechnungen, verblassten Familienfotos und handgeschriebenen Notizen fand Emilia zwei Kuverts. Curts Brief und Johannas nie abgeschickte Antwort. Vorsichtig hob sie die Lasche des einen Briefs an, der einst geöffnet worden war, und zog das Schreiben hervor. Das vergilbte Papier hob sich hell von dem dunklen Eichenholz ab. Es knisterte leise, als sie das gefaltete Blatt aufklappte. Sie seufzte, denn das Schreiben war in einer alten Schreibschrift verfasst.

Vor vielen Jahren hatte Johanna ihr beigebracht, sie zu lesen. Emilia war damals von dem handgeschriebenen Gedichtband fasziniert gewesen, den ihre Urgroßmutter nach dem Krieg verfasst hatte.

Sie dachte an die sehnsuchtsvollen Gedichte, die nun eine ganz andere Bedeutung bekamen.

Schließlich räumte sie alle Unterlagen wieder in die Schublade und ging mit den beiden Kuverts ins Wohnzimmer. Johannas Antwort legte sie beiseite, dieser Brief war nur für Curt bestimmt. Seinen versuchte Emilia zu lesen. Die meisten Buchstaben waren ihr noch geläufig, aber bei einigen Worten fiel es ihr schwer, sie zu entziffern. Schließlich öffnete sie am Handy eine Seite im Internet, wo das entsprechende Alphabet zusammen mit den modernen Buchstaben aufgelistet war. Erneut prägte sie sich die besondere Schrift ein.

Wieder nahm sie Curts Brief in die Hand. Nun konnte sie die Sätze flüssiger lesen.

Liebste Johanna,

ich habe Dich gefunden, nach fast zehn Jahren. Einen Besuch wage ich nicht, denn ich weiß, dass Du ein neues Leben führst. Als die Russen mich endlich gehen ließen, bin ich nach Pyritz gewandert, zu eurem alten Hof, aber dort lebt mittlerweile eine polnische Familie. Ich habe Dich auch überall in Greifswald und Umgebung gesucht. Damals dachte ich noch, nichts kann uns trennen, aber der Krieg hat alles entzweit, nicht nur das Land. Die alte Krankenschwester, die wusste, wohin man dich gebracht hatte, war verstorben, und Schwester Agnes arbeitete nicht mehr in Greifswald. Es zerriss mir das Herz, Dich nicht finden zu können. Niemals hätte ich geahnt, dass Du schließlich Ellis Spuren gefolgt bist. Erst später begriff ich, dass dies der einzige Ort war, an den Du Dich flüchten konntest.
Weißt Du, wie ich dann herausgefunden habe, wohin man Dich gebracht hatte? Ich traf Agnes nach Jahren durch Zufall wieder. Sie konnte mir zumindest sagen, dass man Dich mit dem Zug nach Schwanewede geschickt hatte, damit Du in Sicherheit wärst. Johanna, ich weiß von unserem Kind. Hat es überlebt? Ich hoffe es so sehr.
Nun sind so viele Jahre ins Land gegangen, ich bin ein Vagabund ohne vernünftige Anstellung. Und doch wünschte ich mir, wir würden noch immer zusammengehören. Ich ahne, dass dies nicht mehr möglich ist. Dennoch wollte ich Dir sagen, dass ich lebe und dass ich nie aufgehört habe, nach Dir zu suchen.

Ich liebe Dich.
Dein Curt

Emilia ließ den Brief in ihren Schoß sinken. Tränen liefen ihr über die Wangen, und sie wischte sich mit dem Handrücken übers Gesicht. Es war still in ihr, sie konnte keinen klaren Gedanken fassen. Die Tragik dieser Liebe hielt sie wie mit Eisenketten gefangen. Ein Sehnen erwachte in ihr wie ein sanftes Erglühen.

Wie mochte es sich anfühlen, so tief zu empfinden?

Behutsam strich sie über das alte Papier, schaute sich den Stempel auf dem Kuvert an. Curt hatte den Brief aus Berlin verschickt. Aber laut der Recherche ihrer Urgroßmutter war er schon vor Jahrzehnten ausgewandert. Nach Schweden …

Das nordische Land schwebte wie ein Traum in ihre Gedanken. Bilder flackerten in ihren Erinnerungen auf, von Fernsehdokumentationen und Magazinen. Ein Lächeln huschte über ihre Lippen, als sie an eine Werbung dachte, die es mit nur einer Naturaufnahme und ein paar geflüsterten Worten schaffte, dass man Sehnsucht nach Skandinavien bekam. »Ich bin wirklich reif für ein bisschen Schweden«, murmelte Emilia.

Sie atmete tief durch. Noch nie zuvor hatte sie solch eine Entschlossenheit verspürt.

»Ich finde dich, Curt.«

*

Wie in Trance fuhr sie zurück zum Krankenhaus. Zum Glück war es schon spät, und der Verkehr hatte sich beruhigt. Unruhe erfasste Emilia. Die Angst um ihre Urgroßmutter hielt sie wie mit Klauen gepackt. Sie parkte das Auto, hastete in die Klinik und konnte das Auftauchen des Fahrstuhls kaum abwarten.

Obwohl die Besuchszeit längst vorbei war, hielt sie niemand auf, als sie in Johannas Zimmer ging. Die schaute zu Emilias Erleichterung fern.

»Lia!« Sie lächelte, konnte aber den müden Ausdruck ihrer Augen nicht verbergen.

Emilia küsste sie auf die Wange. Johanna schaltete den Fernseher aus und sah sie abwartend an.

»Ich habe Curts Brief gelesen«, sagte Emilia leise. »Und ich habe auch deinen gefunden.«

Johanna rang nach Luft. Ihr Blick verschwamm vor Tränen. »Ich habe den Brief sicher hundertmal gelesen, habe mit mir gekämpft, aber … Ich hatte solche Angst, dass ein Wiedersehen alles zerstören würde. Weißt du, ich habe Friedrich auch geliebt, anders als Curt, aber dennoch … Und dein Großvater kannte nur Friedrich als seinen Vater. Ich konnte ihm das nicht antun, er war doch noch ein Kind.«

Emilia holte aus ihrer Handtasche ein Tempo und reichte es Johanna. Sie wischte sich mit zittriger Hand über die Augen.

»Aber du hast es lebenslang bereut, dass du ihn nie wiedergesehen hast, oder?«

»Ja, das hab ich.« Sie kämpfte sich hoch, und Emilia half ihr in eine sitzende Position.

Einige Momente herrschte Stille in dem Krankenzimmer. Durch das gekippte Fenster wehte milde Luft herein, die nach frischem Grün roch.

Wieder griff Johanna nach Emilias Hand.

»Die Russen hatten Curt mitgenommen. Im Lazarett waren wir einigermaßen sicher, weil auch die Rote Armee viele Verwundete hatte, die versorgt werden mussten. Nach einigen Monaten konnte ich nicht mehr verheimlichen, dass ich schwanger war. Ich schwieg darüber, verbarg es unter lockerer Kleidung, aber Schwester Dorothee hatte ein geschultes Auge. Sie ignorierte es, bis es zu diesem Übergriff kam.«

»Ein Übergriff?«

»Ja, ich hatte mehr Glück als Verstand.« Sie stockte, schaute in die Ferne, als sähe sie sich wieder im Jahr 1945.

»Magst du es mir erzählen, Oma Hanna?«

Zuerst antwortete sie nicht, dann holte sie tief Atem. »Es war wegen dieser verflixten Zigaretten …«

19

Greifswald, September 1945

Ich saß am Bett von Erich Thal und hörte ihm zu, wie er von seiner jungen Frau erzählte. Er hatte ein Foto von ihr in der Hand und warf immer wieder sehnsuchtsvolle Blicke darauf.

Ob er sie ebenso sehr vermisste wie ich Curt?

Erich lag seit Monaten im Pflegebereich des Lazaretts. Dass er noch lebte, grenzte an ein Wunder. Als er nach der Übernahme von Greifswald eingeliefert worden war, wollte einer der russischen Offiziere ihn sofort erschießen, als Gnadenakt. Dr. Hartwik hatte ihn aufgehalten und Erich gefragt, ob er leben oder eine Erlösung wolle. Der Soldat entschied sich für das Leben.

Schwester Dorothee erzählte mir, dass Dr. Hartwik einen Teil vom Darm des Verwundeten opfern musste, aber er schaffte es, die grässliche Bauchwunde zu verschließen, was nur möglich war, weil er wieder Äther und Chloroform für die Narkose zur Verfügung hatte. Die Betäubungsmittel waren ein Geschenk der Russen, die sie in einem der anderen Lazarette erbeutet hatten. Da wegen der Flucht von Dr. Eliott ein Helfer fehlte, half ein russischer Sanitäter aus, der mehr von Medizin verstand, als der feige Assistenzarzt jemals wissen würde. Wir alle waren insgeheim froh, dass Eliott fort war.

Dennoch stand es schlecht um Erich. Er rang seit Wochen damit, dass seine Organe ihre Tätigkeit nicht richtig aufnahmen, was zu einigen schwerwiegenden Problemen und großen Schmerzen führte. Trotzdem war sein Lebenswille ungebrochen.

»Wie geht es Ihnen heute, Erich?«

»Ich glaube, etwas besser«, sagte Erich mit einem Lächeln.

Ich erwiderte es und half ihm, sich aufzurichten, damit er sich mit meiner Hilfe waschen konnte.

Er seufzte und legte vorsichtig die Hand auf seinen Bauch,

kämpfte sich in eine sitzende Position. »Ach, Fräulein Dahl, Sie können mich nicht täuschen. Ihr Lächeln ist nicht echt.«

»Tut mir leid«, sagte ich ertappt.

»Ich hab so viel durchgemacht, und jetzt scheint sich mein verdammter Körper dagegen zu wehren, vernünftig zu heilen.« Er zog eine Grimasse. »Zumindest mussten mich die Russen hierlassen. Ich bin nicht scharf darauf, ihr Gefangener zu werden.«

Mein betroffener Gesichtsausdruck alarmierte ihn.

»Fräulein Dahl, haben Sie etwa jemanden an diese Drecksäcke verloren?«

Ich legte einen Zeigefinger an die Lippen, denn die Russen hatten ihre Augen und Ohren überall, vor allem hier im Lazarett. Und einige konnten mittlerweile recht gut Deutsch.

»Ja, das hab ich.« Mehr offenbarte ich nicht.

Er murmelte eine Entschuldigung und bohrte nicht weiter nach.

Nach der Reinigung legte er sich mit einem erstickten Keuchen wieder zurück und starrte an die Decke. »Was gäbe ich für eine Zigarette!«

»Wirklich? Das ist es, was Sie sich wünschen?«

»Na ja, unter anderem.« Er lachte leise, riss sich aber zusammen, weil es ihm Schmerzen bereitete.

Ich legte ihm tröstend eine Hand auf die Schulter und ging wieder meiner Arbeit nach. Seinen Wunsch bekam ich nicht aus dem Kopf. Er tat mir so leid. Es konnte doch nicht so schwer sein, an eine Zigarette zu kommen!

In meiner Pause fragte ich andere Verwundete. Ich wagte sogar, Alexej, den russischen Sanitäter, der Dr. Hartwik unterstützte, darauf anzusprechen. Niemand hatte Zigaretten, die ich Erich schenken konnte.

Das erste Mal seit Monaten ging ich allein auf die Straße, obwohl Schwester Dorothee uns stets einbläute, das Haus immer nur in Gruppen zu verlassen. Ich wollte mich jedoch nicht weit vom Lazarett entfernen.

Vor dem Gebäude war es still, kein Mensch befand sich außerhalb. Zwischen den Schotterwegen wuchsen Grasbüschel, die Luft fühlte sich warm an. Mit geschlossenen Augen genoss ich die Sonne auf der Haut und träumte von zu Hause. Ich knöpfte meinen Kittel auf und legte beschützend meine Hand auf den anschwellenden Unterleib, Curts und mein Baby. Niemand wusste es, ich hielt es geheim, denn wir waren ja nicht verheiratet. Wie lange würde ich es noch verbergen können?

Mit einem Seufzen wandte ich mich in Richtung Stadt. Irgendjemand würde mir doch wohl ein paar Zigaretten für Erich schenken.

Ich hätte lieber auf Schwester Dorothees Rat hören sollen.

Greifswald war mir vertraut geworden, hatte sich mit dem Einmarsch der Roten Armee jedoch verändert. Es wirkte alles unbewohnt.

Ich hörte ein Lachen und trat ein paar Schritte vor, um in eine Gasse zu schauen. Dort standen zwei junge Männer, ich konnte nicht erkennen, welcher Nationalität sie angehörten, denn keiner von ihnen trug eine Uniform – aber sie rauchten. Sie wirkten so unbeschwert, überhaupt nicht gefährlich. Der Wunsch, Erich zu helfen, ließ mich mutig werden.

Ich ging langsam auf sie zu, hielt Abstand, sprach sie höflich an. Beide wandten sich überrascht zu mir um. Ein Glitzern trat in ihre Augen. Als der eine etwas auf Russisch zu seinem Kumpan sagte, wusste ich, dass es ein Fehler gewesen war. Ich wich zurück. Es war zu spät. Einer griff nach mir, zog mich nah zu sich heran und stockte. Er registrierte, dass ich schwanger war, interessierte sich aber nicht für meinen Zustand.

Sie lachten, ließen mich nicht gehen, zerrten an meiner Kleidung, berührten mich unsittlich. Ich flehte sie an, versuchte zu erklären, was ich wollte. Einer von ihnen verstand mich recht gut, belächelte aber meine Versuche freizukommen.

Ich dachte plötzlich an die Krügers, sah wieder Friedas tote, geschundene Gestalt vor mir. Panik überkam mich, was die Männer nur anstachelte. Ich konnte nichts dagegen tun, dass sie mich zu Boden zwangen. In meiner Not rief ich um Hilfe. Einer hielt mir den Mund zu, und ich biss ihm in die Hand, was mir eine Ohrfeige einbrachte. In meiner Verzweiflung schrie ich, so laut ich konnte. Der Schrei hallte durch die Gasse, ich hörte die Russen leise fluchen.

Als ich schon alles verloren glaubte, herrschte eine mir seltsam vertraut vorkommende Stimme die Männer an. Sie erschraken so sehr, dass sie mich fallen ließen und strammstanden. Ich hockte am Boden und schaute fassungslos auf das Gesicht von Sergeij. Mit einer harschen Handbewegung schickte er die Männer fort und stand dann direkt vor mir, starrte mich an.

»Du bist das Mädchen, das der Deutsche liebt«, stellte er mit rauer Stimme fest.

Ich rappelte mich auf, flüsterte einen Dank, traute ihm jedoch nicht.

»Was tust du hier in der Gasse?«

Mir fiel auf, dass sich sein Deutsch erheblich verbessert hatte.

»Ich … ich wollte für einen Freund nach Zigaretten fragen«, antwortete ich kleinlaut.

»Nach Zigaretten?«

»Er wird wahrscheinlich sterben, und ich wollte ihm einen … einen Wunsch erfüllen.«

»Dummes Mädchen!« Er packte mich am Arm und zog mich zurück auf die Hauptstraße, in der sich früher kleine Geschäfte befunden hatten, die nun verlassen waren. »Wo gehörst du hin?«

»Ich arbeite im Lazarett.«

Er stockte, schaute mich irritiert an. Ich wehrte mich gegen seinen harten Griff, und er lockerte ihn etwas.

»Ich bringe dich dorthin.«

Ich ließ zu, dass er meinen Oberarm umfasst hielt und mich zum Lazarett zurückbrachte. Schwester Dorothee war wegen meines Verschwindens schon außer sich, hatte sich Sorgen gemacht. Auch wenn Agnes sie als alte Hexe bezeichnete, ich mochte diese strenge Frau, die versuchte, alles zusammenzuhalten.

Wie meine Mutter, dachte ich mit aufsteigender Traurigkeit, die ich rasch verdrängte.

Sergej erklärte ihr kurz und knapp die Situation, und ich wäre am liebsten im Boden versunken.

»Passt besser auf das schwangere Mädchen auf«, sagte er und offenbarte in Sekunden mein Geheimnis. Sergeij sah mich scharf an. »Und *du* musst jetzt fortgehen«, zischte er mir zu. Es kam mir wie eine Warnung vor, doch ich begriff den Grund nicht.

Schwester Dorothee wirkte nicht überrascht. Sie ignorierten mich, tauschten höfliche Floskeln aus. Ich schwieg betreten.

Sergeij war schon im Begriff zu gehen, als er in seine Uniformjacke griff, eine Schachtel Zigaretten hervorholte und sie mir reichte. Mit einem knappen Kopfnicken verabschiedete er sich.

»Zigaretten?«, fauchte Schwester Dorothee.

»Für Erich«, hauchte ich.

Das stimmte sie milde. Mütterlich strich sie mir das zerzauste Haar glatt, sah auf meinen Bauch, den ich nun mit dem offenen Kittel nicht mehr verbergen konnte.

»Schau nicht so verdutzt, ich weiß es schon lange. Ich mag alt sein, aber ich bin nicht blind.«

»Es tut mir leid, Schwester Dorothee.«

Sie schüttelte den Kopf. »Du hattest großes Glück.«

»Ich weiß …«, antwortete ich mit gesenktem Kopf.

Sie betrachtete mich abschätzend, als würde sie die Situation noch einmal überdenken. »Kennst du diesen russischen Offizier?«

»Das ist eine längere Geschichte. Curt und ich sind ihm schon mal begegnet. Ich weiß nur, dass er eine deutsche Geliebte hat.«

Sie legte mir eine Hand auf die Schulter und führte mich in den Vorraum, fort von den anderen Leuten. »Dir ist bewusst, dass der Mann eine hohe Position bei den Russen hat?«

»Nein, das wusste ich nicht.«

»Dann weißt du es jetzt. Und sprich um Himmels willen nie wieder über sein Liebesleben.«

»Seine Männer schienen aber zu wissen …«

»Seine Männer vielleicht, seine Vorgesetzten sicher nicht! Sprich nie wieder über Ruth Göting.«

»Sie kennen Ruth?«, fragte ich überrascht.

»Er hat sie vor ein paar Tagen nachts hierher gebracht. In aller Heimlichkeit.«

»Was ist mit ihr?«

»Sie hatte eine Entzündung in der Brust und konnte das Kind nicht mehr stillen. Aber sie ist nicht mehr hier, sondern bei einer Hebamme. Es geht ihr schon besser.«

»Und das Kind?«

»Es lebt.« Schwester Dorothee zog die Stirn kraus. »Aber hier in Greifswald bist du jetzt nicht mehr sicher.«

»Warum?«

»Er vertraut dir nicht. Hast du seine Warnung nicht verstanden? Du kennst sein Geheimnis! Außerdem sollte dein Kind nicht mitten in einer Horde von Russen aufwachsen. Du musst weg von hier.«

»Aber ich muss auf Curt …«

»Dein Curt wird noch Monate, vielleicht sogar Jahre in Gefangenschaft bleiben. Wenn er hierher zurückkommt, werde ich ihm sagen, wo du bist. Ich habe eine Freundin in Schwanewede, die Heim Friesland betreut. Dort bist du erst mal sicher.«

»Was ist das für ein Heim?«

»Ein guter Ort, an dem unverheiratete Mütter ihre Babys bekommen können.«

Ich traute der Sache nicht, und mich überkam ein ungutes Gefühl.

»Ich werde mich darum kümmern, dass du so schnell wie möglich in einen Zug steigen kannst.«

»Aber die Russen koordinieren den Schienenverkehr.«

»Wenn Sergeij dich nicht hier in Greifswald haben will, wird er schon dafür sorgen, dass du eine Fahrkarte bekommst.«

Zögernd reichte ich ihr die Zigaretten für Erich.

»Ich werde sie ihm geben.«

»Schwester Dorothee?« Sie begegnete meinem Blick. »Ich … ich danke Ihnen für alles.«

Ein Lächeln huschte über ihr Gesicht. Sanft streichelte sie mir mit ihren rauen Händen über die Wange. »Es wird alles gut, Johanna.«

*

Der Zug brachte mich weit fort. Ich fühlte mich verloren und aufgegeben, als ich aus der Luke nach draußen auf ein kriegsgebeuteltes Land schaute. Die Russen nannten es Transportzüge, aber es waren keine normalen Personenwaggons, wie ich sie kannte, sondern ich befand mich in einem ehemaligen Güterzug. Dieser erinnerte mich an die Erzählungen der russischen Verwundeten, die von Lagern berichteten, aus denen man halb tote Menschen befreit hatte, vor allem Juden. Auch sie waren mit solchen Zügen fortgebracht worden.

Zumindest hatte man uns nicht eingesperrt.

Ich hockte mich in eine Ecke und beobachtete meine Mitinsassen, denen die Furcht ins Gesicht geschrieben stand.

Schwester Dorothee hatte über Ruths Hebamme problemlos eine Genehmigung für meine Ausreise erhalten. Sergeij wollte sein Geheimnis wahren und schien froh zu sein, mich loszuwerden.

Mit jedem Kilometer entfernte ich mich weiter von Curt, wo auch immer man ihn hingebracht hatte. Umgeben von dem ängstlichen Gemurmel der anderen, fühlte ich mich wie mit Eisenketten gefesselt und meinem Schicksal ausgeliefert.

Die Reise dauerte mehrere Stunden, und ich schlummerte immer wieder ein. Schwester Dorothee hatte mir eingetrichtert, dass ich in Bremen aussteigen müsse. Als schließlich ein älterer Mann unser Frachtabteil öffnete und uns verkündete, dass wir am Bremer Hauptbahnhof angekommen waren, sackte mir schier das Herz in die Hose.

Unsicher stieg ich aus, schaute mich suchend um, blieb nah am Ausstieg, denn Schwester Dorothee hatte mir gesagt, dass mich jemand abholen würde.

Ich wartete eine Weile, dachte schon, man hätte mich vergessen, als eine ältere Frau auf mich zukam. Ihren Gesichtsausdruck konnte ich nicht deuten. Das hellblonde Haar war zu einem strengen Knoten hochgesteckt.

»Sind Sie Johanna Dahl?«

»Ja …«

Sie reichte mir die Hand. »Berta König. Für Sie Schwester Berta bitte, auch wenn ich zurzeit meine Schwesterntracht nicht tragen darf. Offiziell bin ich nun die Hauswärterin von … Gut Hohehorst.«

Ihr Lächeln wirkte aufgesetzt, meines sicherlich auch.

»Gut Hohehorst? Ich dachte …«

»Da unser Heim Friesland nun in amerikanischer Hand ist, hat sich leider einiges geändert. Den ›Lebensborn‹ gibt es offiziell nicht mehr. Wir müssen daher den ursprünglichen Namen verwenden.

Trotzdem habe ich noch meine Kontakte. Der Vater des Kindes ist arisch?«

Warum fragte sie mich das? Der Krieg war vorbei, Hitler tot. Ich zögerte mit der Antwort.

»Nun, Fräulein Dahl?«

»Ja, er ist deutscher Soldat, hat hellblondes Haar und blaue Augen.«

»Sehr gut. Dorothee hat auch für Sie gebürgt. Und Sie haben keine jüdischen Vorfahren?«

»Nein.«

»Dann folgen Sie mir.«

Als sie mich aus dem Bahnhof führte, rätselte ich, was es mit dem Wort Lebensborn auf sich hatte. Bis zu unserem Hof war nichts in der Art vorgedrungen. Ich wagte aber nicht, danach zu fragen.

Mich erwartete ein schwarzes Automobil, was mich überraschte. War ein Auto unmittelbar nach diesem Krieg nicht ein Luxusgut?

Ich stieg hinten ein, Schwester Berta vorn. Der alte Mann am Steuer tippte zur Begrüßung an seine Schirmmütze und fuhr los. Ich musste mich an das Gefühl, in so einem Wagen zu fahren, erst gewöhnen. Zu Hause in Pommern hatten nur reiche Leute solche Fahrzeuge besessen. Der Motor röhrte, jede Unebenheit der Straße spürte ich überdeutlich. Mir wurde ein bisschen übel.

Nach einiger Zeit fuhren wir durch ein Waldstück, und ein Gefühl sagte mir, dass sich meine Reise bald ihrem Ende näherte.

Ein herrschaftliches Gebäude kam in Sicht. Mit seinen hellgrauen Mauern und den vielen Fenstern, der kiesbestreuten Auffahrt und der gepflegten, kreisrunden Rasenfläche wirkte es auf mich wie ein repräsentatives Kurhaus aus dem vergangenen Jahrhundert. Fasziniert betrachtete ich die neun Gauben, in die man Dachfenster eingelassen hatte. Zwischen den Kaminen befand sich sogar ein Ausguck.

Vor dem Haus standen zwei amerikanische Fahrzeuge, US-Soldaten gingen geschäftig hin und her. Kurz flammte Panik in mir auf. Dort war der Feind! An die Russen in Greifswald hatte ich mich mittlerweile gewöhnt. Aber diese Menschen von einem anderen

Kontinent konnte ich überhaupt nicht einschätzen. Sie hatten skrupellos auf Flüchtlingsschiffe ihre Fliegerbomben abgeworfen.

»Sie haben im Haupthaus ein Kasino aufgebaut«, sagte Schwester Berta abfällig. »Unser Projekt wurde aufgelöst, nur eine Schwangere ist noch hier. Die Amerikaner haben uns zudem mehrere Flüchtlinge aufgehalst.« Sie nahm mich sanft am Arm. »Aber keine Sorge, hier wird Ihnen nichts geschehen. Wir werden gut auf Sie und Ihr Baby achten. Es ist trotz allem die Zukunft, nicht wahr?«

Unter anderen Umständen hätte ich ihr zugestimmt, sie sprach den letzten Satz jedoch so seltsam gedehnt aus, dass mir ein unangenehmer Schauer über den Rücken lief.

»Wo kommen Sie eigentlich her? Ihr Haar ist so dunkel.« Sie berührte eine meiner Locken und beäugte sie skeptisch.

»Aus der Umgebung von Pyritz.«

»Eine Ostdeutsche also.« Wieder legte sich dieses falsche Lächeln auf ihre Lippen. »Dann können Sie froh sein, so einen wunderbaren Vater für Ihr Kind ergattert zu haben.«

Ergattert? War das wirklich Schwester Dorothees Freundin? Wie lange hatten sich die beiden nicht mehr gesehen? Jahrzehnte? Im Lazarett hatte man mir versichert, dass Schwester Dorothee Berta König von früher kannte und sie eine Vertrauensperson sei. Ich hoffte inständig, dass dies noch zutraf. Mir kam sie ein wenig verblendet vor.

Die Amerikaner grüßten, als wir uns den Eingangssäulen näherten, ansonsten beachteten sie uns nicht. Schwester Berta führte mich schnellen Schrittes durch das Haupthaus, in dem sich tatsächlich ein Kasino befand. Lachen hallte durch die hohen Flure, und ich hörte die Würfel der Spiele über die Tische rollen.

Schwester Berta schloss hinter uns die Tür und führte mich in eine recht komfortable Unterkunft. Eine junge, hochschwangere Frau sah mich neugierig an. Ihre Kleidung war sauber und hochwertig im Stoff, das hellblonde Haar bildete einen Kontrast zu den dunkelgrauen Wänden des Zimmers.

»Die Flüchtlinge befinden sich in den Nebengebäuden, aber wir übrigen dürfen noch im Ostflügel wohnen«, erklärte Schwester Berta und ging zu der Blonden, die mich mit hellgrauen Augen musterte.

»Mein Gretchen. Sie ist als Einzige bei uns geblieben, und ich kümmere mich nun um die arme Seele, die kein Zuhause mehr hat.« Schwester Berta suchte meinen Blick. »Sie sind etwas dazwischen, meine Liebe. Ein armes Flüchtlingsmädchen, aber Sie tragen etwas sehr Wertvolles in sich.«

Wertvoll für mich ... oder für sie? Der Gedanke erschreckte mich zutiefst, ich spürte, dass ich sehr vorsichtig sein musste.

Zunächst fühlte ich mich aber besänftigt. Gretchen holte mir etwas zu essen, ich durfte in warmem Wasser baden und bekam saubere Kleidung. Nach der anstrengenden Zeit im Lazarett kam mir das wie eine Offenbarung vor. Für den Moment war mir gleichgültig, was hier gespielt wurde.

*

In den nächsten Tagen blieb ich wachsam, half Gretchen, die Frauen und Kinder in den Nebengebäuden zu versorgen. Und ich stickte. Dies schien Gretchens und meine Hauptaufgabe zu sein, schwere Arbeit durften wir nicht verrichten. Diese sinnlose Handarbeit machte mich wahnsinnig. Gretchen hingegen stickte hingebungsvoll an ihrer roséfarbenen Blume, während die Geräusche des Kasinos heute wirklich laut waren.

Ärgerlich ließ ich meine Stickerei sinken.

»Wie hältst du das aus, tagein, tagaus?«

»Es ist entspannend«, sagte Gretchen und strich sich das feine Haar hinter das Ohr. Sie war überirdisch schön und furchtbar jung.

»Dürfen wir das Haus erkunden?«

Erstaunt blickte sie auf. »Warum willst du das?«

»Dürfen wir?«

»Das weiß ich nicht.«

»Kommst du mit, Gretchen?«

Sie schüttelte den Kopf und sah mich an, als hätte ich den Verstand verloren.

»Wenn mich jemand sucht, ich bin spazieren«, sagte ich lächelnd.

Bevor sie widersprechen konnte, legte ich die Stickerei beiseite und verließ das Zimmer.

Ich zögerte nur kurz, als ich vor der Tür zum Haupthaus stand. Die Amerikaner wirkten heute so ausgelassen, als wären sie betrunken. Ich atmete tief durch und trat in das Kasino. Einige Männer sahen auf, vereinzelte grüßten. Mehr geschah nicht. Ich beruhigte mich und sah mich rasch um. Weiter hinten führte eine Treppe nach oben. Ob die Soldaten sich auch dort niedergelassen hatten? Ich würde es herausfinden.

Wie selbstverständlich stieg ich die Stufen zum ersten Stock hinauf, keiner der amerikanischen Soldaten hielt mich auf.

Hier oben war es still, wieder erinnerte mich das Gebäude an einen verlassenen Kurort. Weiße Tapeten, schon etwas verblichen, hellten mit den Fenstern die Räume auf, Gemälde hingen an den Wänden.

Ich horchte. Nur von unten waren Stimmen zu hören, hier schien sich niemand aufzuhalten.

»Hallo?«, sagte ich sicherheitshalber.

Es blieb ruhig, und ich wurde mutiger. Ich öffnete eine der Türen und hielt verdutzt inne, als mein Blick auf schneeweiße Babywiegen fiel, die mir ein unheimliches Gefühl vermittelten. Ich lugte in einige der Betten, sie waren leer.

Ich ging zum nächsten Zimmer. Hier standen ebenfalls Betten, von der Größe her hätten sie für Kleinkinder sein können. Hier und da lag Spielzeug auf dem Boden, als wäre dieser Raum überstürzt verlassen worden. Wegen der Ankunft der Amerikaner?

Die anderen Räume waren verschlossen, und ich stieg weiter zum Dachboden hinauf. Ich schaute mich um und fand ein Krankenzimmer, in dem mehrere Betten standen. Auf dem Boden lag eine zerrissene Hakenkreuzfahne, die wohl einst an der Wand befestigt gewesen war.

Warum hatte man hier oben solch einen Raum eingerichtet, weitab von allen anderen?

Plötzlich fühlte ich mich beobachtet und sah mich alarmiert um. Es blieb still.

Ich fand einen unscheinbaren Eingang in ein düsteres Zimmer, das ich mit Unbehagen betrat. Die Luft roch abgestanden. Hier befanden sich nur ein Schrank, ein Schreibtisch und ein Stuhl. Ich konnte meine Neugierde nicht bezähmen und öffnete die einzige Schublade. Sie war leer. Enttäuscht schob ich sie wieder zu.

Ein Geräusch ließ mich erneut aufmerksam werden. Mein Herz klopfte schneller, es fühlte sich an, als würde es von Eis umklammert werden und versuchte freizukommen.

Ich nahm Schritte wahr, leise und vorsichtig aufgesetzt. Ein Schatten näherte sich der Tür, und ich duckte mich blitzschnell hinter den Schreibtisch.

»Ich hab dich gesehen«, sagte eine leise Stimme, die mir unbekannt war.

Langsam richtete ich mich auf. Eine Frau stand vor mir, ihr Alter konnte ich überhaupt nicht einschätzen. Sie war zierlich, und ihr Gesicht war faltenlos, aber ihre Züge kamen mir ausgezehrt vor. Strähniges dunkelblondes Haar umrahmte das zarte Gesicht.

»Es tut mir leid, ich wollte nicht herumschnüffeln«, brachte ich kleinlaut hervor.

»Hier oben kommt eigentlich niemand mehr her, nur ich, weil ich alles sauber halten muss.«

Sie säuberte das Haus? Ich hatte sie bisher noch nicht gesehen. »Arbeitest du schon lange hier?«

Meine Frage brachte sie aus der Fassung. Sie blinzelte ein paarmal und schwankte leicht, fing sich aber rasch wieder.

Ich kam hinter dem Schreibtisch hervor und reichte ihr die Hand. »Ich bin Johanna.«

»Elsbeth.« Sie sah sich um, ihr Blick blieb an einem der Betten hängen.

»Was ist das alles hier?«, fragte ich.

Verwirrt sah sie mich an. »Ein Lebensborn-Heim. Das heißt, jetzt nicht mehr.«

»Ja, aber was genau ist so ein Heim, ein Kurort für Mütter und Kinder?«

»Nein, hier wurden Kinder geboren.« Sie ging einen Schritt vor, zeigte auf ein Bett. »Da hab ich meinen Sohn zur Welt gebracht.«

»Du hast …? Wo ist er? Bei den Frauen in den Nebengebäuden?«

Sie schüttelte den Kopf. »Sie haben ihn weggebracht. Er musste … erlöst werden.«

Ich starrte sie an. »Ich verstehe nicht.«

Elsbeth schritt durch den Raum, strich über ein Bettlaken. »Ich bin hergekommen, um mein Kind zu gebären. Es wäre in einer wunderbaren Familie aufgewachsen.«

»Du hättest es freiwillig abgegeben?«, fragte ich bestürzt. Mir erschien das schier undenkbar. Instinktiv legte ich die Hand auf meinen Bauch.

»Ich bin ein Nichts, habe keine Arbeit, keinen Ehemann, aber ich habe gute Gene, und der Vater war ein deutscher Offizier.« Sie lächelte. »Er und seine Frau hätten ihn aufgenommen, als ihr eigenes Kind großgezogen. Er hätte ein wunderbares Leben gehabt.«

Ich näherte mich ihr, nahm aus einem Impuls heraus ihre Hand. »Was ist geschehen?«

»Er war … nicht perfekt. Sie sagten, er sei krank, anders als die anderen Babys. Es wäre niemals ein … ein brauchbarer Mensch geworden.« Eine Träne lief über ihre Wange, sie bemerkte es gar nicht. Sie schien mit den Gedanken weit fort zu sein.

»Elsbeth, was genau war der Lebensborn?«

Sie neigte den Kopf, überlegte. »Hier sollte die neue Herrenrasse entstehen, arische Nachkommen. Es gab auch viele mutterlose Kinder, aus Norwegen. Man hat sie zu uns gebracht. Sie alle wären in wunderbare Familien gekommen.«

Wunderbar … Das sagte sie nun zum dritten Mal. Ob man es ihr eingeimpft hatte? Es kam mir fast so vor. Ich ließ ihre Hand los, ging zum Fenster.

Herrenrasse? Davon hatte ich sehr wohl gehört. Heinrich Himmlers Traum – ich hatte in den Zeitungen darüber gelesen. Und sie hatten kranke oder vielleicht behinderte Kinder … aussortiert? Mich erfasste ein Schauder, und ich verbot mir jeden Gedanken daran.

Dann begriff ich, was sie gesagt hatte. »Haben *alle* Mütter ihre Kinder abgegeben? Lag darin der Sinn?«

Elsbeth betrachtete mich, runzelte nun die Stirn. »Wir waren doch alle ohne Mann, einige hätten ihr Baby sonst abgetrieben. So sind sie zu wunder…«

»Ja, zu wunderbaren Familien gekommen, das habe ich verstanden. Aber wieso bist du noch hier?«

»Schwester Berta war so gnädig, mich wegen meines kranken Babys nicht zu verstoßen. Ich konnte bleiben und darf das Haus säubern. Die Soldaten haben auch nichts gegen mich, sie mögen mich.«

Fassungslos schüttelte ich den Kopf. Ob Schwester Dorothee wusste, wohin sie mich geschickt hatte? Gab es Ausnahmen, wenn die Mütter ihre Babys behalten wollten, und existierten überhaupt noch solche Abmachungen?

»Weißt du, wohin genau die Kinder gebracht wurden?«

»Die meisten wurden von Offizieren adoptiert, aber dann kamen die Amerikaner. Fast alle Frauen sind vor ihnen geflüchtet, ein paar von ihnen haben ihre Babys mitgenommen. Andere Kinder wurden in kürzerer Zeit adoptiert als üblich. Nur wusste Schwester Berta nicht, was sie so schnell mit den norwegischen Kindern machen sollte. Sie waren ja schon älter und konnten oft gar kein Deutsch.« Elsbeth schaute verträumt aus dem Fenster. »Sie hatten so schönes hellblondes Haar … wie von einem Sonnenstrahl geküsst. Die amerikanischen Soldaten haben sie weggebracht. Vielleicht ja wieder nach Norwegen.«

Ich fasste Elsbeth sanft am Arm. »Bitte sag niemandem, dass ich hier oben war, und erzähle auch nichts über unser Gespräch, ja?«

»Aber warum denn?«

»Es ist mir peinlich, dass ich so wenig wusste. Aber jetzt ist ja alles gut.«

»Ach so, in Ordnung.«

Ich wandte mich ab, wollte schon das Zimmer verlassen. »Elsbeth?«

»Ja?«

»Es tut mir sehr leid um dein Baby.«

Wieder füllten sich ihre Augen mit Tränen, sie nickte.

So unauffällig wie möglich schlich ich hinunter in den Ostflügel und setzte mich wieder neben Gretchen, die noch immer stickte. Ich sah sie von der Seite an. Ich musste erfahren, ob sie Bescheid wusste.

»Gretchen?«

»Ja?«

»Weißt du schon, welche Familie dein Kind adoptieren wird? Ich meine, wird das überhaupt noch geschehen, jetzt, wo der Krieg verloren ist?«

Sie legte ihre Stickarbeit zur Seite und schaute mich mit ernstem Blick an. »Es *wird* geschehen. Schwester Berta hält den Kontakt zu der Familie. Der verlorene Krieg wird nicht verhindern können, dass wir Arier fortbestehen. Und ich möchte nicht, dass mein Kind ohne Vater und in diesem Heim aufwachsen muss. Denn mein Elternhaus ist zerstört worden.« Sie streichelte liebevoll über ihren Bauch. »Mein Baby wird zu einer wunderbaren Familie kommen.«

Mich überlief es eiskalt. Mit zitternden Händen nahm ich meine Stickerei wieder auf. Nur ein Gedanke beherrschte mich.

Wie kann ich von hier fliehen?

*

Einige Tage lang spielte ich meine Rolle, versuchte keinen Argwohn zu erwecken. Gretchen war in ihrer ganz eigenen Welt gefangen, stickte emsig und summte vor sich hin. Elsbeth sah ich nur gelegentlich beim Säubern des Hauses. Eines fiel mir auf. Sie verstand sich ausgesprochen gut mit einigen US-Soldaten. Diese schäkerten gern mit ihr, und ich hörte zweimal, dass sie auf Englisch antwortete. Vielleicht konnte das hilfreich sein.

Ich wurde von Tag zu Tag nervöser, wartete auf eine Gelegenheit. Es war an einem Dienstag, als ich Elsbeth draußen allein antraf. Diesen Wochentag hatte ich mir eingeprägt, weil sie vormittags die Wäsche wusch und draußen aufhängte.

»Hallo, Elsbeth«, sagte ich mit freundlicher Stimme, um sie nicht zu erschrecken. Manchmal erinnerte sie mich an ein scheues Reh, immer bereit fortzulaufen.

»Oh, guten Tag, Johanna.«

Sie befestigte eine Wäscheklammer an dem Bettlaken auf der

Leine und lächelte mich an. Ein milder Wind wehte über die Parkanlage. Ich sah die Frauen und Kinder vor den Nebengebäuden von Gut Hohehorst. Schwester Berta nannte sie nur *die Flüchtlinge.* Sie plauderten miteinander, andere gingen verschiedenen Arbeiten nach. Ich hörte, wie Elsbeth weitere Klammern an die Laken heftete. Jedes Mal gab es ein leises Klick-Geräusch.

»Du verstehst dich gut mit den Soldaten, oder?«

»Mit den Amerikanern? Ja.«

»Und du kannst ein bisschen Englisch?«

Sie hielt inne, sah mich an. »Ein bisschen. Sie haben mir ein paar Worte beigebracht.«

Ich schlurfte mit meinem Schuh über die feuchte Wiese, konnte meine Aufregung nur schwer verbergen.

»Weißt du, ich müsste mal einen Blick auf eine Landkarte werfen.«

Sie fuhr fort, die Wäsche an die Leine zu hängen. »Wieso?«

»Ach, ich möchte einfach mal genau gucken, wo Schwanewede eigentlich liegt. Erdkunde war noch nie meine Stärke, und ich komme ja auch aus Pommern. Ich kenne mich hier nicht aus.« Ich versuchte, es beiläufig klingen zu lassen, konnte aber nicht sagen, ob Elsbeth spürte, wie wichtig es mir war.

»Ich glaube, George hat eine Karte. Hab sie mal in seiner Unterkunft gesehen. Ich könnte ihn fragen.«

Sie war in seiner Unterkunft gewesen? Wie gut verstand sie sich wirklich mit diesen Soldaten?

»Das wäre wirklich nett.«

»Ich sag dir dann Bescheid. Bist du bei Gretchen?«

»Äh ja, ich muss noch meine Stickerei fertig machen.«

Sie nickte und beachtete mich nicht weiter, also ging ich zurück in den Ostflügel.

Es dauerte bis zum Abend, dann kam Elsbeth zu uns ins Zimmer und winkte mich hinaus. Schwester Berta hatte sich den Tag über nicht blicken lassen, deshalb stand ich rasch auf und folgte ihr.

Sie führte mich durch das Kasino zu einem hochgewachsenen Mann in Uniform.

»Das ist George.«

Er grinste mich an, sagte etwas mir Unverständliches zu Elsbeth, das sie lächeln ließ. George zeigte an, dass ich mitkommen solle. Wir gingen in Richtung Westflügel, und mein Herz raste, pochte so hart, das ich mir am liebsten die Hand auf die Brust gelegt hätte, um es zu beruhigen. Inständig hoffte ich, dass er keinen Preis von mir forderte.

Er wies uns an zu warten und verschwand in einem Zimmer. Tatsächlich kam er mit einer deutschen Landkarte heraus, die er nun vorsichtig auffaltete. Einen Augenblick musste er sich orientieren, anschließend zeigte er auf eine Stelle der Karte. Seine Worte verstand ich nicht.

»Wir sind hier«, übersetzte Elsbeth.

Ich sah mir alles genau an, erkannte, dass Greifswald unerreichbar war, und prägte mir dennoch alles ein. Dann stutzte ich. Ich beugte mich näher über die Karte und blieb bei einem Städtenamen hängen. Lüneburg. Innerlich zitterte ich. Die Stimme des Offiziers, der unser Pferd Elli mit sich genommen hatte, erklang in meinen Gedanken.

Dann wird sie in Lüneburg sein, am Hof der Arndts. Man kennt dort meine Familie, frag einfach.

Mich durchfuhr es wie ein Blitz.

»Elsbeth, kannst du ihn fragen, ob es Züge gibt, die nach Lüneburg fahren … und zurück nach Schwanewede natürlich?«

Misstrauisch begegnete sie meinem Blick. »Nach Lüneburg?«

Ich legte die rechte Hand auf meinen Bauch, spürte mein Baby sacht strampeln. »Dort wohnt eine sehr reiche Offiziersfamilie. Eine *wunderbare* Familie. Ich würde sie Schwester Berta gern vorstellen, aber ich muss ja wissen, ob Heim Friesland erreichbar ist.«

»Oh!« Ihr Gesicht hellte sich auf, sie redete auf George ein. Ihre Sätze wirkten abgebrochen und lückenhaft, aber er schien sie zu verstehen und beantwortete meine Frage mit einem *Yes*, das sogar ich verstand.

»Dieses Gebiet hier betreut jetzt die US-Armee?«

Elsbeth schüttelte den Kopf. »Nicht direkt. Ich weiß nicht, wie ich das erklären soll.« Sie sah Hilfe suchend zu George, sagte etwas zu ihm.

Er umkreiste mit seinem Zeigefinger ein großes Gebiet, das auch Schwanewede einschloss.

»*British*«, sagte er, und ich nickte verstehend.

Dann fuhr sein Finger um einen kleinen Bezirk um Bremen herum, der mitten in der britischen Besatzungszone lag.

»*American*«, sagte er achselzuckend.

Die Amerikaner hatten also eine Enklave mitten im Gebiet der Briten? All das verursachte bei mir ein seltsames Gefühl. Was war aus meiner Heimat geworden? Was hatte Hitler nur daraus gemacht? Ein geteiltes Land, beherrscht von Fremden.

Ich schüttelte diese Gedanken ab. »Elsbeth, frag ihn, wer hier für den Zugverkehr Genehmigungen ausstellt.«

Nun beäugte sie mich skeptisch. Oh Gott, sie durchschaute mich!

»Du willst weg«, stellte sie fest.

Ich senkte resigniert den Blick.

»Warum lügst du mich an, Johanna?«

»Weil ich mein Baby behalten möchte.« Ich schaute sie an. »Weil ich hierher beordert wurde, um eigentlich sicher zu sein. Und ich bin es nicht! Weil es für mich keine wunderbare Offiziersfamilie gibt.«

»Was ist in Lüneburg?«

»Ein Freund.«

»Der Vater des Kindes?«

»Nein, ich möchte dort auf ihn warten, er ist in russischer Gefangenschaft.« Ich griff nach ihrer Hand. »Elsbeth, bitte. Du erliegst einer Illusion, wenn du denkst, dass diese Einrichtungen Gutes tun wollten. Sie haben dein Kind getötet!«

»Weil es …«

»Weil es krank war? Vielleicht wäre es gesund geworden. Oder weil es behindert war? Dann hätte es auch ein Recht auf Leben gehabt! So viele sind gestorben, nur weil ein Mann besessen davon war, eine perfekte Welt mit hellblonden Menschen zu erschaffen.«

Meine Worte ließen sie zurückweichen, ihr Körper bebte, Tränen schossen aus ihren Augen. Mir war, als wachte sie auf. George fing sie auf, als sie schluchzend zusammenbrach. Sie fielen auf die Knie, George sah mich verstört an. Ich hockte mich vor sie.

»Elsbeth, bitte hilf mir!«

Der Soldat brachte uns in das Zimmer, aus dem er die Karte geholt hatte. Sein Kumpan, der sich wohl mit ihm den Raum teilte, beobachtete uns irritiert.

Elsbeth brauchte fast eine Stunde, um sich zu beruhigen. Danach sah sie mich mit tränenverquollenen Augen an.

»Ich habe mir eingeredet … Aber ich … ich hätte nichts tun können. Sie …«

»Ich weiß das. Darum tu *jetzt* etwas. Hilf mir, bevor Schwester Berta mich irgendwo wegsperrt.«

Sie richtete sich auf, wischte sich übers Gesicht. Elsbeth sprach leise mit George. Es schienen zusammenhanglose Sätze zu sein, und ich konnte nur das Wort Baby verstehen. Innerlich betete und flehte ich, dass das Schicksal es einmal gut mit mir meinte.

*

Zwei weitere Wochen vergingen, in denen weder Elsbeth noch ich uns etwas anmerken ließen. Gretchens Geburtstermin rückte näher, Rückenschmerzen plagten sie bereits, und Schwester Bertas Priorität galt ihr, nicht mir. Das war mein großer Vorteil, als Elsbeth mir eines Morgens ein Dokument in die Hand drückte.

»Nach Bremen zum Bahnhof musst du laufen, aber das hier bringt dich sicher nach Lüneburg«, flüsterte sie mir zu.

Ich küsste sie auf die Wange und verbarg diesen Schatz in meiner Kleidung. Noch wagte ich nicht zu fliehen, denn mein Verschwinden würde Schwester Berta sofort auffallen. Also wartete ich darauf, dass Gretchen Wehen bekam.

Dies dauerte noch weitere zwei Tage, in denen ich mit zittrigen Händen meine verdammte Stickarbeit fertigstellte.

Schwester Berta ging mit Gretchen die Treppe hinauf, wohl zu diesem Krankenzimmer, das für Entbindungen genutzt wurde. Die junge Frau krümmte sich vor Schmerzen, als sie die Stufen hochstieg.

Ich zögerte nicht länger, würde außer Brot nichts mitnehmen. In der Küche, die nun verlassen war, stahl ich einen großen Kanten und huschte aus dem Haus.

»Nur bis zum Wald, dann sieht mich niemand mehr«, machte ich mir Mut und lief in Richtung der Bäume.

Als ich den Waldrand unbemerkt erreicht hatte, schluchzte ich erleichtert auf und strich über meinen Bauch, da das Baby gegen meinen Lauf rebellierte.

»Ich hab dich ganz schön durchgeschüttelt, was? Entschuldige, mein Liebling«, flüsterte ich.

Vor mir lag ein Marsch von sicher fünf Stunden, aber ich würde es schaffen.

*

Der Zug brachte mich schließlich bis nach Lüneburg, und ich fragte überall in der Umgebung nach den Arndts. Ein Mann konnte mir den Weg weisen, und ich lief nun einen Feldweg entlang, bis ich vor einem Gutshof stand. Ich traute meinen Augen kaum, als ich unsere Stute Elli auf der umliegenden Weide sah. Sie war es doch? Ich rief nach ihr, und sie spitzte die Ohren, drehte sich zu mir um. Gemächlich trottete sie zu mir ans Gatter, und mir liefen Freudentränen über die Wangen. Mit Schrecken sah ich an ihrer Seite eine großflächige Narbe, die aber schon seit Monaten verheilt war.

Ich streckte die Hand aus, und sie beschnupperte mich, als suchte sie bei mir etwas zu fressen. Ohne Scheu kletterte ich über das Gatter und umarmte sie. Die Stute ließ es sich willig gefallen. Weiter hinten sah ich noch ein Pferd, das leicht humpelte.

»Johanna Dahl?«

Beim Klang meines Namens wirbelte ich herum. Dort stand Friedrich Arndt und blickte mich erstaunt an. Er stutzte sich schwer auf zwei Krücken, weil … Ich schluckte schwer. Sein rechtes Bein war vom Knie abwärts amputiert.

»Du … du erinnerst dich an meinen Namen?«

Er lächelte, fast ein wenig versonnen. »Oh ja. Ich freue mich, dass du den Weg hierher gefunden hast. Und du siehst, ich habe mein Versprechen gehalten.«

»Ja, du hast Elli gerettet!«

»Sie wohl eher mich. Aber das ist eine Geschichte, die ich dir lieber bei einem Tee erzählen würde.« Er bemerkte meine Schwangerschaft und seufzte.

»Wo ist der deutsche Soldat, der dich beschützt hat?«

»Er ist in russische Gefangenschaft geraten.«

»Das tut mir sehr leid. Weiß er, wo er dich finden kann?«

»Ich … ich hoffe es.«

»Komm rein«, sagte er freundlich. »Drinnen lässt es sich doch viel besser auf ihn warten.«

Ich lachte leise, und das erste Mal spürte ich wirklich Hoffnung aufflammen. Hoffnung auf ein neues Leben, fernab von Pommern. Hier würde ich sicher sein und auf Curt warten …

20

Berlin, August 2018

Emilia kämpfte mit den Tränen, denn sie wusste, dass ihre Urgroßmutter Curt nie wiedergesehen hatte. Friedrich Arndt war der Urgroßvater, den Emilia als Kind gekannt hatte.

Johanna schwieg nun, schaute ins Leere.

»Oma Hanna, möchtest du etwas essen?«

Sie schüttelte den Kopf.

»Vielleicht etwas trinken?«

»Nein, Kind, ich möchte nichts. Ich frage mich nur …« Sie verstummte.

»Was gewesen wäre, wenn du Curt geantwortet hättest?«

»Ja.«

»Bereust du es?«

Sie schloss kurz die Augen, und Emilia dachte schon, sie wäre eingeschlafen. Da blinzelte Johanna und sah sie mit tränenverschleiertem Blick an.

»Ja … und nein. Es kommt mir vor, als wäre die junge Johanna eine ganz andere gewesen als die Frau, die schließlich bei Friedrich geblieben ist.«

»Ich verstehe, wie du es meinst.«

»Weißt du, Friedrich war immer an meiner Seite, von dem Moment an, als ich auf seinen Hof gekommen war. Er hat sich in mich verliebt, aber trotzdem stellte er Nachforschungen an, suchte mir zuliebe nach Curt, obwohl ihm das nach einer Weile fast das Herz brach. Er hat sich um meinen Sohn gekümmert und ihn angenommen wie seinen eigenen.«

Johannas Stimme wurde heiser, sie räusperte sich und schöpfte Atem. Trotzdem unterbrach Emilia sie nicht, denn sie hatte verstanden, dass ihre Urgroßmutter keine Ruhe und keinen Schlaf finden würde, bevor sie ihr nicht alles erzählt hatte.

»Als es nach drei Jahren immer noch keine Spur von Curt gab, haben wir angenommen, dass er verstorben sei, und Friedrich hielt um meine Hand an. Die Leute redeten ja schon, weil wir nicht verheiratet waren, aber im selben Haus wohnten. Ich gab nach und lernte mit der Zeit, ihn zu lieben. Bis dieser Brief von Curt kam, fast zehn Jahre nach seinem Verschwinden.« Sie seufzte schwer. »Ich weiß nicht, wie ich dir begreiflich machen könnte, in welchem Dilemma ich gesteckt habe. Es hat mich zerrissen, viele Jahre lang.«

»Hast du Uropa je erzählt, dass Curt noch lebt?«

»Nein.«

»Wie hast du dann später herausgefunden, dass er in Schweden ist?«

»Auf dem Brief stand eine Adresse aus Berlin. Und vor zwanzig Jahren, nach Friedrichs Tod, bin ich dorthin gezogen, um Curt irgendwie nahe zu sein. Denn vergessen hatte ich ihn nie! Aber natürlich lebte er nicht mehr in dieser Wohnung. Ich fand den Besitzer des Hauses, und der konnte sich noch an Curt erinnern.«

»Und er hat dir gesagt, dass Curt nach Schweden gegangen ist?«

Johanna nickte, griff wieder nach Emilias Hand, die sie zuvor losgelassen hatte. »Bitte finde ihn für mich, gib ihm endlich meinen Brief. Sag ihm, dass ich es bedauere, ihm nicht geantwortet zu haben. Erzähle Curt von seinem Sohn.«

»Ich verspreche es dir.«

Emilia beugte sich vor und küsste ihre Urgroßmutter auf die Wange, strich ihr liebevoll eine weiße Strähne aus der Stirn.

»Schlaf jetzt ein bisschen, ja? Morgen früh komme ich wieder.«

Johanna nickte und schloss die Augen. Ein Lächeln legte sich auf ihre Lippen.

Emilia ging leise aus dem Zimmer.

*

Sie fühlte sich erschöpft und übermüdet, als sie ins Auto stieg. Auf der Fahrt musste sie um jedes Quäntchen Konzentration kämpfen. Seufzend stieg sie vor ihrer Wohnung aus und wunderte sich, dass die Bauarbeiter noch immer tätig waren. Große Scheinwerfer beleuchteten das Areal. War der Schaden an den Wasserleitungen so groß, dass die Arbeiter selbst am späten Abend noch mit den Reparaturen beschäftigt waren?

Das fast gehetzte Treiben der Männer, die erregten Stimmen, das Licht, das den nachtdunklen Bereich so erhellte, dass ihre Schatten wie Dämonen zwischen ihnen waberten, erinnerte Emilia plötzlich an das Lazarett in Greifswald. Für einen Augenblick sah sie vor ihrem inneren Auge, wie Dr. Hartwik und seine Schwestern zu jeder Tages- oder Nachtzeit versuchten, das Leben der Soldaten zu retten. Sie schüttelte irritiert den Kopf, wandte sich zur Haustür und flüchtete in den Flur, sperrte die Geräusche und das seltsame Flutlicht aus.

Es gelang ihr nicht, sich von den Erinnerungen ihrer Urgroßmutter zu lösen. Die Erzählung war so lebendig gewesen, dass sie alles deutlich vor sich gesehen hatte.

Ihr wurde bewusst, dass sie noch immer im Hausflur stand, und sie stieg die Stufen zu ihrer Wohnung hinauf. Doch auch dort kam sie nicht zur Ruhe. Sie ging zu ihrem Schreibtisch und schaltete den PC ein. Sie machte sich keine großen Hoffnungen, aber womöglich war Curt irgendwo im Internet zu finden.

Nach einer halben Stunde gab sie auf. Er hatte keine Spuren hinterlassen, aber das wunderte Emilia nicht. Er war in Johannas Alter und würde mit dem Internet nicht viel am Hut haben.

»Wäre ja auch zu einfach gewesen.«

Nachdenklich starrte sie auf den Startbildschirm ihres Browsers. Spontan gab sie die Stichwörter Ahnenforschung und Zweiter Weltkrieg in das Suchfeld ein. Sie wurde auf ein Forum aufmerksam, in dem jemand riet, man solle sich an das Deutsche Rote Kreuz wenden. Hier forschte Emilia weiter und fand heraus, dass es einen Suchdienst für Kriegsvermisste gab.

Ihr Herzschlag beschleunigte sich, sie konnte ein Beben in ihren Händen nicht unterdrücken. Aufregung durchflutete sie.

Sie füllte ein Online-Formular aus und stellte eine Suchanfrage.

»Oma Hanna, wir finden deinen Curt«, flüsterte sie.

Emilia gähnte hinter vorgehaltener Hand und schaltete den Computer aus. Die Müdigkeit übermannte sie, und sie rieb sich über die Augen. Ihr Körper forderte mit Macht Ruhe ein. Schlaf war das Einzige, an das sie jetzt noch denken konnte.

*

Der Klingelton ihres Smartphones riss Emilia aus einem düsteren Traum. Verwirrt richtete sie sich auf. Erste Sonnenstrahlen schienen durch die Schlitze des Rollos. Suchend glitt ihre Hand über den Nachttisch und bekam das Handy zu fassen. Sie schaute auf eine fremde Nummer aus Berlin, nahm das Gespräch an.

»Ja?«, fragte sie mit verschlafener Stimme.

»Emilia Arndt?«

»Das bin ich.«

Der Anrufer nannte seinen Namen und rief aus dem Krankenhaus an. Ihr Herzschlag beschleunigte sich, augenblicklich war Emilia hellwach.

»Sie haben im Schwesternzimmer Ihre Nummer hinterlassen, wegen Ihrer Urgroßmutter.«

»Ja, das hab ich. Ist etwas nicht in Ordnung?«

Angst kroch Emilia wie ein schleichendes Ungeheuer durch die Sinne.

»Es wäre gut, wenn Sie kommen könnten. Ihre Urgroßmutter ist heute Nacht ins Koma gefallen.«

Emilia fühlte sich schwindelig, sie hatte das Gefühl, sie bekäme zu wenig Sauerstoff. Ein eisiger Hauch floss ihre Wirbelsäule entlang, und sie fühlte sich wie paralysiert.

»Frau Arndt?«

»Ja … ich komme.«

Das Smartphone rutschte Emilia aus der Hand und fiel mit einem dumpfen Geräusch auf den Teppich. Sie sollte sofort aufstehen, sich anziehen, die Familie benachrichtigen. Stattdessen sah sie vor ihrem geistigen Auge Johannas Gesicht, lächelnd, als hätte sie schon gestern ihren Frieden gemacht.

Irgendwie war ihre Familie seit dem Tod ihres Vaters auseinandergefallen, kaum mehr zusammenzuhalten. Ihre Mutter Ingrid wohnte in der Nähe von Waren am Müritzsee, erholte sich jedoch gerade bei einer Kur an der Ostsee von einer längeren Erkrankung.

Seit ihre Großmutter gestorben war, nutzte ihr Großvater Anton, Johannas Sohn, jede Ablenkung, die sich ihm bot, denn die beiden Verluste hatten ihn tief getroffen. Zurzeit machte er mit einer Seniorengruppe eine Flusskreuzfahrt.

Emilia war momentan die Einzige, die für Johanna da sein konnte. Sie raffte sich auf, zwang sich dazu, ins Wohnzimmer zu gehen, wo Curts Brief lag.

Dennoch wollte ich Dir sagen, dass ich lebe und dass ich nie aufgehört habe, nach Dir zu suchen. Ich liebe Dich.

Curts geschriebene, letzte Worte hallten in ihren Gedanken wider. So lange hatten sie einander gesucht, und nun hatte Johanna diesen letzten Kampf verloren.

Manchmal ist es einfach zu spät, dachte Emilia voller Trauer.

Dieser Gedanke weckte sie aus ihrer Starre. Rasch zog sie sich etwas über und rannte das Treppenhaus hinunter zu ihrem Auto. Für sie wäre es noch nicht zu spät, sich von ihrer Urgroßmutter zu verabschieden.

*

Der Flur im Krankenhaus roch nach Desinfektionsmittel, vermischt mit Kaffee, was eine seltsame Mischung ergab, die Emilia leichte Übelkeit bereitete. Sie umfasste die Klinke von Johannas Zimmer, zögerte, wollte sich einbilden, dass ihre Urgroßmutter mit einem Lächeln auf sie wartete.

Emilia gab sich einen Ruck und öffnete die Tür.

Johannas Gesicht wirkte leicht eingefallen, die Haut war aschfahl. Der Atem kam flach und unregelmäßig.

Tränen nahmen Emilia die Sicht. Sie eilte zu ihr, nahm vorsichtig ihre Hand. Sie konnte nur still weinen und am Bett ihrer Urgroßmutter wachen.

Gegen Mittag rief sie ihre Familie an, um sie zu benachrichtigen.

Hoffnung gab es keine mehr.

Die Zeit verlor ihre Bedeutung. Das erste Mal war sie dankbar, dass sie ihren Job im Krankenhaus verloren hatte. Wäre es anders, hätte sie sonst hier sein können?

Die Tür öffnete sich, eine Schwester schaute zu ihnen herein. »Möchten Sie vielleicht eine Tasse Kaffee, Frau Arndt?«

»Ja, das wäre sehr lieb, danke.«

Die junge Frau brachte ihr das heiße Getränk, und Emilia umschloss die Tasse mit beiden Händen.

Ihr stockte das Herz, als Johanna eine längere Zeit nicht atmete. Innerlich zitterte sie, starrte mit leiser Verzweiflung auf den Brustkorb, der sich nun wieder sacht anhob. Emilia schloss die Augen und seufzte leise. Sie nippte an dem Heißgetränk.

»Jetzt trinken wir wohl das letzte Mal zusammen Kaffee«, flüsterte sie Johanna zu.

Sie wischte sich über die Augen und griff wieder nach der zarten Hand ihrer Urgroßmutter.

»Ich verspreche dir, dass ich Curt finde, wenn er noch lebt. Ich werde es ihm erklären, ihm Fotos und deinen Brief mitbringen, ihm eine Urenkelin sein, wenn er das möchte.« Sie stellte die Tasse beiseite und schluchzte erstickt auf, dämpfte den Laut mit der geballten Hand. »Ich hätte mir so gewünscht, dass du Schweden auch einmal siehst.«

So blieb es nun ein unerfüllter Traum.

Vor dem Fenster bewegten sich belaubte Äste im Sommerwind, tanzende Schatten sprenkelten die Wände. Der Schein der Nachmittagssonne tauchte alles in ein warmes Licht. In der Ferne hörte Emilia Sirenen aufheulen. Draußen im Flur lachte jemand verhalten. Vögel zwitscherten in den Bäumen des Klinikparks.

Johanna Arndt entschlief sanft, ohne eine Regung. Sie hörte einfach auf zu atmen und verließ die Welt ohne einen Laut.

*

Zwei Wochen später

Zaghaft nahm Emilia das Fotoalbum aus dem Karton. Sie hielt es in ihren Händen, brachte es aber nicht über sich, es zu öffnen. Der

Einband war aus weichem Leder. Sie strich darüber, fühlte sich wie gelähmt.

Emilia sollte die Habseligkeiten ihrer Urgroßmutter einpacken, ihre Mutter und sie lösten Johannas Wohnung auf. Stattdessen starrte sie auf den Karton zu ihren Füßen. Sie müsste auch endlich Bewerbungen schreiben. Aber alles erschien ihr so sinnlos. Ihr Leben fühlte sich an wie eine große Leere, die nichts zu füllen vermochte. Ihre Mutter setzte sich neben sie, legte einen Arm um sie.

»Es ist nicht nur Oma Hannas Tod, oder?«, fragte sie leise.

Emilia seufzte. »Ich bin entlassen worden.«

Es entstand eine Pause, in der ihre Mutter die Nachricht verdaute.

»Das tut mir sehr leid, Liebes. Aber davon geht die Welt nicht unter.«

»Das möchte man meinen. Nun hatte ich Zeit nachzudenken und …«

»Und?«

»Was hab ich denn schon vorzuweisen, Mama? Ich bin fast dreißig, und … und ich habe nicht mal einen Partner. Geschweige denn eine eigene Familie. Außer Arbeit habe ich nie etwas gekannt. Alles ist so verflucht eintönig.« Emilia ließ den Kopf in die Hände sinken. »Und dann erzählt Oma Hanna mir von ihrer Zeit im Krieg und … Ach, ich weiß auch nicht.«

»Sie hat dir vom Krieg erzählt?«

»Ja.« Emilia sah auf.

»Sie hat sonst nie von früher erzählt«, sagte ihre Mutter verwundert.

»Dann wisst ihr es wirklich nicht?«, hauchte Emilia ehrlich erschrocken.

Verwirrt begegnete ihre Mutter Emilias Blick. »Ich verstehe nicht, Liebes.«

Wo sollte sie beginnen? Durfte sie dieses Geheimnis überhaupt offenbaren? Allerdings hatte ihre Urgroßmutter bestimmt nicht ihr Herz geöffnet, damit ihre Geschichte für immer unter Verschluss blieb.

Also versuchte Emilia, ihrer Mutter zu erklären, was damals geschehen war.

Diese nahm es gefasst auf, erhob sich, schaute aus dem Fenster.

Die Stille zwischen ihnen schien Emilia zu erdrücken. Sie gab sich einen Ruck und schlug das alte Album auf, um dem zu entfliehen.

Ein Lächeln huschte über ihr Gesicht. Die Schwarz-Weiß-Aufnahme zeigte Johanna als junge Frau. Sie ritt auf einem Pferd, dessen Fellfarbe natürlich nicht erkennbar war. Emilia ahnte, dass auf diesem Bild die Stute Elli zu sehen war. Ihre Urgroßmutter wirkte glücklich. Auf dem nächsten Foto hatte sie ein Kind auf dem Arm, küsste es gerade auf die Wange. Das musste Emilias Großvater Anton sein. Jede Aufnahme erzählte eine Geschichte, und jedes Bild zeigte eine glückliche junge Frau. Trotz allem hatte sie ihren Frieden mit diesem neuen Leben gemacht, hatte nach vorn geschaut. Nur auf einigen wenigen Fotos sah man Johanna mit nachdenklichem Gesichtsausdruck. Immer dann, wenn sie sich nicht bewusst war, dass sie fotografiert wurde.

Emilias Mutter setzte sich wieder zu ihr. Gemeinsam schauten sie auf das Leben einer wunderbaren Frau, die sich tief in alle Herzen gebrannt hatte.

Der Klingelton von Emilias Smartphone schreckte sie beide auf. Sie kramte in ihrer Tasche nach dem Handy und nahm das Gespräch an.

»Emilia Arndt?«

»Guten Tag, Lisa Ehrich vom Deutschen Roten Kreuz. Sie hatten uns beauftragt, nach ihrem verschollenen Urgroßvater zu suchen.«

Emilia bejahte dies leise, ihr Herzschlag raste plötzlich.

»Es könnte sein, dass wir ihn gefunden haben.«

21

Varberg, Schweden, September 2018

Emilia stieg zurück in ihr Auto und starrte auf die ruhige Straße. Ein Schwarm Sperlinge flog im Tiefflug über sie hinweg. Eine Windbö rüttelte sacht an ihrem Fahrzeug.

Er war fort.

Curt Ehlert lebte schon seit Jahren nicht mehr in dieser Wohnung. Enttäuschung breitete sich in ihr aus wie eine heiße Flamme, trieb ihr Tränen in die Augen.

Seit Tagen folgte sie seinen Spuren wie Hänsel und Gretel im Märchen den Brotkrumen. Sie hatte seine Familie in Halmstad besuchen wollen, doch sie konnte nur einen alten Nachbarn ausfindig machen, der sie hierher nach Varberg geschickt hatte.

Nun saß sie hier, in einem fremden Land, von dem sie bisher kaum Notiz genommen hatte, in einer fremden Stadt, die all ihre Träume hatte platzen lassen.

Resigniert startete sie den Wagen und fuhr an, als ihr ein älterer Mann auffiel, der auf das Mehrfamilienhaus zuging, auf das sie so große Hoffnungen gesetzt hatte. Er steuerte die Eingangstür an und holte einen Schlüssel hervor. Ihn hatte sie noch nicht gefragt! Bevor er verschwinden konnte, stoppte sie ihr Auto und hastete zu ihm hin.

Auf Englisch versuchte sie ihm zu erklären, wo ihr Problem lag und wen sie suchte, doch der Mann schaute sie verständnislos an, antwortete auf Schwedisch, zuckte mit den Schultern.

»Ach, verdammt«, murrte Emilia und fühlte sich hilfloser denn je.

»Kann ich vielleicht helfen?«

Emilia drehte sich um. Der Fremde vor ihr balancierte einen größeren Karton auf dem rechten Arm. An seiner linken Hand hüpfte ein kleines Mädchen mit hellblonden Locken. Der Mann lächelte freundlich und kämpfte kurz mit dem Karton.

»Sie sprechen Deutsch!«, sagte Emilia erleichtert und fing gleichzeitig den Karton auf, der fast heruntergefallen wäre.

»Vielen Dank. Lars Tjorveson«, stellte er sich vor und streckte Emilia die Hand hin.

»Emilia Arndt aus Berlin. Freut mich sehr, Sie kenn-«

Der ältere Mann unterbrach Emilia und wandte sich an Lars.

»Er möchte wissen, worum es geht«, übersetzte Lars. »Er hat es etwas eilig.«

Sie reichte ihm den Karton zurück. »Früher hat hier ein Mann namens Curt Ehlert gewohnt. Kennt er ihn, oder weiß er vielleicht, ob er noch lebt?«

Lars stutzte kurz, erklärte aber dem Mann, was Emilia gesagt hatte. Von dem folgenden Redeschwall verstand Emilia nicht ein Wort. Während sich Lars unterhielt, beobachtete Emilia das Kind, das sich eng an seinen Vater schmiegte. Der Blick des Mädchens ging ins Leere, es drehte eine seiner Locken immer wieder um den Zeigefinger. Wie alt mochte die Kleine sein? Höchstens vier Jahre, schätzte sie.

Der Ältere schloss nun die Tür auf, winkte zum Gruß und verschwand im Haus, ehe Emilia ihn aufhalten konnte. Verwirrt sah sie zu Lars.

»Leider kennt er niemanden namens Ehlert. Aber ich frage mich …« Er kräuselte nachdenklich die Stirn. »Könnten Sie den alten Curt aus Nösslinge meinen? Der ist vor Jahren aus Varberg hergekommen und wohnt nun auf einem Bauernhof in der Nähe.«

Sprachlos sah sie Lars an.

»Ich weiß nicht, ob es *der* Curt ist. Seinen Nachnamen kenne ich gar nicht. Wie alt ist der Mann, den Sie suchen?«

»Er müsste jetzt zweiundneunzig sein.«

»Das käme hin. Wollen Sie hinterherfahren? Es liegt auf meinem Weg.«

»Wirklich? Oh Gott, das wäre wunderbar.«

»Darf ich fragen, warum Sie ihn suchen?«

»Ich bin auf der Suche nach meinem verschollenen Urgroßvater.«

Lars kämpfte wieder mit dem Karton.

»Wo parken Sie?«, fragte Emilia.

»Drüben auf dem Schotterplatz.«

»Ich helfe Ihnen eben mit dem Karton.«

»Danke«

Sie gingen schweigend ein paar Schritte. Das kleine Mädchen hatte bisher keinen Ton von sich gegeben.

»Ist Ihr Urgroßvater im Krieg verschollen?«

»Ja, das ist eine ziemlich komplizierte Geschichte.«

Er nickte, hakte nicht weiter nach. Sie sah ihn unauffällig von der Seite an. Er hatte mittelblondes, kurz geschnittenes Haar und war einen halben Kopf größer als sie. Der Mann strahlte etwas aus, das sie nur schwer einordnen konnte. Er wirkte merkwürdig … vertraut.

»Woher können Sie so gut Deutsch?« Bis auf einen leichten Akzent sprach er ihre Muttersprache wirklich tadellos.

Er lachte leise. »Vor Urzeiten habe ich mal ein paar Jahre in Deutschland gelebt beziehungsweise dort studiert. Schweden schickt seine Studenten recht gern ins Ausland. Die Plätze sind hier ziemlich rar. Das kommt mir jetzt zugute.«

»Als was arbeiten Sie?«

Er zögerte kurz. Sie bogen auf den Parkplatz ein.

»Ich habe eine Pension und vermiete Zimmer mit Frühstück, oft an deutsche Urlauber. Also, falls Sie noch eine Unterkunft brauchen?«

Die brauchte sie tatsächlich – die letzte Nacht hatte sie im Auto verbracht.

»Wo finde ich Sie denn?«, fragte Emilia, als Lars den Karton in den Kofferraum seines Wagens schob.

»In Schällchö. Ach, warten Sie, ich schreibe es Ihnen besser auf. Man schreibt es ganz anders.« Lars klappte den Kofferraum zu und öffnete die Fahrertür. Er kramte im Handschuhfach und brachte einen zerknitterten Zettel zum Vorschein. »Sie haben nicht zufällig einen Stift?«

Emilia lachte. »Doch, hab ich.« Sie holte einen Kuli aus ihrer Handtasche und staunte nicht schlecht, als Lars *Källsjö* aufschrieb.

»Wow, ich wäre wirklich nicht darauf gekommen, dass sich die Stadt so schreibt.«

»Na ja, eine Stadt ist es nicht. Es gibt eine Kirche, eine Tankstelle und … äh … Häuser, zumindest ein paar. Aber wir haben einen eigenen See.«

»Das klingt wunderbar.«

Lars stellte seine Einkäufe in den Kofferraum und kämpfte darum, seine Tochter auf der Rückbank im Kindersitz anzuschnallen – zumindest nahm Emilia an, dass es sein Kind war. Er redete beruhigend auf das Mädchen ein. Was er sagte, verstand Emilia nicht, da er natürlich Schwedisch sprach.

»Ich hole eben meinen Wagen.«

»Alles klar«, kam es gedämpft aus dem Innenraum von Lars' Auto.

*

Sie fuhren aus der Stadt, und Emilia nahm zum ersten Mal ihre Umgebung wahr. Sie kamen an Feldern und Wiesen vorbei, durchquerten dichte Tannenwälder, in denen es so dämmrig war wie zur Abendzeit.

Die Straßenqualität wechselte immer wieder. Einige Male mussten sie Schlaglöchern ausweichen, und Emilia manövrierte ihren Peugeot vorsichtig um die Asphaltschäden herum.

Ein Gedanke ließ ihr keine Ruhe. Gab es wirklich solche Zufälle? Wie konnte es sein, dass gerade Lars in dem Moment an ihr vorbeigegangen war? Sie glaubte eigentlich nicht an Schicksal, aber die letzten Tage mit ihrer Urgroßmutter hatten ihr zu denken gegeben.

An einer Abzweigung hielt Lars an, stieg aus und kam auf sie zu. Rasch ließ sie die Scheibe herunter.

»Da hinten ist eine kleine Anhöhe, links davon liegt Curts Hof. Und zu meiner Pension geht es in diese Richtung.« Er zeigte nach Osten. »Einfach wieder die Straße runter und hinterm See links. Das Holzschild, auf dem *Tjorveson Hus* steht, ist nicht zu übersehen.«

»Alles klar, vielen Dank!«

*

Als Emilia den Hügel hochfuhr, überrollte sie plötzlich eine Woge von Angst. Und wenn er es wirklich war? Was sollte sie zu ihm sagen? Wie würde er reagieren? Womöglich hatte er noch eine Frau, für die eine Welt zusammenbrechen würde, wenn sie hörte, dass er mit einer anderen ein Kind gezeugt hatte.

Sie stoppte den Wagen und sah hinunter auf das kleine Tal. Ein alter Hof, der sie unwillkürlich an Pettersson und Findus erinnerte, schmiegte sich in die Senke. Daneben stand ein windschiefer Schuppen, der Vorgarten wirkte verwildert.

Emilia wollte gerade losfahren, als ein Bauer seine Kühe direkt vor ihr über die Straße führte. Er machte eine entschuldigende Geste, und die Tiere folgten ihm wie treue Hunde. Er ging mit ihnen zwischen zwei Tannen hindurch und führte sie auf die Weide dahinter.

Emilia gab sich einen Ruck, fuhr bis vor das kleine Gehöft.

»Er hat tatsächlich Hühner«, murmelte sie und schaute verdutzt auf die vier pickenden Vögel, die den Garten als Auslauf benutzten. »Oh mein Gott … und eine Katze.« Sie musste lachen, als die Katze auf einen Holzstapel sprang und den Dachfirst des Schuppens entlangspazierte. Die rötlich goldenen Flecken in ihrem getigerten Fell leuchteten in der Nachmittagssonne, deren Strahlen sich durch graue Wolken stahlen.

»Ich bin in meinem Lieblingskinderbuch gelandet«, murmelte sie und schüttelte fassungslos den Kopf.

Als sich die Haustür öffnete, machte ihr Herz einen Stolperer. Der Mann war groß und hatte fast weißes Haar. Seine hagere Gestalt beugte sich beim Gehen ein wenig. Sie beobachtete, wie er einige Hölzer aufhob und sich schwerfällig wieder aufrichtete. Er sah auf, schaute direkt zu ihrem Wagen. Emilia wäre am liebsten geflohen, sie kam sich vor wie eine Stalkerin. Mit zitternden Händen ließ sie den Motor an, als sie erkannte, dass er auf sie zukam. Flucht war plötzlich das Einzige, an das sie denken konnte.

Er legte die Hölzer so, dass er sie mit rechts tragen konnte, klopfte an ihre Scheibe und sprach sie auf Schwedisch an.

»Kan jag hjälpa till med något?«

Emilia starrte ihn an, ließ das Fenster herunter und brachte kein Wort hervor. Als sich ihre Blicke begegneten, stutzte er. Ein paar der Brennhölzer fielen zu Boden. In seinem Gesicht stand Fassungslosigkeit.

Was bedeutete das?

Nur weg! Sie musste fort und erst einmal überlegen, was sie zu ihm sagen sollte!

»Ich … Es tut mir leid … ich hab mich nur verfahren«, stotterte sie.

Emilia fuhr ein Stück rückwärts, um wenden zu können, und brauste davon.

*

Nun stand sie mit dem Auto vor dem Schild *Tjorveson Hus*. Sie war unschlüssig.

»Was soll's«, murmelte sie vor sich hin. »Ich brauche einen Platz zum Schlafen.«

Sie bog in die schmale Schotterstraße ein und lächelte, als sie auf ein wunderschönes Landhaus zufuhr. Die Fassade war in dem typischen Schwedenrot gestrichen. Ein mit weißen Ornamenten verzierter Vorbau verlieh dem Gebäude etwas Edles. Der Ort wirkte so idyllisch, dass sich Emilia wie in einem Traum fühlte.

Sie parkte vor dem Haus, stieg aus dem Wagen. Es hatte zu regnen angefangen, und zuerst wollte sie rasch zur Haustür eilen. Doch dann hielt sie inne. Sie schloss die Augen und spürte den sanften Regen auf der Haut. Der Geruch von feuchtem Gras mischte sich mit dem würzigen Duft von Tannen. Sie schaute auf den See, beobachtete die Tropfen auf dem Wasser. Sie bildeten seltsame Muster auf der Oberfläche. Eine Bö bog leicht die Tannenspitzen, als würden sie sich verneigen.

Sie hatte ein schlechtes Gewissen. Sie war einfach geflohen, obwohl der alte Mann so ausgesehen hatte, als hätte er etwas in ihr erkannt. Sah sie ihrer Urgroßmutter ähnlich? Vor Jahren hatte ihr Vater etwas in der Art gesagt, als sie den alten Diaprojektor von Uropa Friedrich hervorgeholt und sich alte Fotos angesehen hatten.

So stand sie im Regen und versuchte, sich daran zu erinnern, wie Johanna in der Zeit des Zweiten Weltkriegs ausgesehen hatte. Noch vor ein paar Tagen hatten die Schwarz-Weiß-Aufnahmen aus dem Fotoalbum vor ihr gelegen, aber sie konnte es nicht einschätzen.

Die Haustür öffnete sich.

»Kommen Sie doch herein«, rief Lars Tjorveson ihr zu.

Er weckte sie aus ihrer Starre. Sie holte ihren Koffer aus dem Wagen und eilte zu ihm.

»Ich musste erst … Diese Gegend! … Ich nehme sie irgendwie jetzt erst richtig wahr.« Sie trat ins Haus und lächelte. »Wie in dieser Knäckebrot-Werbung.«

Lars schüttelte amüsiert den Kopf. »Sie glauben gar nicht, wie die Urlauber damals hierher geströmt sind. Also … Sind Sie reif für ein bisschen Schweden?«

»Absolut!«

Lars führte sie zu einer kleinen Anmeldetheke. Er setzte sich und suchte einige Unterlagen heraus.

Sie sah sich um. Die Wände waren mit hellem Holz getäfelt, weiter hinten sah sie einen großen Wintergarten, in dem ein älteres Paar Karten spielte.

»Sie sind schnell hergekommen. War es nicht der Curt, den sie zu finden gehofft haben?«

Emilia schwieg betroffen, und er schaute fragend zu ihr auf.

»Ich … ich bin nicht sicher. Als er plötzlich vor meinem Wagen stand, habe ich Panik bekommen und bin … einfach weggefahren.« Sie biss sich auf die Unterlippe.

»Oh, dann wagen Sie morgen vielleicht einen neuen Versuch?«

»Ja … ja, das tue ich. Himmel, er sieht aus wie Robert Redford! Also wie der gealterte, meine ich.«

»Er ist wirklich ein netter alter Mann. Und ich weiß, dass er Deutsch spricht. Er hat es mir mal erzählt, als ich ihm bei einer Reparatur geholfen habe.«

»Ich glaube … er ist es. Sein Blick … Womöglich hat er etwas in mir erkannt.«

»Morgen finden Sie es heraus«, entgegnete Lars mit einem Lächeln.

Emilia nickte und bemühte sich, gelassen zu wirken, was wohl gründlich misslang.

»Wissen Sie schon, wie lange Sie hierbleiben möchten?«

»Nicht direkt.«

»Kein Problem, ich schreibe ›Ende offen‹.«

Er fragte nach ihrem Personalausweis, füllte ein Formular aus, das sie unterschreiben musste. Ein leises Geräusch erweckte ihre Aufmerksamkeit. Verwundert sah Emilia, dass das kleine Mädchen auf einer Decke hinter der Anmeldetheke saß. Sie hielt ein Kuscheltier in ihren Händen, spielte aber nicht damit, sondern betrachtete eine Fliege, die an der Wand hochkrabbelte.

Lars bemerkte ihren Blick.

»Sie ist am liebsten in meiner Nähe«, sagte er.

»Wie heißt sie?«

»Smilla. Wie in dem Buch, wissen Sie?«

»*Fräulein Smillas Gespür für Schnee?*«

»Ja. Meine Frau …« Er räusperte sich. »Sie hat das Buch geliebt.«

Emilia beobachtete Smilla. Das Kind bewegte sich kaum, wiegte sich nur ganz leicht hin und her. Mit einem Mal wurde ihr bewusst, dass Lars in der Vergangenheitsform gesprochen hatte.

Er suchte augenscheinlich nach einem Dokument, schob einen Stift hin und her, sah sich nach seiner Tochter um.

»Hätten Sie vielleicht eine Tasse Kaffee für mich?«

An Lars' Gesichtsausdruck erkannte sie seine Erleichterung, dass sie nicht nachhakte. »Gern. Gehen Sie doch schon mal in den Wintergarten. Den Koffer können Sie ruhig erst mal stehen lassen, den klaut hier keiner.«

»Okay, vielen Dank.«

Emilia schob den Koffer in eine Ecke und ging durch den Flur auf den nun hereinströmenden Sonnenschein zu. Sie suchte sich einen Tisch am Fenster und schaute hinaus.

Die Regentropfen auf den Scheiben reflektierten das Licht und blendeten Emilia kurzzeitig. Eine Wolke verschob sich. Sie konnte zuschauen, wie die Strahlen über den See wanderten, seine Oberfläche glitzern ließen. Vom Ufer ragte ein Holzsteg ins Wasser, ein Ruderboot war daran vertäut, schaukelte auf den seichten Wellen. Ihr Blick schweifte weiter. Hohe Tannen umrahmten das Gewässer, ein Reiher flog darüber hinweg.

Das ältere Paar am Nebentisch lachte. Emilia beobachtete die beiden und wünschte, ihre Urgroßmutter könnte mit ihr diese Aussicht genießen.

Lars kam mit zwei Tassen zurück, stellte sie auf den Tisch. »Ich komme sofort, einen Moment, bitte.«

Er ging wieder zur Anmeldetheke, und Emilia schob die Getränke an ihren Platz. Als er zurückkehrte, trug er seine Tochter auf dem Arm. Sie hatte ihren Kuschelhasen fest an sich gepresst und lehnte ihren Kopf gegen seine Schulter. Lars setzte sich Emilia gegenüber, Smilla behielt er auf dem Schoß.

Das Kind wirkte abwesend, völlig in sich gekehrt. Emilia wollte nicht unhöflich sein und sich danach erkundigen. Er bemerkte trotzdem ihren prüfenden Blick, sie sah es ihm an. Er streichelte Smilla übers Haar, sah zum See hinaus.

»Sie muss den Verlust ihrer Mutter verarbeiten«, sagte er leise und griff dann rasch nach seinem Kaffee.

Emilia tat es ihm nach, nahm einen Schluck, fühlte sich angesichts seiner Aussage hilflos. »Das … das tut mir leid«, murmelte Emilia nur.

»Warum sind Sie weggelaufen? Vor Curt, meine ich.«

»Ähm, das ist eine gute Frage. Ich hatte plötzlich Angst, er wäre es wirklich. Und ich wusste überhaupt nicht mehr, was ich ihm sagen sollte. Hat er Familie? Eine Frau? Ich will ihm auf keinen Fall irgendwelche Schwierigkeiten machen.«

»Trotzdem sind Sie nach Schweden gekommen.«

Emilia lachte unsicher. »Irgendwie habe ich mir vorher gar keine Gedanken darüber gemacht. Ich habe es meiner Urgroßmutter versprochen und wollte ihn unbedingt finden.«

»Wieso ist sie nicht mitgekommen?«

»Das wäre sie gern, aber … sie ist vor Kurzem gestorben.«

Er schwieg kurz, strich seiner Tochter sanft über den Rücken. »Worte scheinen bei so etwas irgendwie … sinnlos zu sein, oder?«

»Stimmt, wirklich helfen tun sie nicht. Man muss versuchen, damit zu leben.«

»Ja …«

22

Am nächsten Tag parkte Emilia den Wagen auf der Schotterstraße und beobachtete die Hühner. Sie dachte an Johannas Henne Herti. Alles erinnerte sie irgendwie an diese tragische Geschichte, die sie nicht mehr losließ.

Der Hof war ein wenig heruntergewirtschaftet und nicht besonders groß. Die blaue Farbe des Hauses blätterte ab, die Balken des Schuppens waren von Moos überwuchert. Gartengeräte standen und lagen kreuz und quer herum. Die Katze döste in der Regenrinne des niedrigen Hauses. Der Anblick brachte Emilia wieder zum Schmunzeln.

Sie nahm allen Mut zusammen, ging zur Haustür und klopfte an. Ihr Herz raste. Von drinnen hörte sie schlurfende Schritte. Der alte Mann öffnete und starrte sie verdutzt an.

»Bitte entschuldigen Sie die Störung. Mein Name ist Emilia Arndt. Ich war ja gestern schon hier und … ähm … eigentlich hatte ich mich nicht verfahren.«

Er schaute sie an, als wäre sie ein Geist.

»Ich … ich frage Sie am besten ganz direkt. Sind Sie Curt Ehlert, ehemals aus Berlin?«

Zuerst antwortete er nicht, schien um Fassung zu ringen. »Ja«, sagte er dann leise.

Emilia brachte kein Wort heraus, die Gefühle übermannten sie. Ihr kamen die Tränen, und sie schluchzte auf.

»Sie haben hellere Haare, aber … aber für einen Moment …« Seine Stimme brach.

Rasch wischte sich Emilia über die Augen, versuchte sich zusammenzureißen. Es gelang ihr nicht.

Curt fasste sie schließlich sanft am Arm und führte sie ins Haus. »Nehmen Sie doch bitte Platz, ich mach uns einen Tee.«

Emilia folgte ihm in die altmodische Küche und setzte sich an den Tisch.

»Hab wirklich lange kein Deutsch mehr gesprochen«, murmelte er und schenkte ihr ein zaghaftes Lächeln. Er befüllte den Wasserkessel und stellte ihn auf den Herd. Aus einem der Schränke nahm er zwei Tassen und legte Teebeutel hinein.

Emilia zog ihre Tasche zu sich heran, holte mit bebenden Händen seinen Brief hervor, legte ihn auf den Tisch und drehte ihn in seine Richtung. Sie musste sichergehen, dass er es war. Obwohl es tief in ihrem Innern keine Zweifel mehr gab. »Ist das Ihr Brief?«

Curt berührte zögerlich das Papier. Tränen glitzerten in seinen Augen.

»Ja …«

Mit eindringlichem Blick schaute er sie an. Seine Frage stand ihm förmlich ins Gesicht geschrieben.

»Sie … sie ist vor einem Monat gestorben«, flüsterte Emilia. »Ich musste ihr versprechen, Sie zu finden.«

Er schwankte, hielt sich an der Stuhllehne fest, setzte sich.

Das Pfeifen des Kessels ließ sie beide zusammenzucken. Emilia stand auf, bevor er sich erheben konnte, und goss das heiße Wasser auf die Teebeutel. Sie reichte ihm eine Tasse und setzte sich mit ihrem Tee wieder ihm gegenüber.

»War sie glücklich?«, fragte er.

»Ja, da bin ich sicher. Aber sie hat Sie nie vergessen.«

»Kannten … Sie … Johanna gut?«

»Ich bin ihre Urenkelin. Wir hatten eine sehr enge Bindung.«

Erneut berührte Curt den vergilbten Brief, den er vor so vielen Jahrzehnten geschrieben hatte. Er rieb sich über die Augen.

»Als ich sie damals gefunden hatte, nach fast zehn Jahren, da konnte ich es kaum glauben. Ich habe sie aus der Ferne beobachtet und zwischen Freude und Trauer geschwankt, denn … sie war nicht allein.«

»Sie hat so lange gewartet, wie sie konnte.«

»Ja, ich weiß. Wahrscheinlich hat sie gedacht, ich wäre tot«, sagte er mit rauer Stimme. Gedankenverloren nippte er an seinem Tee.

»Meine Urgroßmutter hat Ihnen auch einen Brief geschrieben,

aber nie gewagt, ihn abzuschicken, was sie sehr bedauerte. Viele Jahre später hat sie sogar nach Ihnen gesucht.«

Emilia zog den ungeöffneten Brief aus der Tasche, den Johanna vor so langer Zeit geschrieben hatte. Curt nahm ihn mit zitternder Hand entgegen Er stand auf, nahm ein Messer aus einer Schublade und öffnete damit vorsichtig das Kuvert. Als er zu lesen anfing, sah Emilia Tränen in seinen Augen. Mit einer leisen Entschuldigung ging er in ein anderes Zimmer.

Emilia wartete am Küchentisch, umfasste ihre warme Tasse, strich mit dem Zeigefinger über den Rand und fühlte eine Unebenheit, wo ein winziges Stück des Porzellans abgebrochen war.

Was Johanna Curt geantwortet hatte, blieb ein Geheimnis, um das nur er wusste.

Nach einiger Zeit kam er zurück, den Brief presste er an sich. Er wirkte sehr blass, doch auf seinen Lippen lag ein Lächeln. »Ich danke Ihnen, Emilia.«

Sie rang mit sich. Sollte sie ihm jetzt sofort die ganze Wahrheit erzählen oder noch warten?

Curt Ehlert schaute auf. »Da ist noch etwas, oder? Ich sehe es Ihnen an.«

Nun gab es kein Zurück mehr. »Mein Großvater …« Emilia räusperte sich. »Herr Ehlert, Sie sind sein Vater.«

Er wirkte für den Augenblick fassungslos.

»Ich weiß, es … es scheint umso tragischer zu sein, und Oma Hanna … also Johanna, meine ich … es hat sie so sehr geschmerzt, dass sie Sie nie wiedergesehen hat. Aber damals gab es aus diesem Dilemma keinen Ausweg, weil mein Großvater ja nur Uropa Friedrich kannte und …« Emilia brach ab, sie wusste nicht, wie sie es in Worte fassen sollte.

Curt setzte sich wieder zu ihr. »In Johannas Brief steht, dass … dass mein Sohn überlebt hat. Ich hatte es von ganzem Herzen gehofft.« Er atmete so schwer, dass Emilia anfing, sich zu sorgen. Waren all diese Neuigkeiten zu viel für den alten Mann?

»Sie sind also … meine … meine Urenkelin?«

Emilia holte tief Luft. »Ja, das bin ich.«

In der nachfolgenden Stille hörte sie das Holz des alten Hauses leise knarren. Curts Blick war starr auf die Tischplatte gerichtet, er rührte sich nicht. Emilia betrachtete ihn, konnte kaum fassen, dass dies ihr leiblicher Urgroßvater war. Hier in der Einsamkeit Schwedens, weit weg von zu Hause, erschien ihr alles so unwirklich. Sie wagte nicht, etwas zu sagen, wartete ab, was er tun würde.

Ihr fiel auf, dass sein weißes Haar noch vereinzelt von hellblonden Strähnen durchzogen war. Die Falten in seinem Gesicht zeugten von einem gelebten Leben.

Mit zitternder Hand griff er nach der Tasse, trank einen Schluck Tee.

»Sie sehen aus wie Johanna damals. Bis auf die Haarfarbe. Als Sie mich gestern aus dem Auto angeschaut haben …« Er lächelte. »Ich dachte, ich hätte einen Geist vor mir.«

»Das alles hat Oma Hanna nie losgelassen. Sie war wirklich in einer ausweglosen Situation.«

Curt hob leicht die Hand, eine beschwichtigende Geste. »Ich weiß, zehn Jahre sind eine unglaublich lange Zeit.« Er suchte ihren Blick. »Und ich habe wirklich einen Sohn?«

»Ja. Er heißt Anton.«

»Und eine Urenkelin.« Er schüttelte mit einem leisen Lachen den Kopf. »Wissen Sie, ich habe nie weitere Kinder bekommen. Meine erste Ehe in Berlin war eine Katastrophe, weil ich noch um Johanna trauerte. Ich flüchtete nach Schweden, und ich würde sagen, hier habe ich ein bisschen Glück gefunden. Meine zweite Frau ist vor fünfzehn Jahren gestorben. Seitdem lebe ich hier … mit den Hühnern und der Katze.«

»Wie der alte Pettersson«, rutschte Emilia heraus.

Curt schaute sie verblüfft an, zog nachdenklich die Augenbrauen zusammen. »Du liebe Güte, Sie haben recht.«

Lachen hallte durch die Küche.

»Aber ich warne Sie. Svart ist ein kleiner Teufel.«

»Die Katze?«

»Ja, er ist ein echter Satansbraten«, sagte er in liebevollem Ton. »Wahrscheinlich liegt er wieder in der Regenrinne und lauert den Schwalben auf.«

Wieder herrschte Schweigen. Die gelöste Stimmung schwand abrupt. Curt stützte den Arm auf, legte die Hand an den Mund und schloss die Augen.

»Ich hatte befürchtet, sie hätte das Kind verloren.«

Zuerst wusste Emilia nicht so recht, was sie tun sollte. In einem Impuls holte sie das alte Fotoalbum hervor.

»Möchten Sie Ihren Sohn sehen, Herr Ehlert?«

Seine Lider hoben sich. Er nickte zaghaft. Sie drehte das Buch um und schlug es auf. Als er das erste Schwarz-Weiß-Bild betrachtete, begann er still zu weinen. Tief berührt wartete Emilia, bis er sich wieder gefangen hatte.

Lange saßen sie zusammen, schwelgten in Johannas Vergangenheit, und Curt lernte seinen einzigen Sohn kennen – zumindest auf Fotos.

Später brachte er es kaum fertig, das Album zuzuklappen. Behutsam strich er mit dem Zeigefinger über das letzte Foto, auf dem Johanna mit dem etwa zehnjährigen Anton zu sehen war.

»Ich wäre so gern ein Teil ihres Lebens gewesen«, flüsterte er. »Aber die Zeit kann man nicht zurückdrehen.«

»Soll ich Ihnen Kopien von den Fotos machen lassen?«

»Ja … ja, das wäre wunderbar. Aber bitte … können wir uns nicht duzen?«

»Sehr gern«, antwortete Emilia erleichtert.

Diesem alten Mann so distanziert zu begegnen war ihr mit jeder Minute schwerergefallen. Sie schob ihre Hand über den Tisch. Er griff danach. Wieder schimmerten Tränen in seinen Augen, doch dieses Mal lächelte er.

*

Sie hatten ihr Gespräch in das kleine Wohnzimmer verlegt. Obwohl das Sofa abgewetzt war, saß man sehr gemütlich darauf. Emilia fühlte sich wie in einem Nest.

»Curt, wie kam es eigentlich dazu, dass du deine Einheit verloren hast und praktisch vor der Tür von Oma Hanna gelandet bist?«

Etwas in seinem Gesichtsausdruck veränderte sich. Für einen

Moment verließ ihn seine ruhige Ausstrahlung. Schrecken spiegelte sich auf seinen Zügen wider.

Rasch streckte Emilia die Hand nach ihm aus, die er spontan ergriff. »Ich wollte nicht in alten Wunden wühlen. Bitte entschuldige!«

Curt schüttelte fast unmerklich den Kopf, als wollte er diese Erinnerung wieder verdrängen.

»Nein, ist schon gut. Ich möchte es erzählen.«

Der alte Mann fuhr sich durch das Gesicht, zauste sich die kurzen Haare, atmete tief durch.

»Weißt du, Dinge, die kürzlich passiert sind, vergesse ich oft, aber die Zeit im Krieg ... Die Bilder verschwinden einfach nicht, auch nicht nach all den Jahren.

Es war im Februar '45. Meine Einheit wurde vom Feind völlig zerschlagen. Wir Übriggebliebenen sollten uns der Truppe in Arnswalde anschließen. Unser Kommandant hatte das letzte Gefecht nicht überlebt, und man teilte uns Feldwebel Geiß zu. Dieser Mann ... Er war grausam bis ins Mark. Wir nahmen einen russischen Späher gefangen, wollten Informationen von ihm, aber der Junge sprach leider kein Wort Deutsch, und wir konnten kein Russisch. Geiß gab mir den Befehl, ihn hinzurichten. Ich brachte es nicht fertig. Der Späher sah noch so jung aus, als er verletzt und gefesselt vor mir lag. Das war so ... falsch. Ich weigerte mich. Geiß war außer sich, beschimpfte mich, aber es war mir egal. Wir waren alle mit den Nerven am Ende. Die Temperaturen sanken, wir froren, hungerten, hatten Schmerzen, verloren Kampf um Kampf. Ein Streit entbrannte. Ein Soldat, Toni Daut hieß er, nahm mich wegen meiner Verweigerung in Schutz und brachte den Feldwebel damit dermaßen in Rage, dass er auf ihn losging.« Curt seufzte und rieb sich über die Schulter. »Ich bin dazwischengegangen und habe mir einen tiefen Streifschuss eingefangen.«

»Der Feldwebel hat dich angeschossen?«, fragte Emilia erstaunt.

»Nicht nur das ...« Er räusperte sich, nahm einen Schluck von seinem mittlerweile wohl kalten Tee. »Zumindest haben wir uns beruhigt. Toni verarztete mich, so gut er konnte, aber die Verwundung behinderte mich, und Geiß nahm keine Rücksicht. Er ließ mich zurück, gab sogar den Befehl dazu, weil meine Kameraden murrten.

Dieser Mann war so unberechenbar, sie fürchteten sich vor dem, was er tun könnte.«

»Also bist du zurückgeblieben.«

»Ja. Ich konnte mich vor den Russen verstecken und kämpfte mich weiter vor, bis ich die Lichter eines Hofes sah.« Er lächelte. »Dort am Waldrand hat Johanna mich gefunden.«

Eine ganze Weile saßen sie schweigend beieinander und tauchten in Gedanken in die Vergangenheit ein. Inzwischen war es draußen dunkel geworden. Emilia bemerkte eine leichte Unruhe in Curts Verhalten, er rieb sich über die Augen.

»Es ist spät. Ich fahre jetzt zurück zu meiner Pension. Ruh dich ein bisschen aus. Die Fotos lasse ich erst mal hier.«

»Bitte entschuldige. Wenn ich lange sitze, macht mir immer mein Rücken zu schaffen.«

»Es ist alles gut.«

»Wo übernachtest du denn?«

»Bei Lars Tjorveson, das ist ganz in der Nähe.«

»Ach, bei Lars, das ist gut. Ich muss ihm morgen Nachmittag sowieso noch was vorbeibringen. Vielleicht … kann ich dich da treffen?«

»Das würde mich wahnsinnig freuen.«

Sie reichten sich zum Abschied die Hand. Als Curt die Tür hinter ihr geschlossen hatte, ging Emilia auf ihr Auto zu. Mit einem Mal blieb sie stehen.

»Oma Hanna, ich habe ihn gefunden«, flüsterte sie und schaute hinauf zum Nachthimmel.

Am Firmament leuchtete ein wahres Lichtermeer. Ehrfürchtig betrachtete sie die unzähligen Sterne.

Sie hörte, wie die Tür hinter ihr noch einmal geöffnet wurde, Schritte näherten sich. Emilia fühlte eine Hand auf der Schulter.

»Hier sieht der Himmel aus wie früher, als Johanna und ich auf der Flucht waren. Es mochte kalt, gefährlich und oft grausam gewesen sein. Aber den Sternenhimmel in den eisigen, klaren Nächten habe ich nie vergessen.«

»Bist du deshalb in Schweden geblieben?«, fragte sie aus einem Impuls heraus.

»Ja, in gewisser Weise schon. Ich bin hierher geflohen, um Frieden zu finden.«

Emilia riss sich von dem Anblick der Sterne los und wandte sich zu ihm um.

»Hast du ihn gefunden?«

Curt lächelte. »Manchmal.«

*

Am nächsten Morgen sah Emilia nicht viel von Lars. Es befanden sich einige Gäste in der Pension, und er war vollauf damit beschäftigt, allen das Frühstück zu servieren. Smilla konnte sie nicht entdecken. Ob die Kleine noch schlief?

Während Emilia ihre frühe Mahlzeit genoss, erfreute sie sich an der wunderschönen Aussicht. Sie dachte an Curt und Johanna und stellte sich vor, wie es gewesen wäre, hätten sie sich noch einmal wiedersehen können …

Lars kam an ihren Tisch und riss sie aus ihrer Träumerei. »Kann ich Ihnen noch etwas bringen?«

»Nein danke, ich bin wunschlos glücklich.«

Er zündete das Teelicht auf dem Tisch an. Die Fassung stellte eine Lotusblume dar, ihre Blütenblätter leuchteten rotgolden auf, als die kleine Flamme erstrahlte.

»Und was haben Sie heute vor?«

»Ich glaube, ich werde am See entlangwandern«, antwortete Emilia und ließ ihren Blick über das Gewässer schweifen.

»Wenn Sie mal Lust haben, können Sie auch gern das Ruderboot am Steg benutzen.«

»Danke, darauf komme ich bestimmt zurück.«

Lars verabschiedete sich und steuerte zielstrebig den Empfangsbereich an. Emilia erspähte die kleine Smilla an der Treppe, sie war noch im Schlafanzug. Lars nahm seine Tochter auf den Arm und verschwand mit dem Mädchen aus ihrem Sichtfeld.

Sie betrachtete den Steg, an dem das Ruderboot sanft schaukelte.

Nein, heute würde sie die Gegend zu Fuß erkunden. Sie wollte am Ufer entlanggehen, durch den Wald streifen, die Stille genießen.

*

Nur wenig später saß Emilia am Steg und schaute ins Seewasser. Sie entdeckte kleine Fische, die im Schwarm hin und her flitzten. Am sandigen Untergrund wuchsen Algen, die in der leichten Strömung tanzten.

Sie dachte plötzlich an den Tempelhofer Hafen in Berlin. Dies hier schien eine völlig andere Welt zu sein. Sie sah sich wieder an der Anlegestelle sitzen, mit sich hadernd, weil sie ihren Job verloren hatte.

Spontan nahm sie ihr Handy und schrieb Miriam eine Nachricht, dass sie ihren leiblichen Urgroßvater gefunden hatte. Mit ihrer Mutter hatte sie schon am Vorabend telefoniert. Sie schaltete das Handy auf »lautlos« und verstaute es in dem kleinen Rucksack, den sie mitgenommen hatte.

»Nun gut, dann schauen wir mal, was mich heute erwartet.«

Sie erhob sich und wanderte am See entlang.

Hinter dem Landhaus begann dichter Wald, der fast bis ans Ufer reichte. Der Boden bestand aus losem Gestein und Schlick, wurde mit jedem Meter unwegsamer. Emilia kletterte über einige Baumwurzeln, schob tief hängende Zweige zur Seite. Sie kam um eine kleine Biegung. Sträucher versperrten ihr den Weg. Kurzerhand zog sie Schuhe und Strümpfe aus, watete ins knietiefe Wasser, um dem auszuweichen. An einem großen Felsen hangelte sie sich wieder ans Ufer. Doch hier verhinderte eine steile Böschung jegliches Weiterkommen, und das Gewässer vertiefte sich.

Seufzend balancierte sie zurück zu dem Felsen, setzte sich darauf und ließ die Beine im Wasser baumeln. Noch hatte die Sonne genug Kraft, um zu wärmen. Emilia schloss die Augen.

Vögel zwitscherten, kleine Wellen plätscherten über die Steine, umspülten ihre Füße. Sie hätte ewig hier sitzen bleiben können, wäre da nicht diese sonderbare Empfindung gewesen. Es fühlte sich an wie ein leichtes Vibrieren in ihrem Innern, das sie zum Weitergehen aufforderte. Also kehrte sie um, lief bis zu einem nahen Trampelpfad zurück, der vom See aus in den Wald hineinführte.

Es roch nach dem Harz der Nadelbäume. Sonnenschein sprenkelte den Erdboden. Ein Rotkehlchen landete vorwitzig in Emilias Nähe auf einem Ast, flog aber rasch davon, als sie vorsichtig die Hand ausstreckte. In den Baumkronen piepste und raschelte es.

Sie blieb stehen, verharrte, lauschte …

Das erste Mal seit Jahren fühlte sie vollkommene Ruhe in sich. Ihr bisheriger Lebensstil hatte sie förmlich vor sich hergetrieben. Immer erreichbar, immer bereit, allen zu helfen. Und in den wenigen Pausen ließ sie sich vom Fernsehprogramm beschallen. Nur dann konnte sie ihre sich rotierenden Gedanken abschalten. Aber hier ordnete sich auf seltsame Weise ihr Verstand. Sie fühlte sich frei und mit diesem Ort verbunden.

Emilia sah sich noch einmal zum See um, zog sich Schuhe und Strümpfe wieder an, um dem Weg zu folgen, der von Tannennadeln bedeckt war.

Die Wanderung führte sie über Hügel voller Wurzelgeflechte, durch sumpfiges Gebiet, in dem nur ein schmaler Pfad trocken hindurchführte, und auf eine Lichtung, die fast im Herbstlaub der vergangenen Jahre versank.

Vereinzelte Birkenblätter, von der Sonne beschienen, fielen wie goldene Schneeflocken auf den Waldboden. Die helle Rinde der Bäume bildete einen Kontrast zu den hohen Eichen, von denen sie umrahmt wurden. Emilia schaute durch die lichten Wipfel der fünf Birken, die wie eine Familie zusammenstanden. Die anderen Bäume umgaben sie in einigem Abstand wie geheime Beschützer.

Über ihr spannte sich ein Himmel in sattem Blau. Wind bewegte die obersten Äste. Ein Greifvogel zog hoch oben seine Kreise. Sein Ruf hallte bis zu ihr auf die Lichtung.

All dies fühlte sich für Emilia besonders an. So vieles hatte sie gar nicht mehr wahrgenommen, weil ihr Blick wie verschleiert gewesen war.

Ein Rascheln, wie leise Schritte, erregte ihre Aufmerksamkeit. War da eine Gestalt bei den Eichen? Sie ging ein paar Schritte darauf zu, sah eine Bewegung. Etwas Helles blitzte hinter einem Dickicht auf, verschwand wieder, bis es weiter hinten erneut erschien. Für einen Menschen wirkte es sehr klein. Emilia verlor es aus den Augen.

Sehr lange hatte sie ihre innere Stimme, ihr Bauchgefühl ignoriert. Nun schrie förmlich alles in ihr, dieser Gestalt zu folgen.

»Es ist ja nicht so, als müsste ich einen bestimmten Weg gehen«, murmelte sie und kämpfte sich durch das Laub.

Nach einer Weile stand sie vor einem Schotterparkplatz. Rundherum war immer noch tiefer Wald, nur eine recht unwegsame Straße führte auf der anderen Seite nach Osten. Zu ihrer Verwunderung befand sich hier tatsächlich ein Toilettenhäuschen. Emilia lachte leise, als sie hineinspähte. Mehr als ein Plumpsklo war es nicht.

Vor sich sah sie wieder den See. Mit einem Lächeln ging sie in Richtung Ufer. Ein Sandstrand erstreckte sich etwa siebzig Meter weit nach links bis zu einem Steg, der weit ins Wasser ragte. Auf der rechten Seite entdeckte Emilia einen Tisch und zwei Bänke aus verwittertem Holz.

Sie ging zum Ufer, schaute zu, wie flache Wellen an den Strand schwappten. Wasserläufer flitzten über die Oberfläche, verschwanden im Schilfgras, das hinter dem Picknickplatz begann. Sie beugte sich hinunter, tauchte die Finger in das kühle Nass.

Sie schreckte auf, als sie ein Geräusch hinter sich hörte. Als sie sich umschaute, traute sie ihren Augen kaum.

Ein kleines Mädchen mit blonden Locken kramte in einer Kiste, die am Rand des Strandes aufgestellt war. Ihr weißes T-Shirt leuchtete in der Mittagssonne, sie trug nicht einmal Schuhe. Mit einem Spielzeuglastwagen drehte sie sich herum, lief zum Ufer.

»Smilla?«

Emilia sah sich um, aber Lars war nicht zu sehen. Niemand sonst hielt sich hier auf.

Smilla setzte sich ans Wasser, beachtete sie gar nicht. Sie schaufelte Sand auf die Ladefläche des Autos und zog es vielleicht einen Meter im Zeitlupentempo über den Strand. Dann kippte sie die Ladung aus und begann das Spiel von vorn, wiederholte es immer wieder.

Emilia beobachtete sie unsicher, hielt immer noch Ausschau nach einer Aufsichtsperson. Es blieb still, nur der Greifvogel zog seine Kreise und stieß zwischendurch seinen Ruf aus.

Sie näherte sich dem Kind, setzte sich neben die Kleine.

»Smilla, bist du ganz allein hier?«

Das Mädchen antwortete nicht. Konnte sie überhaupt Deutsch? Vielleicht ja. In der Pension wurde häufig Deutsch geredet, und ihr Vater sprach es fließend.

»Was ist nur passiert, dass du dich so sehr in dich selbst zurückgezogen hast?«, flüsterte Emilia und streichelte ihr sanft über den Kopf.

Diese Geste ließ Smilla innehalten. Sie rührte sich plötzlich nicht mehr.

»Süße, wollen wir nicht nach Hause gehen?«

Keine Reaktion.

Das Mädchen hockte auf den Knien, die bloßen Füße waren für Emilia sichtbar. An den Sohlen klebten Sand, Harz und Tannennadeln. Etwas hatte ihren rechten Fußballen verletzt, dort sah Emilia eine kleine, blutige Schramme.

Vorsichtig zog sie die Tannennadeln ab, hob Smilla dann hoch und stellte sie in das seichte Wasser, um den groben Schmutz abzuwaschen. All das ließ die Kleine geschehen, ohne sich zu sträuben.

»Ich glaube, für deinen Fuß brauchen wir ein Pflaster. Und weißt du was? Ich hab sogar eins in meinem Rucksack.«

Als Emilia das Mädchen hochnahm, schlang es beide Arme um sie. Zuerst blieb sie verdutzt stehen, dann presste sie Smilla an sich und trug sie zu dem Holztisch und setzte das Kind darauf.

»So komm ich viel besser an die kleine Verletzung ran, weißt du?«

Emilia kramte in ihrem Rucksack nach dem Pflaster. Das Mädchen beobachtete sie stumm.

Plötzlich hörte Emilia einen verzweifelten Ruf aus dem Wald. Zuerst konnte sie es nicht verstehen, dann erkannte sie, dass jemand nach Smilla rief.

Lars? Sie nahm es an.

»Dein Papa macht sich bestimmt große Sorgen. Besser, wir gehen ihm entgegen.«

Emilia versorgte Smillas Schramme, schulterte den Rucksack und nahm die Kleine wieder auf den Arm. Sie ging zum Parkplatz zurück, folgte dem Schotterweg, horchte auf die Rufe.

»Sie ist hier, Lars! Smilla ist bei mir!«, rief Emilia, so laut sie konnte.

Stille. Dann hörte sie eilige Schritte.

»Emilia?!«, hallte es von rechts aus dem Wald.

»Hier, am Parkplatz!«

Lars brach aus dem Unterholz und geriet ins Stolpern, als er sich in einem dornigen Strauch verfing. Unwirsch befreite er sich.

»Oh, Gott sei Dank!«, keuchte er.

Er nahm ihr das Mädchen ab, das sich in die Arme seines Vaters schmiegte.

»Sie war ganz allein am Seeufer und hat dort gespielt. Sie hat eine kleine Wunde am Fuß, ich hab sie notdürftig gesäubert und ein Pflaster draufgeklebt.«

Lars sah sie sprachlos an. Er schien um Worte zu ringen.

»Sie hat sich von Ihnen auf den Arm nehmen lassen«, sagte er mit heiserer Stimme, nach einem Moment des Schweigens.

»Äh, ja, sie war sehr lieb.«

»Ich … Können wir uns setzen?«

»Natürlich.«

Sie gingen zurück zu dem Picknickplatz, und Lars kam wieder zu Atem. Er musste den ganzen Weg gerannt sein, er war schweißgebadet.

»Ob sie was essen möchte?«, fragte Emilia. »Ich hab einen Müsliriegel dabei.«

Er schaute seine Tochter an. »Ich denke schon, vielen Dank.«

Emilia holte die Süßigkeit hervor und bot sie Smilla an. Das Mädchen griff danach. Lars half ihr mit der Verpackung, und sie biss zaghaft davon ab.

»Bitte denken Sie nicht, ich hätte sie unbeaufsichtigt gelassen.«

»Wollen wir das Förmliche nicht sein lassen?«

»Ja, gern.« Er schluckte schwer und fuhr sich durch das feuchte Haar. »Sie ist einfach aus dem Haus gelaufen, als ich mit einem der Gäste gesprochen habe. Das hat sie vorher noch nie gemacht. Zuerst habe ich sie überall im Haus gesucht, und dann …« Er stockte, schloss kurz die Augen und atmete tief durch. »Ihre Mutter ist oft mit ihr hergekommen, Smilla liebt diesen Strand. In den Ferien und am Wochenende sind hier Familien aus der ganzen Umgebung.« Lars sah auf das Spielzeugauto im Sand. »Viele lagern ihre Sandspielzeuge in der Kiste dort. Aber ich hätte nie gedacht, dass Smilla einfach …«

»Was ist passiert, dass sie so … traumatisiert ist? Oder ist sie autistisch?«

Lars senkte die Stimme. »Nein, sie ist seit dem Unfall so. Aber ich möchte nicht in Smillas Gegenwart darüber sprechen.«

»Das verstehe ich.«

Sie sahen auf den See hinaus. Die Wasseroberfläche glänzte in der Sonne wie Silber.

*

Emilia saß mit einem Kaffee im Wintergarten und genoss die Ruhe. Im Westen hing eine graue Wolkenwand an dem ansonsten blauen Himmel, vereinzelt fielen erste Regentropfen zu Boden. Aus einem Lautsprecher erklang leise Instrumentalmusik.

Sie hörte Lars schon, bevor sie ihn sah. Eine der Bodendielen am Empfang knarrte, wenn man auf sie trat, und nur er trug dunkelblaue Crocs, die manchmal auf dem Laminat ein wenig quietschten.

Emilia begrüßte ihn mit einem Lächeln.

»Darf ich mich setzen?«

»Ja, sicher.«

Sie spürte, dass Lars noch nicht bereit war, das Thema anzusprechen, weswegen er gekommen war, deshalb wählte sie zunächst ein belangloses Thema.

»Das Wetter kann hier wirklich schnell wechseln. Heute Morgen noch strahlender Sonnenschein und fast fünfundzwanzig Grad, jetzt Regen und richtig kalter Wind.«

Lars lachte leise. »Nett von dir, dass du mich noch ein bisschen ablenken möchtest, aber …« Er seufzte. »Ich sollte es dir erzählen, damit du verstehst, warum sie so ist.« Lars stockte, schien über etwas nachzudenken. »Vor allem, weil sie so positiv auf dich reagiert.«

»Wie meinst du das?«

»Bisher hat sie sich gegen Fremde regelrecht gewehrt, wenn die ihr zu nah kamen, oft sogar bei Menschen, die sie kennt. Deshalb ist es schwer, sie während der Arbeit irgendwo unterzubringen. Ich habe es versucht.«

»Warst du mal mit ihr bei einem Kinderpsychologen?«

»Einmal. Ich sollte sie mit ihm allein lassen, und da hat sie einen Panikanfall bekommen. Der Therapeut sagte, das gebe es manchmal, aber … Ich konnte sie nicht dort lassen, auch nicht für eine Stunde. Es …« Er wich Emilias Blick aus. »Mein Vater sagt, ich müsse sie in professionelle Hände geben. Aber verdammt! Sie hat ihre Mutter sterben sehen. Als ob ein Fremder, auch wenn er Psychologe ist, das mal eben geradebiegen könnte.«

»Was ist passiert?«

»Es war ein Autounfall … mit Fahrerflucht. Der Wagen hatte sich überschlagen, ist eine Böschung heruntergerutscht und gegen einen Baum geprallt. Smilla wurde nur leicht verletzt, der Kindersitz hat sie geschützt, aber Astrid, meine Frau …« Lars rieb sich über das Gesicht. »Sie war eingeklemmt, selbst der Airbag brachte nicht mehr viel, weil der ganze Wagen … Er wurde vorn zusammengedrückt. Smilla … Sie hat sich wohl allein losgeschnallt. Sie haben sie in dem zerstörten Auto neben ihrer Mutter gefunden. Meine Frau … war verblutet.«

Emilia fühlte sich wie erstarrt. Was sollte man in solch einer Situation sagen? Schließlich überwand sie ihre Scheu, ging um den Tisch herum, setzte sich neben Lars und legte zaghaft eine Hand auf seinen Arm.

»Wie lange ist das her?«, fragte sie leise.

Er registrierte ihre Berührung, schien unsicher, darum zog sie die Hand zurück.

»Zwei Jahre. Smilla war noch sehr klein, als es passierte.«

»Sie ist jetzt vier?«

Lars nickte.

»Ich bin deiner Meinung«, sagte sie.

Verwirrt sah er Emilia an. »Was meinst du?«

»Wegen des Psychologen. Ich glaube, eine Vertrauensperson kann ihr besser helfen.«

Ein trauriges Lächeln huschte über sein Gesicht. Er legte die Hände auf den Tisch, als bräuchte er eine Stütze. »Danke.«

»Wofür?«

»Dass du zugehört hast.« Lars erhob sich. »Ich werde mal nach Smilla sehen. Sie ist nach dem Mittagessen eingeschlafen.«

»Okay.«

Emilia sah wieder aus dem Fenster, schaute dem Regen zu, wie er gegen die Scheibe peitschte. Bilder drängten sich ihr in ihrer Fantasie auf, die sie vehement fortscheuchte. Sie wollte sich nicht vorstellen, was Smilla durchgemacht hatte. Sie blieb im Wintergarten sitzen, konnte sich nicht aufraffen, war in ihrer Gedankenwelt gefangen. Wie sollte ein kleines Kind so etwas verarbeiten? Was wäre der richtige Weg?

23

Gegen vier Uhr hörte es auf zu regnen. Curt kam, wie am Tag zuvor angekündigt. Emilia ging mit ihm ein Stück am See entlang, bis sie zu einer Holzbank kamen, auf der sich der alte Mann mit einem leisen Seufzer niederließ.

Seine Nähe fühlte sich angenehm an. Emilia versuchte, sich vorzustellen, wie er als junger Mann gewesen war. Johannas Bild mit der Realität in Einklang zu bringen, fiel ihr schwer. Damals war er so jung gewesen.

»Du wirkst heute sehr nachdenklich.«

»Lars hat mir von dem Unfall erzählt, weil Smilla allein zum See gelaufen ist.«

»Sie ist allein zum See gelaufen?«

»Ja. Ich habe sie dort eher durch Zufall gefunden.«

»Mmh, ich glaube nicht an Zufälle.«

»Nicht?«

»Wenn du die Kleine dort gefunden hast, warst du zur richtigen Zeit am richtigen Ort.«

»Ich glaube, ich bin gestern das erste Mal seit Jahren meinem Gefühl gefolgt, als ich diesen Trampelpfad entlang gegangen bin. Meinst du so was in der Art?«

Curt lächelte. »Ich meine sogar *genau* so was.«

»Lars hat mir erzählt, dass sie manchmal Angst vor Fremden hat beziehungsweise ihre Nähe nicht duldet.«

»Und?«

»Ich durfte sie wie selbstverständlich auf den Arm nehmen.«

»Ich sag ja, kein Zufall.«

Unerwartet griff er nach ihrer Hand. »Es ist gut, dass du hier bist. Aus vielerlei Gründen.«

»Wie meinst du das?«

Er schüttelte unwillig den Kopf, und Emilia beließ es dabei.

Sie schauten einigen Enten zu, die auf dem See ihre Kreise zogen. Das Schilf wiegte sich im Wind. Letzte Regentropfen glitzerten auf den Grashalmen.

»Wie ist Johanna gestorben?«, fragte Curt leise.

»Sie hatte schon länger ein schwaches Herz. Das merkte man ihr aber nicht an. Sie wirkte immer so stark und voller Energie.«

Curt lächelte versonnen, schien mit seinen Gedanken weit in der Vergangenheit zu sein. Er nickte zustimmend.

»Sie hat mir eure Geschichte erzählt. Dann … Ich musste sie …« Emilia versuchte, ihre Tränen wegzublinzeln. Sie räusperte sich. »Ich musste sie ins Krankenhaus bringen. Sie ist ganz friedlich eingeschlafen.«

Er schwieg, starrte auf den See hinaus.

»Wie ist es mit dir weitergegangen, nachdem man euch getrennt hat? Du wurdest von den Russen gefangen genommen, oder?«

»Ja … Wir konnten uns nicht mal richtig voneinander verabschieden, es ging alles so schnell. Hat sie dir …?« Er lachte mit heiserer Stimme.

»Was denn?«

»Hat Johanna dir von dem verdammten Russen erzählt?«

»Sergeij?«

»Ha! Sie hat ihn auch nicht vergessen können. Ich glaube, er hat mich gleich zweimal gerettet. Das erste Mal, als er mir sagte, dass Johanna in Sicherheit war. Das zweite Mal, als ein russischer Soldat mich erschießen wollte, weil ich vor Schwäche nicht mehr hochkam. Sergeij ging dazwischen.

Weißt du, sie haben uns zuerst in ein Gefangenenlager gebracht, aber nach ein paar Tagen transportierten sie uns mit dem Zug nach Russland. Dort mussten wir an verschiedenen Orten für sie arbeiten. Keiner ging zimperlich mit uns um. Doch Sergeij war oft da, behielt mich im Auge. Ich verdanke ihm mein Leben. Schade, dass ich nach meiner Freilassung nie wieder von ihm gehört habe. Aber ich werde nie vergessen, was er für mich getan hat. Sergeij war ein harter Kerl, doch in ihm steckte ein guter Kern.«

»Wie lange warst du in Gefangenschaft?«

»Vier Jahre. Als sie mich freiließen, war ich ein Schatten meiner selbst. Wir waren zu dem Zeitpunkt nahe an der Grenze zu Polen, und ich dachte plötzlich nur noch an den kleinen Hof in Pyritz. Ich hoffte so sehr, dass ich Johanna dort finden würde. Aber alle Deutschen hatte man vertrieben, dort wohnte eine polnische Familie. Ich habe Johanna bestimmt drei Jahre lang gesucht. Ich irrte umher und jagte kleinen Hinweisen nach, die alle ins Nichts führten. Bis ich Schwester Agnes wieder traf. Sie sagte mir, dass man Johanna nach Schwanewede gebracht hatte, weil sie schwanger gewesen war. Ich fühlte mich zerrissen. Ich hatte ein Kind? All die Jahre?«

Curt atmete tief durch, beugte sich vor und stützte seine Unterarme auf den Knien ab.

»Die Schwierigkeit bestand nun darin, in den Westen zu kommen.«

»Wie hast du es geschafft?«, fragte Emilia gespannt.

»Ich habe mich durchgeschmuggelt. Tagsüber habe ich mich versteckt, und nachts bin ich durch Wald und Feld gewandert, bis ich hinter Schwerin heimlich die Grenze überqueren konnte. In Gut Hohehorst erfuhr ich, dass Johanna geflüchtet sei und das Kind wohl verloren habe. Wohin sie gegangen war, konnte mir niemand sagen. Ich nahm dann irgendwelche Jobs an, um zu überleben. In dieser Zeit habe ich ein bisschen zu viel getrunken, weil ich wirklich verzweifelt war. Zwei Jahre habe ich gebraucht, um zu begreifen, dass sie den Spuren des Pferdes gefolgt war. Als ich sie endlich gefunden hatte, sah ich einen Mann an ihrer Seite, sie gingen Hand in Hand. Ein Kind habe ich nicht gesehen.

Das riss mich damals in ein tiefes Loch. Johanna war für mich verloren. Was sollte ich tun? Ich war so dumm und schlich mich zurück in den Osten, bis nach Berlin, weil ich dort die Familie meines Vaters finden wollte. Meine Großmutter bestärkte mich, Johanna wenigstens einen Brief zu schreiben und abzuwarten. Nun, das habe ich.«

»Aber sie hat nicht geantwortet.«

»Nein … Ich dachte, das Kind hätte es nicht geschafft, und sie wollte jetzt mit diesem anderen Mann zusammen sein.« Er langte zum Boden und nahm eine Handvoll Erde. »Nach über einem Jahr Wartezeit drängte mich meine Großmutter, meine erste Frau zu heiraten, mit der sie mich zuvor verkuppelt hatte. Ich habe mich gefügt, aber diese Ehe war wie gesagt eine Katastrophe. Nach knapp drei Jahren habe ich mich scheiden lassen. Ich wollte nur noch fort, weit fort, zu meiner Mutter und meinen Schwestern nach Halmstad. Natürlich konnte ich nicht einfach auf eine Fähre nach Schweden steigen. Die DDR ließ niemanden in andere Länder reisen. Ich wanderte also hoch zur Küste und bin dort den Fischern zur Hand gegangen. Bei der ersten Gelegenheit habe ich einen Kompass und ein Ruderboot gestohlen.« Er schüttelte belustigt den Kopf. »Kannst du dir das vorstellen? Mitten in der Nacht bin ich bestimmt hundertachtzig Kilometer gerudert, bis nach Ystad. Natürlich haben der Wind und die Strömung geholfen. Trotzdem fühlte ich mich halb tot und erfroren, als ich endlich die Küste erreichte. Aber ich war in Schweden.«

»Was für eine Odyssee! Es ist unglaublich, was ihr alles mitgemacht habt. Und ich rege mich auf, weil ich meinen Job verloren habe.«

Curt suchte ihren Blick. »Vielleicht auch kein Zufall. Schließlich bist du hier.«

»Ja, jetzt bin ich hier.«

Sie saßen beisammen, bis die Sonne unterging.

*

Am nächsten Morgen erwachte Emilia mit dem Gefühl, selten so tief geschlafen zu haben. In Berlin gab es immer eine gewisse Geräuschkulisse, auch nachts. Hier herrschte Stille, man hörte allenfalls das Zirpen einer Grille oder ein Vogelzwitschern.

Emilia drehte sich auf den Rücken, streckte die Glieder. Sie fühlte sich ausgeruht und voller Energie. Rasch schüttelte sie ihre Decke auf, stieg unter die Dusche und zog sich an. Als sie schon in der Tür stand, um zum Frühstück hinunterzugehen, drehte sie sich noch einmal um und ließ den Blick durchs Zimmer schweifen.

Hellblaue Vorhänge bewegten sich im Luftzug, der durch das gekippte Fenster drang. Die Bettwäsche hatte ein hübsches hellblauweißes Muster. Die Kiefernmöbel strahlten Gemütlichkeit aus. Alles, auch die Dekoration, wirkte liebevoll ausgesucht. In diesem Haus musste man sich einfach wohlfühlen.

Sie schloss mit einem Lächeln die Tür und ging die Treppe hinunter zum Wintergarten.

»Emilia?«

Sie wandte sich zu Lars um, der ein Tablett mit verschiedenen Wurst- und Käsesorten trug.

»Vielleicht möchtest du draußen auf der Terrasse frühstücken? Es ist heute Morgen wirklich herrlich draußen.«

»Danke, sehr gern sogar.«

»Dasselbe zum Frühstück wie gestern oder lieber was anderes?«

»Bitte wie gestern, ich bin ein Gewohnheitstier.«

Das erste Mal erlebte Emilia, dass er über ein Wort von ihr nachgrübeln musste. Man sah es ihm förmlich an. Er schüttelte den Kopf, und sie fragte sich belustigt, wie er das wohl für sich ins Schwedische übersetzte.

Ein warmer Wind empfing Emilia, als sie in die Sonne trat. Obwohl es bereits September war und man ihr gesagt hatte, in Schweden breche jetzt der Herbst an, versprach der Tag, sommerlich zu werden.

Die grauen Holzdielen der Terrasse knarrten, als Emilia zu einem leeren Tisch ging. Die anderen Gäste, das ältere Ehepaar und ein junger Mann, der wohl auf der Durchreise war, grüßten sie. Mit einem Lächeln grüßte sie zurück und setzte sich.

Die Terrasse war direkt am Wasser gebaut, nur eine schmale Wiese trennte sie vom Ufer. Am liebsten hätte Emilia sich die Schuhe ausgezogen und wäre durch das flache Wasser geschlendert. Ihr Blick fiel auf das Ruderboot, das an dem Steg vertäut war. Die weiße Farbe splitterte bereits ein wenig ab, aber es wirkte sehr stabil. Als Jugendliche hatte sie davon geträumt, mit ihrem damaligen Schwarm Jens über den Kölpinsee in Waren zu rudern. Sie lächelte bei der Erinnerung an den strohblonden Jungen, der immer ein wenig hyperaktiv war und sie lieber in ein Kanu geschleift hatte. Sie waren schließlich auf dem See umgekippt, und die Romantik war dahin gewesen.

Lars holte sie aus ihren Erinnerungen, stellte das Frühstückstablett vor sie hin und setzte sich zu ihr.

»Ich hoffe, ich störe dich nicht?«

»Nein, auf keinen Fall.«

»Smilla ist bei ihren Großeltern. Es fühlt sich seltsam an, nicht ständig auf der Hut zu sein.«

Emilia schnitt ihr Brötchen auf. »Gefällt es ihr dort?«

»Früher hat sie die Besuche bei Astrids Eltern geliebt, heute ist es mal so, mal so. Aber ich denke, es ist wichtig, dass sie nicht nur mich als Bezugsperson hat. Es ist für mich …« Lars lachte unsicher auf. »… trotzdem schwer, sie bei anderen zu lassen … auch nur kurz.«

»Wer würde das nicht verstehen?«

»Meine Eltern zum Beispiel«, entgegnete er trocken.

Emilia, die gerade dabei war, ihr Brötchen zu belegen, hielt inne und sah ihn an.

»Es ist ein heißes Diskussionsthema«, fügte er hinzu und senkte den Blick.

Emilia verstand, dass er nicht näher darauf eingehen wollte.

»Du, könnte ich heute das Boot nehmen?«

»Ja, sicher. Aber bleib nicht zu lange auf dem See und unterschätze seine Größe nicht. Leider soll das Wetter am Nachmittag ungemütlich werden.«

»Okay.«

*

Wenig später half Lars ihr ins Boot und löste das Tau. Etwas ungelenk hantierte Emilia mit den großen Rudern. Eines fiel ihr fast ins Wasser.

»Hast du das schon mal gemacht?«, fragte Lars.

Emilia schüttelte peinlich berührt den Kopf.

Lars ging auf den Steg, kniete sich hin und hielt das Boot an der Seite fest. »Steck die Skulls in die Dollen, dann sind sie fixiert.«

»Was muss wohin?«, wollte Emilia mit aufsteigender Verzweiflung wissen und sah sich hektisch um. Das Boot schaukelte gefährlich.

»Hier, die Ruder in die Vorrichtungen. Warte, ich helfe dir.«

Mit seiner Hilfe schaffte sie es, und als Lars sie losließ, tat sie den ersten Ruderschlag ihres Lebens.

»Versuch beide gleichzeitig ins Wasser zu tauchen.«

Zuerst kämpfte Emilia um ihr Gleichgewicht, die beiden Skulls verdrehten sich immer ein bisschen, bis sich ihr Griff festigte und langsam in die Bewegung fand.

Lars gab ihr ein Daumen hoch und wandte sich ab.

Es war ruhig auf dem See, sie hörte nur das Plätschern, wenn sie die Ruder eintauchte. Nach einiger Zeit überraschte sie der Kraftaufwand, den sie ausüben musste. Ihre Arme schmerzten unangenehm. Trotzdem kam sie gut vorwärts. Lars' Landhaus war hinter einer Biegung verschwunden, und sie fuhr auf eine kleine Insel zu. Als sie näher kam, erhob sich ein Vogelschwarm.

Emilia sah fasziniert zu, wie die Tiere eine Runde über den See flogen und sich dann wieder unsichtbar in den Sträuchern des kleinen Eilands verbargen.

Sie ruderte um die Insel herum. Dahinter klafften die Seeufer weit auseinander, und sie begriff nun, was Lars meinte, als er sie wegen der Größe gewarnt hatte. Emilia schaute hoch zum Himmel. Schleierwolken verdeckten teilweise das Blau, die Sonne fand dennoch immer wieder ihren Weg hindurch.

Sie schaute sich nach der Insel um, prägte sich ihr Aussehen ein, um später zurückzufinden. Mehrere kleinere Laubbäume umschlossen eine hohe Fichte in der Mitte. Sträucher gaben keinen Blick ins Unterholz frei. Den Weg zum Wasser bildeten Felsen, auf denen Wasservögel ruhten.

Emilia zog die Skulls ins Boot und ließ sich treiben. Sonnenstrahlen wärmten ihr Gesicht. Sie rückte ihren Rucksack zurecht, um ihn als Kopfkissen zu benutzen.

Emilia lächelte. Was würde wohl Oma Hanna von diesem Ausflug halten? Sie hätte sicher gewusst, wie man rudert. Sie rieb sich über die schmerzenden Muskeln an den Oberarmen.

»Auf jeden Fall weiß ich jetzt, warum alle Frauen ihre Männer rudern lassen«, murmelte sie.

Sie schloss die Augen, das Schaukeln des Bootes lullte sie ein. Emilia seufzte leise, dachte an Lars, den blonden Schweden, der ihr irgendwie immer öfter im Kopf herumspukte. Mit einem Lächeln auf den Lippen schlummerte sie ein.

*

Sie schreckte auf, als dicke Regentropfen auf ihr Gesicht fielen.

Das Licht wirkte verändert. Die Sonne war hinter einer Wolkendecke verschwunden. Der Wind kam ihr plötzlich kühler vor. Emilia richtete sich auf. Alarmiert schaute sie zum Himmel und entdeckte im Osten eine fast schwarze Wand, die wie sich aufbäumender Qualm auf sie zukam.

Oh Scheiße!

Rasch griff sie nach den Skulls und hielt inne. Wo war die kleine Insel?

Verdammt! Ich muss abgetrieben sein!

Emilias Atem beschleunigte sich, sie klammerte sich an die Holzgriffe, suchte nach einem bekannten Punkt.

Ein Blitz blendete sie, der rasch darauf folgende Donner ließ sie zusammenzucken.

So nah!

»Was bin ich auch für eine dumme Kuh!«, schimpfte sie laut. »Lars warnt mich extra, und ich? Schlafe mitten auf dem See in einem Ruderboot ein!«

Auf jeder Seite wirkte das Ufer weit entfernt. Wieder zuckte ein Blitz über den Horizont. Ein dumpfes Grollen kam von der anderen Seite, wo Emilia eine sehr seltsame Wolkenformation erspähte.

»Irgendwie zum Ufer, so schnell wie möglich«, murmelte sie und packte die Skulls fester, ruderte mit aller Kraft auf die grüne Wand aus Bäumen zu.

Es begann stärker zu regnen, nein, zu schütten. Binnen Sekunden war Emilia durchnässt, und das Wasser sammelte sich im Boot. Sie konnte kaum noch etwas erkennen, der Schauer überzog den großen See wie Nebel. Eine heftige Bö erfasste sie, ließ das Ruderboot gefährlich schwanken. Hektisch sah sie sich um. Sie hatte völlig die Orientierung verloren. Das Boot schaukelte in den aufkommenden Wellen, und sie kam gegen die Strömung kaum noch an. Der Himmel verdunkelte sich, als würde es viel zu schnell Abend werden. Wieder ein Blitz, gefolgt von ohrenbetäubendem Donner.

Panik erfasste Emilia. Sie fühlte sich vollkommen hilflos. Sollte sie mit der Strömung rudern? Aber das würde sie wieder zurück in die Mitte des Sees treiben. Oder?

Der Regen verwandelte sich in Hagelkörner, die schmerzhaft auf ihre Haut trafen. Emilia fluchte, versuchte, damit die Angst in den Griff zu kriegen. Sie fluchte noch einmal, schrie wütend auf, weil sie einfach keine Kraft mehr hatte, dieses verflixte Ruderboot wirklich vorwärtszubewegen. Durch den Hagel besserte sich ihre Sicht. Plötzlich sah sie für einen kurzen Moment ein Licht. Der Wind drehte das Boot bei, und sie musste sich herumdrehen, um diesen Punkt zu fixieren.

Da, wieder!

Ein Blinklicht?

Wie aus weiter Ferne hörte sie einen Ruf. Bildete sie es sich ein, oder rief da jemand ihren Namen?

Der blinkende Lichtstrahl blieb bestehen, verschaffte ihr eine Orientierung, doch die Strömung verhinderte weiterhin ein Vorwärtskommen.

»Ich bin hier!«, schrie sie, so laut sie konnte. Sie zog die Skulls ein und winkte mit den Armen. »Hallo, hier bin ich!«

Durch das Rauschen des Hagels hörte sie ein Motorgeräusch. Schemenhaft sah sie etwas auf sich zukommen. War das ein größeres Boot?

Ja!

Pure Erleichterung durchströmte sie.

Es war Lars. Er fuhr nah an ihr Boot heran, legte seine Taschenlampe zur Seite und reichte ihr die Hand. »Komm rüber. Rasch!«

Mit Lars' Hilfe schaffte sie es, in das kleine Motorboot umzusteigen. Eine Sturmbö erwischte sie, ließ sie taumeln. Sie stolperte auf die Sitzbank, stieß sich das Knie an. Lars vertäute ihr Boot mit dem seinen und reichte ihr eine Decke, die sie schützend um sich legte.

Das Motorboot fuhr mit einem Ruck an. Immer noch zuckten mehrere Blitze über den Himmel, ein Donnerschlag folgte. Emilia schrie erschrocken auf. Lars sah skeptisch zum Himmel, gab mehr Gas und fuhr einen Bogen. Er hielt an einem vermoderten Steg.

»Besser, wir stellen uns unter. Nach Hause schaffen wir es nicht. Das Gewitter scheint noch schlimmer zu werden.«

Emilia stieg aus und lief über den wackligen Steg. Sie beobachtete, wie Lars das Boot sicherte, die Vertäuung noch einmal prüfte. Er kam zu ihr, nahm sie am Arm und zog sie in den Wald hinein. Zuerst wollte Emilia protestieren. Vom Regen in die Traufe?

Dann erspähte sie eine Hütte, kaum größer als eine Gartenlaube. Lars griff in eine Ritze der Holzfassade, holte einen Schlüssel hervor und öffnete die Tür.

Drinnen war es stockdunkel, nur das dämmrige Licht, das durch den Türspalt fiel, ließ Emilia ein wenig von ihrer Umgebung erkennen. Sie hörte Lars hantieren, eine altertümliche Laterne flammte auf.

»Sieht alt aus, ist aber in Wahrheit eine LED-Lampe.« Er lächelte. »Ist ungemein praktisch, außer die Batterien sind alle.«

Emilia sah sich um. Sie befanden sich wirklich in einer Art Geräteschuppen.

»Das hier ist die Hütte vom Waldpächter. Ich kenne ihn ganz gut.«

Sie begann zu zittern, kam sich vor wie ein kleines Mädchen.

»Es tut mir leid«, sagte sie leise.

»Was denn?«

»Du hast mich gewarnt, und … und ich nicke einfach mitten auf dem See ein und merke nicht, was sich da zusammenbraut.«

»Oh, also du kannst nicht lange geschlafen haben. Das Unwetter kam sehr schnell und ist viel heftiger, als angesagt wurde.«

»Ich … ich hatte völlig die Orientierung verloren, der Regen nahm mir komplett die Sicht.«

»Deshalb bin ich gekommen. Mir ist mal was Ähnliches beim Angeln passiert.«

»Was hast du gemacht?«

»Ich bin der Strömung gefolgt und so schnell wie möglich ans Ufer gerudert.«

»Das hätte ich wohl auch besser gemacht«, sagte Emilia kleinlaut.

»Wenn man mittendrin steckt, ist das leichter gesagt als getan. Glaub mir, ich weiß das.«

Unsicher kam er näher. »Dir ist kalt.«

»Ja, aber ist schon gut, ich habe ja die Decke.«

Fast scheu streckte Lars die Hand aus, zupfte ihren Wärmeschutz zurecht. »So ist es besser.«

Wäre sie zu Hause in Berlin und säße sie mit einem eigentlich fremden Mann in einem Geräteschuppen fest, würde sie sich sehr unwohl fühlen, sich vielleicht sogar ängstigen. Aber diese Situation fühlte sich anders an. Lars wirkte beruhigend auf sie.

»Möchtest du dich setzen? Hier müssen irgendwo Klappstühle sein.« Er nahm die Laterne und ging suchend umher. »Mmh, die hat er wahrscheinlich für eine Grillparty gebraucht.«

»Hier ist eine alte Bank.« Emilia räumte ein paar Gerätschaften fort und wischte mit der Hand den Schmutz ab. »Sie scheint nur ein bisschen morsch zu sein.«

Sie setzten sich nebeneinander und lauschten dem Regen, der auf das Dach trommelte. Das Gewitter wurde noch heftiger, der Sturm peitschte um den Schuppen. Lars griff in die Innentasche seiner Jacke und holte sein Smartphone hervor.

»Kein Empfang«, murmelte er resigniert. »Schon die ganze Zeit. Wahrscheinlich hat es wieder einen der Funktürme erwischt.«

»Es geht Smilla bestimmt gut«, sagte Emilia.

»Sie fürchtet sich bei Gewitter, aber ihr Großvater kennt wirklich tolle Geschichten. Damit wird er sie ablenken.«

»Da bin ich sicher. Und ich kann ihr morgen erzählen, wie ihr Vater mich aus dem Unwetter gerettet hat. Fast wie der Ritter in schimmernder Rüstung auf weißem Ross.« Sie lächelte und klimperte mit den Augen.

Er lachte leise auf. »Lars Tjorveson, der Held im … äh, grünen T-Shirt, eilte mit seinem weißen …« Er überlegte fieberhaft.

»Motorseepferd?«

Lars prustete. »Eilte mit seinem Motorseepferd zu Hilfe.«

Emilia biss sich amüsiert auf die Unterlippe. »Er ritt todesmutig auf den See hinaus, kämpfte sich durch Sturm und Wind, um mich aus den Klauen eines donnernden Regenungeheuers zu retten.«

Ihr beider Lachen erfüllte den halb dunklen Raum.

»Gewohnheitstier, Motorseepferd, Regenungeheuer«, zählte Lars lächelnd auf. »Ich sehe schon, ich muss bei dir ein paar besondere Deutschstunden nehmen.«

Emilia schaute zu ihm. Ihre Blicke begegneten sich. Etwas lag in seinem Ausdruck, das sie tief berührte. Ihr Herz pochte schneller.

*

Die Bank knarrte, als Lars nach fast einer Stunde aufstand, um nach draußen zu spähen. Emilia folgte ihm.

Der Sturm hatte einige Sträucher umgerissen, ein Baum war entwurzelt worden und ruhte nun mit der Krone auf einer Anhöhe. Überall lagen abgerissene Blätter herum. Sprühregen wehte durch die Luft. Entfernter Donner grummelte, aber die Wolken hatten sich großteils aufgelöst. Die Vögel zwitscherten schon wieder, und es roch wundervoll.

Sie gingen nach draußen, und Emilia sog tief den Atem ein.

»Komm, fahren wir zurück zur Pension«, sagte Lars. »Hoffentlich steht unsere Birke noch.«

Emilia schaute noch einmal hinüber zu der abgeknickten Buche. Plötzlich flammte Sorge in ihr auf.

»Ich fahre nachher auch mal bei Curt vorbei und sehe nach dem Rechten.«

»Gut, da komme ich mit. Er hat ein paar ziemlich brüchige Fichten in der Nähe.«

Lars brachte sie mit dem Motorboot zurück zur Pension. Dort hatte der Sturm keine Schäden angerichtet, was beide sehr erleichterte. Emilia lief rasch auf ihr Zimmer, um sich umzuziehen. Vor allem ihr Oberteil fühlte sich klamm und kühl an. Sie schlüpfte in einen warmen Pullover und ging wieder nach unten. Lars wartete bereits am Auto.

Auf dem Weg zu Curt erkannten sie erst das wahre Ausmaß der Zerstörung. Mehrmals musste Lars um einen entwurzelten Baum auf der Straße herumfahren, teilweise floss schlammiges Wasser über den Asphalt. Abgerissene Äste lagen verstreut auf den Feldern. Zum Glück hatte man wohl jegliches Vieh von den Weiden geholt.

Als sie sich Curts Haus näherten, erschrak Emilia.

Lars entschlüpfte ein Fluch, den Emilia nicht verstand, weil er auf Schwedisch war. Sie konnte sich jedoch vorstellen, was er gesagt hatte.

»Scheiße!«, flüsterte Emilia.

Sie parkten in der Auffahrt und schauten fassungslos auf die hohe Fichte, die in der Mitte abgebrochen war. Ihre Krone bedeckte Curts Dach, das an einigen Stellen eingebrochen war.

Emilia rannte zum Haus, stürzte, ohne anzuklopfen, hinein. »Curt?«

Sie hörte Lars nah hinter sich, sah sich um. Am Küchenboden lag Schutt, der vom Dach ins Haus gefallen war.

»Ich bin hier«, rief Curt aus dem Wohnzimmer.

Er saß auf seinem abgenutzten Sessel und stopfte sich eine Pfeife. Er begrüßte sie mit einer kurzen Geste und zündete den Tabak an. An Curts Stirn sah Emilia eine leicht blutende Wunde, die er zu ignorieren schien.

»Du bist verletzt!«

»Ja? Mir ist ein Stück Ziegel auf den Kopf gefallen. Wahrscheinlich davon.«

Sie eilte an seine Seite. »Geht es dir gut?«

»Zumindest besser als der armen Fichte.«

Lars grinste und ging zielstrebig ins Bad. Er kam mit einem kleinen Koffer wieder, den er Emilia reichte.

Sie schaute ihn verdutzt an. Als sie den Kasten öffnete, fand sie Verbandsmaterial und anderes medizinisches Zeug.

»Danke.«

»Wenigstens wurden die Schwalbennester nicht beschädigt«,

murmelte Curt und legte die Pfeife beiseite, weil Emilia ihm das Haar zurückstrich.

»Ich ruf mal ein paar Freunde an, damit wir den Baum …« Lars brach ab. Wieder dieser gehauchte Fluch.

»Was ist denn?«

»Das Handynetz ist immer noch tot.«

Emilia säuberte vorsichtig die leichte Platzwunde, suchte dann nach einem passenden Pflaster.

»Warst du ohnmächtig, Curt?«

»Nicht, dass ich wüsste.«

»Ist dir schwindelig oder schlecht?«

Sie klebte ihm das Pflaster auf und sah ihn an. Sie wartete auf eine Antwort. Curt beugte sich vor, um sich seine Pfeife zurückzuholen. »Eigentlich nicht.« Er paffte seinen Tabak und lächelte Emilia schief an. »Das ist wirklich schön, von einer Urenkelin versorgt zu werden.«

Sie griff nach seiner Hand. »Hauptsache, dir ist nichts passiert.«

Er erwiderte ihren Händedruck. »Alles ist gut, Mädchen.«

»Aber hier kannst du nicht bleiben.«

Ihr Urgroßvater schaute sie skeptisch an.

»Sie hat recht. Komm mit in die Pension. Hier ist es zurzeit nicht sicher«, mischte sich Lars ein.

»Und Svart? Ich lass ihn hier nicht allein.«

»Deinen Kater?«, hakte Emilia nach.

Curt nickte.

»Aber der kann doch sicher mit, oder?«

Lars zuckte mit den Schultern. »Der kleine Teufel streunt eh manchmal bei uns rum.«

»Also, ich fang ihn aber nicht ein«, grummelte Curt.

Lars und Emilia schauten sich an. Er wirkte hochbegeistert.

»Ich komme gut mit Katzen aus, ich kriege ihn bestimmt in eine Transportbox. Ist er hier?«

Curt zeigte hinter sich. »Liegt im Schlafzimmer auf dem Bett. Aber Vorsicht, er ist …«

»… ein Satansbraten, ich weiß. Trotzdem ist er nur eine kleine Katze.«

Lars und Curt lachten leise.

»Was denn?«, fragte Emilia verwirrt.

Lars wandte sich an Curt. »Arbeitshandschuhe sind hinten im Schuppen?«

»Ja. Nimm die dicken.«

»Darauf kannst du Gift nehmen.«

»Aber was ist mit meinen Hühnern?«

»Wo sind sie denn?«, fragte Emilia. Sie hatte keine der Hennen im Garten gesehen.

»Ich hab sie vor dem Unwetter in den Stall gebracht.«

»Könnten sie nicht ein paar Tage dort bleiben?«

»Das müssen sie wohl«, antwortete der alte Mann seufzend. »Das wird ihnen nicht gefallen, aber der Zaun ist auch kaputt, und ohne Aufsicht lasse ich sie nicht rumlaufen.«

»Da würde sich auch der Fuchs freuen«, bemerkte Lars.

Curt schnaubte zustimmend. »Mach ich halt meinen täglichen Spaziergang zu ihnen, um sie zu füttern.«

»Dann wäre das ja nun geklärt. Holen wir jetzt den Kater?«, fragte Emilia entschlossen und mit einem Lächeln.

Lars nickte und atmete tief durch.

*

Emilia hielt stoisch den Transportkorb fest und versuchte, den Pfotenhieben von Svart auszuweichen, der immer wieder fauchend gegen sein kurzfristiges Gefängnis schlug.

»Jetzt kannst du dir vorstellen, wie sehr ich es liebe, wenn er mal zum Tierarzt muss.« Curt lachte rau und tätschelte die Box auf Emilias Schoß. »Aber irgendwie mag er dich. Er greift Fremde auch gern mal zum Spaß an. Aber schau, er schlägt zwar zu, haut aber daneben.«

»Und wenn er wollte, würde er treffen«, sagte Lars vom Fahrersitz aus und rieb sich die Schulter, wo an seinem Hemd ein Riss klaffte.

»Also magst du mich, ja?«, säuselte Emilia Svart zu. Der Kater antwortete mit einem bedrohlichen Knurren, und sie wich zurück.

Sie saßen in Lars' Auto und fuhren zu seinen Schwiegereltern, die Smilla beaufsichtigten.

»Wird er nicht zurück zum Haus laufen?«, fragte Emilia. »Ihr sagt, er kennt sich in der Gegend aus.«

»Er bleibt normalerweise da, wo ich bin.«

Überrascht sah Emilia ihren Urgroßvater an. Sie hätte Svart anders eingeschätzt. »Wo hast du ihn her, dass er dir so vertraut, obwohl er … na ja … etwas schwierig ist?«

»Ach, mit mir hat er kein Problem, wir verstehen uns prima … außer er muss in den Korb. Nur Fremde mag er nicht. Ich hab ihn damals im Spätherbst aus dem Bach gefischt. Der Kleine war fast erfroren. Was mit ihm geschehen ist, weiß ich nicht, er war da vielleicht drei Monate alt. Seitdem ist er bei mir. Schon sieben Jahre.«

Lars fuhr Richtung Ullared und parkte vor einem hellen Haus mit gepflegtem Vorgarten.

»Ich hole sie eben«, sagte er nur und stieg aus.

»Irgendwie scheint er nicht sehr erpicht darauf zu sein, seine Schwiegereltern zu sehen«, bemerkte Emilia und blickte Lars nach.

Curt seufzte. »Der Tod von Astrid hat vieles zerstört.«

»Und seine Eltern?«

»Wohnen, glaube ich, in Falkenberg, aber mit ihnen kommt das Mädchen nicht klar. Lars hat mal erwähnt, dass sie sehr streng seien und ihn zu einer Therapie drängen würden.«

»Smilla ist doch noch so klein. Ob sie damals überhaupt verstanden hat, was passiert ist?«

Ihr Urgroßvater sah sie betroffen an. »Ja, leider hat sie das. Manchmal versucht sie, Bilder zu malen, das kann sie für ihr Alter erstaunlich gut.« Er stockte, weil Lars und Smilla aus dem Haus kamen.

»Und?«

»Ein Auto, eine liegende Mutter und ein Kind mit großen Tränen. So was in der Art.«

Emilia spürte einen Kloß im Hals, und sie musste sich zusammenreißen, um die Fassung zu wahren. Das Schicksal des kleinen Mädchens beschäftigte sie sehr.

Lars öffnete auf ihrer Seite die Tür vom Rücksitz. »Emilia,

kommst du nach vorn? Ich möchte Smilla lieber nach hinten setzen.«

»Ja, klar.«

»Gib mir den kleinen Teufel«, sagte Curt, und sie reichte ihm die Transportbox.

Smilla stand teilnahmslos vor der Autotür und starrte ins Innere. Derweil holte Lars den Kindersitz aus dem Kofferraum und befestigte ihn.

Emilia ging in die Hocke, um mit der Kleinen auf Augenhöhe zu sein.

»Wie geht's denn deinem Fuß? Ist das Pflaster noch dran?«

Zuerst reagierte Smilla nicht. Der Wind wehte ihr die blonden Locken vors Gesicht, und Emilia strich sie ihr zärtlich zur Seite. Das Kind schien aus der Starre zu erwachen, es begegnete Emilias Blick. Sie zeigte auf Smillas Ferse. Die Kleine beugte sich herunter und zog sich die Sandale vom Fuß, zeigte Emilia das kleine Pflaster, das sich unversehrt auf der kleinen Schramme befand.

»Tut es noch weh? Aua?«

Smilla schüttelte fast unmerklich den Kopf.

Emilia richtete sich mit einem Lächeln auf und schaute verwundert auf Lars, der stocksteif vor ihr stand und sie anstarrte.

»Was ist denn, Lars?«

»Sie … sie hat reagiert.«

Emilia schluckte. »Tut sie … das sonst nicht?«

»Nein …«

Er sah zu seiner Tochter und atmete tief durch, half ihr, den Schuh wieder anzuziehen. Als er Smilla hochhob, um sie ins Auto zu setzen, gab sie keinen Laut von sich, jedoch versteifte sich das Mädchen so sehr, dass es kaum in den Sitz zu bringen war.

Wie furchtbar musste es immer wieder für Smilla sein, nach dem Unfall in ein Auto zu steigen.

Lars flüsterte ihr beruhigend zu, doch sie wehrte sich weiterhin.

Emilia schob sich auf den Beifahrersitz und drehte sich zu ihnen um. »Lars, sag ihr doch, dass wir eine echte Glückskatze im Auto haben. Mit Svart kann uns nichts passieren.«

Lars hielt inne, nickte und übersetzte es für Smilla ins Schwedische. Das Mädchen lugte ins Auto.

»Hast du gehört Svart? Du bist eine Glückskatze«, säuselte Curt auf Deutsch. »Das gefällt dir, was?«

Smilla heftete den Blick auf die Transportbox und versuchte, den Kater darin auszumachen. Sie glitt in den Sitz. Lars atmete auf und schnallte sie rasch an.

»Ich stell den kleinen Kerl in die Mitte, dann kannst du oben durch die Gitteröffnung gucken«, sagte Curt. »Aber geh nicht zu nah ran. Manchmal haut er.« Als Smilla Curt verständnislos ansah, wiederholte er es auf Schwedisch. »Ich komm schon ganz durcheinander mit den Sprachen«, sagte Curt mit einem leisen Schnaufen.

Lars stieg ein. Bevor er losfuhr, wandte er sich Emilia zu. In seinen Augen lag ein Ausdruck, der ihr bis tief ins Herz drang.

»Ich danke dir«, sagte er leise und startete den Motor.

Emilia drehte sich um. Smilla kaute auf ihrer Unterlippe und schaute in die Box. Svart beäugte sie, schnupperte in die Luft und schmiegte sich dann oben ans Gitter.

Curt stieß einen überraschten Laut aus.

24

Emilia saß mit Svart auf der Terrasse. Er duldete, dass sie ihn hinter den Ohren kraulte. Der Kater rekelte sich auf dem Rücken, und das flauschige Fell an seinem Bauch lud dazu ein, genau dort mit den Fingern durchzufahren. Davor hütete sich Emilia jedoch. Sie wusste mittlerweile, dass dieser Bereich bei ihm tabu war.

»So ein böser Teufel bist du gar nicht, mmh?«

Svart schnurrte, blinzelte sie an.

»Achte auf seinen Schwanz. Wenn der hin und her schlägt, greift er auch gerne mal deinen Arm an, so ganz spielerisch«, bemerkte Curt und sah kurz von seiner Zeitung auf.

»Ich achte drauf«, sagte Emilia lächelnd und richtete sich auf. »Wie geht es deiner Kopfwunde?«

Curt winkte ab. »Alles halb so schlimm.«

Ein Auto fuhr vor, der Fahrer hupte kurz, und wenig später erschien Lars mit Smilla an der Hand. Er war in Arbeitskleidung und trug in der anderen Hand einen Werkzeugkoffer. Lars hockte sich vor seine Tochter, die ihren Blick auf den Kater heftete. Er sagte etwas auf Schwedisch zu ihr, aber sie reagierte nicht.

»Smilla?«

Svart erhob sich, fauchte Lars an. Dieser seufzte leise.

Wieder forderte Lars Smillas Aufmerksamkeit ein. Diesmal gehorchte sie und sah ihren Vater an.

Emilia verstand nicht, was er zu der Kleinen sagte, aber sie spürte, wie schwer es Lars fiel, seine Tochter bei ihnen zu lassen.

»Ich werde gut auf sie aufpassen«, versprach Emilia.

»Ja, das weiß ich«, antwortete er.

Curt legte die Zeitung auf den Holztisch. »Kann ich nicht mitkommen? Es ist doch mein Haus und mein Dach.« Emilia zuliebe sprachen sie meistens Deutsch in ihrer Gegenwart.

»Ja, aber du bist zweiundneunzig und scheust keine Arbeit«, widersprach Lars. »Ich würde dich schneller auf dem Dach wiederfinden, als mir lieb ist.«

»Natürlich, genau das ist doch kaputt«, protestierte Curt.

Lars klopfte ihm freundschaftlich auf die Schulter. »Lass gut sein, alter Mann. Dafür leih ich mir gelegentlich mal wieder dein Motorboot.«

»Um hübsche Damen zu retten?«, konterte Curt.

Emilia lachte.

»Das hat sie dir also erzählt, ja?« Lars beugte sich vor und gab Smilla einen Kuss auf die Stirn.

»Gehst du zu Emilia?«, sagte er zu ihr auf Deutsch.

Emilia sah ihn überrascht an. »Sie spricht Deutsch?«

»Ein wenig, hoffe ich. Ich versuche, ihr auch Deutsch beizubringen, damit sie die Feriengäste in der Pension versteht. In der Urlaubssaison habe ich wirklich viele Deutsche hier. Aber ich kann es nicht beurteilen, weil sie ja nicht mehr spricht.«

»Das ist mir schon letztens am See aufgefallen. Da hatte ich manchmal das Gefühl, sie versteht mich ein bisschen.«

»Dann bin ich ja auf einem guten Weg.«

Es hupte wieder. Lars nahm den Werkzeugkoffer und verabschiedete sich. Smilla stand erst ein wenig verloren auf der Terrasse, dann ging sie zu Emilia und sah dem Auto nach, das nun die Auffahrt herunterfuhr.

»Und ich hätte doch mitgehen sollen«, grummelte Curt.

»Dann wärst du womöglich vom Dach gefallen, und ich hätte keinen Urgroßvater mehr«, erwiderte Emilia und lächelte ihn liebevoll an.

»Das ist ein Argument.«

Emilia schaute zu Smilla. »So, was machen wir drei denn jetzt Schönes?«

Die Kleine ging zu der Treppe, die zum Seeufer hinunterführte, setzte sich auf die oberste Stufe und streckte die Hand aus. Verwundert beobachtete Emilia das Mädchen. Zuerst verstand sie nicht. Bis Svart aus einem Gebüsch kam und seinen Kopf gegen Smillas Hand schmiegte. In einigem Abstand zu ihr ließ sich der Kater auf der Treppe nieder und fing an, sich zu putzen. So saßen sie beisammen.

Smilla neigte den Kopf und schien einige Enten auf dem Wasser zu beobachten. Emilia erinnerte sich daran, wie versunken sie an dem kleinen Strandstück gespielt hatte. Sie begutachtete den Himmel, es war bewölkt, nach Regen sah es nicht aus.

Die Enten näherten sich dem Ufer, kamen bis auf das Wiesenstück, hofften wohl auf Futter. Smilla zeigte ihnen ihre geöffneten Hände, zum Zeichen, dass sie nichts für sie hatte.

»Smilla, möchtest du sie füttern? Ich könnte ein paar Haferflocken holen, die hat dein Papa bestimmt in der Küche.«

Das Mädchen schaute zu ihr auf, ihr Blick glitt wieder zu den schnatternden Enten und zurück zu ihr. Sie schien nicht gänzlich zu verstehen.

Curt übersetzte für sie auf Schwedisch. Smilla nickte fast unmerklich.

»Hol du nur die Haferflocken«, sagte Curt. »Ich pass auf, dass sie nicht auf die Idee kommt, mit den Enten im See zu schwimmen oder womöglich mit Svart auf Mäusefang zu gehen.«

Lars hatte Emilia erlaubt, in seinen persönlichen Wohnbereich zu gehen, damit sie sich in jeder Weise um Smilla kümmern konnte. Sie war überrascht, wie ordentlich hier alles war. In der hellen Landhausküche stand nicht einmal Geschirr herum, sie fand nur eine ausgespülte Kaffeetasse auf der Tropffläche der Spüle.

»Entweder du bist einer von der ordentlichen Sorte, oder du hast extra für mich aufgeräumt«, murmelte Emilia und öffnete systematisch die Schränke, auf der Suche nach Haferflocken. Diese fand sie rasch, da Lars ein gut sortiertes System hatte. Sie dachte an ihr eigenes kleines Chaos zu Hause und runzelte die Stirn.

Smilla saß draußen noch an Ort und Stelle, sah sich nach Emilia um und beobachtete, wie diese den Beutel öffnete und ihr eine Handvoll Haferflocken reichte.

»Wirf es nur ans Ufer, nicht ins Wasser.« Sie versuchte, das Gesagte mit Gesten zu untermalen, denn das Mädchen verstand anscheinend nur ein paar deutsche Worte.

Smilla warf das Futter ein bisschen ungeschickt auf die Wiese. Die Enten, die mittlerweile wieder auf dem Gewässer schwammen, kamen im Eiltempo zurück und fingen an, es aufzupicken. Einer der Wasservögel kam bis zu Smillas Fuß und bettelte regelrecht.

»Streck mal die Hand aus. Aber pass auf, dass sie dich nicht zwickt.« Emilia machte es ihr vor.

Smilla kopierte ihre Geste, und die Ente kam vorsichtig näher. Das Kind bewegte sich nicht, Emilia wagte kaum zu atmen. Im Hintergrund hörte sie nur das leise Rascheln von Curts Zeitung. Der Vogel streckte seinen Hals vor und klaute Smilla rasch ein paar Haferflocken von der Handfläche.

Emilia hörte Smilla das erste Mal kichern und tauschte mit Curt einen vielsagenden Blick. Er hatte die Zeitung beiseitegelegt und beobachtete sie beide.

»Versuch es noch mal, Smilla.«

Wieder fraß ihr die Ente aus der Hand, und Smilla rutschte zu den Wasservögeln auf die Wiese.

Svart zerstörte die Idylle, als er wie ein kleiner König zu ihnen geschlendert kam. Die Enten ergriffen die Flucht. Smilla verzog das Gesicht, streckte dann aber die Hand zu Svart hin. Der schnüffelte an den letzten Haferflocken und verschwand wieder im Gebüsch.

»Nun gut, vielleicht war das ja das Zeichen zum Aufbruch. Smilla, möchtest du zum Strand? *Till stranden?*«

Die Kleine schaute auf und nickte.

Als sie ins Haus gingen, um ein paar Sachen zu holen, hielt Curt sie kurz zurück. »Du lernst heimlich Schwedisch, stimmt's?«

»Sagen wir mal so, ich habe da ein Buch mit den wichtigsten Begriffen und habe mir einiges gemerkt. Es hätte ja sein können, dass du Deutsch verlernt hast.«

Curt legte lachend einen Arm um ihre Schultern.

*

Smilla schaufelte unaufhörlich Sand auf die Ladefläche des Spielzeuglasters und zog ihn durch den Sand und zurück. Emilia hatte ihr dafür eine kleine Schaufel aus der Kiste geholt. Nun wiederholte das Mädchen das Gleiche wie an dem Tag, als Emilia sie am Strand gefunden hatte.

Ob sie eine Szene mit ihrer Mutter gedanklich immer wieder nachspielte? Emilia wusste nicht, ob sie diesen Kreislauf unterbrechen sollte oder nicht. Sie schaute sich nach Curt um, der auf der Picknickbank saß und auf den See blickte. Er schien mit den Gedanken weit fort zu sein.

Und wenn sie nur ein kleines Detail änderte?

Nun, sie würde nur herausfinden, wie das Kind reagierte, wenn sie es versuchte.

Sie holte aus der Kiste einen kleinen Plastikeimer und füllte ihn am See mit Wasser. Als Smilla den Laster an ihr vorbei durch den Sand schob, goss Emilia das Wasser in den Kipper.

Das Kind hielt inne und erstarrte.

»Es regnet.«

Smilla sah sie blinzelnd an.

»*Det regnar*«, wiederholte Emilia auf Schwedisch.

Das Mädchen nickte und fuhr mit seinem Spiel fort.

»Wohin fährt das Auto?« Sie überlegte, wie sie der Kleinen das auf Schwedisch sagen könnte. Ganze Sätze fielen Emilia noch schwer. Aber die Worte für »wohin« und »Auto« kannte sie. »*Vart … bil?*«

Smilla zuckte zusammen.

Plötzlich kam Emilia ein erschreckender Verdacht. Sie erinnerte sich daran, was Curt zu Smillas Malbildern gesagt hatte. Ob sie hier etwas viel Tiefgreifenderes nachspielte?

Emilia ging zurück zur Spielzeugkiste, ihr wildes Durchwühlen erregte Curts Aufmerksamkeit. Sie fand ein kleines Plastikauto und brachte es zu Smilla. Ihr Urgroßvater näherte sich.

»Was hast du vor?«

»Das weiß ich selbst noch nicht«, sagte Emilia.

Sie schob den Sand glatt und formte eine Straße, stellte das Auto in die Spur. Smilla ging sofort darauf ein. Sie platzierte ihren großen Lkw in der Gegenrichtung, zögerte, fuhr an und prallte so heftig gegen das kleine Spielzeug, das es bis ins Wasser geschleudert wurde.

»Oh mein Gott«, hauchte Curt.

»Das kann doch kein Zufall sein, oder?«, fragte Emilia leise.

»Ich glaube nicht. Stell das Auto noch mal hin.«

Emilia stellte die beiden Fahrzeuge wieder in Position, und Smilla provozierte erneut den Unfall, sodass der kleine Spielzeugwagen im hohen Bogen weggeschleudert wurde.

In der Kiste befand sich noch ein größeres Auto, ein Tankwagen. Emilia tauschte die beiden Unfallverursacher aus, aber Smilla forderte mit ausgestreckter Hand das andere Fahrzeug ein.

Kam es Smilla auch auf die Ladung an? Emilia schüttete den Sand aus, holte Zweige, Steine und Blätter und befüllte abwechselnd den Kipper damit. Aber Smilla räumte jedes Mal alles wieder aus und füllte erneut Sand ein, stieß das kleine Auto mit dem Lastwagen fort.

Curt und Emilia wechselten einen Blick. Er kniff die Lippen zusammen.

»Zu manchen Ferienhäusern gehört ein kleiner Privatstrand am See. Und die Besitzer lassen dort schon mal Sand aufschütten, um ihr Urlaubsangebot attraktiver zu gestalten.«

Emilia sah Smilla an, die nun ruhig dasaß und die Enten beobachtete.

»Wenn an besagtem Tag jemand eine Sandlieferung erhalten hat …« Emilia hielt inne, sie wagte kaum, diesen Gedanken zu Ende zu denken.

»Dann kann man ermitteln, wer der Fahrer des Transporters war«, folgerte Curt. »Auf der Unfallstrecke gibt es nur zwei Häuser mit einem privaten Strandbereich.« Er atmete tief durch. »Und eines dieser Ufer ist naturbelassen, das weiß ich, weil ich da angeln darf.«

»Es bleibt also nur ein Besitzer?«

»Ich prüfe das nach!« Er ging ohne ein weiteres Wort davon.

Emilia stellte sich eine bohrende Frage, die sie nicht mehr losließ. Würde Astrid noch leben, wenn der Unfallverursacher geholfen hätte und nicht feige geflüchtet wäre?

*

Schuldbewusst schaute Emilia auf die Unordnung in der offenen Küche, aber sie brachte es nicht übers Herz, Smilla zu wecken. Das Mädchen lag mit dem Kopf in ihrem Schoß auf dem Sofa, schlief tief und fest, während Emilia irgendeinen Sender im Fernsehen schaute. Zumindest war der amerikanische Film im Originalton mit schwedischen Untertiteln, und sie verstand halbwegs, was gesprochen wurde. Es fühlte sich seltsam an, auf Lars' privater Couch zu sitzen, obwohl sie so etwas gewohnt war. Als Jugendliche hatte sie sich oft als Babysitter der Nachbarn ein bisschen Taschengeld dazuverdient. Jetzt war es dennoch anders. Die Wohnungen der Nachbarn hatten sich damals fremd angefühlt, und sie selbst hatte sich als Eindringling empfunden. Die Kinder schliefen meist bereits in ihren Betten, und sie sah nicht viel von ihnen. Das hier ging tiefer. Dieses Haus war ihr bereits vertraut, sie empfand etwas für die kleine Smilla, das sie noch nicht benennen konnte, und Lars …

Emilia knabberte an ihrer Unterlippe.

Sie mochte seine ruhige Art und bewunderte, wie er die schwierige Situation meisterte. Aber da war noch mehr. Wenn er den Raum betrat, in dem sie sich befand, ging für Emilia gefühlsmäßig die Sonne auf. Das hatte sie seit Jahren nicht mehr verspürt, und es verwirrte sie.

Ob er sie überhaupt auf diese besondere Weise wahrnahm in seiner Trauer? Diese war durchaus noch vorhanden, das merkte man ihm deutlich an. Oder war sie nur ein Feriengast für ihn?

»Auf jeden Fall wird dein Papa nicht erfreut sein, wenn er sieht, was wir beide für ein Chaos veranstaltet haben«, murmelte Emilia der Kleinen zu.

Sie hatte Spaghetti für Smilla gekocht, die Küche aber noch nicht aufgeräumt. Ihre Schuhe standen mitten im Weg, Smillas mussten irgendwo hier im Wohnzimmer sein. Zwei Kinderbücher lagen auf dem Boden, auf die das Mädchen nur vage reagiert hatte. Trotzdem schienen Smilla die bunten Bilder gefallen zu haben. Einmal hatte Emilia ihr sogar ein Kopfschütteln und ein Lächeln entlockt, weil sie ein Tier auf Schwedisch falsch benannt hatte. Smilla hatte dann ihr halbes Kinderzimmer ins Wohnzimmer gebracht, weil sie Emilia anscheinend ihre Spielzeuge zeigen wollte. Diese lagen jetzt wild verstreut auf dem Teppich.

Sie sollte aufräumen, damit Lars nicht der Schlag traf, wenn er nach Hause kam. Stattdessen saß sie hier, schaute diese seltsame Komödie, die überhaupt nicht lustig war, und streichelte sanft über Smillas Haar.

Sie war so sehr auf das Kind konzentriert, dass sie zuerst gar nicht wahrnahm, dass Lars längst in der Wohnzimmertür stand und sie mit fassungslosem Blick anschaute.

Emilias Herz klopfte unangenehm schnell. »Ich wollte aufräumen, bevor du kommst«, sagte sie leise, »aber sie ist eingeschlafen und … Es tut mir leid.«

Lars hob beschwichtigend die Hände. »Nein, alles gut«, flüsterte er. »Ich bin nur …« Er atmete tief durch und näherte sich. »Hat sie gespielt?«, fragte er mit erstauntem Blick.

»Zumindest hat sie mir all ihre Kuscheltiere und Puppen gezeigt.«

Er setzte sich neben Smilla. Mit einem Lächeln betrachtete er das kleine Mädchen. »Sie schläft sonst nur in ihrem Bett ein«, flüsterte er.

»Wir hatten einen aufregenden Tag.«

»Ja, das sehe ich.« Er seufzte. »Ich habe es versucht, wirklich. Aber sie will mit mir nicht spielen. Nur ihren Kuschelhasen trägt sie mit sich herum.«

»Sie spielt nicht?«, hakte Emilia betroffen nach.

»Nicht wie andere Kinder. Aber das hier …« Er lachte verhalten. »Das sieht aus wie früher.«

»Ich hatte nur ein bisschen Sorge, dass du wegen der Unordnung verärgert bist.«

»Ach nein. Es mag sein, dass ich einen kleinen Ordnungstick habe, aber ich kann ein bisschen Chaos ganz gut vertragen.«

»Sollen wir versuchen, sie ins Bett zu bringen?«

Er nickte und schob vorsichtig die Arme unter seine Tochter. Als er sie anhob, um sie ins Kinderzimmer zu bringen, fühlte sich die Stelle an Emilias Beinen, wo sie gelegen hatte, kalt und leer an.

Emilia klaubte die Spielsachen vom Boden auf, folgte ihm und legte alles in die großen Holzkisten. Zurück im Wohnzimmer, fand sie nur einen Schuh der Kleinen und ging auf die Suche nach dem zweiten. Den entdeckte sie unter dem Sofa.

Lars fand sie halb unter dem Tisch vor. Triumphierend hielt sie die Kindersandale hoch. »Gefunden!«

Sein trauriges Lächeln stach ihr ins Herz. An was erinnerte ihn diese Szene?

»Ich bin kurz draußen«, sagte er und verschwand durch die Balkontür.

Emilia schaute ihm verdutzt nach. Obwohl sie das Gefühl hatte, dass er vor ihr geflüchtet war, ging sie ihm nach. Sie konnte einfach nicht anders.

Draußen fuhr er ertappt zusammen. Er hatte eine Zigarette in der Hand und machte Anstalten, sie vor ihr zu verbergen. Bis er sich besann, unmerklich den Kopf schüttelte und auf den See hinaussah. Er nahm einen tiefen Zug und blies den Rauch aus.

»Was ist los?«

»Für einen Augenblick … Da hat es sich angefühlt wie früher.« Lars besah sich die Zigarette, zog erneut daran und stampfte sie in einem kleinen Aschenbecher aus. »Meine Frau hat es gehasst, wenn ich rauche«, murmelte er und starrte auf den noch glimmenden Tabak. »Wie schaffst du es, Zugang zu Smilla zu kriegen?« Er sah sie fast ein wenig verzweifelt an.

»Ich weiß nicht … Darüber habe ich nicht nachgedacht.«

Er fuhr sich durchs Gesicht, raufte sich das Haar.

»Vielleicht ist es, weil ich nicht so nah dran bin«, mutmaßte sie. »Verstehst du, wie ich es meine?«

Er nickte nur und holte die Zigarettenpackung hinter einem kleinen Brennholzstapel hervor. »Ich verstecke sie immer noch, und wenn es mich überkommt, fühle ich mich schuldig. Als wäre sie noch da.«

Emilia begriff, dass er seine Frau meinte, und wusste nicht, was sie sagen sollte.

»Ich wünschte, man hätte wenigstens diesen verfluchten Fahrer gefasst«, sagte er mit heiserer Stimme.

Emilia zog es das Herz zusammen. Sie musste ihm von Smillas seltsamem *Spiel* und ihrem Verdacht erzählen.

»Lars?« Er wandte sich ihr zu. »Curt und ich sind da durch Smilla vielleicht auf was gestoßen.«

»Wie meinst du das?«

»Eventuell gibt es doch eine Spur zu dem Unfallverursacher.«

Lars schaute sie skeptisch und abwartend an. Emilia erzählte ihm von dem Nachmittag am Strand. Ihm entgleisten regelrecht die Gesichtszüge.

»Curt hat es sehr ernst genommen. Er ist, glaube ich, zu besagtem Besitzer gegangen, der für eine Sandlieferung infrage kommt«, endete Emilia.

Lars griff in die Schachtel, die er immer noch festhielt, zog mit einer fahrigen Bewegung eine Zigarette heraus und zündete sie an. Fast schwerfällig ließ er sich auf die Bank sinken, die hinter ihm am Haus stand.

»Entschuldige, möchtest du auch eine?« Er hielt ihr die offene Schachtel hin, aber Emilia schüttelte den Kopf. Sie setzte sich neben ihn.

Lars zog an seiner Zigarette. »Und ich habe gedacht, sie versucht, eine schöne Erinnerung an ihre Mutter nachzuspielen. Dabei wollte sie mir die ganze Zeit etwas sagen.«

Er löschte die halb aufgerauchte Zigarette und stellte den Aschenbecher auf die Fensterbank. Er vergrub kurz das Gesicht in den Händen. Als er wieder aufblickte, sah sie, dass er trotz allem sehr gefasst war.

»Vielleicht hätte ich sie doch regelmäßig zum Kindertherapeuten bringen sollen. Aber direkt nach dem Unfall war sie nicht ansprechbar. Die Malbilder und das spezielle Spiel am Strand haben erst viel später angefangen. Wie kann es sein, dass ich das übersehen habe?«

»Du steckst viel zu tief drin, Lars.«

»Ja, das kann man wohl sagen. Manchmal fühle ich mich wie in Treibsand gefangen.«

Er griff erneut nach der Zigarettenschachtel. Dieses Mal nahm Emilia sie ihm sanft aus der Hand. »Das hilft dir nicht wirklich.«

Sie hörten Schritte. Curt kam die Terrasse herauf. An Lars' Blick musste er erkennen, dass er Bescheid wusste, und hielt sich nicht mit Erklärungen auf. Ohne ein Wort reichte er Lars einen Zettel. Emilia lugte darauf. Ein Firmenname war handschriftlich aufgeschrieben.

Lars wurde kreidebleich, die Hand mit dem Zettel sank in seinen Schoß, und er lehnte sich mit dem Kopf gegen die Hauswand.

»Die Polizei wird herausfinden, wer den Sand an dem Tag geliefert hat«, sagte Curt leise.

Lars stand auf. »Bitte entschuldigt mich.« Er ging zurück ins Haus.

Die nun folgende Stille kam Emilia erdrückend vor.

25

Am nächsten Morgen wirkte alles wie immer. Die Feriengäste saßen plaudernd im Wintergarten, Lars servierte das Frühstück. Man merkte ihm nichts an.

Smilla kam im Schlafanzug mit einem Kuschelhasen, der so lang war, dass er über den Boden schleifte, auf Emilia zu. Die Kleine hielt kurz inne, suchte ihren Blick. Emilia lächelte sie an. Das Mädchen setzte sich wieder in Bewegung, kletterte auf die Eckbank neben ihr und zog den großen Hasen in die Arme. Ihre Beine baumelten in der Luft, weil die Sitzfläche viel zu hoch für sie war.

»Möchtest du frühstücken?«, fragte Emilia.

Smilla sah sie ratlos an.

»*Frukost?*«, versuchte sie es auf Schwedisch.

Smilla nickte. Da Emilia nicht wusste, was die Kleine sonst morgens aß, schmierte sie ihr eine Scheibe Brot mit Butter und Marmelade, schnitt mundgerechte Stücke zurecht und schob Smilla den Teller hin. Die zögerte nicht und steckte sich ein Häppchen in den Mund.

Lars sah zu ihnen hinüber. Mit einem Lächeln setzte er sich Emilia gegenüber. »Was mach ich nur, wenn du wieder fortgehst«, sagte er leichthin.

Sein Blick schweifte zu Smilla, die gerade ihrem Kuschelhasen ein Marmeladenstück anbot und es sich dann selbst in den Mund schob.

Emilia fuhr ein Stich ins Herz. Was, wenn sie gar nicht mehr wegwollte?

Lars blieb nicht viel Zeit, er musste sich um die anderen Gäste kümmern und danach Smilla beim Waschen und Anziehen helfen.

*

Als Emilia später am Steg saß und ihren Urgroßvater beobachtete, verstand sie, warum er hierher geflüchtet war. Er hatte sich mit einem Klappstuhl nah ans Wasser gesetzt und sah auf den See hinaus.

Hier herrschte ein besonderes Gefühl vor, das Emilia tief beeindruckte. Man kam zur Ruhe, setzte plötzlich andere Prioritäten, vergaß das Smartphone. Nie zuvor hatte sie die Natur so intensiv wahrgenommen.

Svart näherte sich Curt, sprang auf den Schoß des alten Mannes und schmiegte sich in seine Arme.

Emilia hatte schon immer ein feines Gespür für die Stimmungen anderer gehabt, und heute fühlte sie, dass ihr Urgroßvater allein sein wollte. Vielleicht musste er all die Neuigkeiten verarbeiten. Deshalb behelligte sie ihn nicht. Er musste einen weiteren Tag hier ausharren, weil das Dach seines Hauses noch nicht abgedichtet war. Darum kümmerte sich ein Freund von Lars, der sich damit auskannte. Manchmal ergriff den alten Mann eine unbestimmte Unruhe, das sah sie ihm deutlich an. Er wollte nach Hause.

Emilia ließ ihren Blick über das weite Gewässer schweifen und genoss das Sonnenglitzern auf dem Wasser.

Eigentlich sollte sie weiter die Gegend erkunden, Sehenswürdigkeiten besuchen, vielleicht einen Abstecher nach Varberg machen oder in das Shoppingcenter nach Ullared gehen. Stattdessen zog sie es vor, hier an dem naturbelassenen Strand vom See Barken zu sitzen, nachzudenken und zu träumen. Sie hörte Lars' verhaltenes Lachen, als er mit einem seiner Gäste sprach, und wusste, er und seine Tochter waren ihr nah.

Emilia befand sich genau dort, wo sie sein wollte.

Am Nachmittag stieg Lars mit Smilla ins Auto und fuhr in Richtung Landstraße. Sie vermutete, dass er bei der Polizei eine neue Aussage machen würde, damit die Firma und ihre Fahrer überprüft wurden. Ob die Beamten die Zeichen eines Kindes ernst nehmen würden?

Emilia blieb am Ufer, holte sich einen der Liegestühle von der Terrasse und vertiefte sich in das Buch *Mein (nicht ganz) perfektes Leben.* Sie mochte den Charme und die Leichtigkeit der Geschichte.

Sie genoss es, einfach mal auszuruhen, von niemandem gehetzt zu werden.

Lars kehrte erst am frühen Abend zurück. Er trat auf die Terrasse und schaute sich suchend um.

Hielt er nach ihr Ausschau?

Emilia stand auf, wandte sich ihm zu. Er wurde auf sie aufmerksam und kam auf sie zu. Er wirkte schwermütig und erschöpft.

Ihre Blicke begegneten sich. Worte brauchten sie nicht. Beide gingen ans Ufer und setzten sich auf die Wiese. Er zog die Knie an, schlang die Arme darum. Sie setzte sich im Schneidersitz nahe neben ihn.

»Ich hab Smilla ins Bett gebracht. Sie ist sofort eingeschlafen«, sagte er nur leise und starrte auf das gekräuselte Wasser.

»Was haben die Beamten gesagt?«

»Sie gehen der Sache nach.«

»Haben sie es ernst genommen?«

»Ich glaube schon.«

Emilia beobachtete ihn von der Seite, betrachtete sein Profil. Er blinzelte mehrmals, rieb nervös die Finger aneinander. Sein Atem ging rasch, als wäre er zu schnell gelaufen.

Sie wünschte sich so sehr, dass auch er einmal wirklich zur Ruhe käme. Spontan legte sie ihre Linke auf seine ineinander verschränkten Hände. Lars stutzte. Für einen Moment hielt er die Luft an, dann rang er förmlich danach. Unsicher zog sich Emilia zurück. Er schien völlig instinktiv zu reagieren, griff nach ihrer Hand und hielt sie fest.

»Lass mich nicht los«, raunte er und wich noch immer ihrem Blick aus.

Sie löste ihren Schneidersitz und rutschte so dicht an ihn heran, dass sie seine Körperwärme spüren konnte.

Die Sonne versank hinter dem Hügel. Das Abendlicht legte einen goldenen, durchsichtigen Schleier auf den See und die Bäume.

»Es ist so wunderschön hier«, flüsterte Emilia. »Man möchte gar nicht mehr fort.«

Endlich wagte Lars, sie anzusehen. Vorsichtig zupfte er ihr etwas aus dem Haar. Sie versuchte, seinen Blick festzuhalten, doch er senkte den Kopf.

Sie dachte an Johanna und Curt, an ihre tragische Liebe, die für immer verloren war. Was würde sein, wenn sie diesen Moment einfach verstreichen ließ? Wenn sie in ein paar Tagen nach Hause fahren und Lars nur eine ferne Erinnerung bleiben würde?

Emilia flüsterte seinen Namen.

Er hob den Kopf. Endlich konnte sie ihm in die Augen schauen. Sie sah Unsicherheit, tief sitzende Trauer. Dennoch erkannte sie etwas in seinem Ausdruck, das Hoffnung in ihr weckte. In dem Moment, als er sich ihr zugewandt hatte, begann etwas in ihm zu erwachen.

Sie küsste ihn. Nur eine flüchtige Berührung, die ihm sagen sollte, dass sie ihm zugeneigt war.

Sie zog sich wieder zurück, spürte plötzlich seine warmen Hände auf den Wangen. Sein Kuss fühlte sich tiefer an, fast ein wenig verzweifelt.

Viel zu rasch löste er die Verbindung. Er atmete tief durch, starrte auf den See hinaus, auf dem der goldene Schimmer langsam verblasste.

»Ich habe mich zwei Jahre innerlich wie tot gefühlt«, sagte er mit rauer Stimme. »Und du … wirbelst alles durcheinander.«

»Das tut mir leid«, sagte Emilia leise.

Er griff wieder nach ihrer Hand, wirkte fast erschrocken. »Nein, Emilia, so meine ich es nicht! Ach, verdammt, das hörte sich jetzt wirklich negativ an.« Lars ließ sie wieder los, fuhr sich durch das Haar. »Ich habe gedacht, ich könnte nie wieder etwas fühlen. Aber …« Er kniff die Lippen zusammen. »Du weißt, was ich meine, oder?«

»Nicht direkt.« Emilia ahnte es natürlich. Sie hoffte es! Er sollte es aussprechen.

»Ich bin in so was überhaupt nicht gut«, murmelte er. »Ich glaube, auf Schwedisch könnte ich es besser sagen.« Er lachte unsicher. »Aber das hilft dir nicht.« Er senkte den Kopf, zupfte nervös einige Grashalme aus. »Du hast da was in mir geweckt. Nicht nur wegen Smilla, von Anfang an. Ich habe dich in Varberg gesehen und musste mich einfach einmischen, musste dir helfen.«

»Zum Glück«, brachte Emilia nur hervor.

»So einfach ist es nicht. Ich … Wow, ich rede mich hier um Kopf und Kragen.«

»Lars, ich weiß, dass du noch um sie trauerst.«

Er schwieg einen Moment.

»Ich sollte sie loslassen, aber … ich kann nicht.«

Emilia streckte ihre Beine aus und malte mit dem Zeigefinger kleine Kreise in den grobkörnigen grauen Sand am Ufer. »Es ist erst zwei Jahre her, das ist nicht lange genug, um damit abzuschließen.«

»Siehst du? Das meine ich.«

»Was denn?«, fragte Emilia verwundert nach.

»Du verstehst mich … irgendwie. Das ist …« Lars suchte nach Worten. »Das ist für mich besonders.«

Emilia kam ein unangenehmer Gedanke. Sie musste ihn danach fragen. »Sehe ich ein bisschen aus wie deine Frau, oder bin ich ihr ähnlich vom Wesen her?«

»Nein, eigentlich nicht.«

»Okay, das … das ist gut.« Auf keinen Fall wollte sie sich wie ein Ersatz fühlen.

»Möglicherweise hat es mich deshalb so überrumpelt.«

»Aber was heißt das jetzt, Lars?«

»Ich weiß es nicht«, antwortete er so leise, das sich seine Stimme mit dem Plätschern der Wellen mischte.

*

Emilia musste das Gespräch vom Vorabend erst einmal verdauen. Sie brauchte Zeit, um darüber nachzudenken. Wollte sie wirklich im Schatten seiner verstorbenen Frau stehen? Würde er sich je davon lösen können?

Um ihm aus dem Weg zu gehen, schlich sie am Vormittag aus der Pension, um nach Varberg zu fahren. Dort setzte sie sich in ein kleines Café und frühstückte.

Ob er sie vermisste, weil sie nicht wie sonst im Wintergarten saß?

Sie trank ihren zweiten Kaffee aus und bezahlte bei der Kellnerin. Ruhelosigkeit überkam Emilia. Sie fuhr mit dem Auto in Richtung Meer und parkte in Strandnähe.

Nur vereinzelte Urlauber hielten sich hier auf, der helle, feine Sand wirkte an einigen Stellen nahezu unberührt. Sie zog ihre Schuhe aus und lief an der Brandung entlang.

Wenig später erspähte sie das Kallbadhus von Varberg. Dieses auf Pfählen erbaute Badehaus thronte mitten in der Ostsee und war nur über eine lange Brücke erreichbar. Die Architektur des Gebäudes war sehr außergewöhnlich, fast schon orientalisch. Es verlieh dem Ort etwas Mystisches.

»Als ob du aus einer anderen Welt kämst«, flüsterte Emilia.

Sie wollte dieses Gefühl nicht zerstören, deshalb entschied sie sich, nicht hineinzugehen.

Sie lief weiter den Strand entlang, bis der Sand einem steinigen Ufer wich. Hier wanderte sie fast eine Stunde an der Küste entlang. An einem größeren Felsen ließ sie sich nieder und sah hinaus auf das ruhige Meer.

Sie stellte sich vor, wie Curt diese weite Strecke gerudert war, um vor seinem alten Leben zu fliehen, und fragte sich, ob er bereit wäre, kurzfristig mit ihr zurückzukehren. Um seinen Sohn kennenzulernen, um Johannas Grab zu besuchen …

Am Abend zuvor hatte sie mit ihrer Mutter gesprochen. Ihr Großvater wusste nun alles und wollte seinen leiblichen Vater kennenlernen.

Womöglich war es gut, dass sie auf Abstand blieb. Sie könnte nicht hier in Schweden bleiben, sosehr sie das auch wollte. Emilia seufzte. Sie fühlte sich hin- und hergerissen. Alles in Berlin aufzugeben würde ihr sicher schwerfallen.

Warum kam sie überhaupt auf solche Gedanken? Lars und sie hatten einen flüchtigen Kuss ausgetauscht, er steckte noch in seiner Trauer fest und war sich nicht einmal sicher, ob er überhaupt schon eine neue Beziehung wollte.

Und dennoch fühlte sie sich von diesem Mann so sehr angezogen, wie sie es seit Jahren nicht mehr empfunden hatte.

Die Melodie ihres Smartphones ertönte, und sie kramte in ihrer Tasche. Das Display zeigte eine ihr unbekannte Nummer. Normalerweise ignorierte sie Anrufe dieser Art, aber in den letzten Wochen waren einige neue, noch nicht eingetragene Kontakte hinzugekommen, sodass sie das Gespräch annahm.

»Hier ist Lars. Ich hoffe, ich störe nicht?«

Er hatte ihre Handynummer? Natürlich, sie hatte diese ja beim Einchecken angegeben. Er klang etwas aufgeregt. Und ihr klopfte das Herz bis zum Hals.

»Nein, gar nicht, alles gut. Ich hab sogar gerade an dich gedacht.« Der letzte Satz war ihr einfach so herausgerutscht, und sie verzog unwillig das Gesicht.

»Oh … ich … ähm.« Er räusperte sich, und Emilia trat sich imaginär in den Hintern. Warum musste sie auch mit der Tür ins Haus fallen?

»Ich wollte dich nur fragen, ob du heute Abend in der Pension bist. Ich gebe für die Gäste eine kleine Grillparty.«

Im Hintergrund hörte sie ihren Urgroßvater. »Ich bin daran nicht unbeteiligt«, rief er von irgendwo.

Lars lachte leise, was Emilia einen angenehmen Schauer versetzte.

»Curt hat recht. Wir schmeißen zusammen eine Party, zur Feier des Tages, weil sein Dach fertig repariert ist.«

»Natürlich bin ich da! Ich werde mich gleich auf den Weg machen. Vielleicht kann ich ja helfen.«

»Nein, das brauchst du nicht, wir …«

»Dann kümmere ich mich um Smilla.«

»Meine Eltern haben sie gerade abgeholt. Ich hatte es ihnen versprochen, und es passte heute so gut. Du musst also nicht …«

»Du glaubst also, du kannst mich von deiner Küche fernhalten?«

»Äh … so hab ich das nicht gemeint.«

»Dann ist es ja gut. Du wirst meine Marinade lieben!«

Stille am Telefon.

»Marinade?«, kam es dann unsicher.

Curt lachte im Hintergrund. »Darin legt man das Fleisch ein«, erklärte er.

»Eventuell kann ich tatsächlich etwas Hilfe brauchen«, sagte Lars. Aus seiner Tonlage schloss sie, dass er lächelte.

»Ich bin in etwa einer Stunde am Auto. Ich springe noch kurz in den Supermarkt in Varberg und besorge, was ich dafür brauche, dann fahre ich zurück.«

Emilia legte nach einem kurzen Abschiedsgruß auf.

Warum war sie plötzlich so erpicht darauf, ihm bei den Vorbereitungen zu helfen? Ging es darum, in seiner Nähe zu sein?

Ja!

*

Aus der Küche drangen fröhliche Männerstimmen. Als Emilia eintrat, saß Curt am Tisch, paffte seine Pfeife und gab Anweisungen. Lars kommentierte seine *Befehle* mit mildem Spott.

»Hallo«, sagte sie in den Raum und lächelte verlegen. Wie würde Lars reagieren nach dem Gespräch gestern Abend und dem Kuss?

»Da ist sie ja! Meine weltbeste Urenkelin.«

Lars grinste sie an und zeigte auf den Schnitzelberg, der auf ihre Marinade wartete. Emilia kam die Stimmung etwas zu ausgelassen vor.

»Sagt mal, seid ihr betrunken?«

Die Männer sahen sich an, tauschten merkwürdige Blicke.

»Nur ein kleines bisschen, Mädchen. Mach dir keine Sorgen«, sagte Curt.

Emilia entdeckte vier leere Bierflaschen, die Lars gerade mit dem Fuß unter den Tisch zu schieben versuchte.

»Ich wurde gezwungen«, verteidigte er sich.

»Das stimmt«, erklärte Curt mit ernster Miene und zog an seiner Pfeife. »Er musste mit mir auf das Dach anstoßen.«

»Mit zwei Flaschen Bier?«, fragte sie amüsiert.

»Lars hat meinen Schnaps abgelehnt, obwohl wir Wochenende haben.«

»Ich muss heute noch grillen, Curt!«

Emilia kicherte und stellte sich neben Lars.

»Entschuldige«, sagte er leise.

»Wofür denn? Weil ich noch kein Bier gekriegt habe?«

Er sah sie überrascht an. Curt griff unter den Tisch und holte triumphierend eine Flasche aus der Kiste, die er dort verbarg. Sie nahm das Bier entgegen und zwinkerte Lars zu, der den Blick nicht von ihr nehmen zu können schien. Alles kribbelte in ihr, sosehr sie auch versuchte, die Nervosität beiseitezuschieben.

»Darf ich ungeniert an deine Schränke gehen? Wegen der Marinade.«

»Darfst du.«

Sie fühlte sich von ihm beobachtet, was keineswegs ein unangenehmes Gefühl war. Sie drehte den Kopf etwas, um ihn anzulächeln. Er war hinter sie getreten und schaute ihr über die Schulter, als sie die Einkäufe auspackte.

Seine Nähe weckte etwas in ihr. Sie wünschte sich, zwischen ihnen wäre es einfacher, und sie könnte ihn einfach hemmungslos küssen. Anmerken ließ sie sich nichts.

Curt stand mit einem leisen Schnaufen auf. »Ich schau mal, was Svart so treibt.«

Sie waren nun allein in der Küche. Insgeheim hoffte Emilia, dass Lars noch etwas zu ihrem Gespräch gestern sagen würde. Er wich ihrem fordernden Blick aus, als spürte er ihren Wunsch.

»Was kann ich denn tun?«, fragte er und trank einen Schluck Bier.

Emilia überlegte kurz und legte dann die Zwiebel vor ihn hin.

»Bitte ganz klein schneiden.«

Er starrte das Gemüse feindselig an, murmelte etwas auf Schwedisch, das ziemlich brummig klang.

»Wie bitte?«, hakte Emilia mit süßer Stimme nach.

»Ach, ihr Frauen seid alle gleich. Immer muss ich diese Dinger schneiden.«

Sie prustete. »Es ist wegen unserer Schminke, weißt du?«

»Du bist doch gar nicht geschminkt.«

Emilia klimperte mit den Wimpern. »Nur so, dass man es nicht sieht. Wimperntusche muss sein.«

Noch einmal nahm er einen Schluck Bier und holte dann mit einem Seufzen ein Holzbrett, um die Zwiebel zu schneiden. Trotzdem huschte ein Lächeln über sein Gesicht.

*

Der Abend wurde ausgelassen und fröhlich. Lars gab den perfekten Grillmeister, und Curt verteilte munter Alkohol an alle. In der Woche waren die Schweden regelrecht abstinent, aber am Wochenende schienen sie alles nachzuholen. Emilia hatte Lars noch nie so gelöst gesehen. Da sie nicht viel vertrug, ging sie sparsamer mit den alkoholischen Getränken um und holte sich zwischendurch immer wieder Mineralwasser.

Das eingelegte Fleisch wurde sehr gelobt, und Lars verkündete mehrmals, dass er sich geopfert und für die Marinade die Zwiebeln geschnitten hatte. Im Lauf des Abends wurde das zum Running Gag, der irgendwann jeden zum Lachen brachte.

Um etwa zwei Uhr nachts war schließlich auch der letzte Pensionsgast in sein Bett getorkelt. Emilia kam aus der Küche, in die sie ein Tablett mit schmutzigem Geschirr gebracht hatte. Sie fand Lars auf einer Bank, die wegen der Grillparty nahe ans Seeufer gestellt worden war. Er hielt einen Aschenbecher in der Hand und rauchte. Emilia setzte sich zu ihm. Sofort stampfte er die Zigarette aus.

»Du musst nicht …«

»Doch, ich finde es unhöflich, weil du nicht rauchst.«

»Möchtest du Wasser?«

Dankend nahm er das Glas entgegen und trank es fast aus. »Deine Marinade macht durstig«, sagte er lächelnd und wandte sich ihr zu.

»Das kann schon sein«, erwiderte sie grinsend. »Sollen wir noch den Rest Geschirr reinbringen, oder bist du zu müde?«

»Zu müde? Du willst wohl eher wissen, ob ich zu betrunken bin.«

»Das wollte ich jetzt so nicht sagen.«

»Ich vertrag schon einiges.«

»Ja, das habe ich gemerkt.«

»Ach komm, so viel war es gar nicht.« Lars erhob sich, ging auf und ab. »Siehst du? Ich kann noch gerade laufen.«

Emilia, selbst beschwipst, kicherte wie ein Teenager. Sie stand ebenfalls auf und lief versuchsweise auf der Wiese hin und her.

Völlig unerwartet fasste Lars sie an der Hand, zog sie an sich. Für einen Augenblick fand sie sich verdutzt an seine Brust gelehnt. Er umfasste ihr Gesicht mit beiden Händen und küsste sie. Emilia reagierte sofort darauf, schlang die Arme um ihn.

Dieser Kuss hatte nichts Unschuldiges oder Flüchtiges an sich. Die Berührung war tief gehend und voller Sehnsucht, ließ beide atemlos zurück. Ihre Blicke begegneten sich. Emilia sah Begehren in seinen Augen. Worte waren überflüssig. Ein zweiter Kuss folgte, diesmal wild und ungestüm. Noch nie zuvor hatte Emilia jemanden so geküsst.

Mit klopfendem Herzen und einem warmen Glühen im Unterleib löste sie sich von Lars.

Sie lachten beide ein wenig unsicher.

Der Kater kam aus einem Gebüsch und miaute protestierend. Curt blieb also die Nacht über noch hier.

»Wir sollten das Geschirr reinbringen«, sagte Emilia.

»Und Svart den Fressnapf füllen, bevor er uns anknabbert.«

Sie räumten die Teller und Gläser auf ein Tablett, brachten alles in die Küche. Svart folgte ihnen und bekam eine Futterration.

Diese Unterbrechung hatte Emilias Begehren nicht abgemildert. Sie stand nahe der Küchentheke und beobachtete, wie Lars Teller in die Spülmaschine sortierte. Er hielt inne, richtete sich auf und sah sich nach ihr um.

Zuerst verharrten sie beide. Bis Lars sich umdrehte und einen Schritt auf sie zukam. Emilia löste die letzte Distanz zwischen ihnen auf, fasste ihn am Kragen und zog ihn zu sich herunter. Ihre Lippen trafen aufeinander, und Lars stöhnte erstickt auf. Sie spürte sein Verlangen, als er sie an sich presste.

Eine vage Empfindung sagte ihr, dass sie unter Alkoholeinfluss standen und besser nichts übereilen sollten. Doch Emilia wischte das Gefühl fort, als Lars sie an die Arbeitsplatte drängte und sich einen weiteren, fordernden Kuss holte, den sie erwiderte.

Sie wollten mehr, und die Küche war dafür nicht geeignet. Lars zog sie in Richtung seines Schlafzimmers, blieb dann aber vor der

Tür stocksteif stehen. Emilia verstand sofort. Dies ging zu weit, sie konnten dies nicht in Astrids ehemaligem Reich tun. Sie fasste seine Hand fester und führte ihn aus seiner Wohnung hinauf in ihr Zimmer.

Als die Tür ins Schloss fiel, sah Lars sie mit verhangenem Blick an. »Willst du das wirklich?«, raunte er.

Sie antwortete nicht, knöpfte ihm stattdessen das Hemd auf, befreite ihn davon, half ihm, sein Unterhemd auszuziehen.

Das war ihm Antwort genug. Seine Hand fuhr unter ihren Pullover, und mit einem Handgriff hatte er ihn ihr abgestreift. Unter Küssen kämpfte er mit ihrem BH, bis sie die Verschlusshaken selbst löste. Weitere Kleidungsstücke fielen zu Boden.

Sie verharrten beide einen Augenblick. Emilias Herz klopfte in einem wilden Rhythmus.

Lars hob die Hand, streichelte zärtlich über ihre Wange, strich eine lange Strähne zurück. Er ließ das Haar durch seine Finger gleiten.

»Wie Karamell«, flüsterte er.

»Du siehst im Dunkeln doch gar nichts.«

»Aber ich weiß es.«

Sanft legte er seine Lippen auf ihre. Diese Berührung ging tiefer, er hielt sie wie zerbrechliches Porzellan. Fast fürchtete sie, er würde aufhören. Emilia drängte sich an ihn, und er reagierte darauf. Langsam dirigierte er sie zum Bett. Sie seufzte, als sie seine Wärme, das Gewicht seines Körpers spürte. Dann blendete sie jegliche Gedanken aus, denn er liebte sie wie noch nie jemand zuvor.

26

Als Emilia am Morgen aufwachte, war sie allein. Verwirrt richtete sie sich auf. Hatte sie alles nur geträumt?

Von unten kamen Geräusche und Stimmen. Sie warf einen Blick auf die Uhr. Schon nach zehn. Emilia rieb sich über die Augen, kroch verschlafen aus dem Bett. Auf dem Weg zur Dusche fiel ihr Blick auf ein weißes Unterhemd, das zerknüllt auf dem kleinen Lesesessel lag.

Kein Traum! Es gehörte Lars.

Sie hob es an, roch daran und schloss die Augen, als die vergangene Nacht für einen kurzen Moment wieder lebendig wurde. Als sich ihre Lider wieder hoben, runzelte sie die Stirn. Unter dem Shirt lag eine schwarze Männerunterhose.

Emilia brach in Lachen aus. Er musste es sehr eilig gehabt haben. Sie lugte aus dem Fenster und sah ein fremdes Auto. Die Fahrzeuge der anderen Gäste kannte sie bereits, aber der SUV hatte noch nie in der Auffahrt gestanden. Ob Lars sie deshalb so überstürzt verlassen hatte?

Rasch duschte sie und zog sich an. Wer auch immer gekommen war, sie wollte Lars sehen.

Vor dem Wintergarten hielt sie inne. Lars saß mit einer älteren Frau an einem Tisch. Smilla saß auf dem Schoß der Fremden, wirkte aber wie versteift. Auch Lars kam ihr angespannt vor. Gleichzeitig sahen sie zu Emilia, die ein vorsichtiges Lächeln versuchte, weil sie die Situation nicht einschätzen konnte. Die Frau blickte zu Lars, dann wieder zu ihr und zog die Augenbrauen hoch. Waren ihre Blicke so eindeutig?

Es wurden einige fast harsche Worte gewechselt, die Emilia nicht verstand, da beide Schwedisch sprachen. Sie wusste nicht, was das zu bedeuten hatte. Sie hielt Abstand und setzte sich ans andere Ende des Wintergartens, was Lars mit einem Stirnrunzeln quittierte. Sie versuchte ihm anhand von Mimik und Gestik zu fragen, ob sie zu ihnen kommen solle, doch er schüttelte fast unmerklich den Kopf.

Wer war diese Frau? Womöglich seine Mutter? Der Gedanke ließ Emilias Herz rasen.

Und wie würde Lars reagieren? Stufte er es als One-Night-Stand unter Alkoholeinfluss ein? Emilia fühlte sich unsicher wie nie zuvor, denn der Gedanke schmerzte wie eine lodernde Flamme in ihrer Brust.

Smilla kämpfte sich aus den Armen der Frau und kam auf sie zu. Ihren Kuschelhasen schleifte sie übers Laminat. Sie kletterte zu Emilia auf die Eckbank und seufzte unüberhörbar auf. Emilia sah sie verdutzt an und musste ein Lachen unterdrücken.

Mit skeptischer Miene starrte die Fremde zu ihnen herüber. Der Wortwechsel zwischen ihr und Lars setzte sich fort, bis er aufstand und in der Küche verschwand. Ein Klirren und Klappern war zu hören. Dann kehrte er mit einem Frühstückstablett zurück und stellte es auf Emilias Tisch ab.

»Meine Mutter«, hauchte er. »Nicht einfach!«

Lars wandte sich ab und ging wieder zu seiner Mutter, die ungeduldig wartete. Sie klopfte bereits mit zwei Fingern auf die Tischplatte.

Emilia beschloss, sich wie ein normaler Gast zu verhalten. Wenn Lars sie seiner Mutter hätte vorstellen wollen, hätte er es sicher getan.

Während sie frühstückte, fühlte sie sich von der Frau beobachtet. Diese war ihr zutiefst unsympathisch, zumindest in dieser Situation. Dennoch konnte sie das Gefühl von letzter Nacht nicht verdrängen. Es kam ihr so vor, als leuchtete sie wie eine verräterische Laterne in der Dunkelheit.

Smilla stupste sie an, und Emilia machte ihr wieder die Marmeladenbrothäppchen. Zufrieden aß die Kleine eins nach dem anderen auf, von der Großmutter mit Argusaugen bewacht.

Da Lars noch immer mit seiner Mutter beschäftigt war, entschied sich Emilia dafür, ihr Frühstücksgeschirr selbst in die Küche zu tragen. Sie hörte Schritte, erwartete schon fast Lars' Mutter, aber er war es selbst. Mit einem raschen Blick sah er sich um, schob Emilia von der Tür fort.

»Es tut mir leid!«, sagte er leise. »Sie ist … schwierig.«

»Schon gut.«

Er lächelte halbherzig. »Sie hat um neun Uhr geschellt, und mich aus dem Schlaf gerissen, worüber ich froh sein kann, denn eigentlich hätte das Frühstück längst fertig sein müssen.«

»War denn überhaupt schon jemand auf, nach dem Gelage gestern?«, fragte Emilia schmunzelnd.

»Zum Glück sind die Gäste erst so um halb zehn erschienen.«

Mit einem Gesichtsausdruck, der eindeutig Unbehagen ausdrückte, zog er sich die Jeans zurecht.

Emilia beobachtete ihn amüsiert. »Scheint so, als hättest du in meinem Zimmer etwas vergessen, etwas Schwarzes, das man gewöhnlich unter der Jeans trägt«, raunte sie.

»Erinnere mich nicht daran. Es zwickt überall.«

Sie griff ihm an den Hosenbund, zog ihn daran zu sich hin, zupfte an seinem Hemd. »Mir gefällt die Vorstellung, dass du nichts drunter hast.«

Lars raubte sich einen ungestümen Kuss. Viel zu schnell löste er sich wieder und atmete tief durch. »Ich muss zurück. Sie wollte sich vorhin schon verabschieden.«

Er drehte sich zur Tür und erstarrte. Smilla stand im Eingang. Emilia sah, dass er regelrecht erschrocken war. Hatte das Kind ihren Kuss gesehen?

Smilla ignorierte ihren Vater. Sie kam auf Emilia zu, nahm ihre Hand und zog sie ins Kinderzimmer. Lars blieb zurück.

Emilia wurde ein Kinderbuch unter die Nase gehalten, und sie setzte sich mit der Kleinen auf den weichen Teppich.

Smilla klappte das Buch auf. Unter jedem Bild war das jeweilige schwedische Wort aufgedruckt.

»Du willst wohl, dass ich besser Schwedisch lerne, was?«

Smilla schaute sie fragend an. Emilia tippte auf einige Bilder und Wörter, anschließend auf sich. *Soll ich das lernen?*

Das Mädchen schenkte ihr ein Lächeln und nickte.

»Na, dann lass uns loslegen.« Emilia tippte auf das Pferdebild. »*Häst.*«

*

Der Tag verging so schnell, dass sich Emilia wunderte, als bereits die Sonne unterging. Sie hatte den Morgen über mit Smilla gespielt, Lars geholfen, das Mittagessen zuzubereiten, und sie waren zusammen am See spazieren gegangen. Nun saß sie bei ihrem Urgroßvater und beobachtete, wie er seinen Kater aus der Regenrinne vertrieb, damit die Schwalben am Haus ihre Ruhe hatten. Er stand auf einer Holzleiter und schimpfte Svart auf Schwedisch aus.

»Curt, würdest du gern deinen Sohn kennenlernen?«, platzte Emilia heraus, weil sie es einfach nicht mehr für sich behalten konnte. Ihre Mutter hatte ihr mehrere Nachrichten geschrieben und drängte auf eine Antwort.

Er stieg langsam die Sprossen herunter und wandte sich ihr zu. »Er weiß es?«

»Meine Mutter hat es ihm erzählt.«

»Und … er will mich sehen?«

»Die ganze Familie möchte dich kennenlernen. Wenn du möchtest, könntest du … Du könntest auch Johannas Grab besuchen.«

Schwerfällig setzte er sich zu Emilia auf die wacklige Bank. Er sah den Schwalben bei ihrem kunstvollen Flug zu. »Sie werden bald in den Süden ziehen«, sagte er leise. »Es ist schon Aufbruchsstimmung. Sie warten nur noch, bis die letzten Jungen flügge sind.«

Emilia folgte seinem Blick. »Es ist immer ein komisches Gefühl, wenn die Schwalben fortfliegen.«

»Umso schöner ist es, wenn sie zurückkehren und den Frühling einläuten.« Curt lächelte versonnen.

Emilia griff nach seiner Hand. Sie fühlte sich rau und trocken an. »Du könntest mit mir für ein paar Tage nach Deutschland fahren.«

»Und Johannas Grab sehen.«

»Ja.«

»Mehr ist nicht geblieben«, murmelte er und senkte den Kopf.

Emilia wusste nicht, was sie zum Trost sagen könnte, deshalb schwieg sie.

»Was mache ich mit Svart? Er war noch nie ohne mich. Aber so eine Reise wäre eine Qual für ihn.«

»Und wenn er so lange bei Lars bleiben würde?«

Curt nickte, wirkte aber unglücklich.

»Wann fährst du denn zurück nach Berlin?«

»Ich richte mich nach dir.«

»Nach mir …« Er rutschte unruhig auf der Gartenbank hin und her. »Ich war seit Jahren nicht mehr weg von hier.« Er seufzte leise. »Aber viel Zeit bleibt mir ja nicht mehr.«

Emilia sah erschrocken zu ihm hin. Deutete er eine Krankheit an?

Curt las wohl an ihrer Miene, was sie dachte. »Nein, nein, so meinte ich es nicht. Aber ich bin zweiundneunzig, Mädchen. Ein alter Mann, dessen Uhr abläuft.«

Insgeheim wollte Emilia nicht nach Hause, sie wollte hier bei Lars und Smilla bleiben. Das Zusammensein mit ihnen fühlte sich nach Familie an, obwohl Lars noch sehr mit sich kämpfte, das spürte sie deutlich.

Wäre eine Fernbeziehung möglich?

»Emilia?« Curt riss sie aus ihren Überlegungen.

»Entschuldige, ich war in Gedanken.«

»Ich meinte nur, wir sollten es nicht zu sehr hinauszögern. Sonst überlege ich es mir noch anders.«

Er schenkte ihr ein Lächeln, das seine Augen nicht erreichte.

*

Sie hatten noch lange zusammengesessen und sich über Emilias Leben unterhalten. Nun schaute sie auf einen sternenklaren Himmel und lief über die Landstraße zurück zur Pension.

Ihre Gedanken drehten sich um Lars. Sie mussten sich mit der vergangenen Nacht auseinandersetzen. Die Nähe zu ihm hatte so viel in ihr in Gang gesetzt, sie wusste selbst nicht recht, wie sie damit umgehen sollte.

Als die kleine Laterne am Haus in Sicht kam, fühlte sie wilde Entschlossenheit. Sie würden darüber reden müssen.

Im Haus hielt sie an der Treppe zu ihrem Zimmer inne und betrat dann leise Lars' Wohnung. Er schien noch wach zu sein, denn der Fernseher lief. Überrascht fand sie ihn schlafend auf der Couch, mitsamt seinem Bettzeug.

Sie legte sanft die Hand auf seine Schulter. »Lars?«

Er schreckte auf.

»Entschuldige, ich wollte dich nicht stören.«

»Schon gut, ich bin wohl bei dem Film eingenickt.« Er rieb sich verschlafen die Augen.

»Dann geh ins Bett, wir reden morgen.«

Lars zögerte, schaltete nur den Fernseher aus. »Alles gut, ich übernachte hier.«

Sie sah ihn verwirrt an.

Er setzte sich auf, ordnete die Bettdecke. »Ich kann nicht ins Schlafzimmer … solange du hier bist. Es … es geht einfach nicht.«

Sie brauchte einen Moment, um seine Worte wirklich zu verstehen. So sehr quälten ihn die Erinnerungen? Dann breitete sich ein wirklich unangenehmes Gefühl in ihrer Magengrube aus.

… solange du hier bist …

Er rechnete also fest damit, dass sie wieder aus seinem Leben verschwinden würde.

Aber stimmte das etwa nicht? Plante sie nicht, mit Curt nach Deutschland zu ihrer Familie zu fahren?

Emilia kämpfte mit den Tränen, was er in dem Dämmerlicht zum Glück nicht sehen konnte. Nur ein Wort bräuchte er zu sagen, und sie würde danach zu ihm zurückkehren. Das begriff sie plötzlich. Aber Lars wich ihrem Blick aus.

»Dann schlaf gut, bis morgen«, sagte sie mit heiserer Stimme und flüchtete in ihr Zimmer.

*

Am nächsten Morgen nach dem Aufwachen blieb Emilia noch eine Weile im Bett. Sie grübelte darüber nach, wie sie sich Lars gegenüber verhalten sollte. Vielleicht hatte sie ihn auch falsch verstanden. Aber wen könnte sie um Rat fragen?

Sie wollte mit niemandem telefonieren, also schrieb sie eine Nachricht an Miriam. Um das Frühstück noch hinauszuzögern, surfte sie ein wenig bei Facebook. Ein Kontakt empfahl ein Buch, der andere jammerte über seine Erkältung. Sie scrollte an Tierbildern und Spaßvideos vorbei, fand nur wenige interessante Postings. Karina, die sie auf der Sternschnuppennacht-Party kennengelernt hatte, suchte eine neue Wohnung in Berlin, und eine frühere Arbeitskollegin hatte ihre berufliche Position aktualisiert. Sie hatte also auch gehen müssen.

Emilia legte das Smartphone auf den Nachttisch. Nach längerer Zeit hatte sie wieder diese innere Lähmung überfallen. Ein Gefühl, das eine seltsame Leere in ihr hervorbrachte, die sie lieber tief vergraben hätte.

Schließlich raffte sie sich auf und ging hinunter zum Wintergarten. Zu ihrer Überraschung entdeckte sie Curt an einem der Tische am Fenster. Smilla saß mit ihrem Kuschelhasen auf dem Boden, Svart lag neben ihr. Auf den ersten Blick schien keiner der beiden Notiz vom anderen zu nehmen, trotzdem kam es Emilia so vor, als herrschte eine Bindung zwischen ihnen. Der Kater rekelte sich in Richtung des Kindes, bot seinen Bauch offen dar. Ein Vertrauensbeweis.

Auch Curt und Lars beobachteten Smilla und die Katze. Die Männer waren so fasziniert, dass sie Emilia noch nicht bemerkt hatten. Das kleine Mädchen schaute nun auf Svart herunter und streckte die Hand aus, streichelte Svart vorsichtig am Kopf. Der Kater schnurrte.

»Astrid hatte auch diese Bindung zu Tieren«, sagte Lars und lächelte.

Emilia biss sich auf die Lippe. Am liebsten hätte sie sich heimlich fortgestohlen, doch da entdeckte ihr Urgroßvater sie.

»Emilia! Guten Morgen.«

Sie grüßte freundlich zurück, versuchte, sich ihre Gefühle nicht anmerken zu lassen, sondern gab sich betont fröhlich. Lars suchte ihren Blick, sie sah aber nur kurz zu ihm hin und setzte sich dann neben Curt. Sein Stirnrunzeln entging ihr dennoch nicht. Kannte Lars sie bereits so gut, dass er sie durchschaute?

Curt holte eine frische Tasse vom Tablett und goss Emilia Kaffee ein. Die Unsicherheit war verschwunden, er trat gut gelaunt und selbstsicher auf.

»Ich habe gerade mit Lars gesprochen. Er kümmert sich um Svart, solange ich unterwegs bin. Wir können uns also auf den Weg nach Deutschland machen.«

»Das … ist wunderbar.« Emilia zwang sich zu einem Lächeln.

Wieder spürte Lars offenbar, dass etwas nicht stimmte. »Ist alles in Ordnung?«

Sie konnte ihm nun nicht mehr ausweichen. *Nein! Ich will hierbleiben! Ich möchte mit dir und Smilla zusammen sein!*, schrie es in ihr.

Stattdessen sagte sie: »Ja, natürlich.«

»Wann sollen wir denn fahren?«, hakte Curt nach. »Morgen oder lieber übermorgen?«

Verdutzt sah Emilia ihren Urgroßvater an. Seine Augen leuchteten, und er wirkte regelrecht euphorisch. Da dämmerte es ihr. »Du hast mit Mama gesprochen.«

»Ja, du hattest mir ja die Telefonnummer gegeben. Ich hab auch mit Anton gesprochen.« Curt sah glücklich aus.

»Er ist dein Sohn, nicht wahr?«, hakte Lars nach.

Curt nickte und richtete sich auf, hielt dann aber inne und schaute Emilia fragend an.

»Oh … ich denke … übermorgen. Wir fahren dann übermorgen.«

Curt schnalzte mit der Zunge. Svart horchte auf. Er setzte sich auf. Es kam Emilia tatsächlich so vor, als müsste die Katze überlegen, was sie nun tun wollte. Svart entschloss sich, mit seinem Herrchen zu gehen.

Smilla stand auf und zog Emilia am Ärmel. Sie reagierte zuerst nicht, kämpfte noch mit einer Flut von Gefühlen.

»Emi…la«, sagte das Mädchen dann.

Lars verschluckte sich an seinem Kaffee. Sie beide starrten Smilla an. Das Mädchen sprach das erste Mal seit zwei Jahren. Emilia fing sich als Erste.

»Ja?«

»*Jag vill mata ankor*«, sagte Smilla und zeigte auf die Wasservögel.

Emilia schaute Lars Hilfe suchend an.

Er schien völlig überwältigt zu sein. »Sie … sie möchte … die Enten füttern.«

Emilia war sich plötzlich sicher, dass es wichtig war, Smilla ganz normal zu behandeln, damit sie das Mädchen nicht verschreckten. Sie hielt der Kleinen die Hand hin, die sie sofort ergriff. Zusammen gingen sie in die Küche, um Lars' Haferflockenvorrat zu plündern.

Lars folgte ihnen, hatte sich nun gefangen. »Warte, ich habe hier noch Entenfutter. Astrid hat die Vögel im Winter immer zugefüttert, ich habe das übernommen.«

Er öffnete die Abstellkammer und holte einen Eimer mit Futter hervor, den er Emilia reichte. Für einen Moment versank jeder im Blick des anderen.

Sag, dass ich zurückkommen soll! Ihre Gedanken schrien förmlich.

Lars schwieg.

Was hätte sie dafür gegeben, zu erfahren, was er dachte und fühlte. Ihn danach zu fragen, das wagte sie einfach nicht. So blieb es unausgesprochen, und Emilia ging mit Smilla zum See.

Lars schaute ihnen zu. Emilia konnte nicht anders, als immer wieder verstohlen zu ihm hinzusehen. Er beobachtete mit einem faszinierten Ausdruck, wie seine kleine Tochter aufblühte.

*

Am frühen Abend, als Smilla im Bett war, saß Emilia noch immer am Ufer des Sees. Sie hatte sich auf einen einsamen Felsen zurückgezogen und betrachtete den Sonnenuntergang. Den Feuerball selbst sah man längst nicht mehr, nur blutrote Schlieren kündigten die Dämmerung an.

Emilia saß auch noch dort, als die ersten Sterne aufblitzten und ein eisiger Wind über sie hinwegfegte.

Sie wollte nicht fort. Aber sie konnte nicht alles in Deutschland aufgeben, wenn Lars ihr nicht zu verstehen gab, dass er sie bei sich haben wollte. Vielleicht war seine Trauer um Astrid noch zu stark. Ein gewisser Abstand hatte sich zwischen ihnen gebildet, und sie konnte diese Kluft nicht überwinden, nicht ohne Lars' Hilfe.

Tränen stiegen in ihr auf, ein leises Schluchzen drang aus ihrer Kehle. Wie sehr sie das alles vermissen würde! Schweden, das wunderschöne Landhaus … Hier fühlte sie sich mehr zu Hause als in ihrer Berliner Wohnung.

Was sollte sie nur tun?

27

Emilia war Lars aus dem Weg gegangen, weil er sich um neue Gäste gekümmert hatte. Nun brach der letzte Morgen an, und sie packte sehr früh die letzten Taschen in den Kofferraum. Sie sah sich um, weil sie Schritte auf dem Kies hörte. Lars näherte sich ihr. Sein Gesicht glich einem Pokerface, sie konnte keine Gefühlsregung darin lesen. Sie zwang sich zu einem Lächeln.

»Fahrt ihr gleich los?«

»Ja, Curt wollte sich noch eben von Svart verabschieden.«

Für einen Augenblick sah sie Unsicherheit, dann senkte er den Blick.

Sag mir doch, dass ich zurückkommen soll!

Warum nur wagte sie nicht, genau das auszusprechen? Sie wollte Lars nicht drängen, sich nicht in seine Trauer einmischen. Astrid musste eine wunderbare Frau gewesen sein, und Emilia konnte nicht einschätzen, ob sie ihr jemals ebenbürtig sein könnte.

»Wir werden dich vermissen«, sagte er leise.

Emilia horchte auf. »Ich … ich könnte wiederkommen.«

»Im nächsten Urlaub?«

»Oder eher.« Ihr Puls raste. Verstand er ihren Wink?

»Das wäre schön.«

Nein, er begriff nicht, was sie sich wünschte, und sie brachte es nicht über sich, es ihm zu sagen. Liebte sie ihn? Es fühlte sich so an. Dieser Mann hatte sich tief in ihr Herz gegraben.

Sie umarmten sich zum Abschied. Emilia vergrub ihr Gesicht an seiner Schulter, er presste sie an sich. Dennoch gab es diese Barriere aus Scheu und Beklommenheit. Die Gelöstheit der gemeinsamen Nacht war verschwunden.

Lars küsste sie auf die Wange, hielt inne, als sie ihn verwirrt anschaute, und gab ihr einen sanften Kuss auf den Mund.

»Melde dich mal, ja?«

»Mache ich, Lars, versprochen.«

Er trat einen Schritt zurück, fast eindringlich sah er sie an, als wollte er sich ihren Anblick einprägen. Dann wandte er sich abrupt ab und ging ins Haus.

Von Smilla hatte sie sich schon zuvor verabschiedet. Als Emilia ins Auto stieg, weil sie Curt herannahen sah, drängte sich das Bild des kleinen Mädchens in ihre Gedanken. Seine geweiteten Augen, der verstörte Ausdruck, als Emilia ihr zu erklären versuchte, dass sie fortging. Die stillen Tränen, die an Smillas Wangen herunterliefen.

Emilia wischte sich über die Augen, biss sich auf die Unterlippe, bis sie Blut schmeckte. Dieser Abschied war das Schlimmste, was sie jemals erlebt hatte. Die Kündigung des Jobs hatte sich dagegen harmlos angefühlt.

Ihre Hände zitterten, verzweifelt unterdrückte sie ein Aufschluchzen, hatte die aufsteigende Tränenflut kaum unter Kontrolle. Ihr Herz fühlte sich verwundet an, ihre Brust brannte, und sie bekam kaum Luft.

Curt stieg ins Auto und sah sie überrascht an.

»Ist alles in Ordnung, Mädchen?«

Emilia startete den Wagen, rang um Fassung. »Alles gut, Curt. Ich … ich hab mich hier nur so wohlgefühlt, und … es fällt mir ein bisschen schwer … zu gehen.«

»Dann musst du so schnell wie möglich wieder zurückkommen.« Er legte tröstend eine Hand auf ihren Unterarm. »Am besten gleich mit mir zusammen.«

Tatsächlich hatten sie ausgemacht, dass Curt mit dem Flugzeug nach Schweden zurückkehren würde. Lars würde ihn dann in Göteborg abholen.

»Wenn es so einfach wäre …«

*

Auf dem langen Weg nach Waren, wo Emilias Familie wohnte, lenkte sie sich ab, indem sie mit ihrem Urgroßvater über alles Mögliche plauderte. Seine humorvolle Art heiterte sie auf, und so vergingen die zehn Stunden wie im Flug. Den Abschiedsschmerz hielt sie tief verborgen. Er glomm nun wie eine Glut, die jederzeit aufflammen konnte.

Emilias Mutter wohnte am Stadtrand von Waren am Müritzsee. In der Urlaubszeit vermietete sie meist ein oder zwei Gästezimmer. Eines davon war früher Emilias Kinderzimmer gewesen. Als sie nun mit Curt vor ihrem Elternhaus stand, keimten seltsame Gefühle in ihr auf. Eine Mischung aus Heimweh und dem Wissen, das dies nie wieder ihr Zuhause sein konnte. Einerseits, weil sich durch den Tod ihres Vaters so vieles verändert hatte. Andererseits, weil es hier einfach zu viele Erinnerungen gab, die sie lieber vergraben hielt. Von außen betrachtet war ihre Kindheit idyllisch und schön gewesen. Die Wahrheit hatte nicht selten anders ausgesehen. Einsamkeit hatte oft ihr Leben geprägt, denn die Arbeit war bei ihren Eltern immer vorgegangen. Nach ihrer Erkrankung sah ihre Mutter das anders. Das hatte sie verändert, zum Positiven. Ihre Prioritäten lagen jetzt nicht mehr ausschließlich auf ihrer leitenden Position in einem Ingenieurunternehmen. Auch ihre Beziehung zueinander war liebevoller geworden.

Die Begrüßung war herzlich. Curt wusste kaum, wie ihm geschah, als Emilias Mutter Ingrid ihn spontan in den Arm nahm. Ihr Großvater Anton wartete in der Küche, knetete nervös seine Finger, als sie zu ihm kam und ihn auf die Wange küsste.

»Hallo, Opa«, begrüßte sie ihn.

Curt stand in der Tür und sah seinen Sohn mit bewegtem Gesicht an. Es dauerte eine Weile, bis einer von beiden sich rührte. Schließlich stand Anton auf, bot seinem Vater einen Platz an dem Küchentisch an und schenkte ihm ein Glas von seinem selbst aufgesetzten Obstlikör ein.

Emilia beobachtete die beiden vom Türrahmen aus, wie sie zuerst schweigend zusammen tranken, dann ins Gespräch kamen und kurze Zeit später völlig in ihre Unterhaltung vertieft waren.

»Ich danke dir, Emilia.«

Sie wandte sich zu ihrer Mutter um. »Wofür denn, Mama?«

»Dass du ihn gefunden hast«, antwortete sie mit einem Lächeln. Als sie Emilia ansah, wich diese dem Blick ihrer Mutter aus.

»Was ist denn, Lia? Irgendwas stimmt doch nicht.«

»Ich habe in Schweden jemanden kennengelernt und wäre am liebsten dortgeblieben.«

»Oh … äh, das ist doch …«

»… Scheiße, Mama!«

»Warum denn?«

»Weil er in Schweden lebt.«

»Das muss doch nicht wirklich ein Hindernis sein.«

»Er trauert aber noch um seine verstorbene Frau.«

»Also war es nur eine Schwärmerei deinerseits?«

»Nein.«

»Dann verstehe ich es nicht.«

»Ich auch nicht«, murmelte Emilia so leise, dass es mehr einem Flüstern glich.

Ihr Großvater unterbrach das Gespräch, machte den Vorschlag, ein wenig in die Stadt zu gehen, um Curt die Umgebung zu zeigen.

Emilia stimmte sofort zu, sie wollte dieser Situation unbedingt entfliehen.

Sie fuhren in die Innenstadt von Waren, in der es wunderschöne historische Bauten gab. Sie stöberten in den kleinen Geschäften, fanden sogar einen Krammarkt, den Curt zu lieben schien. Bei jedem Stand blieb er stehen, unterhielt sich mit dem Verkäufer, erwarb diverse Dinge, die Emilia zum Schmunzeln brachten.

»Du kaufst ja allerlei Zeugs«, bemerkte sie amüsiert.

Curt lächelte. »Glaub mir, das kann ich alles gut brauchen.«

Sie schlenderten durch alte Gassen mit Fachwerkhäusern, und Emilia sah, dass sich auch Curt an dem historischen Ambiente erfreute.

»Lars würde das hier gut gefallen. Er liebt solche Städte«, sagte er und schaute zu einer verzierten Fassade hinauf.

Emilia fühlte ein Ziehen der Sehnsucht. Was hätte sie darum gegeben, Lars hier bei sich zu haben. Sie könnten mit Smilla ein Eis essen gehen, durch die alten Straßen bummeln oder die Kinderabteilung der örtlichen Buchhandlung besuchen.

Emilia schluckte schwer.

»Sollen wir in eines der kleinen Cafés gehen?«, fragte ihre Mutter und hakte sich bei ihr unter. »Die Geschäfte schließen ja gleich.«

Alle stimmten zu. Da sich das Wetter heute von der besten Seite zeigte, suchten sie sich einen idyllischen Biergarten aus.

Curt und sein Sohn vertieften sich wieder in eine Unterhaltung, Emilias Mutter hielt mit geschlossenen Augen ihr Gesicht in die letzten Strahlen der Abendsonne. Emilia schwelgte heimlich in Schweden-Erinnerungen und fuhr erschrocken auf, als ihr Smartphone eine Nachricht meldete.

Eigentlich mochte sie es nicht, im Café oder Restaurant nach ihrem Handy zu greifen, doch sie hatte Lars' Telefonnummer mit einem gesonderten Benachrichtigungston versehen.

»Es ist Lars«, sagte sie aufgeregt.

Curt nickte, ihre Mutter hob eine Augenbraue, und ihr Großvater runzelte die Stirn.

Seid ihr gut angekommen? Wie geht es Curt?

Ja, alles in Ordnung. Curt versteht sich prima mit meinem Großvater.

Smilla hat nach dir gefragt. Sie hat heute schon dreimal gesprochen.

Das ist ja wunderbar! Grüß die kleine Maus von mir.

Es ist irgendwie einsam hier, seit du weg bist.

Emilias Herz klopfte ihr fast bis zum Hals. Was sollte sie darauf bloß schreiben? Er ahnte ja kaum, wie einsam sie sich ohne ihn fühlte! Sie atmete tief durch.

Mir geht es genauso.

Schon während des Vorgangs schimpfte sie sich selbst. Wie einfallslos!

Plötzlich fiel ihr auf, dass ihre Familie sie beobachtete. Rasch legte sie das Smartphone beiseite. »Entschuldigt!«

Curt winkte ab. »Kannst du nicht mal ein schönes Foto von uns machen, mit der Altstadtgasse im Hintergrund? Das kannst du ihm dann doch mit deinem Telefon schicken, oder?«

»Ja, sicher! Das ist eine gute Idee.«

Die Kellnerin kam zu ihnen und brachte ihre bestellten Getränke. Spontan bat Ingrid sie darum, das Foto zu schießen, damit auch Emilia mit auf dem Bild sein konnte.

Die junge Frau kam der Bitte nach, und Emilia schickte Lars das

Foto, das selbst sie zum Lächeln brachte, trotz aller stillen Traurigkeit.

Zuerst antwortete Lars nicht, obwohl sie sehen konnte, dass er die Nachricht gelesen hatte. Dann kam ein schlichtes *Danke!*

Ein paar Minuten später pingte erneut ihr Smartphone, und sie konnte einfach nicht anders, als rasch einen Blick zu wagen. Er hatte ebenfalls ein Foto geschickt!

Ein Selfie von ihm und Smilla, im Hintergrund Lars' Landhaus und ein Teil vom See.

Tränen verschleierten Emilias Blick. Ihre Mutter nahm ihr das Smartphone aus der Hand, stieß einen Kiekser aus, als sie das Bild sah.

»Du hast mir ja gar nicht erzählt, wie gut er aussieht«, wisperte ihre Mutter ihr zu.

»Und zu der Kleinen sagst du nichts?«

»Wundert mich nicht. Du hattest doch schon immer einen Hang zu schwierigen Beziehungen.«

»Beziehungen?« Curt hatte aufgehorcht. »War da mehr zwischen euch?«

»Ja …«, sagte Emilia nur leise und senkte den Kopf.

»Das erklärt so einiges.«

*

Am nächsten Tag fuhr Emilia mit Curt und ihrem Großvater zum See, dessen Ufer sich bis nahe an Waren schmiegte.

Sie spazierten schmale Wege entlang, und Curt bestaunte wie allgegenwärtig hier an der Mecklenburgischen Seenplatte die Gewässer waren. Diese durchbrachen weite Wiesen und Felder, teils nur verbunden durch alte Holzbrücken. Eine davon überquerten sie gerade, und Curt fotografierte das Panorama mit einer antiquierten Kamera.

»Es ist wirklich wunderschön hier«, sagte er, ohne den Blick von einem der schilfüberwachsenen Teiche zu nehmen. »Johanna hat es hier bestimmt auch gefallen, oder?«

Anton, der mittlerweile die tragische Geschichte seiner Eltern kannte, trat neben seinen Vater. »Ja, sehr sogar. Sie ist auch hier beerdigt, nicht in Lüneburg oder Berlin.«

Wo sie nur deshalb ihren Lebensabend verbracht hatte, um Curt irgendwie nahe zu sein, wenigstens am Ende ihres Lebens. In der Hoffnung, er würde eines Tages in die Hauptstadt zurückkehren.

»Ihr Grab ist hier in Waren?«, fragte Curt erstaunt.

»Ja, damit sie bei ihrer Familie ist«, antwortete Anton.

»Wie kam es, dass ihr Lüneburg verlassen habt und in den Osten gezogen seid?«

»Es ist eher so, dass ich nach dem Tod meiner Frau meinem Sohn und meiner Schwiegertochter hierher gefolgt bin. Und dann ist auch er … gegangen.« Anton senkte den Blick.

Emilia hakte sich bei ihm unter, schmiegte sich an ihn, um ihn zu trösten. Ihre Großmutter hatte sich von einem Schlaganfall nicht mehr erholt, und Emilias Vater … Ein plötzlicher Herztod aufgrund einer bis dahin unentdeckten Herzerkrankung hatte seinem Leben ein jähes Ende gesetzt.

Curt sah sie beide mit bewegtem Gesicht an. Er schien erst jetzt zu begreifen, dass er seinen Enkel verloren hatte.

Sie lehnten sich auf das Brückengeländer und sahen einem auffliegenden Schwarm Wildgänse nach. Eine seichte Brise bog die Schilfhalme zur Seite, vereinzelte Wolken wanderten über einen blaugrauen Himmel.

»Ich möchte Johannas Grab sehen«, bat Curt leise.

Sie erfüllten seinen Wunsch und brachten ihn zum Friedhof.

Vier Säulen, die an Kirchtürme erinnerten, säumten das hohe Tor. In den Bäumen rauschte der Herbstwind. Sie gingen an der kleinen Kapelle aus rostroten Backsteinen vorbei, liefen über laubbedeckte Wege bis zu einem malerischen Abschnitt, den hohe Birken umrahmten. Die Gräber waren mit Blumen geschmückt, die Grabsteine wirkten edel und waren liebevoll ausgearbeitet.

Johanna hatte einen weißen Marmorstein, mit dunkelgrauer Schrift. Auf ihrem Grab wuchsen verschiedenfarbige Sommerblumen, die sich den Platz mit aufblühenden Herbstastern teilten.

Curt fiel auf die Knie, legte eine Hand auf das Grab. Als er zu weinen begann, wollte Emilia zu ihm eilen, aber ihr Großvater hielt sie auf.

»Lass ihn, Lia. Komm …«

Er zog sie ein Stück weit fort, aus Curts Sichtfeld.

»Aber, Opa, ich muss …«

»Nein, glaub mir, er möchte jetzt allein sein. Nur für den Moment. Lassen wir ihn trauern.«

Mit schwerem Herzen ließ sich Emilia auf einer Bank nieder. Anton pflückte einen langen Grashalm, schwenkte ihn hin und her, als er sich zu ihr setzte. Zum ersten Mal erkannte Emilia die Ähnlichkeit zwischen ihm und Curt. Er besaß den gleichen weißblonden Schopf und diese strahlend blauen Augen, die aus dem sonnengebräunten Gesicht hervorstachen.

Er zupfte an dem Halm herum und seufzte leise, sagte aber nichts.

»Hast du es geahnt, Opa?«

»Dass ich einen anderen Vater habe? Ja, irgendwie schon. Mutter hat mehrmals versucht, es mir zu sagen, und nach Vaters Tod Andeutungen gemacht. Ich wollte es nur nicht hören.«

»Es ist sicher komisch für dich. Bist du Oma Hanna … böse deswegen?«

»Nein, natürlich nicht. Was hatte sie denn damals für eine Wahl?«

Im Westen ging langsam die Sonne unter. Die letzten Strahlen flimmerten durch die Wipfel der Birken und bildeten ein tanzendes Mosaik auf dem grasbewachsenen Boden.

Emilia träumte wieder von Schweden.

»Du magst diesen Lars, oder?«

»Ja, sehr.«

»Das habe ich gesehen, als du die Nachrichten geschrieben hast. Was wirst du denn jetzt tun?«

»Das weiß ich nicht, Opa.«

Er nahm tröstend ihre Hand.

Curt näherte sich ihnen mit gefasstem Gesichtsausdruck. Er schien dankbar, dass sie ihm diese Zeit allein mit Johanna geschenkt hatten.

Es dämmerte bereits, und sie schlenderten über die Friedhofswege zurück zum Auto. Dann und wann pflückte ihr Großvater einige Kamillenblüten, die sich am Wegesrand ausgesät hatten. Meist hingen oben auf seinem Dachboden überall Kräuterbündel zum Trocknen, da er seinen Tee am liebsten selbst herstellte.

Vater und Sohn begannen ein leises Gespräch, in das sich Emilia nicht einmischen wollte. Sie stiegen in Antons Auto. Emilia schmiegte sich tief in den Sitz und holte ihr Smartphone hervor. Sie öffnete das Foto von Lars und Smilla.

Ich glaube, ich liebe dich, Lars Tjorveson.

28

Berlin, Ende September 2018

Feiner Regen wehte durch die Luft. Nur das schützende Laubdach der Trauerweide schützte Emilia vor der Feuchtigkeit. Sie saß am Ende des Strandbads am Wannsee, in der Nähe der Wasserwacht-Leitstelle, weil dort der Publikumsverkehr nur mäßig war. Ruhe fand sie dennoch nicht.

Sie griff in den feinen Sand, ließ ihn durch die Finger rieseln und dachte an die kleine Smilla. Sie hatte wieder aufgehört zu sprechen, hatte Lars ihr geschrieben. Also litt sie ebenso unter der Trennung wie sie.

Emilia zog die Knie an, schlang die Arme um die Beine und lehnte sich an den Stamm der Weide.

Zumindest war Curt wieder gut zu Hause angekommen, sie hatte schon mit ihm telefoniert.

Lars und sie schrieben sich täglich, aber es wirkte … freundschaftlich. Dieses Feuer der einen Nacht schien fern wie ein verblasster Traum.

Früher hatte sich Emilia gern hier an den Wannsee zurückgezogen. Sie schaute nach links, wo Strandkörbe im Sand standen und ihr ein gewisses Nordseegefühl vermittelten. Hier hatte sie viele Sommer verbracht, im See gebadet, die Natur genossen.

Jetzt kam ihr all das wie ein graues Abbild dessen vor, was sie in Schweden vorgefunden hatte. Lag es daran, dass Lars nicht bei ihr war, oder hatte dieses nordische Land ebenso ihr Herz erobert? Dort war eine Sehnsucht in ihr geweckt worden, die sich einfach nicht mehr schlafen legen wollte. Sie kratzte unablässig an ihrer wunden Seele.

Wind kam auf, peitschte die Zweige der Weide zur Seite.

Die schwedische Polizei hatte mittlerweile herausgefunden, wer an dem Unfalltag der Fahrer des Sandlasters gewesen war. Lars hatte ihr diese Info heute Morgen geschickt. Jetzt lag alles in den Händen der Behörden.

Ob Lars nun damit abschließen könnte? Emilia wusste es nicht, er hatte nicht viel geschrieben, weil er noch einmal zur Wache musste.

Nachrichten zu schreiben schien ohnehin nicht so sein Ding zu sein. Er klang stets sehr neutral. Sollte sie ihn vielleicht am Nachmittag anrufen? Nein, besser nicht. Gerade heute würde er alle Gedanken beisammenhalten müssen. Oder würde es ihm helfen, wenn sie ihm beistand?

Über dem See verdunkelte sich der Himmel, und es donnerte leise. Die Böen trieben die Wolken nach Osten, und Emilia schaute zu, wie sie an ihr vorbeizogen.

Sie sah zu dem langen Steg, der wie ein übergroßes T im Wasser lag. Kleinere Motorboote waren dort festgemacht. Sie trotzte dem Regen und ging hinüber zu den Holzplanken. Den Anleger betrat sie allerdings nicht, weil die Wasserwacht das meist nicht tolerierte. Sie dachte an den Steg am Tempelhofer Hafen, wo alles begonnen hatte. Wieder beobachtete sie die fernen Blitze. Ihre Verzweiflung damals kam ihr jetzt fast unwirklich vor. Die Arbeitslosigkeit belastete sie nicht mehr. Emilia hatte begriffen, dass es viel Wichtigeres im Leben gab.

Ihre Situation mit Lars hingegen fühlte sich aussichtslos an, denn sie wagte nicht, ihm ihre wahren Gefühle zu offenbaren. Obwohl sie sogar eine Mieterin für ihre Wohnung gehabt hätte. Karina von der Sternschnuppennacht suchte immer noch nach einer neuen Bleibe und würde sofort in ihre Eigentumswohnung ziehen.

Dieses Schweben zwischen Hoffnung und Sehnsucht war das Einzige, das ihr geblieben war. Es fühlte sich zurzeit erträglicher an als eine endgültige Trennung, weil Lars das Wagnis mit ihr womöglich nicht eingehen wollte.

Zwischen dem Dunkelgrau der Wolken blitzte immer mehr das rotgoldene Licht der Sonne durch. Wie leuchtende Schlieren kämpfte es sich wieder an die Oberfläche. Emilia blieb noch lange bei dem Anleger stehen und träumte von dem See in Källsjö, im Hintergrund ein schwedenrotes Landhaus …

*

Als Emilia am Nachmittag nach Hause fuhr, regnete es in Strömen. Sie holte den kleinen Schirm aus dem Seitenfach, spannte ihn rasch auf, als sie die Tür öffnete, und stieg aus dem Auto. Eine Bö riss ihr den Regenschutz fast aus der Hand. Sie stemmte sich gegen den Wind und kämpfte sich bis zum Vordach des Mehrfamilienhauses, in dem sie wohnte. Sie schaute verdutzt auf den jungen Mann, der sich ebenfalls hier unterstellte.

»Hallo, Emilia.«

Sie brauchte einen Augenblick, um ihn einzuordnen. Ohne seine Arbeitskleidung und mit gestylter Frisur wirkte er völlig anders.

»Ach, hallo, Benny.« Emilia klappte den Regenschirm zu. »Sag nicht, es gibt hier auf der Straße immer noch Probleme mit den Wasserleitungen?«

»Äh, nein, ick wollte eigentlich zu dir. Du warst aber nich' da.« Er lächelte unsicher. »Na ja, jetzt biste ja hier.«

»Du wolltest zu mir?«, hakte Emilia verwirrt nach.

»Ick weiß, wir kennen uns nur vom Supermarkt und vonne Bauarbeiten, trotzdem wollte ick ma fragen, ob du wat mit mir trinken gehen magst. Kaffee, oder so.«

Sie fühlte sich für den Moment überrumpelt, wusste nicht, was sie sagen sollte.

Nervös strich er sich durchs Haar. »Ick hab schon ma angeschellt, weil ick ja keene Telefonnummer von dir hab, aber du warst länger nich' zu Hause, oder?«

»Ja, ich war in Schweden.«

»Wow, in Schweden! Da war ick noch nich'. War's denn schön?«

»Ja, sehr.«

Benny schaute sie nun erwartungsvoll an, hoffte wohl auf eine positive Antwort. Emilia rang mit sich. Sie wollte nicht mit ihm ausgehen, aber sie brachte es auch nicht übers Herz, ihn mit ein paar Worten einfach fortzuschicken. In ihre Wohnung würde sie Benny aber nicht mitnehmen.

»Sollen wir vielleicht rüber zum Café Diamantfabrikken gehen?«

»Das Tattoocafé? Ja, klar. Haste denn jetzt Zeit?«

»Das passt schon.«

Sie liefen durch den Regen zu dem gemütlichen Café, das sich in der Nähe von Emilias Wohnung befand. Die Besitzerin begrüßte sie freundlich beim Eintreten. Emilia mochte diesen künstlerischen Ort und schenkte ihr ein sanftes Lächeln, erwiderte den Gruß. Sie schüttelte den Schirm aus und stellte ihn in den Metallständer am Eingang. Benny suchte für sie einen Tisch am Fenster aus und bestellte frisch aufgebrühten Kaffee.

»Oder wollteste wat anderes?«

»Nein, Kaffee ist okay.«

Seine anfängliche Unsicherheit verflog, und Benny entpuppte sich als angenehmer Gesprächspartner. Trotzdem fühlte sich Emilia nach einiger Zeit unwohl.

»Magste auch Kuchen haben?«, fragte er und griff nach der Karte.

»Benny …«

Ihr Tonfall ließ ihn aufschauen, sein Lächeln verblasste. Sie sahen sich an, Benny senkte den Blick.

»Du hast schon 'nen Freund, oder? Det hier ist nur aus Gefälligkeit.«

»Es tut mir leid, Benny.«

»Schon gut. Is' halt schade. Den Kaffee darf ick dir aber ausgeben?«

»Natürlich, vielen Dank.«

»War dein Freund auch mit in Schweden?«

»Ja.«

Dass Lars noch immer in Källsjö war, und sie nicht wusste, was daraus werden würde, sagte sie ihm nicht.

*

Emilia saß in ihrer Küche, umfasste den Becher mit beiden Händen und blies hinein. Der Kaffee war noch so heiß, dass er dampfte. Sie fühlte sich beobachtet, denn ihre Freundin Miriam saß ihr gegenüber und musterte sie.

»Lia, du siehst schrecklich aus. Wirklich.«

»Aber ich hab doch geduscht.«

»Ja, aber deine Haare hängen wie Sauerkraut herunter, und du sitzt seit Tagen im Jogginganzug vor dem PC.«

»Es gibt gerade Wichtigeres, als mir die Haare zu föhnen oder schicke Kleider anzuziehen.«

»Ach, so meine ich es doch gar nicht. Aber seit du vor zwei Wochen aus Schweden zurückgekommen bist, lässt du dich total hängen.«

»Du weißt, warum.«

Miriam seufzte. »Hat er sich wenigstens noch mal gemeldet?«

»Wir schreiben uns jeden Tag.«

»Ich weiß echt nicht, warum du hier dann noch rumsitzt.«

»Ich hab's dir doch erzählt!« Emilia stellte den Becher eine Spur zu heftig auf die Tischplatte. Kaffee schwappte auf das Holz. Sie fluchte leise und holte rasch ein Küchenpapier, um es aufzuwischen.

Miriam stand auf, fasste sie am Arm und drehte sie zu sich herum. »Warum kämpfst du nicht um ihn?«

»Er liebt sie noch. Was soll ich dagegen tun?«

»Sie ist tot, Lia!« Miriam packte sie an den Schultern. »Hör mir zu! Ich verstehe, dass die Situation nicht leicht ist. Aber soll dich das um dein Glück bringen? Diese Astrid kommt doch nicht wieder.«

»Sag das doch nicht so.«

»Mann, wie kann man sich selbst so im Weg stehen«, schimpfte Miriam und ließ sich wieder auf den Küchenstuhl fallen.

Emilia schaute aus dem Fenster. Die Baustelle war endlich fort, und sie sah auf grüne Vorgärten und Laubbäume. Trotzdem konnte man es nicht mit der Aussicht von Lars' Landhaus vergleichen. Der ruhige See mit seinen bewaldeten Ufern fehlte ihr so sehr.

Lars fehlte ihr.

Jeder Gedanke an ihn schmerzte tief in ihrer Brust. Sooft sie konnte, schaute sie sich das Selfie an, um die Gesichter von ihm und Smilla nicht verblassen zu lassen.

»Wie geht es denn deinem Urgroßvater? Ist er gut in seinem Pettersson-Häuschen angekommen?«

»Ja, es geht ihm gut. Nur Svart, seine Katze, war ein bisschen beleidigt, hat aber abends schon wieder auf seinem Schoß gelegen.«

Emilia lächelte, als sie das Bild vor sich sah. Wahrscheinlich hatte Curt wieder seine Pfeife gepafft und die Hand in dem dichten Fell des Katers vergraben.

»Komm, setz dich doch wieder«, sagte Miriam. »Dein Kaffee wird sonst kalt.«

Emilia ließ sich auf den Stuhl sinken und griff nach dem Becher.

Miriam fuhr sich durch ihre Locken, drehte eine Strähne um ihren Zeigefinger. »Und? Hast du schon Antworten auf deine Bewerbungen?«

»Nein, bisher noch nicht. Ist auch noch etwas früh.«

»Sollen wir heute Abend ausgehen? Es würde dir guttun, mal wieder rauszukommen.«

»Du musst doch arbeiten.«

»Ich hab Spätschicht.«

Emilia schüttelte den Kopf. »Lass mal, heute nicht.«

Miriam nahm sich noch einen Keks aus der Dose, die auf dem Tisch stand. »Die sind lecker, wo gibt's die?«

Emilia fühlte sich ertappt. »Äh, in einem schwedischen Shop.«

»Schwedische Kekse? Hätte ich mir ja denken können. Ist das Geschäft hier in Berlin?«

»Ich hab's aus dem Internet.«

Alles aus Schweden erinnerte sie an diese wunderschönen Tage in Källsjö. Emilia versuchte, die Erinnerungen und das Gefühl dazu mit Macht festzuhalten.

»Du bestellst echt schwedische Kekse im Internet? Ach, Lia. So habe ich dich wirklich noch nie erlebt.«

»So habe ich mich auch noch nie gefühlt«, murmelte sie.

Ihre Freundin stand abrupt auf, ging um den Tisch herum und zog Emilia hoch. »Süße, du verschwindest jetzt sofort im Bad, motzt dich ein bisschen auf, und dann gehen wir, verdammt noch mal, shoppen!«

»Und was soll das bringen?«

Miriam schnappte nach Luft. »Was das …? Los! Ins Bad!«

»Miriam, ich weiß, du meinst es gut, aber das …«

Es schellte an der Tür.

»Erwartest du jemanden?«

»Höchstens den Paketboten.«

Emilia betätigte den Türöffner und ließ die Wohnungstür offen. Ihre kleine Diskussion ging noch weiter, bis Miriam mit geweiteten Augen zur Tür blickte.

»Ich glaube, es ist besser, wenn ich gehe.«

Verwirrt wandte sich Emilia um. Ihr Herzschlag setzte für einen Augenblick aus, um dann doppelt so schnell weiterzuschlagen.

Lars stand in der offenen Tür.

Sie fühlte sich schwindelig. Hatte sie Halluzinationen? Miriam schnappte sich ihre Tasche, knuffte den verdutzten Lars sanft gegen den Oberarm und verschwand im Treppenhaus.

»Darf ich reinkommen?«

Sie ging langsam auf ihn zu. »Du bist hier.«

»Ja, das bin ich«, sagte er mit einem unsicheren Lächeln.

»Du bist wirklich hier?«

»Es tut mir leid, dass ich dich so überfalle. Ich weiß, ich hätte anrufen sollen, aber ich hatte Angst, du würdest mich vielleicht davon abhalten zu kommen. Ich wollte einfach …«

Emilia fiel ihm mit einem leisen Schluchzen in die Arme. Er drückte sie fest an sich.

»Und ich sehe so schrecklich aus«, sagte sie gedämpft an seiner Brust.

Lars schob sie ein wenig von sich. »Schrecklich?« Er schüttelte den Kopf und zog sie wieder an sich. »Das stimmt doch gar nicht.«

Sie hörten Schritte und Stimmen aus dem Treppenhaus. Emilia löste sich, hielt aber seine Hand, als fürchtete sie, er könnte verschwinden. Sie streckte sich, um die Tür zum Hausflur zu schließen, und schmiegte sich in seine Arme.

»Ich gehe also mal davon aus, dass du froh bist, dass ich hier bin?«

Sie schaute zu ihm auf. »Das … das kommt darauf an, warum du hier bist.«

»In Ordnung. Ich bin nicht bis nach Berlin gefahren, um weiter um den heißen Brei herumzureden.« Lars atmete tief durch. »Seit du weg bist, fühlt sich nichts mehr an wie vorher. Alles ist irgendwie … leblos. Aber das ist nicht alles, ich …« Er presste die Lippen aufeinander und nahm ihr Gesicht in beide Hände. »Ich bin hergekommen, weil ich nicht zulassen kann, dass ich noch eine Frau verliere, die ich liebe.«

Ihre Augen füllten sich mit Tränen.

»Ich liebe dich, Emilia. Diese Wochen ohne dich waren furchtbar. Bitte komm mit mir nach Schweden. Ich habe sogar ein neues Schlafzimmer.«

Emilia fehlten die Worte. Sie starrte ihn an, verlor fast die Fassung. Zur Antwort schlang sie die Arme um ihn und küsste ihn unter Tränen.

Dennoch verlangte er eine Antwort. »Wirst du mit mir kommen? Ich weiß, dass ich viel verlange, es …«

»Lars, sei still.«

Er verstummte und blinzelte verunsichert.

Sie küsste ihn erneut zärtlich auf den Mund, lächelte versonnen. »Ja, ich komme mit dir nach Schweden, Lars. Ich komme nach Hause.«

Epilog

Källsjö, Schweden, Oktober 2018

Emilia trug das Tablett von der Küche in den Wintergarten und füllte das Frühstücksbüfett auf. Sie begrüßte die Urlauber mit einem Lächeln und schenkte einem jungen Wanderer, der über Nacht geblieben war, eine frische Tasse Kaffee ein. Emilia liebte es, die Gäste zu bewirten, sich um sie zu kümmern.

Sie beobachtete, wie Svart am Seeufer entlangschlenderte. Curt saß draußen auf der Bank und las die Tageszeitung.

»Emilia?«, hörte sie eine Stimme, die eine Spur zu schrill war.

Sie drehte sich herum und lächelte Lars' Mutter zu, die gerade mit Smilla an der Hand die Stufen der Terrasse hochkam. Smilla riss sich von ihrer Großmutter los und stürmte in Emilias Arme.

»Hallo, meine Kleine.« Sie hob das Kind hoch und küsste Smilla auf die Wange.

»Emila Enten futtern?«

»Ja, das machen wir gleich.«

Frau Tjorveson reichte ihr die Tasche der Kleinen. Die Sprachbarriere verhinderte noch ein vernünftiges Gespräch, aber sie verstanden sich zumeist auch ohne Worte. Die Ältere zeigte mit einer Geste an, dass sie gern einen Kaffee hätte.

Emilia setzte Smilla wieder ab, holte eine Tasse vom Tablett und erfüllte ihr den Wunsch. Lars' Mutter gesellte sich zu Curt und begann eine recht einseitige Unterhaltung. Emilia verkniff sich ein Lächeln, weil Curt nur widerwillig die Zeitung zur Seite legte.

»Komm, Smilla, wir suchen deinen Papa.«

Sie gingen ins Haus und fanden Lars beim Zwiebelschneiden vor, denn heute gab es für die deutschen Urlauber Mettbrötchen zum Frühstück. Er trug seine Taucherbrille, um sich vor den scharfen Dämpfen zu schützen.

Emilia lachte, Lars zuckte nur mit den Schultern. Er beendete rasch seine Arbeit, wusch sich die Hände und schnappte sich dann seine Tochter, die er wild in der Küche herumwirbelte. Das Mädchen gluckste und kicherte vergnügt.

»Hat sich meine Mutter wieder unter die Feriengäste geschmuggelt?«

»Fast. Sie redet mit Curt, aber ich hab ihr einen Kaffee serviert«, sagte Emilia lächelnd. »Soll ich die Brötchen rüberbringen?«

»Ich mach das schon. Geh ruhig mit Smilla zum Steg.«

Die kleine Kinderhand schmiegte sich in ihre. Smilla zog sie zum Wasser, wo die Enten schon schnatternd auf sie warteten.

Sie setzte sich mit dem Mädchen auf den schaukelnden Holzsteg. Die Wasservögel kannten das Ritual mittlerweile und flatterten nah zu ihnen hin. Vor allem ein Entenpaar war sehr zutraulich geworden und fraß Smilla aus der Hand.

Die Vögel flogen unerwartet auf. Emilia sah sich um. Lars kam zu ihnen. Er setzte sich zu ihnen auf den Steg, legte einen Arm um Emilia und küsste sie zärtlich auf den Mund. Sie lehnte ihren Kopf an seine Schulter.

Sie schloss die Augen, genoss den aufkommenden Herbstgeruch der Wälder, lauschte Lars' leisem Atmen, Smillas schwedischem Geplapper mit den Enten. Manchmal musste sie sich in Erinnerung rufen, dass dies kein Traum war. Sie hob die Lider, schaute auf das Sonnenglitzern des Sees und lächelte.

Sie war endlich zu Hause.